群攻

修必罗传奇

怒涛雪◎著

新星出版社 NEW STAR PRESS

目　录

序

这是一个故事。

不，应该说这是许多故事当中的一个故事。

是这个世界上很可能发生过的故事。

故事的主人公是我。

也许并不是我，而是一位被尊称为修必罗的先生或者是一个名叫修必罗的毛头小子。

总之，这个故事的主人公是个年轻人。

人一年轻通常就会有强烈的好奇心。

有好奇心说不上是什么好事还是坏事，但牛顿如果没有好奇心就不会发现万有引力。

斯蒂芬·霍金同志如果没有好奇心，也不会写出畅销世界的《时间简史》。

甚至，如果我们的先人没有好奇心，那么今天的我们就不会在汉堡包里找到新鲜的西红柿可以供我们大块朵颐了。

所以，有时候好奇心就是生命的动力，也是在日渐平庸的生活里继续活下去的一种勇气。

可是，在此我必须声明的是，这位修必罗先生的好奇心实在太强，简直强得要命。

因此，他的经历就比别的年轻人更为曲折，复杂，惊心动魄。

现在，关于这个年轻人的故事开始了。

1

1. 奇怪的玩偶

北方的冬天干燥且寒冷，又隐隐充满着死亡的气息。

冬天是生命最脆弱的时候。

我家隔壁七十七岁的王老太凌晨死掉了。

王老太死亡的时间是凌晨两点，当时，我刚进入短暂的深度睡眠阶段，就被一阵歇斯底里的哭叫声惊醒了。

窗外夜浓如墨。

北风呼啸。

谁家阳台上的铁质皿具发出叮当的脆响。

哭叫声时断时续，时高时低，其中还掺杂着一两句根本听不清楚的低语。

这些声音近在咫尺，就从我卧室墙壁的另一面传来。

分明是隔壁邻居王老太家传出的声音。

怎么了？

我有些惊诧，随即便萌生出不祥的预感。

我的邻居家一定发生了很不幸的事情！

正在胡思乱想间，就听到外面的防盗门"咚咚""咚咚"地被敲响。门敲得非常急促，还伴着一个嘶哑的声音在呼唤我的名字："修先

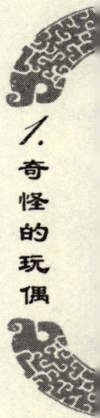

1

生！修必罗先生！"

我听出来这是王老太唯一的亲人，她的独子王国庆的声音，便披了件外套，快步走出卧室，迅速打开了防盗门。

王国庆有点丑陋的脸被楼道里的灯光映得黄磣磣的有些吓人，头发异常凌乱，眼睛还有点肿，脸颊上有泪水的痕迹。他急促地喘着粗气连声说道："对不起，对不起，修先生这么晚还来打扰您，真是对不起！我家老太太刚才过世了，您能不能让我打个电话？"

我没有认真思索他所说的这番话，只是往后移了一下，让他从我旁边过去，并很客气地说道："噢，真是不幸，你千万要节哀顺变！"

我的电话机就摆在客厅沙发的旁边，他拿起电话，很快拨了一长串号码，接着就听见他低低地说了起来。

我并不在意他是否在打市内还是长途，我的电话是设定了 IP 优惠的，即便不拨 IP 号，长途电话也是三分钟五角钱的那种。但是，不经意中听到他打电话时所操的腔调，我却吃了一惊。

他说的话我竟然连一句也不能够听懂！

邻居王老太我见过很多次，尤其是在春天或秋天的下午，天气很好的时候，她会坐在小区花园里的石凳上晒太阳。她是地道的北方人，山东口音很重。我有时会走近她，和她聊聊天。我是个喜欢研究语言的人，不带吹嘘地说，我们伟大祖国各地的方言我能听懂七十八种，包括濒临失传的赣南土话和仡佬族语言，外语也自认为能掌握一二十种，所以，王老太的鲁西土话虽说不太好懂，但我还是勉强能和她交谈。

有一次她随口谈及自己的儿子，一个老实巴交的汽修厂装配工人，老伴儿殁得早，儿子一直和自己生活在一起。北方故乡的记忆也许只停留在这木讷孩子的八岁之前，八岁之后的时光早已和眼前的这座日新月异的城市融为一体。

她的儿子王国庆今年已经四十六岁，未婚。

我似乎没有问过王国庆同志不结婚的原因，也许，是实在不想引发这王老太滔滔不绝的埋怨和数落，我牢牢记着聪明的先人们一句经典的名言：“不要和老年妇女谈论起她们自己孩子的婚姻问题。”想必这一旦说将起来，定会说得一发而不可收拾。

之所以啰嗦以上这些，是因为我很清楚王老太和王国庆所操的都是山东话，而且，据我和王国庆为数不多的交往来看，他在大部分时间里还算能够较为熟练地运用普通话，但听说他的学历只是初中，而且并没有任何自学成才的迹象，可是，今天他所讲的究竟是什么地方（国家）的语言呢？

王国庆的这个电话并没有打很久，不到三分钟的样子。他在挂了电话之后，长长地吐了一口气，低着头从我身边走过。快走到门口时，忽然像是想起什么似的回过头来，又是一番客套话："多谢修先生，谢了。"

我随口说道：“王师傅，您母亲是得什么病过世的？”

王国庆的脸色微微一变，只是很短的时间，他又恢复了悲伤的表情，讷讷地说道：“我娘前阵子就喊心口疼，我想可能是吸了点凉气，没多在意，可是，可是……”他哽咽起来，竟然说不下去，我走过去拍了拍他的肩膀，说道：“要不要帮忙？”他强笑道：“不麻烦你了，我的亲戚就快到了。”他转身走出了门，就在他走进自家大门的一瞬间，我看到他裤子的后兜里揣着一件长方形的东西，鼓鼓囊囊的，很像是一部手机。

但当时，我确实没有多想。甚至我并没有想到另一件使人奇怪的事情，他为什么没有给急救中心 120 打电话！

第二天我在忙碌中度过。我是一家私人广告公司的文案企划，当天公司接了一大单生意，我便在工作室码了一天的字。

傍晚回家时，在单元楼门口遇到了正要出去的王国庆，他简单地和我聊了几句，大概的意思是，王老太的遗体已送到医院去了，下午几位老家的亲戚又赶来了，都在医院，这不，他要赶去医院办一些必须办理的手续。他好像很忙，神色慌张。

我不好意思耽搁他的时间，就很快结束了谈话回了家。

晚上我一个人坐在沙发上看电视，几乎所有的频道都在热情放映着

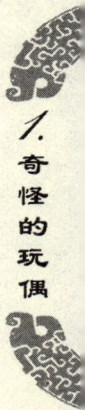

1. 奇怪的玩偶

N部令人昏昏欲睡的肥皂剧，无聊极了。

我顺手拿起电话，想找几个朋友聊聊天，突然想到凌晨王国庆在打电话时所讲的那种我听不懂的语言，就连忙在电话记录单中翻找起他拨出的电话号码，我想知道，他究竟是给什么地方打出的电话。果然找到了，但我却大失所望。因为，他拨通的电话号码是本市的。我有些颓然，心想，这真是奇怪，本市竟然有一种连我也听不懂的方言？甚至是从未曾听到过！看来，真该好好地抓一把自己的学习才对。

放下这些所谓的心事，我想起肚子早已饿了，便从冰箱里找了盒方便面，冲上开水，静静地等待。

就在这时，我又听到了敲门声，这次不是在我的门前响起，而是对面的王老太家。

有一种身不由己的冲动促使我凑到猫眼上向外张望。在楼道里昏黄的灯光下，有两个人敲着王老太家的房门。

每一天都有人在敲门。

今天的敲门声却如同要撞开对面的门一样，发出的响动震耳欲聋。

我迟疑了片刻，还是开门出去，告诉他们对面人家的一些事情，我之所以表现得如此热心，只是不忍看他们对着一所无人的房子，一直这么撞下去。

这是一老一少两个人，老者五十多岁，脸色黝黑，头发已显花白，胡须很不规则地长着，看上去有些颓唐，他的衣着打扮很土，像是改革春风尚未吹拂到的边陲之地的土著。"的确良"质地的列宁装上缀着两块很显眼的大补丁，斜挎着一只褪了色的军用书包，脚上的布鞋粘满了灰土，似乎走了很远的路。

少年人十七八岁年纪，脸上的童稚气还未全退，由于身体瘦小他穿的衣服显得过大，双手紧紧抓着一只帆布拎包，包上单色印染的上海外滩空旷而单调。

他们看着我的时候，眼神中显露出某种局促和不安，我说着话，他们一直频频地点头，最后，还是年长者用极不熟练的普通话对我说"谢谢"，这声"谢谢"很像是硬物在玻璃上划过，让我感觉很不舒服。

4

他们转身下楼，我正要扭头回家，突然我听到老者对少年一句很低沉的嘱咐，在听到这句话后，我真切地感觉到自己脸上的那种因为惊异而扭曲的表情。这句低沉的嘱咐所用的语言竟和王国庆在我家中打电话所用的语言完全一样！

这究竟是怎样的一种语言？

接下来发生的事情再次出乎我的意料。

清晨我晨练的时候看见两辆警车呼啸而来。我和第一辆车上下来的人非常熟识、甚至可以说是臭味相投的朋友，就是本市刑警大队专管刑侦工作的副队长刘强同志。

刘强的表情十分严肃，他看见我便走过来对我说："王国庆和你是邻居吧，他昨天晚上死了！"

王国庆死了?! 他怎么会突然死掉？是他杀？还是自杀？我的脑海里一瞬间出现了大片的空白，好一会儿都处于发怔的状态中。

还是刘队长一语惊醒梦中人，他低声说道："根据我们的初步调查和推断，他是自杀死亡的，死亡时间是昨夜七时到九时之间，在和平医院二楼左侧的公用卫生间里，一根悬在卫生间窗子上直径两厘米的尼龙绳子使他窒息而死，绳子打结处只留下他本人的指纹。"

"可唯一让人感到奇怪的是，在死亡现场的地板上扔着一只手工拼做的麻布玩偶。"刘队长继续说："是一只没有脸的玩偶！"

一只没有脸的布质玩偶？

是谁的？

刘强队长只和我简单聊了几句，就带着他的队员上了楼，他们用特殊方法打开王国庆家的大门，鱼贯而入。

我的脑海中有关这只玩偶的形象千变万化，但始终无法定格成形。我忽然萌生了一个念头，应该到王国庆的死亡现场去看一看。

我边想边上了楼，走到王老太的家门口时，我忽然听到刘强队长和他手下一名队员的交谈声，他们是在谈论一部手机。"这部手机上只有王国庆的指纹，在通话记录中只有一个拨出的电话号码，是120，本市

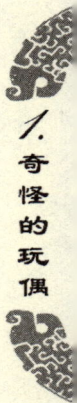

1. 奇怪的玩偶

5

急救中心。"

"是什么时间打的?"

"昨天上午七时四十一分。"

王国庆有手机?!我的脑海里闪现出他昨天凌晨来我家的情景,他的裤子后兜里的东西。

他为什么不用自己的电话而专门来我家打出那个电话呢?这个电话号码分明是属于本市的,但又是本市怎样的一个地方呢?

正想着,刘强队长看见我站到了门口,就出来对我说:"王国庆和你是邻居,你清楚他们家的情况吗?"

我不知道该说些什么好,只能大概讲述了一下我们作为邻里交往的情况,但昨天凌晨的事我一句也没有说,说实话,我是存了私心的。

刘队长最后问我:"你知不知道王老太是怎么死的?"

我只能回答:"听说是生急病去世的。"

刘队长认真仔细地盯着我的脸看了好一会儿,似乎想看出我藏在心里的秘密。

秘密之所以称之为秘密,是因为它在很多的时候隐藏得几乎没有什么破绽,因此刘队长有些失望地离开了。

我去了医院,是在刘强队长走后的第二天下午。

吃午饭的时候下起了雪,这北方冬天固有的风景,看了让人顿生苍凉之感。

我没有打伞,顶着雪在街上走,刚才吃过的食物迅速转化为热量在我体内进行分解运动,片刻就消化殆尽。

这所医院坐落在本市偏北处的一片开阔地上,共有四层,占地二十余亩的样子。这是一家被授权履行120急救工作的医疗机构,所以,很明显,它们这里的"生意"就比其他几处要好得多。

我赶到这里的时候,正是他们下午上班时间,病人和家属来来往往,川流不息。

我上了二楼,很快就找到了王国庆自杀之地——二楼的那间卫

6

生间。

卫生间是普通的结构，有些脏，却没有任何死亡的气息。到医院来的人也许根本就不在意这里有没有死过人，他们方便时表情正常，来去匆匆。

我知道刘强队长所说的那只玩偶已封存于他们刑警队的证据鉴定室了，有关这只玩偶的具体情况我稍后再去探询。现在，我想知道王国庆在自杀前究竟见过什么人？

我问了一些医生和护士甚至义工，他们对王国庆印象极其模糊，至于王国庆的母亲王老太的遗体更是无从说起。我来到太平间，问了照看太平间的师傅，他只是说了些王老太被送进来的情景，王国庆留在他的脑海里的模糊印象也只是一闪而过。"一个看上去不苟言笑、老实巴交的人，"师傅说，"验尸的医生我记不清楚是谁了，但他是和那个叫王国庆什么的一起进来的，听他讲，这位老太太是死于心肌梗塞。"

"她的遗体呢？"我问。

"昨天下午就送到殡仪馆了。"

"哪一家？"

"山城殡仪馆。"

我不知道这家殡仪馆的具体位置，也没打算去。无论王国庆是怎么死的，这和他先行一步的母亲早已没有任何关系了。古人讲入土为安，现代人也讲，只不过是棺材变成了骨灰盒。我只是叹息这老太太的身后事太过寂寥，到最后连个领取骨灰盒的人也没有，不能不说是一种无奈的凄凉。

我正想离开医院时，脑海中忽然出现了那天晚上来找王老太一家的两个人。一老一少。我当时是对他们说过这家医院的地址，也不知道他们来没来过，我想到他们对话所用的极为奇特的语言，心中已有了决定，我该问问有没有谁见到过这两个人。

我失望了，几乎问遍了医院所有的工作者和大部分住院病人，他们都在摇头。他们竟然没有来。这是为什么？但我的这个疑问简直就行不

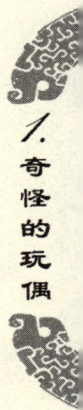

7

1. 奇怪的玩偶

通，他们到底是王家的什么人我根本就不清楚。他们来不来是他们自己的事，我又怎么能知道。我只有选择离开，正要走出医院大门的一刻有个人在背后喊住了我，我回头一看，是位五十岁上下的中年人，戴着黑框眼镜，很普通的样子。

"您是找王老太太家的那两位亲戚吧，我见过他们。"他气喘吁吁地说。

"你是谁？"我问。

"哦，我是这所医院的一名义工，我姓冯，那天王老太太的儿子送王老太太来的时候是我帮忙送到太平间门口的。王老太太的儿子，唉，他儿子自杀前的那天上午我在医院的侧门口遇见了他。他跟我打了个招呼，说是要见两个亲戚。这两天他们在本市的亲朋虽说来得不多，但我也并没在意他的回答，只是隔了半个多小时，当我再次走出侧门时就看见王老太太的儿子和你刚才描述的那两个人站在门口花园里低声交谈，说什么我离得远听不清楚，但我看到王老太太的儿子从其中一个年纪大的人手里接过一个包袱，那两个人随后就离开了，而王老太太的儿子又回到了医院。"

这位医院的义工一口气说了一大堆的话，我认为这些话很有价值。

我连忙感谢了他并从身上取出一张百元大钞递给他。

他却谢绝了，并说："就是向您提供了一些情况而已，也没什么大不了的。噢，对了，您是公安局的吧？"

"嗯，算是吧，我们今天的谈话你一定要保密，无论谁问起都不能说。知道吗？"

他笑着说："这个当然。"随后又问："王老太太的儿子难道不是自杀？"

我表情严肃，低声说："不要瞎猜。"

告别了那位姓冯的义工，我离开了医院往回走，脑海里杂念纷呈，扑朔迷离。

中途给公司打了个电话，向老板请了两天假。说实话，王国庆在

8

我心中已成为一个目标，满足我好奇心的目标，但是要解开王国庆的自杀之谜，究竟要从哪里着手呢？是那两个人交到他手中的包裹？还是那只奇怪的玩偶，抑或是……电话号码！王国庆在我家中拨出的那个电话号码！我眼中闪过一丝光亮，对，就从这个电话号码着手！

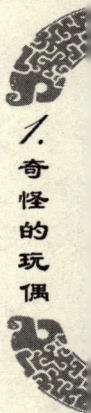

1. 奇怪的玩偶

2.殡仪馆惊魂

电话里呼叫对方的铃音响了很久也没有任何人接起通话，我只好拨通了本市电信部门的查询台，想从那里得到些有关这个号码的消息。

接线员是位声音甜美的女性，她告诉我，我要查询的号码原来是一家福利院的，但这家福利院去年乔迁了新址改了新号，旧的号码就留给了另一户业主。至今也没有人前来履行变更手续，这户主姓甚名谁他们也不太清楚。我知道，这些垄断行业如果不是谁欠下他们的话费，他们才懒的去管谁变不变更呢，最后，我只能向这位女士询问了这个号码所在的具体方位，她告诉我，是本市西郊 241 号。

临近黄昏的时候，刘强队长和他的一名女助手又到我这里来了一趟，再次向我询问了王国庆的一些情况，我旧话重述，只在他们临走之际，装作不经意地问了一句："你们在他家里找到什么线索了吗？"刘队长回答我："没有。"他们走得很快，像一阵风似的。我有些羡慕起这些当警察的来，他们要调查什么，尽可以光明正大，可我呢，却总是在偷偷摸摸。

晚上我就去了西郊。

西郊是 A 市比较荒凉的区域，建筑简陋，居民区人员混杂。但我很快就找到了 241 号。这西郊 241 号现在的名称却着实让我吃了一惊。因为，它竟然就是山城殡仪馆！

是医院照看太平间的老头所说的王老太尸骨最后的归属地。

王国庆所打出的那个神秘电话竟然是这里，难道，在王老太刚刚离世之后，他就已经想好了王老太埋骨的所在？这里，有一位能跟他用一种奇特语言交谈的人，这个人是谁？

我借着仄窄街道旁路灯昏暗的光走到殡仪馆紧闭的大门前，举手敲门。足足敲了五分钟也不见有人回应。我想，可能这里在下班后就不会再留人值班了。一所殡仪馆，除了未烧掉的冰冷的尸体和烧掉后存放在盒子里的骨灰之外，就没有什么了。再大胆的小偷、窃贼大概也不会前来光顾，怪吓人的地方。

我正要转身离开，却发现这紧闭的大门在我稍微有些力道的敲击下竟然开了一条缝隙，原来这门既没有里面上锁，外面也不见锁。它原本就是开着的。

"吱呀"的一声，门被我推开了能侧身钻过一个人的缝隙，里面穿堂的阴风呼啸袭来，我不由得打了一个寒战。眼前呈现出无边无际的黑暗。

我拧亮随身携带的"瑞士军刀"上配置的微型手电筒，在如此深邃的黑暗里，借着这束微弱的光，也足以看清周围四五平方米范围内的景物。我现在置身于一条走廊之中，穿过走廊就是一个不算太大的房间，里面的摆设非常简单，普通的一桌一椅，一对沙发，靠左边墙放着热水器。总体看起来像是接待客人的地方。在桌椅的左后方有一扇门，我推了推，也没有上锁，走出去是处天井，中间有一个小小的花坛，由于是冬天，花坛里荒芜一片。天井的四周有许多房间，我挨个去看，除了最后一间之外，其余的都是铁将军把门。我走进这最后一间，又是一条幽长的走廊，走廊的尽头是一扇大铁门，门也上了锁。我用手电筒顺着铁门中间的空隙照射进去，在光影模糊中，我看到许多张床，有的床上白色的布单微微隆起，似乎底下放着东西。我想是死去的人的尸体。

2. 殡仪馆惊魂

11

不知道王老太的遗体是否就在其中，或者已经被装入了小小的骨灰盒了，我猜不出来，踌躇着到底需不需要打开这扇铁门上的巨锁。

在十多年前，我曾认识一位据说可以列入当代三大神偷行列的行窃高手（这件事我会在修必罗的其他故事中详述）。他教会我一种十分特别的开锁方法，而这种方法（听说，但我没有实际操作过）可以开启现今世界各国所发明、生产的两万三千六百四十七种锁中的一万一千种，包括法国凡尔赛宫地下宝库的密码锁。眼前这只锁虽然硕大，但其实是最容易开的一种普通的铁锁，我之所以踌躇，是因为我不能预料到开锁之后会发生什么事情，也许什么事也不会发生，但我的心中总有一点点忐忑不安，到底是因为什么，我自己也根本不能清楚。

就在这时，一件奇怪的事情真的发生了。

我听到一声粗壮的喘息，似乎来自于铁门之内。

我的头发嗖地竖起，全身的汗毛孔也紧紧收缩。本来，我对神鬼之事一直处在一种可信可不信的状态当中，但此刻，我竟然觉得刚才的那声喘息就是鬼魅发出来的。

不似人间本有，而像来自地狱！

我感到非常害怕，却由于长时间练习中国武术的缘故，看似单薄的身体内部已被潜意识激发起防御的本能，腿脚和手臂迅速集聚着一股力量，这力量正蓄势待发。

喘息的声音只出现了一次。

接下来就是让人窒息的寂静。

我听见自己的心跳声就像在捣鼓，恍惚中，不知是哪儿传来的自鸣钟所发出的"铛"的一声轻响，悠远得如同一个幻梦。

就在这自鸣钟敲响的时候，我似乎感觉到身后有片巨大的暗影投下来，我的左手迅速地向后掠去。

在一掠之中，我的整个身躯在半空中转了一圈，背部已对着铁门。可是，在手电筒微弱的光线下，面前空空如也。

难道是神经高度紧张而诱发的幻觉吗？我问自己。还没来得及回答，就又听见另一声喘息来自铁门内部！

我急速转身，由于转得太快，头部右侧撞在了铁门边上，"咣"的一声轻响，在黑暗中竟然如同雷鸣。

喘息声又消失了。铁门内所有的物什都保持着安静的状态。

手电筒的电池终于消耗殆尽。

一刻钟，半小时，我不知道自己究竟站立了多久，才咬了咬牙，摸索着打开了这扇铁门。铁门无声地被我推到两边，现在，我的眼睛已经习惯了黑暗，因此，铁门内的种种陈设就能看个大概。

里面共摆着十二张床，有九张是空着的，只有三张床上放有东西，不，应该说放着冰凉的尸体。

我把三张床上所遮的布单依次揭开看去，第一张和第二张床上都躺着年老的男性。这里的气温保持在零度左右，也或许因为尸体是刚刚送来不久，并没有任何令人讨厌的气味弥漫。我走到第三张床前，床上的布单不大，布单下的尸体像一个小孩，我随手一揭，啊！一只玩偶！

布单所遮盖的竟是一只玩偶，麻布缝制的玩偶！

我的震惊只保持了几秒钟，接下来我就做了一个决定，将这玩偶带走！带走它究竟会发生什么，也来不及多想了。

街道上空无一人，如此清冷黑暗的深夜里，正常的人是不大会在此时出现的。

我把玩偶装在随身携带的一只塑料袋里，急匆匆地往家赶。此时早已没有了出租车等公共交通工具，我只能凭借两条腿走完这将近七公里的路程。快接近家门的时候，我的手机忽然响了。

这三更半夜，会是谁来的电话呢？

当整件事情已经过了半年之后，我和一位朋友坐在首都北京潘家园的一处古玩店里闲聊，这个朋友是位对考古颇有研究的专业人士，我们谈起了我所经历的这件事情，他笑着说："你的这件事最为关键的就是这只玩偶，如果没有这只玩偶，也就没有后来的一切。"

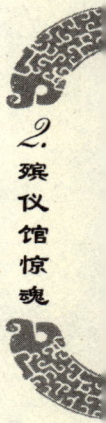

2.殡仪馆惊魂

后来究竟发生了什么？在我半夜往家赶的那段时间里，甚至在我还未接听手机的那刻，我根本没有想到过后来。

我接起了手机。可奇怪的是，在我"喂"了几声之后，手机里依然没有声音，如果有，也只是电流"滋滋"的流动声。我下意识地看了看手机上显示的号码，令我吃惊的是，竟没有任何号码显示，难道对方故意将号码——隐藏了吗？我又等了几分钟，对方还是没有发出任何声音，我只有挂掉电话，取出了钥匙开了门。

在书房柔和的灯光下，我将玩偶仔细地观察了一番。没有什么特别，做工也较为粗糙，质地似乎是属棉接近于麻的一种布料，这种布料在如今的市场上已销声匿迹。而且，玩偶的眼睛是用黑色纽扣做的，这纽扣只有一只针眼，如此样式的纽扣恐怕也已经绝迹好几十年了。

这只玩偶难道是早就做成了的？为什么它会出现在山城殡仪馆里？它和王国庆自杀现场的那只玩偶有没有什么关系？

我正想着，电话铃又响了起来。

这次是家里的座机在响，接起来一听，是刘强队长打过来的，他话说得很急："修必罗，你还记得我曾经跟你提到过王国庆自杀现场留下的那只玩偶吗？它一直保存在我们刑警队的证据室里，可是，就在今天晚上，它不见了！"

刘队长在电话里说的话似乎并未在我心中激起什么波澜。

冥冥之中，我好像已经知道此刻在我家中的这只玩偶便是王国庆自杀现场的那只，但是，这种感觉并不是一直就存在的，而是刚刚才自恍惚的心头萌生。

我和刘强队长简短地谈了几句就挂了电话。我很明白他在这样的深夜里给我打来电话的目的。我和他的交往时日已久，他知道我是一个好奇心很强的人，而这次玩偶在刑警队的失踪说不定就和我有着一层关系。可惜得很，玩偶现在的确是在我手中，但并不是从刑警队里搞出来的。这番思索只在我的脑海中一闪而过，我可以告诉刘队长的只是，我的确不知道刑警队里那只玩偶的下落。而且今天，我虽然去过那所医院，但很早就回到了家里，一直睡到刚才被电话惊醒。我对自己说的这番真真假假的话还算满意。我并没有太大的奢望能骗过刘强队长，只要能够瞒上他一两天也就心满意足了。

一两天，二十四小时或者四十八小时，的确能干很多事情。

2.
殡仪馆惊魂

3. 秘密地图

玩偶就摆在我面前，我翻来复去地检查也没有发现任何可疑的迹象。

天蒙蒙亮了。

上午九点多我去了一趟百科书店，买回来几本书，其中有两本自认为十分重要。

一本是《方言别谈》，一本是《世界玩偶与诅咒之谜》。

《方言别谈》还附带有一张光碟。这可能会给我调查提供很多方便，我在影碟机里放光碟时心里欣喜地想。

可是，我却想错了。

在这本《方言别谈》及其光碟包含的所有内容中，我都没有找到王国庆及他那两位"可疑"的亲戚所讲的那种语言。但我心里十分肯定，他们绝不是在说任何国外的语言。因为，他们用那种语言说话的时候，音节基本上是属于汉语语系的。

《世界玩偶与诅咒之谜》一书，举了大量的事例夹杂着一些精美的插图来说明玩偶与诅咒的种种密切的联系。在中国篇中，我找到了一种和我手中的这一只非常相像的玩偶，但是，当看过内容介绍之后，我感到有些失望。书中所讲述的玩偶只是我国浙江偏北的农村地区在占卜时用的一种道具。而且，这种玩偶的制作方法和实物已经失传了近六十年。所以，我手上的这一只不大可能和书上所述的是一个品种，况且，制作方面也不尽相同。

我叹了口气，揉了揉发酸的眼睛，正要去床上躺一躺的时候，有一件事情发生了。事情的起因是在我近距离观察玩偶的过程中，我顺手将叼在嘴上已经点燃的香烟放到了烟缸边上，但我并没有注意到放进去的香烟，点燃的那一头却朝了外。这样，在我将回到床上去的那一刻，香烟因燃烧变短顺烟缸边滑落了下来，正巧落在了旁边放置的玩偶上，玩偶顿时被烧了个大洞。

玩偶迅速燃烧起来。

等我用水将火扑灭之际，它已被烧得不成样子了。

我既痛心又沮丧地将玩偶握在手里，也许，我想要掀开的谜底就此断了线索。我感觉到来自自己内心的失望感愈来愈强。就在这时，我突然看到玩偶充填着棉花的内部露出一段浅灰色的布角，顺手往出一拽，是一块长方形的麻布，粗略看去，麻布上隐约显示出不规则的点、线和符号。依我天生的敏锐直觉和多年来积累的经验，我判断这可能是一张地图。

此时，已是临近早晨，但由于天色阴晦，光线仍然暗淡。我来到书房，在书房显影灯强烈的光线下，麻布上的图案完全显露在我的眼底，真的是一张地图！

疑惑接踵而来。

这是标识什么地域的一张地图？没有发现任何文字，只有看不懂的一大堆符号。当然，河流和山界我还是可以看得出来，阴影部分可能是村落或者集镇。但我敢肯定，这张地图所标示之处绝对不会是太过广大的区域，也许，它可能仅仅是绘描着一个县境的面积，甚至，要更小一些。可惜，这地图之上没有一点端倪能让我知晓它具体的表述，是何省何市何县，是在江南还是蓟北，是山东还是甘肃，我无法猜测。

我又将其仔细地看了一遍，不算太偶然地发现上面有一处较大的疑

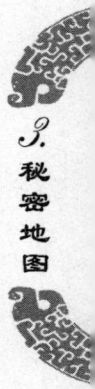

17

点。就在地图的偏右上角有一个倒金字塔形状的图案，而这图案的涂色比其余的符号都要重得多！在它的底端，有一小片看似用特殊工具刮划过的痕迹，一点点撇捺的残留使我忽然断定，这里原来极有可能标有什么记号，如果我的想法没错的话，应该是一种文字——汉字！

在这张神秘的地图面前，时间倏忽而过。

中午，当我在洗漱间里冲澡的空隙中，我想到了一个被自己忽略的问题。那就是，这张地图与玩偶好像是用一种材料制成，如果这个猜测成立的话，那么，做玩偶及地图所用的材料都来自四五十年前，它们都应该出于同一个人之手。（当然，这个猜测成立的前提条件是，殡仪馆之玩偶和刑侦队证据室之玩偶是同一只玩偶。）可是，四五十年前这个人为什么要制作这些东西？他的企图和目的是什么？看似简单的物件里究竟隐藏着怎样一个并不简单的秘密？这个秘密和四五十年之后王国庆的死亡有什么关联？和王老太呢？和山城殡仪馆里叵测的一切呢？

这个世界总有一些秘密让人心跳。

刘队长坐在我的对面，若有所思。他的身后有窗。几点零星的雪花萧索飘过。

这是下午十五时四十三分，市刑事侦破与侦查大队刘强队长的办公室。

我被他的又一次电话催到此地已经有二十三分钟了。

在这短暂而漫长的时间里，我们沉默、抽烟、喝一种牌子叫"璧湖"的纯净水。

"修必罗，你一定要说实话，因为那只玩偶对于我们调查王国庆的案件至关重要。"刘队长终于打破了沉默。

"有些事我想了好久，最后还是决定要告诉你，希望你能为我们保密。"

"王国庆并不是死于自杀。"

"什么？他不是自杀？难道是他杀！？"

我听到这个消息时感到十分惊异。

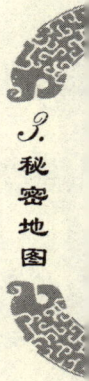

"你说实话，那只玩偶是不是真的在你手里？"

"你们为什么一定要说玩偶就在我的手里？是不是在你们的心中，像我这样的人就应该成为犯罪嫌疑人？"

我虽然对王国庆的死因有了新的疑点而兴趣倍增，但还是不愿意让他们知道玩偶就在我手里。

"我为什么就一定会不惜触犯法律而将那只玩偶藏起来？是的，我是个好奇心非常强的人，但是，我绝对是个守法的公民！你们这样分析下去，我就是对王国庆的死因感兴趣喽？对王国庆的死因会感兴趣的，无非有三种人，一、他的亲戚。二、你们。三、凶手！我既不是他的亲戚，也不是警察，那么我就是凶手啦？"

"我们从来都持'怀疑一切'的态度，在案情没有新的线索以前，任何人都可能是凶手，包括你，"他顿了一顿，"也包括我。"

"昨天深夜，大概二十三点四十七分左右，你到山城殡仪馆做什么？"

王队长的这句质问突如其来。

我的内心激灵灵地打了个冷战。

刘队长怎么会知道我昨天深夜去过山城殡仪馆？难道，他早已开始怀疑我有什么企图和动机了吗？

我一直认为自身的反侦察能力可以去做一名特工，但此刻却不由得深深怀疑了。

幸好刘队长将我这种疑虑彻底打消了。

"我从医院义工那里知道了你所询问的内容，本来，我想你可能今天才会去山城殡仪馆，可是，我的一位同事正巧在殡仪馆右侧的三岔路口等候他下夜班的妻子，他看到了你行走的方向正是山城殡仪馆方向，虽然，再往前还有种子场和红星公墓，当然还有别的可能，但我分析，你一定是去了山城殡仪馆。"

"你在城北医院里所做的一切都瞒不过警察的眼睛，"他顿了一顿，"是真正的警察。"

"说说看，在山城殡仪馆里找到了什么？"

我只能回答什么也没有找到，我很清楚这样的答案在刑侦队长面前是多么苍白无力。

刘队长并没有追问下去，他似乎在欲擒故纵。

"那么，你对王国庆在医院后门口见过的他的那两位亲戚怎么看？"

我又陷入了沉默。

墙上的挂钟不紧不慢地指向了十六时，门忽然被从外推开，探进来一颗年轻漂亮的脑袋，是刘队长的助手，大名萧曼，人称"积奇玛丽"。

萧曼的样子让我联想起一句词："倚门回首，却把青梅嗅。"可是，萧曼并不是来嗅青梅的，在这间悬挂有国徽的刑警队长办公室中，她的一探首，只是要告诉刘强队长，要找的人找到了。刑侦队在找什么人？他们是别的案子里的人证什么的，我紧张地思索着，却听刘队长说道："萧曼，来，我给你介绍一个人，一个大名鼎鼎的人物。"

萧曼纤巧的身体闪了进来，从表面上看，她根本不像传闻中身负跆拳道黑带五段的样子。

"这就是名噪我市的传奇人物修必罗，修先生。"

"修先生，你好，我们好像在什么地方见过？"萧曼很大方地伸出手来跟我的手相握，手非常滑软。

"萧警官真是贵人多忘事，上个月我在二环路开车出了点意外，还是在你的帮忙下才圆满地处理了事情。"我笑着说。

"哦，是你呀，真对不起，我后来事情太多，有些不值一提的小事，早就忘了。"

"怕是想做了好事不留名吧？我早就应该来当面隆重地向你致谢了。"

"好了，你们俩以后有的是时间闲聊。现在，我想要告诉你的是，修必罗，"刘队长盯着我，目光炯炯，"你不是对王国庆案件很感兴趣吗？我现在以我的私人名义同意你着手调查此案，但是，有两个条件：一、让萧曼做你的助手，协助你共同对此案进行调查。她是警察，对你的工作或多或少都会有所帮助。二、无论你在这个事件中捅了多大的娄子，和我、包括我们刑侦队都毫无关系。甚至，你很可能成为被我们通缉的对象。"

我听了刘队长这番话，略加思索已经清楚了他的用意。他和我一样也是属于那种好奇心很强的人。还有一点我们彼此心照不宣，那就是，他想从我这里找到王国庆案件的突破口，而且不必承担任何责任。

萧曼跟定了我。

一直到那天傍晚，她都和我在一起，用餐、行走、聊天，有时候谈谈案情，但双方显然都有顾虑，皆是点到为止，当我想回家的时候就回了家。她在告别之际对我说："明天见。"

城市里灯火阑珊。我站在小区大门口，望着黝黯的天空发呆，明天，明天会发生什么？

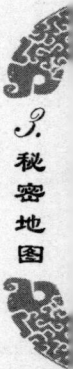

4.初见端倪

　　萧曼像黏胶一样紧贴着我的生活。在接下来的数日当中，我对整个事件的调查都处于停滞的状态中，直到有一天，一件特殊的事情打破了这种令人难过的沉默。

　　那是几天后的一个下午，天色阴霾，北风凛冽。我和萧曼在市中心的一间茶社里喝南美红茶，有一搭没一搭地聊着天。别看萧曼这个人年纪不大，但城府颇深，关于王国庆的种种她只字不提，她也从未问我究竟知道些什么。那只玩偶，也似乎在我们的视野和言谈间消失了。但我知道，这可能只是风雨前的片刻宁静。她的动机不仅仅是监视我那么简单，她的目的可能在于声东击西！

　　我在叫服务生添水的时候，听到了一个似乎熟悉的声音。不，应该说是一种语言。刹那间，我感觉到自己的神经突然变得紧张起来。因为，这种语言就是王国庆那天凌晨在我家打出电话时所使用的！我并没有立即开始搜寻在这处并不逼仄的空间里使用这种语言的人，而是故作惊讶地告诉萧曼我的香烟已经吸光了，萧曼笑了笑，便自告奋勇地替我去买香烟，在她离开后的短短几分钟内，我的目光迅速在茶社中扫了一圈，幸好，那种语言的交谈还在继续，就是靠北窗第二排右首坐的一名男子口中说出的，看起来是个饱经沧桑的中年人。他的对面坐着一位老人，温文尔雅，笑容可掬。

当我趁萧曼出门去买烟之际，准备着手仔细观察这两位看上去并不十分特别的茶客时，他们却开始用普通话聊起国际形势、华尔街股市之类大而不当的话题，而刚才那名中年男人所说的令我感兴趣的语言像是在空气里戛然而止，融化得无影无踪。我没有听到另一边座位上的儒雅老者说出那种语言，但我敢肯定，他一定能听得懂！

抬眼看了看萧曼离开的茶社大门，她的身影还没有出现。我思索着应该用什么样的方法靠近他们而不会引起对方的警觉，正埋头苦想，忽然传来一声听上去变了腔调的呼叫："老徐！徐老！你这是怎么了？"

我顺着声音看去，正是刚才我所注意的那张茶台上发生了令人意想不到的变故！

一群人围在了那张茶台边，七嘴八舌地议论着什么我并没有注意，我只是站在距离那中年人大约两米的地方静静地观察他的一举一动。他似乎是因为过于着急而呼吸急促，显得面部苍白。我听见他不断地喊着倒在桌旁的老者的名字。是怎样的一个名字，我听得不太清楚，好像发音是"谷朴"这样的音节，我正想再靠近一些，就听见萧曼急急地喊："医生，快！快！就是这位老人，他突然昏倒了！"

我和萧曼在120急救车载着老者和中年人呼啸而去之后，才重新回到了座位上，整个茶社似乎还沉浸在刚才的那一幕中，显得有些混乱。我问萧曼："是你叫的救护车吗？"她半嗔地一笑："你这个人，怎么见死不救呀，就知道站在那儿看热闹，和那群闲杂人等一模一样。"从她的话音里，我听出了这个急救电话确实是她拨的，毕竟是警察！我用玩世不恭的微笑遮掩了刚刚流露出的一丝尴尬，眼光有意无意间向刚才发生事故的座位上一瞟，突然有了发现。

是一角纸，被夹在茶台沙发座的缝隙里，远远地看上去就是一张普通报纸的边角。我飞快地想了想，这张报纸是不是那个中年人留下的，还是早就在那里了，正想着便有了主意。我向前台招了招手，不一会儿，一名侍应生快步到来。我佯问他这里的一些情况，生意的好坏，客人的多少，并故意挑剔了这里的卫生。侍应生急急地解释，说来说去无

非是证明本茶社的卫生绝对是一流的，每一张台子只要坐过了客人，他们马上就会进行清理，一定要让新的客人感觉到满意和舒适。说这话的时候，他发现了刚才的那张茶台还未曾清理，忙对我说对不起，就小跑过去着手进行打扫了。我眼角的余光始终没有离开他的一举一动。甚至在他端着清理后的赃物往整理间去的时候，我向萧曼说了声："不好意思，去一下洗手间。"就起身不紧不慢地跟在这位侍应生的身后向洗手间方向走去。我早就注意到，整理间和洗手间是被安排在同一个窄廊里的，而且是在同一排上。

报纸就这样被我藏到了自己的身上。

又下雪了。

北方冬天的雪夜让人流连，让人无法拒绝。

萧曼走了很久之后，我依旧站在小区的门口享受着雪花的清凉。回首是住宅楼上的万家灯火，只有我的窗口漆黑一片。

这是一张过了期的《浙江日报》，说它过期只是因为它刊出的时间距离今天已有三天。在这看似微不足道的三天里这个世界会发生很多变化，大都令人始料不及。

我翻来覆去地看了几遍报上登载的内容，几乎都是这个南方富饶的省份的政治、经济动态，其间还有一些募捐活动什么的。很普通的一张报纸。

依我的眼光，这张报纸并没有经过特殊处理，例如用隐形墨水什么的在上面留下只言片语，或者，使用某种暗号让一些看起来毫不相关的文字组织成一句提示或密码。

也许，这仅仅是用来包裹什么东西临时找来的吧，我闷闷地想。

我又将它拿起来，想从一些折叠的痕迹上看出丁点儿端倪，而这种行为仍然属于徒劳无功。就在我顺手将它扔在一旁的刹那，我偶然从中缝上看到这样一段文字："曹某，男，浙江萧山人，四十六岁，会讲普通话，患有轻微精神分裂症，于今年十一月三十日下午在杭州走失，如有知其下落者，告之。有重谢。曹建华。"

这是一则平常的寻人启事，但它给予我的惊异和疑问却是来自于被寻找的人的一张一寸照片。照片上的人看起来很年轻，虽然不算眉清目秀，但也属于那种方方正正的男子。他在照片里的穿着显得有些过时，是二十世纪八十年代流行的一种夹克衫，领子有点大，使他的头颅看上去有点偏小。尽管这张影印在报纸上的照片并不算十分清楚，但我第一眼看到他的模样就已认出了他。他就是我的邻居，不明不白地死在医院卫生间里的王国庆！

这张报纸发行的日期和王国庆死亡的日期相隔只有一天，也就是说，刊登寻人启事的时候王国庆已经死了，为什么在他死去之后还有人在遥远的浙江发出寻找他的启事，这究竟是怎么回事？我想起了下午在茶社里的中年人，他偶然间讲出的方言。我猛一激灵！这张报纸根本不会无端地被他带进茶社里，说不定这个人就是能掀开王国庆之死根本原因的线索！

我迅速站了起来，穿好外套出了门，闯进了漫天风雪里。

我常常碰到一些希望愈大，失望愈大的事情。

当我赶到急救车所在的医院时，中年人和被送往医院进行救治的老者已经离开了。一名护士告诉我，那位老人有心脏病，在经过及时抢救之后，他已经苏醒，并和中年人密谈了大约二十分钟。所谓密谈，就是"请"主治医生和护士们都回避一下，他们有十分要紧的事必须单独待上一会儿。主治医生严肃地嘱咐了两个人几句，就走了。护士们也因为老人已经脱离了危险而注意力发生转移。但是据这名护士讲，大约在他们交谈了约二十分钟的时候，她还曾经过那间监护室，不经意间看到两个人正在相互交换着什么东西，可在五分钟之后，当她再次经过这里时，两个人却都不见了！病床上只留下一叠人民币和一张纸条，纸条上写着"多谢贵医院相救，无以为报，仅此钱作为答谢，望笑纳"。

我在主治医生的办公室见到了这张纸条，上面的字迹古朴秀拔，颇有怀素之风。看起来，他们虽然走得有些急，但绝不惊慌而是从容

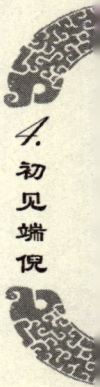

4. 初见端倪

25

不迫。

主治医生告诉我，他们留下的钱数是一千元人民币。

我带着一点点失落和疲惫回到了家里，再看到那张报纸时，我立刻决定，给这则寻人启事上留下的电话号码打个电话。至于后果会是什么，我当时也没有仔细去考虑一下。

我拨通了寻人启事上留下的那个电话号码，听筒里只是响了两声就有人接了起来。

一个女性的声音，透着日复一日的厌倦，像机械似的重复着相同的问话："你好，这里是××市民政局，请问你找谁？"我说出了曹建华这个名字，对方似乎感到了吃惊，足足停顿了十秒钟，才回答："你找他干什么？你是谁？"

我很奇怪她的这句反问，就像是她和登寻人启事的曹先生关系非同一般，所以，我谨慎地问道："我是曹建华先生的朋友，你是曹先生的……"她很不耐烦地回答："不是！不是！我和他只是原来的同事而已。"

只是原来的普通同事，难道说现在就已经不是了？是姓曹的人调离了这个单位，还是……我向对方说出了我心底的疑问，可是，她的回答却让我非常震惊。

"你要找的曹建华，他已经在四天以前遭遇了车祸，不幸过世了。"

这个刊登寻人启事的人在启事还未曾见报之前就已经死了？！那么，就是说他比他要找的人的死亡时间还提前了一天。这其间究竟暗藏着怎样的玄机？两起死亡的根本原因是否暗喻着什么？和我拥有的这张地图有关吗？乱如一团麻的思绪纷至沓来，我甚至已经忘记了手中还握着电话的听筒。

电话听筒里响着盲音，对方早已挂掉了。我有些悻悻，一个人走进书房里，在那只破掉了的玩偶前坐了下来。

玩偶内部藏匿的地图还铺在桌上，说不清的符号，纵横交错的线条，泛黄的底布。这是我好奇的开始，但却不知道会在哪里结束。我也愈来愈觉得，其间的秘密已经让我欲罢不能。

我决定去一趟浙江。

在去浙江之前，我秘密会见了一个朋友。说秘密，是因为这次会见是在我想办法甩开萧曼之后。

我们的见面地点在本市的一座自然公园里。

在公园偏僻的竹林当中，我见到了他。

虽然是冬天，这里的斑竹仍然绿意盎然，生机勃勃。

我要见的人穿着一件黑色苏黎士纯呢大衣，一条斜纹宽筒长裤，四方脸庞上架着一副 BT 墨镜，看上去很像华尔街的成功者。

他叫夏陆，是这个国家里很少的几位跟踪高手之一。

有一次，他受雇于一个属于国家的秘密机构远赴塔克拉玛干沙漠地区寻找一个人。这个他要寻找的人是谁对于我来说并不重要，我只知道他在那恐怖的沙漠当中度过了整整十七天缺粮断水的时光。最后，他是活着回来的。在那片沙漠里，无论谁能活着回来都不是件容易的事。

那一次，这个秘密机构给他在瑞士银行的账户上汇入了五十万美元。

谁说他没有成功？

这样神出鬼没的人物却在许多年以前欠下我一个人情债，这一次，他是来还债的。

我之所以要找他，就是想让他这样的高手找出我在茶社里曾见到的那两个男子，他们离开急救医院后踪迹全无。但是，我相信凭他的能力一定会找得到！我希望在一周之后，也就是我从浙江回来那天，他能告诉我那两个人的下落。

夏陆愉快地答应了我的要求，但是，他有一个条件，让我将自己几年之前学到的一套技击术教授给他。这是山西五台山普照寺云光和尚的防身秘术，我和大师的渊源在另一个故事里会有详述，在此暂且按下不表。我笑着说了一通他的精明和狡黠，他始终报以微笑。

当天晚些时候，我向刘强队长正式提出要看看王国庆遗体的请求。

在刑侦队尸检室内，王国庆的遗体栩栩如生。

法医告诉我，因为气候的关系，他们并没有对这具尸体进行任何防腐处理，而且，在如此寒冷的天气里，一具尸体正常保存十五天左右不会腐坏是常有的事。何况，这个人才刚刚死亡四天。"只要条件允许，我们一般不会对案件尚未明了的当事人尸体做防腐处理，这样，取证会相对容易些。"刘队长站在旁边向我解释。

我绕着尸体转了一圈，在接近他的手臂部位时我趁在场的人都不注意，从半握的手掌间取下一件东西。也许这件东西在普通人甚至公安人员的眼光下只是尸体上的一块污垢，可是对于我来说，这也许就是一条通向整个秘密的甬道。我说的，仅仅是也许。

我将去浙江的消息告诉了萧曼。具体去做什么，我没有向她进行解释。而且，我又叮嘱她，我虽然同意她和我一起去浙江，但是，这个消息要绝对保密，尤其是对她的上司，刑侦队长刘强。她踌躇了好一会儿，才勉强答应下来。至于我们这次要离开这座城市的借口，由她自己想去好了。

我知道萧曼说谎的能力一点都不比我差。

第二天上午九时三十六分，在我向公司领导告假之后，我和萧曼一同踏上了开往杭州的 K65 次列车。

5. 险遭意外

中国古代的命理文化曾让我一度迷上了相术和占卜。我由此而相信，在人的命运的扑朔迷离之中，一定有某种不可解释的机缘。让有缘的人在某一刻捕捉到神秘力量的昭示。这种昭示，被相面或占卜的人称做卦解。说得更加清楚一点就是，它是用命理学推算出的某人生命的未来趋势。简单地说，是未来的命运。

在东南逶迤而行的列车上，我和萧曼百无聊赖之际做着一种测字游戏。是的，在萧曼这样的后现代人物加上身份又是刑警的年轻人来看这仅仅只是游戏而已，但对于我，它可能就会包含着我们此行的结果。

萧曼写了个"斌"字让我来测，我的右眼下意识地跳动了几下。这是个不好的征兆。斌者，文武也，去"武"加"刂"是"刘"字，"刘"的谐音是"留"，意思很明显，是让要出行的人留在出发地。"武"字的字面含义是止戈，有冲突才有制止。这个"斌"字总体上看，就是让我们别再远赴浙省才能停止某种冲突。到底是什么冲突，就连我自己也搞不清楚。倒是萧曼听了我对此字的解释后有些担心地说："该不会遇上什么危险吧？"我装作没事地笑道："你不是说这只是个游戏吗？别太当真了。"

我嘴里说得轻巧，可心底，还是不由得打了一个突。

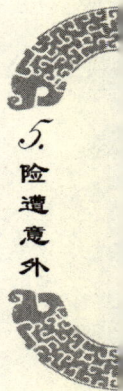

我们到达杭州是第二天的黄昏时分，杭州这座江南古老的都市正处在一片冬日伶仃暮雨之中。

在西湖畔的一家私人招待所里我们住了下来。萧曼没有联系当地的公安系统，她也许觉得这样会方便一些。

吃过晚饭以后，一路奔波的疲倦已写在彼此行色匆匆的脸上。

这个需要温暖的夜晚，我们是分开睡的。

午夜一时左右，我醒了过来。

也许是一直在惦记着从刑侦队验尸房王国庆的手掌里取到的那样东西。自从它落到我的手中那一刻起就再也没有离开过我大衣内侧特别缝制的暗袋。这个暗袋是我储藏一些小物件的地方。包括：一把精致的瑞士多用途军刀，一只ZP防风打火机，一支微型手电筒和一把万能钥匙。现在，又多了一样，就连我也不能证明它是有用的东西。

王国庆的左手手掌边缘脱落了一层坏掉的皮。

在这层皮彻底掉落之前它落到了我的手中。

招待所昏暗的灯光下，我看到这层皮上粘着一些尘土。不知是什么时候就粘在了上面，呈现出不太真实的颜色。

我的瑞士军刀是一个英国朋友送的，功能很多，有一个高倍数的微型放大镜。

在微型放大镜下这层硬皮上除了尘土还出现了颗粒状的物体，看上去，像某种岩石的碎屑。我小心翼翼地借助放大镜用指甲将这些碎屑划拨到一只塑料袋里，这东西也许就是问题的关键，我有些欣喜地想。

就在这时，我忽然感到脊背上蹿起一股彻骨的寒意，猛然回头，在向东的窗户之外，一片茫茫黑暗当中，有一片泛白的影子一闪而过。

是什么影子，速度如此之快？

我在一怔之下，身体已出于本能地反应作出了很激烈的动作。

我一步就跨到了朝东的那扇窗户前。

天气寒冷的缘故，窗户玻璃向室内的一面凝结了一层薄薄的雾气，我推开窗向外看去，在微弱的天光下，需要很好的视力才能看到周围模糊的景致。

我所处的这间客房的位置是招待所的二楼，窗外临着一条不太宽的街道，在这样黑暗的午夜里，街道上除了几盏昏黄的路灯之外，只剩下看不清但能够触摸到的飘飞的雨丝。

连个孤单的人影都没有。

我目测了窗户到地面的高度，大概有三米的样子。这么高的距离，除非身负传说中的轻身功夫，否则是无法一下就能跃上来的。向上攀爬也有非常大的难度，因为，这座招待所三层楼通体都裹上了一层水泥，几乎很少有缝隙能够放下一根手指，而我所在客房下的一楼是没有窗户的！

难道那条影子来自于上面？我把头仰向楼顶，却看不见什么绳索之类能够支撑的工具，雨水滴落在我的身上，感觉到了彻骨的冰凉。

也许不是人的影子，我猜想，那么快，那么迅雷不及掩耳，是鬼魂吗？

萧曼急促的一声惊叫迫使我飞快地冲出自己的房间来到她住的客房门前，我用力推门，里面是反锁着的，情急之下，我只能撞开它！

"啪"的一声闷响，在走廊里荡出轻微的回声。我闪身进去，领口就被一只手拽住了。我的身体被一股很大的力量提了起来，又向下狠狠摔去。幸好，我多年都未曾荒废的武术根底起了作用，就在身体将要重重落地之际，我的左掌拍在了袭击我的人的腰间，向下的力量被我转移到这一拍之间，就听见"哎呀"一声，我和他同时倒地。但我是轻轻地挨着地面的。

从那一声"哎呀"里，我已经知道这个袭击我的人是谁了。

正是萧曼。

萧曼的房间里没有开灯，但她似乎知道了这个冲出房间的人是我，低声说道："这房间里还有别人！"

走廊里的灯光顺着半开的房门照射进来，我的眼光飞快地向房内扫了一圈，除了萧曼之外，整个房间就再也没有别的什么人了。

"哪里有什么人在这里？"我嘟囔着爬起来，顺手也拉了一把萧曼。

开了灯之后，我看见萧曼的脸上显露出一片忸怩之色。

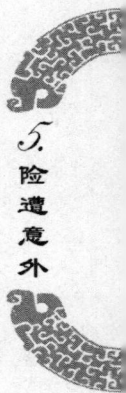

"不好意思，刚才没有摔痛吧。"

"我还想问你哩，我的那一掌没伤着你吧。"

我们相互问候，但又似在相互斗着口舌。

"不愧是跆拳道黑带，身手还真是利落。"

"你也不赖，那么短的时间里也能施术自救。"

"彼此，彼此。"

我打了个哈哈，转脸正色道："说说究竟是怎么回事？"

萧曼缓过了神，从背包里取出两听罐装咖啡，一听递给了我，又迅速地打开另一听，"咕咚，咕咚"狂灌一气才说道："我这人有个毛病，换了地方就很难入睡，十分钟前我躺在床上正假寐着，就感觉到窗口似乎有异常的动静，一睁开眼，看见一条灰白的像人的影子在窗前摇曳，而且有随时欲进的举动，情急之下，我把枕头扔了过去，但好像什么也没有打中，这时候，你就冲进来啦。"

"当时，我的脑海中一片空白，下意识地，我就攻击了你。"

"我也看到那影子了，就在我的房间窗户前，是刚才。现在这个影子同样不见了。"我沉声说。

萧曼惊讶地看着我。

"有些事情，我想还是对你说出的好。"

我说出这句话的时候，是经过短暂的思考的，我想，把我所知道的告诉她会对我们今后的行动有利，当然，这一切都有个前提。这个前提就是，除了她自己，不能再让别人知道，包括她的上司刘强队长。

她沉默了，过了大约五分钟，才答应了我的要求。但是，为了以防万一，我对我的话作了保留，也就是我只说出了整个事情的二分之一。

我缓缓地说出了我想说的部分。

她听得睁大了眼睛。

有那么一会儿，她不由自主地将身体靠近我，并且握住了我的手，她的手泛着潮湿的冰凉。

这个晚上，虽然再没有发生什么，但我们俩同样都没能安然入睡。

杭州的黎明像它的黄昏那样岿立在阴霾之中。

雨仍旧在下。

我们吃过当地的特色小吃"青笋鲜肉馄饨"之后，乘上一辆出租车，开始了调查的第一步。

第一个目的地是挂牌在这里的《浙江日报》社。

接待我们的是一名广告部的资深记者。

这一次，萧曼向他亮出了警官证。

所有的记者似乎都对警察这个职业有着相同的戒备。

在萧曼煞费口舌地交涉了一番之后，他才将那天接待过刊登那则寻人启事客户的另一位记者请了出来。

我们询问着当时的情况，而这位看上去颇为年轻的记者竟然说自己的记忆力衰退得非常厉害，以至于记不清那天的许多细节，只是能想起那个来刊登者的姓名和大概年龄以及在印象里变得颇为模糊的长相。就这一丁点的收获，也让我的心中充满了不虚此行的成就感。

这位记者的最后一句听上去不经意的话，给我们提供了一条极为重要的线索。

"这个人说话的方言很重，好像带着莫邪山区特有的一种口音，就像这样。"他学着说了几句，虽然不知道模仿得准不准确，但在我心中却激起一片波澜。我迅速在心里牵出了一条长线，线的一端系着好几个人物，有王国庆、有他的两位颇为神秘的亲戚、有茶社里偶然遇到的中年人。他们似在不经意间说出口的，就是接近于这位记者朋友模仿的方言！

莫邪山区。

是浙江省向西南的一带连绵起伏的著名山脉。据有关资料显示，在这段山脉周围居住的原住民大约有十万人之多，而且，有些村落和村落之间虽说只隔数里，口音就已不尽相同！

还有一点，王国庆，一个地地道道、普普通通的山东人又怎么会说这里的方言呢？说出连我这样走南闯北的人都听不懂的方言？！

我的脑子里充满了疑惑，就连萧曼的催促声也似乎听不真切。

离开报社之后，我们又直奔这座城市的民政局，因为，我曾经打通过这里的电话。

市民政局坐落在离武林门不远的一条老街内，是一座三进式的仿古院落。在这里，我见到了那位接过我电话的女士。

这位女士，三十多岁的样子，很瘦且高，一副圆边近视眼镜架在鼻梁上，因此，显得比本人的实际年龄可能要苍老一些。

她冷冷地看着我们，直到我们说明来意之后，她也没有消除掉视线里的那股敌意。

有关曹建华的种种，她回答得都十分简单，甚至对曹某人的死亡，也只有短短的一句话。"他是在半夜里死掉的。"我们接下来又找到一些人，但对曹建华的情况均不甚了解。

总之，在我们所了解并掌握到的情况中，这个曹建华，五十岁左右，身高大约一米六七，老三届的毕业生，离开浙江文理学院后就分配到了这里。工作三十多年来，几乎没有什么可以聊得来的朋友。他平时喜欢看一些考古类的书籍，尤其是与古墓葬有关的更是倾于钻研状态。他没有结婚，也没有情人和朋友，就连亲戚都少得很。他是从莫邪山区来的。

他出事是在那天深夜，等单位上的人接到交警队事故科电话时已经是第二天清晨了。据到交警队去辨认尸体的局办公室张主任说，致命伤在大脑内部，一撞毙命。可能没有太大的痛苦。报案的人是位清洁工，而肇事车辆逃逸了，没有看清车牌号码。

就是这样。杂乱的线索。

回到安身的招待所里，在上楼梯的时候，萧曼忽然间扯了扯我的衣角，低声说："今夜，该不会再有什么特别的事情发生吧？"

我们在杭州的日子已经过去了五天。

在这段时光中，除了第一夜发生过"影子"事件之外，后来都平安无事。但对于寻人启事的一系列调查进行得却颇为艰难。虽说不止一次登门拜访过报社、民政局的有关人士，还与处理这起肇事逃逸案

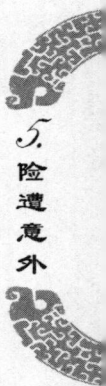

的交通警察作过详细的交谈，甚至在杭州七百万人口中大海捞针般找到了当日的那位目击者，可纵观整件事情，却没有突破性的进展。还有在王国庆手里取到的那层死皮，我虽然已经将死皮做了初步的鉴定，发现了一些岩石的碎屑，但好像跟进一步的调查没有什么关键的联系。

我和萧曼商量着是否有现在就赴莫邪山区调查的必要，经过反复考虑后都认为时机还不成熟，于是，先返回去成了我们下一步的打算。

可是，最近的火车以及飞机票都像是预谋好的一样突然变得紧俏起来。我们分别在两处购票地点排了整整一个下午的队都没有买到回去的票。接近晚上八点时分，我们到预先说好的地点见面。

那是距离西湖北岸不远的一家韩国料理店，近年来韩风西渐，大有席卷全国之势。我虽说不太习惯韩国菜的味道，但选择这里是因为这里是通向火车站和航空售票点的交会之处，从这两个地方到达这里所用的时间几乎是一样的。

可当我赶到的时候，萧曼却没有按时到达。

我等了大概十分钟，才看见她匆匆的身影在马路对面的豁口处闪出，我正要走出门迎接她，一件意外的事情却发生了！

一辆厢式货车像喝醉了酒一样在马路上东摇西摆，而且速度非常之快，眼看就要撞上正在走向人行横道的萧曼。

我的一声惊呼还没有冲出口腔，车子已经飞快地驶过了，而萧曼正要从积着雨水的路面上爬起来，我看得出，她没有受到什么伤害。

我向她跑去，正要拉住她的手，脊背上猛地蹿出一股寒意，感觉得出就连头发也根根竖了起来！

那辆车，那辆萧曼刚凭灵动、矫健的身手躲过的死亡制造机器不知什么时候换了方向又向我的立足之处疾驶而来，大有将我连带萧曼一并解决的气势。

在短短的瞬间当中，我已来不及作出准确的判断，只能扯着萧曼顺势向人行道上的护栏旁滚去！

5. 险遭意外

35

我似乎能听到自己的骨节在滚动时发出的声音，有些沉闷，有些不太真实。

两个人的身躯被护栏阻住了继续向前的惯性，我下意识地抬起头来，那辆疯子一般的汽车已驶出了老远。

"是谋杀！"萧曼连喘带怒地嘶声喊道。

6. 迷雾

不得已，我们继续在杭州住了下来。因为萧曼执意要找到想"谋杀"我们的凶手。

萧曼打电话给刘队长说明了发生的事，刘队长嘱咐了萧曼什么我并没有能够听到，但据萧曼说，刘队长已经和这边的刑侦部门取得联系，并希望我们给予积极配合。

在杭州市刑侦支队的帮助下，我们搬了住的地方，住进了当地市政府内部的一所饭店里。

这里的条件比那家私人招待所要好得多，二十四小时的热水供应和中央空调使我们感觉到了星级服务的舒适和周到，但我的心中却一直有个谜结死活不能解开，使大脑得不到充分的休息，我的脸看上去憔悴了许多。

这个谜结就是："究竟是什么人想要干掉我们？"

我们并没有把重要的情况告诉这里的警察。

在这天下午的半梦半醒之际，许久没有动静的手提电话忽然响个不停。来电显示是个陌生的号码，但它来自我居住的 A 城。

是夏陆在一座公用电话亭打来的。

他的第一句话就是："你要找的人我替你找到了。"

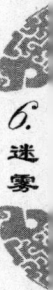

当我听见这句话时内心涌起一阵说不出的激动，可是，下一句却让我感到了窒息。

"可他们都死掉了。"

"发生了什么事？"我在震惊中急急问道。

"死亡原因是氰化钾中毒，死亡时间是在我找到他们之前的两个小时之内，准确地说，是在昨天晚上十二点四十分左右。"

"地点呢？地点在哪里？"

"山城殡仪馆。"

我的瞳孔突然间缩小，这个山城殡仪馆，真的是有什么不可告人的秘密吗？

"你有没有报案？"

这句话一出口我就已经感到后悔了。

"你记忆力愈来愈差，怎么忘掉了我这个人是从来都不与警察打交道的？"夏陆的声音变得冰冷而遥远。

"对不住，对不住！"我连声道歉。

"算了，又不是有意的。"

他懒洋洋地说道："在他们其中一个人身上我找到一张身份证，上面的名字是曹建华。"

又是一阵窒息，像鬼魂般地忽然靠近，我竟然张口结舌。

还好，自己毕竟还算是经历过大场面的人，定了定心神，我说话又恢复了镇定，压低声音问道："持有这张身份证的人是什么样子？"

"五十多岁，脸看上去显得很沧桑。可惜，看不出他活着是怎样的表情了。"

我的脑海里出现一个曾经被疏忽掉的盲点，现在它逐渐变得清晰起来。

在市民政局中得到的较少的线索里，这个被别人描述过的曹建华的面目，很像我在茶社里看到过的那个中年人。我疏忽掉的就是这一点！

挂掉了电话之后，我迅速找到另一个被遗漏的问题，在这几天的连续调查中我们都似乎没有询问过曹建华后事的情况，他如果真的是死

38

了，他的遗体、骨灰、墓地分别是在哪儿？

我通知萧曼出门的时候，她刚刚洗完澡，一副"佳人出浴"的模样，不知为什么，她娇柔、慵懒的神情使我的心头一动，但仅仅只是一动而已。我连声催促她赶快换衣服出发，至于去干什么，我想，在路上告诉她也不迟。

门口的一名在保护我们安全的干警问我们去哪里，我胡乱敷衍了几句，就放行了。

萧曼是个聪明人，我稍稍提醒了一句，她就已知道我们的漏洞出在哪里。

又一次对民政局的张主任说谢谢之后，我们便赶往这位曹先生的埋骨之地——这座城市向东二十公里的一座公墓"青松岗"。

按照张主任的说法，曹建华十余年前就立下一个遗嘱，遗嘱中提出，无论自己是怎么死亡，都希望能够入土为安，这也是他的家族百年前立下的规矩。所以，在他过世之后，当地的交警部门确定这是一起普通的交通肇事逃逸案，所以，尸体就及时交给他原来的单位民政局处理了。而民政局看他也没亲戚、朋友什么的，单位就开了个会商量了一下，遵照他的遗愿，土葬了。

在赶往青松岗的路途中，萧曼有意无意地说："这个人真怪，现在都什么年代了，还要求土葬，难道，他想死掉之后还能从坟墓里爬出来不成？"

我却若有所思。

青松岗公墓所在地名副其实。

数千棵苍劲挺拔的松树在冬日冰冷的微雨中愈显青翠。

听公墓值班的老人讲，这里聚集着自清末一直到现在近万座大小不一、规格迥异、有名或无名的墓葬。其中曾名动中国经济史的徽商翘楚胡雪岩之堂弟、侄儿、侄女均埋骨于此。甚至，在抗日战争中为保卫这座城市牺牲的三百多位无名烈士的遗体也在此安息。郁郁林莽，随风长吟不已，为死去的人们唱响安魂曲。

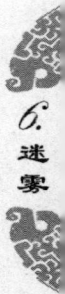

我和萧曼在老人的指引下没费什么周折就找到了曹建华的墓碑。

曹建华的墓碑在众多墓碑间显得较为寒怆，看来他在单位的人缘的确是不怎么样，就连供桌上也没有什么供奠的物品。墓碑是普通的条石磨刻，四周边缘以青砖铺就，碑后的坟冢为寻常的土堆，呈不规则的椭圆形，像块并不新鲜的馒头，看上去不怎么舒服。

我绕着墓座转了一圈，没有发现什么可疑的迹象。萧曼在碑前的供桌上摆上我们路上买来的香纸、烛火和水果之类的祭奠品，无论他的死亡是真是假，我们都不想对他的墓碑不敬。

当我下意识地走到墓碑之后时，我看到墓碑与坟冢之间有一块青砖微呈凹凸状，如果不仔细地去看，很多人都会以为这只是工程质量不过关所至。但经过我的细心留意，却发现这块青砖之所以突出了一部分并不是当初基建时不经意留下的，而是后来的人为痕迹。这个发现，使我的心中产生了一种前所未有的欣喜，虽然我的感觉还不算是太接近于掀开真相的关键，但是，我已经认定玄机可能就在此处！

我装作很随便的样子又在这墓地的前后溜达了一会儿，才对萧曼招呼道："我们走吧。"

萧曼在墓碑前蹲了许久，听见我的喊声，像是在沉息中惊醒，懵懵地说道："怎么，就这么走啦？"

"看看故人就可以了，我们还有其他事情要做。"萧曼似乎已从我的话里听出了弦外之音，再没说什么。

我们告别了公墓的值班老人，离开青松岗。

在返回途中，萧曼问我："你到底发现了什么？"

"一个秘密，也许是关于死人复活的秘密。"

夜里有雨。

我和萧曼再一次来到青松岗公墓。这一次，我们没有惊动值班人，而是悄悄攀爬过并不太高的围墙，潜身入内。

墓园中一片肃静。

我将微型手电筒的光源调节到最小亮度，小心翼翼地拾级而上，去寻找白天来过的那块墓地。

　　整个墓园在黑暗里显得无比空旷。偶尔听见夜风吹过松林发出的涛声，遥远而不太真实。

　　萧曼毕竟是个女人，在这样的环境下，她难免露出一丝怯意，紧紧地贴在我身后，我甚至可以听得见她的心跳声，很快，有点不规律。

　　我们终于来到了曹建华的墓碑前。在手电筒泛黄的微光照射下，墓碑上刻的字由于用了白色漆染的缘故而泛出幽暗的光芒。我迅速来到墓碑后面，蹲在那块凸起的青砖前，用手将青砖用力掀开，但我想错了！任凭我使尽全身的力气，这块青砖却纹丝不动。在那一刻，我开始怀疑自己的判断，是否已经不如年轻时那么准确。

　　萧曼就半蹲在我的对面，她见我没有撼动那块青砖，发出了鄙夷的轻笑，用一只手推开了我的手，自己去掀青砖了。可惜，她也是徒劳无功。

　　"你是不是弄错了？"萧曼的声音里带着疑虑。

　　我无法回答。

　　夜风挟雨在我的背上划过，我感觉到了冷意。正想起身，忽然，就听到了一声低低的喘息！仿佛又回到了几天之前我在山城殡仪馆刚要进入铁门时的那种境遇。一模一样的喘息声，地狱鬼魂般的呼吸。

　　萧曼也听到了。

　　她的手抓住了我的手，颤栗立即传遍了我的全身。一刹那间，我只做了一件事情——拉过萧曼，同时用背靠紧了墓碑。

　　又是一声喘息，急促的、沉闷的喘息。有哮喘者呼吸困难的感觉，又像在搬挪什么重物。

　　萧曼的另一只手里多了一件东西。

　　是一把锋利的弯形缅刀。

　　由于这次和我一起来杭州不是公派办案，她没有携带手枪，而是带了这把刀。据她所说，这把刀的来历极为曲折，可以追溯到抗日战争的年代，是她的祖父留下的唯一遗物。

　　她的祖父，原西北军吉鸿昌部的一员骁将，在台儿庄大战中壮烈牺

牲了。

缅刀在黑暗里有种特殊的光泽。

在我的手电筒已经熄掉了之后，这把刀仍然能够起到一点照明的作用。我想，在刀的表面涂层当中是否掺入了一些夜光颜料？但这种问题此时已显得微不足道。因为，我现在所要面临的最大困境是恐惧，恐惧无处不在。

我等待着第三声喘息的到来。这可怕的喘息声究竟是什么古怪的生物所发出的？我一无所知。萧曼忽然低声说："你快看，青砖可以动了！"

在刀光隐隐里，我看见萧曼握刀的手按在青砖之上，而这块砖竟然在这并不费力的一按之下，下陷到地面中有一寸之多。我猛地想到了这青砖的奥妙所在，便将手搭在萧曼握刀的手背上用力又是一按。一阵轻微的响动过后，距离这块砖头大概三步之遥的地方出现了一个一尺见方的暗洞，我先用手中的电筒向里面做了探视，没有发现什么暗器、机关之类的防护措施，只看到一只方形的盒子，却分辨不出它是用哪一种材料制成的。就在我想将盒子取到手中之际，第三声喘息突兀响起。

这一次，我和萧曼同时捕捉到了声音源。

萧曼突然挣脱了我的手，如同离弦之箭般地向声音发出的方向蹿去。刀影在暗夜中划过一道弧线，她已经出手攻击了。与其说是我没有来得及去阻止她，不如说是我根本就不想阻止她。

她挥出去的一刀在我看不清的黑暗里似乎劈到了一个物体上。而这不知名的物件竟然使刀身在劈中它之后产生了巨大的反弹，我看见缅刀的微光向后激荡而出，萧曼禁不住低呼了一声。

与此同时，我飞快地跃身过去靠近了那个物体，距离已经相当近，近得可以使我看得出它是个什么东东来。

我所看到的是我这一生中最为惊异的情景之一。

一具高一百二十厘米左右的橡皮人就伫立在眼前，虽然是在暗夜之中，但它的双眸中竟然闪烁着金属般妖异的光泽。双臂垂直于身体两侧，右臂上有一块新添的伤痕，正是刚才萧曼的一刀所致！

这个橡皮人之所以能够直直站立，是因为在它的背部，有一根支杆斜斜支撑，而在它的胸口部位，则刻着几个狰狞的汉字："鬼魅无情！"

萧曼已奔到我的身边，同样，她也处于一种震惊的状态，手中的缅刀微微颤抖，显然内心极不平静。

是谁将这个橡皮人抬放在此处的？

是什么时候发生的事？

橡皮人胸前的字迹又在说明着什么？

许多的疑问、焦虑和不安，使我也感到了空前的诡异！

我忽然间想到了墓碑后那只洞里的盒子，急忙奔将过去，可是，盒子不见了！两个大活人，至今还没有患有什么神经系统的疾病，耳聪目明，甚至，都算是身负特殊技能的人，却在这短短数十秒之内，让即将到手的东西不翼而飞，而且毫无觉察，这不能不说是一次严重的失误，使我原本颇为自负的心理受到了较大的打击。

我怔了片刻，萧曼忽然说："这地洞里放置的东西，一定是人取走的！"萧曼虽说并没有看到那个洞里所藏匿的具体是什么，但她从我先前的神态中已然觉察到里面肯定放着一件可能会关系到整个事件谜底的物品。在我愣神的当口，她举着我的微型手电筒在洞口周围查看了一下，发现了一只与众不同的鞋印。这只鞋印虽然混杂在我们两个踩出的鞋印当中，但由于它的尺码过于硕大，而十分明显地呈现在我们的眼前。

是谁能有神不知鬼不觉的本事，在我们接近橡皮人的时候将那只盒子悄悄取走？这个人能够穿上这么大的鞋子，他的身高至少是在两米以上，即便他行动的时候谨小慎微也会发出不小的响动，又怎会逃过我们的视线呢？

雨仍未停。我和萧曼的衣服都已大半湿透，于是，我说道："无论怎样，我们要先离开此地，至于别的问题，回去再细细商量。"萧曼指着橡皮人说："这东西也带走吗？"

我犹豫了大约半分钟，才肯定道："带走，一定要带走，也许秘密

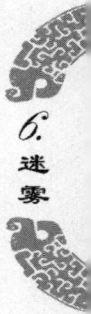

就在它的身上。"

我们草草将墓地周围的痕迹清理了一下,我脱下身上湿掉的外套,裹住了橡皮人的大半个身子,和萧曼一起又从原路返回。在这段时间里,那怪异的喘息声再也未曾出现。

当我们回到住所之时,看见宾馆的周围聚集了三四辆消防车和很多身着消防衣的人员,还有不少警察。而我们所居住的三楼上浓烟滚滚,似乎是一场大火刚刚被扑灭的样子。当地刑警队的一名干警看见了我们,连忙挥动双手,嘴里也听不清是喊着什么。这名刑警我是认识的,就是在那起"谋杀"未遂事件之后帮助我们住进这所宾馆的三位警察中的一个,好像姓单。单警官的呼喊声惊动了站在消防车旁边的另外几名警察。一个年纪较大的走在前面,他的步伐迈得相当大,只在片刻之间就来到我们面前。

"是修必罗先生和萧曼女士吧,我是杭州市公安局主管刑侦的副局长赵祥,你们这是去哪儿啦?"他说话的声音有些沉闷,带着典型的北方口音。

"出了什么事情?"萧曼反问道。

"大概在半个小时之前,我们和市消防队同时接到报警电话,内容大体相同,都是说这里发生了火灾,只是在给我们的电话里多了一句'是有人故意纵火'这样突兀的话。我们赶来的时候,三楼整层已经置于大火之中,幸好,今天这层楼上的客人很少,而且在发生火灾时,都还没有回到房间内,所以没有什么人受伤。"

"咦,你的手中抱着的是什么?"这位赵副局长正在说明这里的情况,侧目看到了那具被我用外套罩裹的橡皮人,有意无意地问道。

"是我给我侄儿买的一件仿真人玩具,正巧今天在这里的一个综合商场里碰到了。"萧曼不紧不慢地说。

不愧是刑侦出身,她的这句看似轻描淡写的话,不仅将这橡皮人的来历向这几位警察解释清楚,而且,我们去了哪里,其意自明(是晚上逛商店去了,无它)。

赵副局长因为早已知道萧曼的身份所以并没有再盘问我们什么,而是叮嘱道："没事就好，但一定要加倍小心。你们现在还是犯罪嫌疑人的行凶目标。今天晚上的大火，很可能就是针对你们的！"

这句话使我的心脏不由得跳快了几拍。

我们又挪了地方，住进了这座城市里一处著名的疗养区内。几十年来，许多大人物都在此或长或短地住过一段时间，其中有一个可以写进共和国军史的人物，因为他当年的叛逃未遂，更加给这个处所增添了不少传奇色彩。

这里风光可人，虽说是在江南多雨雪的冬天，但苍松显翠，寒梅怒放，别有一番撩人的风情。

大门口还有武装警察们的身影。

在休息了一整天之后，我和萧曼在我的房间门口挂上了"请勿打扰"的牌子。反锁了房门，并开始对橡皮人进行了仔细的研究。所谓"研究"，其实就是想在它的身上找到一星半点的蛛丝马迹。可是，就算我们将此橡皮人大卸八块，也看不出它究竟有什么不可告人的秘密。

除了胸口所刻的那四个字。

"这眼睛上涂了一层金属漆，怪不得在光照下会反射出那种令人害怕的光泽。"显然萧曼对橡皮人的关注只停留在表象上。

"来，你看看这几个字，下刀的深度大概有一厘米，如果不是手腕极其有力，一般人是不会在橡皮制品上留下如此之深的痕迹的。而且，这字体在外行人看来没有什么可取之处，但是，因为我自幼就随叔叔练过书法，所以，可以看出刻字人用的是现今很少有人临摹过、据说已濒临失传的'担当'笔法，"我边想边说，"'担当'是个唐朝的和尚。"

"你是说，在橡皮人上刻字的家伙不仅气力较大，而且是个书法家？"萧曼好奇地问道。

"这，我不敢肯定，但是，具有如此腕力的人，除了工厂里干了一二十年的钣金工之外，就只有长期练习柔道或自由搏击之术的人能够拥有了。他在书法上的造诣也较为深厚，你看，这一撇一捺间的留白特别注重分寸，不是寻常人所能做到的。"

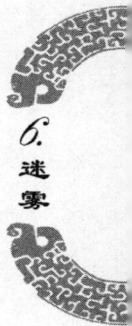

6. 迷雾

萧曼听完我的话，轻轻哼了一声。我知道，像她这种年轻又颇为自负的女人总会在对别人的夸奖上有点不怎么服气。

对橡皮人的研究不是没有收获，虽然，这收获很小。

至少我知道对手之一是具有一定特殊技能的人，而且他甚至对于人的心理也颇有研究。不然，不会在墓地里大用障眼法，而使那只我本可以唾手可得的盒子踪影全无。

"你在墓地的那个洞里究竟看到了什么东西？"萧曼不经意地问我，但我明白，她是十分迫切地想知道其中的秘密。

"一只盒子。"我说。

第二天上午九时二十分左右，我的手提电话开始响起，那时我才刚刚睡醒，还赖在床上想多躺一会儿。电话铃声固执地响了很久，我接通一听，是夏陆打过来的。扑面就是一句令我惊奇的问话。

"你相信这世上有鬼吗？"

夏陆的这句话很像是一个小孩子在听了邻家阿婆讲的鬼故事之后，回来询问大人们的那种口气。

我听了之后，不由得笑道："怎么，你遇到鬼了么？"我完全是在用玩笑的口吻说着话，但夏陆在话筒里的声音却让我的表情不得不变得严肃起来，而且越听越觉得诡异。

"就在昨天晚上八点多，我看到了死在殡仪馆中两个人中的一个，就是身上装有身份证、名叫曹建华的人！"

7. 元神出窍

对于鬼神之说，我一直半信半疑。且不论历代传闻里的山精树怪，孤魂野鬼，就是近年来各类新闻媒体报道的世界各地发生的种种灵异事件，我也是抱以耳听为虚、眼见为实的态度。姑妄说之且听之罢。但是，夏陆这一通听似荒谬的电话，却在我的心里留下了很深的烙痕。因为，我很了解夏陆的性格和为人，如果不是他亲眼所见可以证实的事情，他决不会信口开河！我下意识地瞅了瞅放在桌子边的橡皮人，觉得神志一阵恍惚。

有人敲门，是萧曼。她带来一股茉莉花的清香，但我已没有什么心思去享受这种掺杂有女人体香的爽肤水的味道了，只是看了她一眼，就沉默着走到了窗前。萧曼大概看出我的脸色不太好，她关心地问道："怎么，生病了吗？"说这话的时候，我手中的电话还处于自己没有挂掉而对方已挂掉的状态，听筒里传来"嘟嘟"的盲音，萧曼又问我："谁来的电话？"

我不得不说出我让夏陆调查的情况，至于根本的目的我没有说，还是想将使我森然惊惧的事情迅速地讲给她听，这里暗存我的一点私心，把自己的恐惧分出一半给别人，也许我就不会再全部承受那种使人心慌气短的压力了。

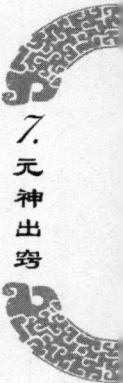

萧曼骤然变白的脸色说明她的震惊程度不比刚才初听此消息的我更好一些。她足足有三分钟时间处在一片空白之中，然后，才长舒了一口气说出这样的一句话："修必罗，你相信元神出窍吗？"

萧曼的这句话很像早些时候夏陆在电话里说过的那句"你相信这世上有鬼吗"，都是令人最初的感觉是荒唐，但我不会再用那玩笑的口吻来回答萧曼了。我知道，萧曼在此时此刻能够说出这样的一句话，一定是有某种特殊原因的。

在我摇头又点头一副犹犹豫豫的表情中，萧曼继续说："我是相信的。因为，我曾亲眼看到过！"

元神在中国古代汉语词典中是道家方士在修炼中聚集自己身体内部一定的某种能量之后，就可以使精神脱离修炼者的躯壳，这种精神就称为元神。这个过程用一句俗语来说就是成仙；另一种解释是，元神就是灵魂，是人在死亡之后，控制人的精神的一种力量并不随之消亡，而在某些特定的环境里会呈现出原主人的形态，出现在活着的人们的面前，俗话说，就是鬼。

萧曼见过鬼！

这不能不使我感到异常惊讶。我连忙给她倒了一杯水，并搬了把椅子让她坐下来，我希望她能够将自己遇到"鬼"或者"元神出窍"的经历细细地说给我听。

她果然没有让我失望。

下面就是她的讲述。（为了方便读者，我依然用第一人称来讲这个故事，但故事的主人公是萧曼）

那是十余年前的事了，准确地说，是在十一年前，一九九五年春天。

那时候，我十四岁，正在故乡河北邯郸蔚县的郊镇中学读高一。我上学时很乖，常常是两点一线的生活，家、学校，学校、家。我的父亲当时在石家庄工作，母亲是我就读的学校的地理老师，而家中还有一个年逾八旬的奶奶。这件事情就是在奶奶身上发生的。

这年春天，我奶奶在不小心跌了一跤之后就卧床不起，开始请的大夫都说没什么大事，休息几天之后就会好转，我和妈妈都轻易地相信了，也没有让远在外地的父亲回来，可是，就在三天后的夜里，午夜两点钟左右吧，我奶奶突然就过世了！没有任何征兆，甚至在那天下午她还能自己起床解手，可是，死亡来得是那样快！等我和母亲听到"咚"的一声响动连忙冲进奶奶的房间时，她已经躺在地上停止了呼吸。

父亲是第二天下午赶回来的。

我们一家沉浸在悲痛当中，还是父亲坚强，他从巨大的哀痛中清醒过来，开始操办奶奶的后事。本来事情一直是非常平稳而顺利地进行着，可是，就在奶奶去世的第四天傍晚，我和父亲在守灵的时候突然又见到了奶奶！

父亲是物理研究所的负责人，党员，无神论者。但经过了这一次的经历，他从此变得相信鬼神了！

事情是在晚上八时到八时四十分间发生的。

当时，父亲正在奶奶的灵堂前给我讲他小时候的故事，父亲原来很少有这么高的兴致，而这一次他讲的简直有些忘乎所以。

他是面向灵堂坐着的，我则背向奶奶的棺柩，就在父亲手舞足蹈的一刹那，他挥动的手忽然间停顿在半空中，而脸上惊异的表情让我联想到恐惧，我看见他的眼睛死死地盯着我身后的灵堂！我不由得回过头来，眼前出现的一幕在我还没经过什么风雨的心灵深处留下深刻的痕迹，因为极端害怕，我连一声惊呼都没有发出。

我看到了我的奶奶！

她端坐在棺柩上，双眼紧闭，口中似乎念念有词，我听不清她在说什么，只能看到她肢体上的动作逐渐复杂起来，像在表演着什么舞蹈，整个身躯都处于扭曲的状态。

在极度震惊之下，父亲还是保持了清醒的头脑，他一把拉住我，向他的怀里靠了靠，手里是受潜意识的驱动而拿起一根支架灵堂剩余的木棍——尽管我们都知道奶奶是不会伤害她的亲人的，但在这种诡异的情形中，任何人都会顿生防范之心，我的父亲也不例外。

　　冀中平原上本来就多风，春天的风相对来说更大一些，而这天夜里　突然刮起的风却大得出奇。以至于吹得我们的眼睛不得不闭起来。这风持续了七八分钟，风停止的时候，我们再睁开双眼时，奶奶竟不见了！父亲快速跑到棺柩前，原本上了铜钉的棺材盖掀开着，而里面，没有奶奶的尸体，就连给她陪葬的那根龙头拐杖也不翼而飞！这是我紧跟着父亲在棺材里看到的情景。

　　这件事发生得突然，我父亲在不得已的情况下，连夜将一些砖块放入奶奶的棺材中，第二天就草草葬掉了。邻居们虽然对父亲这样的举动有些不解，甚至母亲也曾责问他，但父亲始终保持了沉默，就连我，当时一个十四岁的女孩子，也在父亲的叮嘱下缄口不语，任凭母亲百般盘问，终究一无所获。

　　而在葬掉空棺之后，父亲就踏上寻找奶奶的路途，足足找了一个星期，有一天下午，我看见他疲倦的身躯出现在家门口，连忙跑过去询问寻找的结果，他只是重复着说："这是元神出窍，这是元神出窍。"具体的内容我却一个字也没能听到。

　　……

　　父亲没多久就病倒了，在即将离开我们时，他说出了临终的心愿，将他的尸体葬在离我们这里有七八十里远的一座土岗上，在当时的情形下我们只能按他的要求去做。我们下葬父亲的那天，在挖好的墓坑下，竟然看到奶奶的遗体，非常安详地躺在其中，而她的旁边所留下的空间，正好可以放进一具尸体！

　　母亲和赶来奔丧的舅舅，以及帮助的众乡亲都惊诧不已，在其中有一位年长的叔爷辈，他用迷信的方式给我们解释了一通，这种现象的出现是因为什么。最后，还说出了一句和父亲生前说过的相同的话"元神出窍"。但只有我清楚，奶奶并不是从她的墓地里直接到这个墓坑来完成"元神出窍"之奇异现象的，而是更早的时候，在没有下葬之前，就已经发生了！

　　在未动奶奶的遗体而葬了父亲之后，这座奇特的合葬坟被冀中一带的人暗地里称做"鬼冢"。母亲受不了一下子失去两位亲人的打击而带我搬到了我们现在居住的 A 市。我非常明白她之所以要搬迁的更深一层的原因，那就是——"元神出窍"。任何人都会对如此诡异的事件退避三舍的。

在我的心中，这件事沉积了十一年，今天所以说出来，是想告诉你，我觉得你所说的事和我遇到的从某种程度上来说非常相似，都与死人复活有关，也就是"元神出窍"。

萧曼平静地讲述完这个故事，我从她年轻的脸上看不出一丝包含谎言的做作。这件旧事在她的心底留下怎样深刻的烙记我并不十分清楚，但在我的心中，问题似乎越来越多。

萧曼所说的属于用"元神出窍"这种迷信的方式才能解释得通的怪异现象和夏陆所讲的目击事件是否真的是异曲同工？

就在我陷入沉思的当口，萧曼接听了刘强队长的电话，有一件突然发生的事情更使整个事件变得扑朔迷离，错综复杂，而且，充满着惊悚的意味。

"王国庆的尸体不见了！"萧曼原本已经恢复常态的脸色突然间又变得苍白起来。

"他像是自己走掉的。"

从王国庆之死拉开了整个事件的帷幕到现在，不足十天的时间里，接二连三地发生了许多诡异的事情，每一件事的背后都似乎有一根看不到的长线在牵引，而牵线之手还连一点端倪都没有呈现。

刘强队长告诉我们的消息，促使我们的计划又将稍有变动。在经过商量之后，萧曼先踏上返回的路途而我留下来继续进行调查。这是不是最妥当的办法已来不及细细推敲。总之，在我的心中，一直有一团模糊的光影若隐若现，这光影也许就是解开整个谜团的关键所在，只是我现在还不清楚它究竟要昭示什么。我对萧曼回去要做的事情已经胸中有数：第一，对王国庆尸体的失踪要尽快进行排查或搜索；第二，和夏陆联系，必要时和夏陆一起寻找那位"元神出窍"的曹建华，其中的关键是，对曹建华所采取的一切行动都不能告诉刘队长。因为，有些事情

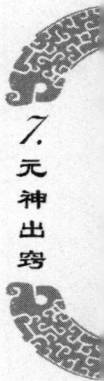

7. 元神出窍

必须要对这位刑侦队长进行隐瞒，当然，所有的隐瞒都是暂时的，我告诉夏陆，我会选择一个适当的时间和刘队长摊牌，但不是现在。

萧曼和我相处的日子里已经对我有了一种微妙的情感，这从她临走时所流露出的担心和关切程度上可以看得出来，但我没有到火车站去送她。

在萧曼被杭州市刑侦队的同志送到火车站去后，我静静地躺在床上整理了一下杂乱的头绪，突然想到了一个被忽略掉的问题，那就是，在玩偶内部所藏匿的那张地图，与这个死而复活的曹建华有没有关联？如果有，那么说这个曹建华有着喜欢研究古墓藏的爱好，而那张地图是否很可能就是一个秘密墓藏的示意图呢？

这次出来，为了稳妥起见，我没有携带那张地图，但图中的内容在我的脑海里还是留有比较深刻的印象的。图右上角那个倒金字塔的标识，标识下被人为刮抹掉的留字，现在看来，这些都可能与我所猜测到的墓藏有关。如果，真的存在这样一所墓藏，那又是谁的埋骨之处呢？

临近午餐的时候，刑侦队的一名同志给我带来了一张照片，照片上是一辆陈旧的厢式货车。在它车头接近水箱网部位有一块很大的暗红色的泥子，这块泥子我非常清楚，因为，那天想要撞击我和萧曼的厢式货车上也在这个部位有一块相同的泥子！当时的情形十分紧急，紧急到我根本来不及看清冲过来的货车上的车牌号码，但是，如此之大的一块泥子给我留下了一定的印象。我敢肯定，照片上的货车和撞击我们的是同一辆车。

"在哪里找到的？"我问这名刑警。

"在宁杭公路三公里处，一座废弃的砖窑外，是被人遗弃在那里的。"

车上没有留下其他有价值的线索，只有一张被撕掉了一半的报纸引起了我的注意。

这是一张刊登着那则寻人启事的《浙江日报》。但由于撕掉了多半的缘故，登载的寻人启事只剩下结尾部分，而曹建华这个名字却十分醒目地留在了那里。

从抛车现场回到疗养院住所，我发觉有人进过我的房间！

我在外面的宾馆、招待所等公共住地留宿时有个习惯，只要我一出门就会在门的缝隙里夹一张很小的纸条，如果纸条掉了，我的房间里就必定有外人来过。

我没有立即进入，而是喊了声服务员。服务员很快就过来了，是位十七八岁的女生，脸上稚气还未退尽。她看着我，有些惶恐地问："先生，有什么事要我帮忙？""哦，没什么，我的房间你进去清理过没有？"我心平气和地说。"对不起，我还没有进行清理，现在要清理吗？"她低着头，讷讷地说。"暂时不用，刚才，就是我离开的时间里有谁进过我的房间？""没有，我们这里是十分安全的，不会有人随便进入客房，"她说道，"对了，有一位警察同志曾在你离开后到服务台问过你，我说你出去了，他就下了楼。""你看到他下楼了没有？""这倒没有，但我听到了楼梯上的脚步声，因为，当时我正在清点退房的房牌，就对这位警察没有怎么留意。"

我"哦"了一声，很客气地请她离开之后转身走进房门，房间里一切照旧，看起来没有人动过，但我还是发现，原来就放在桌子旁边的橡皮人却似乎被挪动了位置。我一个箭步跨到了橡皮人前，下意识地翻动它的身体，在它的背部，安装支撑杆的地方，竟然出现了一个四四方方的深洞，像是用特别锋利的利具整整挖去的！

就在此时，身后突然传来了低沉的喘息声，近得距我只有三五米的距离！

我从未感到这样的胆寒！但一刹那，本能的反应使我的左腿快速撩向声音的来源处，这是中国武术里的一种自救技能，尤其是在背对敌人的情况下，更是有效。

只听到"啪"的一声。

有东西被我踢倒了。

我踢倒的是一只台式的录音机。而低沉的喘息声就是由它发出的。

经过仔细的检查，我才发现其中的奥秘。原来，这只录音机里的录音带前后部分都是空白，只有中间部分录下了喘息的声音，而我一进门

7. 元神出窍

53

时它一直就是处于播放状态，只是还没有到有声音的地方而已。我只是纳闷，这个在我房间放置录音机的人是怎么计算好我进门的时间的，太早或太迟都只有两种可能发生，一是录音机被我发现而声音还没有播放出来，二是早已播放过去，我根本不可能听到，我想到了那位向服务员询问过我的警察，这是不是一名真正的警察？还是……

我很快就拨通了杭州市刑侦支队的电话。

徒劳无功是很令人心力交瘁的，而我现在就已经变得有些不堪重负。

经过刑侦队技术部门的人员详细勘察和调查，整个杭州市甚至浙江省也没有女服务员见过的那位警察，而且，在我房间里放置的录音机是属于这所疗养院里一名医护人员的，录音机就在今天早上刚刚丢失。录音带也是他的，原来的内容被人抹掉了。技术部的警察在离开时嘟囔了一句："这带子里怎么就光录了一些哮喘病人的呼吸声，这个潜入你房间的嫌疑人是不是精神有点问题？"我只能苦笑。

在他们走后，我取出早已藏妥的橡皮人，它胸前四个"担当"体的刻字在我的眼光中有种说不出的诡异感觉，我似乎有一丝预感，可怕的事情还会发生！

杭州刑侦队的副队长和两名干警陪我吃了一顿晚餐，在饭桌上，他笑着说道："修必罗先生，听说你是××市大名鼎鼎的私家侦探，曾被××省政府授予过'见义勇为好市民'的特殊勋章。真是了不起。"我一听这话，就已经开始佩服刘强队长的心思缜密。

萧曼走后，他肯定考虑到我在今后行动上的利弊关系，为了使这里的同行们大开方便之门，而编了这样一套谎话来糊弄这些同志的。但面对他们，我只能装作不在意，好像这些都是不值一提的。那位副队长忽然说："修先生，你的学问一定比我们专业警察要大得多，想请教一下，你对我国的古代墓藏有没有进行过什么特别的研究？"

8. 扑朔迷离

　　杭州市刑侦队的副队长看似不经意的提问却使我怦然心动，但表面上我还是一副慵懒的神色，淡淡地反问道："怎么，您对这方面很感兴趣？"这位副队长的眼底闪过一丝阴郁，非常之快，但还是让我这个较为敏锐的人察觉到了。

　　"不，我是在想，这次你们来调查的市民政局的曹建华，在世的时候对古代墓藏特别感兴趣。"

　　副队长可能感觉到了我脸上倏忽疾闪的诧异，他笑了笑，继续说道："你们到民政局调查曹建华的事，我们已经知道了。不过并不是采用了什么非常的手段，而是萧曼告诉我们的。这个死者的死亡原因当时虽是以交通事故定的案，但一直没有发现过目击证人所描述的肇事逃逸车辆，直到今天为止。"他顿了顿，又道："你和萧曼是因为什么来调查曹建华，我们并不清楚其中的具体原因，既然贵市警方对这一方面采取了保密措施，我们也不便过问。可就在今天，我们发现砖厂的厢式货车之后，所拍摄的照片无意中被交警部门事故科的同志看到，经过和曹建华案目击证人的联系，目击证人认定这辆曾想撞击你们的车，就是置曹建华于死地的车！萧曼当时告诉我们，你们调查他是因为他牵扯到一个案子。作为刑警，我们已经从萧曼的话语里感觉到这个案子的严峻性，于是，我们在暗中也对此人进行了简单的调查，最大的发现，就是我刚才所说的，他对古墓墓葬的痴迷程度可能会超过你的想象，我曾联系过省文物方面的同行，有种种迹象表明，在死者曹建华生前，极有可能参与了一起古墓盗窃案！也许，他的死亡就是其同伙的灭口之作！"

这位副队长的一番长谈，使我陷入了一阵短暂的迷乱之中，幸好我恢复得很快，能够迅速地缓过神来，于是笑道："看得出，萧曼还是觉得她的同行比较亲近的。可是，你为什么刚才要问我是否对古代墓葬有所研究呢？"

"用我的分析来看，这位曹建华之所以被你们千里奔波地进行调查，可能是牵扯到了古墓葬方面的问题，所以，我想他们能让你这样一位非同行出手，你一定具有这方面的才能。"

我对这位不知姓名的副队长的分析由衷地赞赏，我心中那团模糊的光亮变得愈来愈清晰，也许，真正的关键所在就是那张藏在玩偶里的地图，而这张地图所能联系到的，只能设定为一处古代墓葬的秘密方位。可是，这个曹建华的几番生死复活，加上王国庆自杀后尸首又离奇失踪，和这处古代墓葬有着怎样的联系，还有青松岗公墓里的怪事，山城殡仪馆中的魅声，招待所莫名的大火，都于冥冥之中可以连在一起吗？

晚餐之后，我问了这位副队长的尊姓大名，他说他叫"谭力"。

萧曼的电话是在临近午夜时打过来的，对于王国庆尸体失踪的调查，刑侦队已投入了大量警力至今没有任何的结果。刘队长已有两天没有合眼了。

夏陆是在一所桌球会馆和萧曼见面的。他讲述了看到了曹建华"复活"的具体情况，在当时，就对其进行了跟踪，可是，转过一条街后此人就消失了。对于跟踪高手夏陆来说，这是他这半生之中最窝囊的一次。萧曼问了我这边的事，我含糊地说了些无关痛痒的话，听得出，她对我的回答很不满意。

挂了电话后，我又一次面对那只橡皮人，它毫无生命的样子使我有点沮丧。

在沉睡中，我做梦了。

大约是凌晨三点吧，不，应该是三点四十分到四点过五分这段时间内，我猛然被一种撕扯声惊醒，这声音就是从房间里传出来的。

我睁开了眼，入眼的黑暗使我有两三秒钟的视觉停顿，就在我恢复了夜间模糊视物的能力之后，我看见桌子旁橡皮人身边有一团蠕动的黑影，像一个人的影子！

我非常缓慢，尽量不发出任何声响地在床上移动。准备以蓄好的一股冲劲，扑向这个影子。可是就在这时，房间里的内线电话突然"丁零零"地响起（后来我才知道，这是个拨错了号码的电话），我看见那影子似乎也感到了震惊，正要迅速向窗前移动，事已至此，我猛地从床上跃起，左手已向这影子抓去！但我自认为是雷霆一击的动作却失效了。影子竟然轻易地避开了我的出手，同时，它抓起橡皮人一蹿上了窗台，我已经知道这是一个人！一个和我一样身负武功的人。我不等他在窗台上站稳，右腿已向前抬高扫去，正好扫在了他支撑全身重量的左脚之上，"咚"的一声，他从窗台上跌落下来，但在跌落的一刹那，他的右手一扬，我看见一道微亮的寒光逼近眼睛，只得低头一躲，而这个人就在我躲闪的瞬间又冲上了窗台，情急之下我随手扔出一只床凳，就看到床凳连同这个人及他手中的橡皮人一起跌出了窗子，而窗子上的玻璃"哗"的一声碎了。我向前急行了两步踏上了窗台，窗台下是疗养院的草坪，草坪上空无一人。

这时，疗养院里已传来了大门口值班武警的询问声，三四道手电筒的寒光循声而来。也难怪，在如此寂静的夜里，刚才制造出的声响足可以和一枚手雷在战场上的爆炸声相比拟。

我打开房灯，正思索着如何应对这些值班武警们的盘问，却发现我房间的地面上有一团胶皮状的东西。

捡起来摊开一看，是一张面具，薄皮制作的面具，而面具上的脸部结构非常清晰，眉目逼真，我似乎在哪里见过这样一张脸，似曾相识的脸。

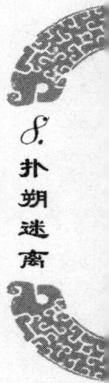

关于此类面具的制作和用途，在早年我还混迹于江湖时，就认识过其中的高手。有一个被人唤做"刀疤脸"的宁夏固原人和我曾有过一面之缘。制作各类用于掩人耳目，以假乱真的面具在他的家族史上可以上溯到清朝康雍乾年间，在传说中，他的先人和四皇子胤禛的夺嫡成功有着难以割舍的关系。这一技术传到他的手里已变得十分秘密，他说过，除他自己之外，这世上不会再有第二个人用死人的皮来做面具，而用死人的皮经过极为复杂的三十二道工艺制成的面具，戴在适合它的人的脸上，简直天衣无缝，就连他的亲人也辨认不出。这种人皮面具有个最大的特点，就是让一个人变成另一个人，说清楚点，就是你变成我。

虽说没有亲眼见过"刀疤脸"做成的人皮面具，但直觉告诉我，现在落在我手里的这张，极有可能就是人皮所做的。

有人敲门，还传来金属物轻微移动的声响，是八七式微型冲锋枪摩擦时发出的动静。

我隔着门对外面持枪的武警战士说道："同志们，请把枪口朝下一些，小心走火。"

进来的是三名武警，带头的一位是个士官，很年轻，一口陕西方言。我向他们解释了刚才发出巨大响声的原因。这位士官说："请你先不要离开这里，我这就打电话叫刑侦队的人过来。"

刑侦队下午陪我吃饭的三个人迅速赶到了。还是那位名叫谭力的副队长首先开口向我仔细询问了刚才所发生的具体情况，我如实说了，只是隐瞒了橡皮人的丢失。我一直在隐瞒这个古怪的橡皮人，虽说有人曾看到过它，但是，即便它如今不见任何踪影，我也不打算将它被人掠走之事向其他人吐露。可能是在我的心中，它对整件事情的意义是十分重要的吧。

谭队长有些忧虑地望着我，缓缓地说："看起来，对手比我们想象的要厉害得多，在这座城市里，可能已没有一处所在能够真正保障你的安全。"

我点了点头，看似不怎么在意地笑着说："别替我担心，我已经习惯了。"

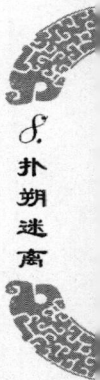

我自始至终也同样没有告诉他们在我手上有那么一张人皮面具。

谭队长在靠近房门的地方发现了一枚古制钱模样的金属制品，它的圆形边缘非常锋利，我能看得出来，这是一种失传已久的东西，是一种只有学习过东方武术的人才知道的暗器，它叫"金钱镖"！

虽然我和"猫眼"已有七年没有见过面了。但这一次，我不得不向他发出需要联络的信号。

猫眼不是我的朋友，是我自认为在这个世界上的为数极少的兄弟之一。我之所以称他为兄弟，是因为在七年前的一次历险中他曾救过我的命。

那是一次很难让我遗忘的历险。

七年之前，我曾孤身一人涉险于西藏的北部地区，就是那曲地区，大约有三百平方公里的无人区，目的是寻找失传已久的古藏传佛经《六转青卷》所暗藏的一个大秘密。

在环境极为恶劣的无人区，我十分不幸地遇到了正巧游弋在此的"哈吉克"狼群。"哈吉克"狼本是属于西蒙古狼种，除了秋季之外，很少出现在西藏境内，而很不巧的是，我去的时候正值深秋，是"哈吉克"狼在此猎食藏鹿和藏羚羊最好的时节。

"哈吉克"狼天性极为凶残、狡黠，行动敏捷、犀利，习惯于团队活动，无论觅食、作战、转移都井然有序，其组群很像是一支经过特别训练的游击部队。而这一次我所遇到的，是"哈吉克"狼群中最能征善战的一支，"红眼哈吉克"。

在短暂而激烈的交手之后，我所携带的防身武器——一支德式"鹰之勋章"霰弹枪的弹药已经打光，近距离防御的猎刀也卷了刃。虽说我一连干掉了七八只狼，可是对于整个狼群来说，这根本不算是什么减员，而是激起了它们嗜血的斗志。我的双腿上都留下了狼齿的深痕，在那种关键时刻，我的受伤使整个战局骤然发生了决定性变化。我已束手无策，就在这种紧要关头，猫眼出现了！

我迄今为止对猫眼的真实职业和身份仍处于猜测状态，当时，他为

什么会在极为荒凉的藏北高原现身仍有待考证，但就是他的到来，让我捡了一条命。

他是骑着一匹东洋马来的。

在我被他拉上马之前，"红眼哈吉克"狼中的头狼已非常迅猛地向这个企图救我的人实施了攻击，头狼是狼群的灵魂，若是它一击而成，我们顷刻就会被狼群撕得尸骨无存！我虽然已处于半昏迷的状态，但仍能极为清晰地看到这个人一扬手，一件闪着犀利寒光的物件飞快钉在了头狼的额心命门所在。当时，在我的脑海里闪过一个念头：这个救我的人一定不是普通人，而是一位练习过中国武术的高手。他用来置头狼于死地的家什，就是会中国武术的人才会使用的一种暗器。这种暗器是圆形中空，周边有薄刃，像一枚中国古代的制钱。

我大概在他实施救援之后昏睡了两三个小时，以至于我们逃逸的方向和到达的地点我根本不知道。当我醒来的时候，已经是深夜了。我发觉自己置身于一个巨大的山洞之中，在一堆篝火的映照下看到了猫眼那张表情丰富的脸，当时，他很年轻，一身纯粹的藏人打扮，身边甚至还放着藏人特有的武器"双叉鸟铳"。

他看到我醒来，便给我喂了一些捏碎的糌粑和酥油茶，并问我要不要喝点青稞酒。我一度把他当成了一位真正的藏人。可是，他是如何会使用只有我国中原地带的武术高手才会使用的暗器，这曾在我心中留下一个疑团。经过他的自我介绍我才知道，他是个汉人，绰号猫眼，在藏区里以采药为生。在我双腿的伤口上，就敷有他自己特制的外创药膏。经他的敷药一贴，伤口竟然很快结了硬痂，也不那么疼了。我猜想他一定有着什么不寻常的经历，才迫使自己身负绝技而甘做一名普通的采药人。

我对他的身份真正产生怀疑是在天亮之后。在青稞酒的催眠作用下，我又一次沉睡，当再次苏醒之时，我们藏身的山洞已有阳光透了进来，他似乎没有觉察到我的清醒，而背对着我用一部极可能具有 GPS 功能的移动电话（此类电话机在七年之前可算稀有之物），正在和对方说着什么，因为在我听到的只言片语中，他说的是正宗的英语！我打死也不能相信一个在藏区采药的普通汉人（即便他身怀武功）能操一口非常流利的伦敦音。我的伤口虽然比起最初有了很大的好转，但是，我仍是虚弱的。这迫使我不能采取任何行动去掀开这猫眼的秘密。更何况，我自忖即便自身完好无损也未必防得住他的暗器，在这样的情形下，我只有保持着睡着的姿势来保证自己暂时的安全。我的心中一直有一种固执的认识，就是，所有极力掩藏自身某些秘密的人，都或多或少潜存着一定的危险性。我装模作样地睡了一会儿，直到认为自己可以醒来的时候才睁开眼，猫眼已煮好了酥油茶，看到我一副欲爬不能的样子，便过来搭了把手，将我扶到一块岩石边靠好，并笑着说："老兄，你的体力透支过大，最好不要做剧烈的活动。"

他一直没有问过我的身份，这一次我原本以为他开口就是要问这个，已经编好了自认为能够从容应对的托词，但没有想到，他竟然只是关心我的身体，其他的一句也没有说，我倒不知该如何回答才好。

在用完可以称得上是早餐的酥油茶和糌粑之后，他对我说："再过一会儿，就会有一支从那曲到错那的商队要经过这里，他们的必经之路上有个兵站，我可以让他们将你送到兵站，你就能平安回到拉萨了。至于你的伤势，我留下一些药，足够让你在三五天之内痊愈。"

这番话在我的心中激起了沉默已久的感动，我想说些什么，却又什么也说不出来。

这位叫猫眼的朋友忽然又说："你是做什么的我不知道，我也不想知道，但凭直觉，你一定是个不平凡的人。这样吧，我给你留下我联络的方式，如果今后有需要，就招呼一声。我会尽力帮你的。"

我们萍水相逢，转瞬别离在即，他救了我的一条命又给了我一份厚重的承诺。虽然我并不清楚他的底细。但从那时起，我就已认定他无论是好是坏，是善是恶，他都是我的兄弟，这是我这一生中唯一的一次感情用事。

后来，我随商队辗转至拉萨，并用猫眼留下的药治好了伤，在经过短暂的休整之后又继续进行我的寻经之旅，以后发生的一切就是另一个故事了，恕不赘述。

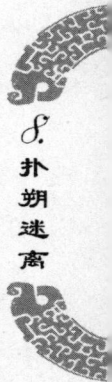

8. 扑朔迷离

要言归正传。

我此番需要猫眼的唯一目地，就是想弄清楚猫眼和昨天深夜潜入我房间的人究竟有没有关系，他们用的是同样的一种濒临失传的暗器，而如今这种暗器的使用者，我想，绝对不会超过五个。

我从来都没有怀疑这件事会是猫眼干的。

猫眼给我留下的联系方法非常简单，简单得让我一度怀疑这种方式是否真的能够行之有效。但我还是在移动电话上发出一条"YYSS"的字母短信，而接收者就是我国通用、妇孺皆知的电话查询台"114"。

在短信发出之后，我顺便给萧曼打了个电话，可是，铃声响了很久，她也没有接听，在这样的情况下，我突然不由自主地打了一个寒战。

"萧曼，难道萧曼出了什么事不成？"

"我可以向天发誓，那天所经历的，是我长这么大最为可怖的一次！"

后来，萧曼心有余悸地对我说。

在我这里出现"夜行人"的时间，我的户籍所在地，那座北方异常寒冷的城市当中，萧曼，一位年轻的刑事警察，一名投身于特殊行业的女性，陷入了莫大的恐惧当中。

而整件事情的起因仅仅是一个莫名其妙的电话录音留言。

当时，萧曼刚刚和夏陆商讨了下一步的调查计划之后分了手，她只身返回刑侦队，天已经擦黑，刑侦队办公区里除了值班留守的人员之外，就没有其他什么人了。萧曼习惯性地来到自己的办公桌前，按下了录音电话的按钮，只有一个留言，一个十分陌生的声音，空洞而阴郁。

电话录音系统里的留言很短，说话者的声音经过处理之后严重失真，但还是可以听出来是个男性。"你们不是想知道一些秘密吗？明晚八点三十分，山城殡仪馆，不见不散。"

萧曼随手删掉了这个留言，在经过短暂的思虑之后，她决定一个人去赴约。也许这是她第一次违反了纪律，尽管随即预料到了，但是，她认为自己必须这样做。

她从保险柜里取出佩枪，又多拿了一个弹匣，习惯性地对这支六四式手枪进行例查，在感觉良好之后贴身藏好，就匆匆离开了刑侦队的办公区。

第二天一整天她都待在家里，母亲昨天下午就留了字条告诉她自己到郊区看望一位远房的亲戚去了，她没有结婚，所以家里再不会有别的什么人。她拔掉了座机的电话线，又将手提电话设置在静音状态，照理说，最近她一直睡眠不好，趁现在这个空当能够补上一觉，但是，她一直都没有睡着。脑子里非常混乱，诸事纷呈，杂乱无章，其间还掺杂着一丝莫名其妙的恐惧；心跳也不太正常，时快时慢，甚至影响到了呼吸。她很清楚自己紧张的原因，但没有想到的是，这紧张来得太早了。半年前，在抓捕一名持枪杀人犯时，只有在抬枪的刹那，她才感到了紧张，可是这一次……她认为自己有些太敏感了。

大概是在上午九点，她感觉到放在桌上的手提电话闪出了来电的讯号，虽然有过去看看的冲动，但还是忍了忍，又接着闭目养神。

这是我打来的电话。

时间悄然流逝，虽然她觉得过得比平时要慢得多，但距约会的那一刻仍是越来越近了。

到了七点钟，她干吃了一包方便面后出了门。冬日苦短，入眼已是万家灯火了。

山城殡仪馆所在的区域是本市最为偏僻的西郊，附近虽然有着一两家较大的工厂，可是七点半这个时间段正处于工厂上下班的空当，也就是说，已经过了交接班的时间，所以两条交错的街衢上行人极少，即便有那么一两个，都像逃跑般倏忽不见。

萧曼从空荡荡的公交车上下来，紧了紧皮夹克，向山城殡仪馆方向走去。

下起雪了，冰冷的雪粒使她的头脑变得格外清醒，她下意识地摸了摸别在腋下的手枪。手枪是温暖的。

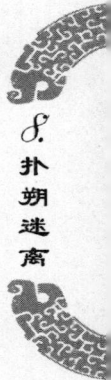

确定殡仪馆最后一名工作人员已经离去之后，萧曼才翻越过如同不设防的矮墙，来到殡仪馆的外院当中。

萧曼在翻墙的时候已经拧亮了一支特意备好的微型聚光手电筒，准备以此来应对黝深的黑暗，可是，她没有想到，在院子靠左首的拐角处，还有一盏廊灯，灯光昏暗，如果从院墙之外看，根本看不到这盏灯。这是谁留下的一盏灯？是这里的工作人员忘掉了关它，还是……萧曼的皮肤骤然一紧，右手已按住了腋下的枪柄。

萧曼是第一次来这里，她虽然听过我的一些描述，但描述总是与设身处地大不相同。一切都是陌生的，诡异而幽暗。

她沿着这盏灯的照明范围谨慎前行，尽头是一扇门。门没有上锁，而是虚掩着，似乎就是专门为萧曼留下的。

这扇门里究竟会有怎样意料之外的变故发生，萧曼根本不能预料。

她轻轻推开门，门开的竟是这般的无声无息。昏黄的廊灯光多一半被挡在了外面，而能漏进门内室中的仅仅是一些虚无的光影。幸好，她手中的电筒能让她看到更深更远处。

她现在的位置是在一条逼仄的走廊里，走廊向外开有两扇门，另一扇是右后方的正中。也就是说，那一扇门的位置是面对着殡仪馆大门方向的，是正门，而她是走了侧门进来。电筒的光芒被聚在一面墙壁上，是走廊尽头一间斗室的墙壁。斗室里除了置有简单的桌椅和饮水设备之外，没有多余的摆设。在一张"一头沉"老式木桌后面，也开着一扇门，门半掩，足可以使一位身强力壮的大汉侧身穿过。

萧曼联想到我对这里特征的描述，如果没有记错的话，这扇门之后又连着一条长廊，而长廊的另一端就是我所说的大铁门，也就是说她已接近了停尸房。这时，她抬起手腕看了看表，表有夜光显示的指针即将指向八点三十分整。可是，周围悄无声息，那个定约的神秘人物，像是还没有到来。

萧曼继续向前走，突然间，她听到了一声喘息。低沉的、极为压抑的喘息。仿佛是想逃离地狱的鬼魅，正在拼命地挣扎。萧曼迅速拔出了手枪，用拇指推开保险，由于眼前气氛的诡异和紧张，使这把手枪的柄

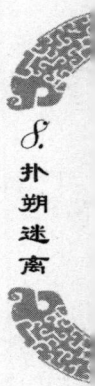

上沾满了汗水。

萧曼没有停顿，但步子却愈走愈慢，起步落脚都似乎要费很大的力气，这是极其紧张的表现。喘息声时有时无，时断时续；方向忽东忽西，忽前忽后，若即若离。萧曼的心中此时只有一个想法：靠近大铁门！

一阵风，像是平地吹起，又像是空穴来风。

萧曼感觉到了风。她向风吹来的方向出了枪。

六四式手枪的枪声并不尖锐，很像是一粒钢珠砸到铁板上产生的闷响，但在这空荡荡的殡仪馆里还是激起了巨大的回声。

一件东西掉在了地面上，还有细碎的脚步声起步停止。她猛一转身，在电筒的光照中，身后并没有什么异常，没有人影，只有一把刀。

掉在地上的是一把仿"大马士革刀"。"大马士革刀"在公元六世纪时缘自印度，刀长约一点五米，宽五厘米左右，锋芒隐在黝黑的刀身之内，微处呈锯齿状，破革断铁，俱可举手而成。其凌厉之威百兵皆惧。公元七世纪，此刀传至中国，被初唐名将李靖奉为神器，遂奏请太宗皇帝遣使赴印度专门收集锻刀所需之"乌兹铁石"并重金聘用锻刀工匠。唐末之后，经宋、辽、金、元、明诸朝，此刀在中国内外战事里广泛使用，尤其是明朝嘉靖年间，抗倭名将戚继光更将此刀用于对抗倭寇的倭刀，神风尽现，因而戚家军名扬天下。明朝末季，印度"乌兹"铁矿告罄，最后一名铸刀大师也客死广州，这种刀从此绝迹。

萧曼并不清楚"大马士革刀"的来历，但她看到如此之长的一把刀摆在面前，心中委实后怕。

刚才，那阵平地而起的怪风，就是这把刀的刀风，如果不是自己反应够快，恐怕……她不敢再想下去，她看到了血迹。

就在这把刀旁，有一摊血，还未凝结。

萧曼正要走上前去将地上的情形看个分明，就听到身后传来铁门"哗啦"一声骤响，这响声突然至极，也惊怖至极。

萧曼急忙转身，手中的枪已平平托出，手指紧紧地扣在扳机之上，随时准备开枪。她看到，原本紧闭的铁门像是被人推开一样露出一道可

8. 扑朔迷离

窄一个普通体格的人穿过的缝隙。在电筒光不能涉及的缝隙深处，在萧曼听来，似乎有着异常诡异的事物正在蠕动。萧曼忽然觉得呼吸很不顺畅，视线也开始变得模糊，甚至，她甚至有些尿急的感觉，这是处于极度紧张中的生理表现，这种表现最严重的情况就是精神崩溃！但是，在潜意识的作用下，她还是一步步地靠近了铁门，并用持手电筒的左手拉开了半扇铁门。

铁门里有许多床都空无一物。只有一张床上像是有尸体放在白色尸单的下面。除了这些，并没有萧曼所听到的异常蠕动。难道，难道是我的神经过于紧张的缘故吗？萧曼正想着，就看到了一个奇异的景象。

当萧曼给我讲述这个听来很像故事的经历时，我有种非常奇怪的感觉，发生的一切都围绕着这座看似普通的殡仪馆，这个"生产骨灰"的地方，一定存在着某个天大的秘密。当然，这种想法是在我们眼前的谜题大都破解之后才产生的，而在当时，我对殡仪馆的印象仅仅停留在早先的记忆中。

萧曼所看到的，就像她在十四岁那年看到的她奶奶元神出窍的情景一样，铁门内唯一一张放着尸体的床上，那具所谓的"尸体"，正慢慢起身，端端正正地盘起双腿，坐在了床的中央！

她只见过王国庆一次，是在刑侦队的殓尸房里，她对他没有太深的印象，但是，现在她真真切切地认为，她所看到的，就是刑侦队殓尸房里失踪的王国庆！

"王国庆"端坐着，微闭双眼，除了他的坐姿像个活人以外，一点生命的迹象也无法找到。这和当初奶奶元神出窍的情况不同，当时奶奶就仿佛是由死复生，而这"王国庆"还是一个死人的模样！

他是如何"坐"起来的，并始终能保持着不倒的姿势？萧曼的这些念头只是一闪而过，因为，接下来所发生的，已让她来不及想太多！

一道寒光就是在此刻从她的背后倏忽闪出！

我在前面的章节里提到过，萧曼是个身怀特殊技能的人物，这个特殊技能，就是指她的跆拳道。她是跆拳道黑带五段，某种意义上，这个

66

看似平常的称谓实质上一点都不平常。跆拳道五段相当于许多武侠小说里所说的高手之境界了，所以，她躲过了要命的一劫！

她在躲闪身后袭击的刹那，同时后踢了一脚，这是一式绝地反击的招数，通常能够起到阻击对手连续攻击的作用。但是，她的这一脚却落了空！

顷刻间，只有下意识的动作，枪！她的右手回撩，枪声就在回撩中响起。

枪的后坐力使她的右臂微微颤动了一下，她定神看去，身后有一条快速滑动的黑影闪过铁门，她想都没想就拔腿追出。可是，她还是慢了一步，追到来时经过的那个庭院里，黑影就不见了。她怔在了当场。

不知过了多久，她才从愣神中惊醒，发觉身边多了七八道电筒的光和一阵凌乱的脚步声，有一个熟悉的声音问道："萧曼，这是怎么回事？"

萧曼知道，刘强队长来了。

后来，萧曼说后来，她从刘队长那里得知，这殡仪馆所在之地虽然偏僻，但周围还是住了不少所谓的"黑户"，有人在听到枪声之后就报了警，刑侦队的同事们就迅速赶来了。

那么，王国庆呢？我问。我问的是那具坐起来的尸体。她说，不知道。因为，刘队长赶来时，"王国庆"就不见了！以至于刘队长他们听了萧曼对这件事的叙述之后，都怀疑萧曼的神经是否出了问题。

那么，殡仪馆怎么样？还有那把刀？听你的描述，那是一把仿"大马士革刀"。我又问。殡仪馆还是正常营业，如果他们那里也算是服务行业的话，经过刘队长他们的调查，这个殡仪馆本身没什么问题，如果有，殡仪馆的唐馆长说，他们这里原来有个职工是有过犯罪前科的，可是，这个人早就不干了，刑侦队已将这个人列入调查范围，不久就会清楚他和这一系列事件有没有什么内在的联系。那把刀，也不见了。

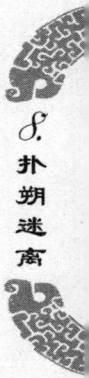

要严密监视殡仪馆，我对萧曼讲。那把刀，我想，在一个适当的时候，它还会出现的。这句话的根本目的是，让萧曼传话给刘队长，殡仪馆应该被纳入重点监视范围，当时，我只是对殡仪馆有非常大的嫌疑倾向才这样考虑的，最终的事实证明我的怀疑是十分正确的。但在当时，他们都忽略了这点。

9. 传奇

我没有联系上萧曼，但终于等到了猫眼的回信。

猫眼是在第三天的早晨从我所居住的房间门缝里留下约会地址的。

是杭州西湖畔，灵隐寺。

我准时赴了约，却没有见到猫眼，而是见到了一位自称是他的"把兄弟"的年轻人。

"猫哥有事来不了，但请先生放心，您有什么事俺张三可以尽力帮忙。"

从口音来看，这个叫张三的年轻人，大概是河北与山东交界处沧州一带人氏，而从他的体貌特点看去，他一定练习过武术、搏击之类的技能。他的眼睛很有神，深邃得令人猜不透一丁点的心事。

我们在灵隐寺附近找了一间茶馆，在茶馆里找了一个相对僻静的座位，一坐下来，我就从上衣内部隐秘的口袋里取出了那只"金钱镖"。

他看到后为之一愣。

在坐下来之前，他就脱掉罩在身上的黑绒呢大衣，露出一件铁青色的"范思哲"西装来，在西装左胸口袋的上端，缀着一枚金色的徽章。徽章上的图案是一只粗线条勾勒的眼睛，非常传神。我并不清楚这枚徽章本身的意义，但一看到它，我就对眼前这位自称是猫眼把兄弟的年轻

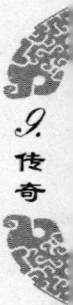

69

人的怀疑打消了大半。因为，当初在西藏见到猫眼时，他的胸前也有一枚相同的徽章。

"这东西你是从哪里得到的？"他放好大衣，沉声问道。

我装作不经意的样子看了他一眼，他的脸上平静如初，但从刚才的问话里我已听出了某些不安的信息。

"你认得它？"我反问道。

"当然认识，不仅认识，还会用它，在这个世界上，现在会使用它的人不会超过五个！"（和我猜测的一样）

"我也认识你，修必罗先生。看来猫哥说得没错，你果真遇上了非常大的麻烦，否则以你的能耐，是不可能轻易求助于别人的！"

他的话让我大吃了一惊，我的脑海中又浮现出猫眼年轻时的神情。"他是不是早就知道我的身份了？"我喃喃地说。

"一开始猫哥是不知道的，可是你后来名头越来越响，你的尊容多次上过国外有名的探险报纸，他看到，也听说了。"张三的声音淡淡的。"修先生，你想必也知道这是一枚'金钱镖'罢，但我肯定地说，你根本不清楚它的真正来历！"

"这样说来，你是知道的了？"我不痛不痒地问。他笑笑，耸了耸肩。"我刚才说过，现在在这个世界上会用它的人不会超过五个，幸好，我就是其中之一，"他有些自得地说道，"当然，猫哥更是此中的高手。另外还有三个人，其中的一个是不会对你下手的，因为，他远在新西兰亚述那群岛上，而且，三年前，他就失去了双腿。剩下的两位，一个是我和猫哥共同的师傅，他老人家年逾九旬，早就退隐江湖，又怎么会来找你的麻烦呢？所以，只有这最后一个，才可能是你的敌人！"

"可惜，这个人在十二年前就已经失踪了。"

"他是谁？"我问道。

张三并没有直接回答我的问题，而是意味深长地说道："'金钱镖'本是清朝雍正年间一支隶属洪门旁支的武术宗派韦陀门中的一位异人所创，这位异人曾有两个不世出的弟子，一位是法号'潮观'的和尚，另一位就是乾隆初年的大侠甘凤池。甘凤池生死成谜，几无后嗣，而潮观和尚却有一个义子，这个义子姓甚名谁就连我的师傅也不甚了解，但'金钱镖'这门绝技却是由他传承后世。到了民国，'金钱镖'所传的后人分为两支，一支迁往鄂地，另一支远赴岭南，跨大庾岭落户广东。这一支的领袖人物曾是同盟会的成员，和中山先生的贴身保镖南北杜心五私交甚厚，在陈炯明事件之后，他因为身负重伤被迫回到了故土湘西，塞翁失马，焉知非福，正是如此，他才得以在那个战乱的年代颐享天年。我师傅就是他的门生。而到了湖北的那一支，因为种种原因，在他们的内部发生了内讧，后果极为严重，使这一支人丁凋敝，几尽全失！后来，国内的各项运动风起云涌，我师傅因与执政高层的一位领导有过一段交往才能得以幸免。在他隐居山林的时候，有一天深夜，湖北那一支所剩下的唯一门人突然来找我师傅，并告诉他一个惊天的大秘密。而这个秘密，师傅仅仅是在几年前的一次闲谈之中偶然提到过，但其中的详情，他从来都没有告诉过我，我想就连猫哥他也不会知晓的吧。后来，大概是在三十年前，这个硕果仅存的湖北'金钱镖'的后人收了几个弟子，成了气候的就是我先前所说的那位远赴新西兰的同门，可惜他命运多舛，已无大用了。还有一个人，也许就是他，才最有可能成为袭击你的人！"

张三顿了顿又道："他姓曹，草字剑中。"

"曹剑中？曹建华？"我的心中猛地一动，隐约有个模糊的光点，但其中心处却根本不明朗。

"曹剑中是整个'金钱镖'传人中最为神秘的人物，据说他能双手连发飞镖，是湖北'金钱镖'后人中唯一得到真传的一位，这一点就连我师傅也不能够！而且，除了我师傅之外，只有他是最有可能知道那个惊天大秘密的，所以他后来索性隐姓埋名，人间蒸发，也许就是为了那个秘密。如果一切都如我推理，你现在所调查的事件极有可能和那个秘密有关，才能引他向你出手！"

我的脑海中一直努力地想把曹剑中这样一个武术高手，和曹建华一名普通的公务员连在一起，无论如何，他们之间都似乎风马牛不相及。

就在这时，我的手提电话忽然响了。

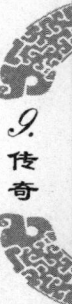

又是一个奇怪的电话。

没有来电显示，没有任何表明对方存在的声响，只有电流"嗞嗞"的滑动。是谁，在和我开这种无聊的玩笑，忽然，我的脑海里隐隐生出一丝不祥的预感。但究竟是因为什么，自己也想不出个所以然来。

张三在这个时候点燃了一支香烟，是英国的老牌烟卷"骆驼"，袅袅升起的烟雾使他的表情在我眼里变得模糊不清，可我还是能够感觉到他对我接的电话投来询问的目光，我不太自然地解释道："是个打错的电话。"张三没有接我的话，而是自顾自地说："又快到冬至了，每年的冬至前后都会有些事情发生，今年不知道会发生怎样的事情。"他忽然站起身，说道："最近还是多加小心的好，我想，他上次一击不中，还会对你二次下手的。我有事要先走了，以后有什么需要帮忙的，就打这个电话。"他递给我一张只印有号码的名片，质地是金铂的，手感很好，我从没有见到过这样的名片。

关于曹剑中和曹建华之间究竟暗藏着怎样微妙的玄机，此刻已不是我能够静下心来仔细考虑的了。当我与张三相隔五分钟之后离开这间茶馆时，我就发现有两个身份不明的人向我靠近，但我并没有作出任何异常的反应。因为，我看见了两只手枪在他们的衣襟下露出黝黑的枪口。

这是在什么地方？耳朵里滑过"叮咚"的流水声。空气很潮湿。大概有三至四个人在沉稳地呼吸。

我被蒙上眼睛，被刚才那两个带枪的人挟持到一处未名的所在，我想，这处所在离那家茶馆不会太远。因为，我们只坐了五分钟左右的汽车，然后进了一道门或者是一条走廊，经过五十七级台阶，就到了。

一个非常苍老的声音嗡嗡传来："你就是修必罗，修先生？"

我冷笑着说道："你这算验明正身还是明知故问？"

"不要这么充满敌意，修先生，我带你到这里来只是想问清楚几件事情，搞明白了就放你走。"那个声音继续道。

"什么事非要使用这样的手段？"

"修先生的一身好本事再加上四海五湖的朋友非常之多，要不用上

72

一点见不得人的伎俩，你会自己来吗？"

"你们究竟是什么人？"

"别问那么多，知道得太多会死人的，修先生还这么年轻，我不想让年轻人过早地离开这个世界，这不是太无趣了吗？"

"你们到底想要知道什么？"

"好，我问你，那张地图你藏在哪儿了？"

我的心中一动，愈发感觉到那张藏在王国庆留下的玩偶腹中的地图事关重大，幸好自己在临来杭州之前将它放在了一个秘密的地方，要不然……我不能再想什么，便开口问道："你们到我的住所去过了？"

"修先生的房间很有英格兰风格，想必是修先生在英国利物浦大学上学时暗结的异域情结吧，可惜，我们在找地图的时候煞了一些风景。"

"我不会放在自己的住所的。"

"聪明的人都不会，修先生还是痛快一点交出来，然后我们会给你一笔钱，够你后半生在夏威夷度过了。美好的太平洋群岛！"

"我不会带在身上。"

"我知道，也不会在那间宾馆的房中，我想，你来杭州之前一定将它留在北方的那座城市里，你说出藏匿地点，我们在核实之后，就会很快送你上飞机。"

"这么急是因为什么？"

"又多问了。好吧，我可以向你透露点什么，你所调查的这件事情如果掀开真相，不是你一人能够兜起来的，就算加上那些警察也不行，警察太平庸，成事不足，败事有余。"

就在这时，我听到流水声之外隐约传来一阵细碎的脚步声，有人开始交头接耳。片刻，那个苍老的声音又道："说曹操曹操就到，警察来了，先委屈你一下，我们换个地方再聊。"

我被人扯着双手，一脚深一脚浅地走，在齐了脚踝的水里忽上忽下。听到铁门开启的声音，左边吹来一股劲风，带有泥土混杂污水腥味的气息。

73

这里应该是一处下水道，而有风的这一边，很可能是一个出口！我的大脑在高速运转，这是个机会！要搏一搏！

他们不知是大意还是倚仗人多势众，我的手并没有被绑住或铐住，而扯我双手的那个人也只是抓在了我的手掌的中部，这样，我的腕上就会有力量挣扎出这一桎梏，说时迟那时快，我突然猛力发难，手脚并用，使我前面的领路人猝不及防，跌了出去！同时，我的身体已跃向了那处风口！

"扑通"一声，我摔进了水里，蒙眼的黑布已在这一摔之间被我除下，眼前先是一片黑暗，大概两三秒钟，我就恢复了视觉，看到两条人影已快速向我靠近。

我的脊背在水中接触到这个出口的底部，是经年累月被污水冲刷后非常光滑的石面，我脚下一用力，整个身体已向前滑行了两三公尺，当第一个人刚刚踏到我刚才停留的位置时，我的脚扬起了一片水花，使他的行动受阻了大约两秒钟，就这短短的两秒钟，我人已跃起，右拳重重地击在了他的左颊之上。还是因为脚下太滑，我一拳击出后就再次摔倒，可这一摔又让我借力前滑了一段，正巧到了这个出口的拐角处。我听到了枪声。在我刚将身体掩在拐角的墙壁之后，眼前就出现了一蓬火光。多年之前，在英国时，我曾经因为朋友的关系去英国警察训练基地——苏格兰场看过一次特警枪支训练，这一声枪响，听来极为耳熟，很像是当年见到的雷明顿 M40 式手枪射击时发出的声音。但我根本不能仔细考虑这个问题，现在关键的是如何逃出生天！

出口处接近地面的部位所传来的脚步声愈来愈响，可以听到有人在低声说话："我敢肯定刚才的枪声就是从这里传出的。"而我刚刚逃离的方向，那些挟持者的立足之地，却突然安静下来！

也许，真的是警察来了。

这是一间有两扇单格花窗向阳开着的房间。老样式的格局，弥漫着旧时光的味道。窗外有杭州冬日难得一见的晴朗。

房内青砖铺就的地面上摆放着一只古朴的矮几，几上有一杯新沏的热茶。茶香四溢。稍有见识的人都能嗅得出这是"雪顶普洱"的苦香。

谭力谭副队长就坐在我的对面，他的年纪虽然和我相差不远，但眉宇间却多了几分阅世颇深的沧桑。

杭州市武林区南仆街后桥下下水通道里短暂的惊心动魄恍若隔世，若不是左手上被石壁擦破的伤痕犹在，我真的就会以为那一段经历是一场午睡梦魇想醒难醒时的烦躁。但在我的内心深处，仍为自己的麻痹大意懊恼不已，这不仅仅是曾经被人所挟持，更是因为自己平素颇为得意的反跟踪手段在这帮看似平常的南方警察面前变得不值一提，在此之前，我根本不知道自己竟然一直处于他们所谓的"保护"之下！

谭队长脸上浅浅的笑意让我想到了"狐狸"这样一种动物的称谓，虽然他的解释还算完满，我也将谢谢之类的话说了不少，可是我的心底清清楚楚，他们对我的了解一定比我了解他们要多得多。

谭队长并没有过多地向我询问别的什么，只是问了一个看似简单的问题："你知不知道这次挟持你的是些什么人？"

我望着谭力的眼睛，有些茫然地摇了摇头。

"说实话，我们一直出于对你人身安全的考虑，不得已制定了保护措施，可百密终有一疏，还是险些让这些家伙得了手。"谭力苦笑道。

"你们也没有办法得知这些人的身份与目的吗？"

我说话的语气里明显地带着轻视，但谭队长似乎没有在意，而是不紧不慢地说："如果说事前一点征兆也没有发现，那不是事实，就在昨天下午，我们接到国际刑警组织发来的一份协查通报，通报上说近日有一个国际犯罪组织的部分骨干要入境大陆，他们的目的地很可能是杭州，要我们密切注意，如果这次真的是他们干的，那他们来的要比我们预料的快得多。"

"是一个怎样的犯罪组织？"我问。

"和盗窃、走私文物有关。"

在谭队长离开之后，我陷入了沉思。

整件事情在我心中从最初发生时的漫无头绪到如今已开始逐步明

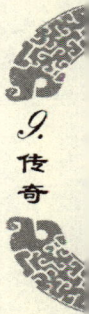

75

朗。虽然还是存在着一些待解之谜，可其关键之处已能确定，那就是，这所有的矛头都在指向一个名词：文物。

而这"文物"的来源一定和王国庆留下的地图有着必然的联系。说得通俗一点，这张地图很可能是一张藏宝图。图上最显著的标识，那个倒金字塔，大概就是所谓"宝藏"的藏匿地吧。我忽然想起了张三讲的故事，金钱镖湖北的传人当时告诉他师傅的大秘密，也许就是和这张藏宝图有关。但王国庆是怎样得到那只藏图的玩偶的？是他的那两位可疑的"亲戚"交给他的吗？那两位"亲戚"又会是什么人？王国庆的真实身份是什么？还有曹建华！想到曹建华，就不由得想起张三所说的曹剑中，一个武术高手，会双手使"金钱镖"，而且他似乎对我在青松岗墓地得到的橡皮人也很感兴趣，那个橡皮人会不会依然存在着我还未曾发现的秘密？

想到此处，原本以为逐渐开始明朗的事情又罩上了一层雾障，我的头隐隐地痛了起来。

院子不大。但充满着古朴的气息。

两进的院落，歇山式的顶檐，青砖碧瓦，尽显典型的江南风格。

有一大三小四间厢房，一处灶厨，一角如厕。

我被谭队长重新安置到这里已过了整整三天。在过去的三天里，我一直处于一种封闭的状态。很奇怪，按理说这地方离城市并不太远，因为，站到院落里可以看到远处杭州市汽车站高耸的钟楼。但是我的手提电话却一直没有信号。我出过一次门，是在保护我的一位年轻刑警陪同下出去的。仅仅在墙外一条并不繁闹的街道上散了散步，其间到一家小商店里买了一些日常用品和我喜欢抽的"国宾"牌香烟，这种香烟的外形很像"大中华"，但抽起来比"大中华"的味道要淡一些，似乎还夹杂着一点生烟草的味道，这味道能让我时刻保持头脑的清醒。

我的睡眠不算太好，在这三天里，我总共睡了不到十个小时。当谭队长在三天之后再次光临时，他见到我说的第一句话就是："我发觉你的脸色不好，怎么，失眠了吗？"

76

他的此番到来是带给我一个能使我十分诧异的消息。"就在昨天下午的一次突击行动中我们抓获了一个文物贩子，据他交代，他曾在两天前和一个人做过交易，这个人你应该知道，名叫曹建华。"

这是我平生第一次以陪审员的身份坐在刑侦队的问讯室里。我对面的矮凳上窝着一个神情猥琐的汉子，头发乱蓬蓬的，一件夹克衫已经脏得分辨不出原来的颜色。

当我抽完第一支烟的时候，谭队长开口了。

"高军，这次提审你，是想让你把昨天所交代的再详细地复述一遍，你应该知道我们的政策，不要耍什么花样。"

这汉子名叫高军，年龄三十五岁，但搞非法贩卖国家受保护三级以上文物的历史已有十五六年。而且，他还是一个擅长盗墓的高手。根据他的描述，两天前在"鬼市"与他进行交易的人物一定是曹建华无疑！

这位生死不明、死死生生的曹建华，竟然可以瞬间南北飘忽，难道真的是传说中的"元神出窍"？

许多天后在首都北京，我去拜访了一位年逾九旬的老人。现在这位老人虽说已经沉寂多年，但六十年前，他在京津一带名声显赫。他显赫名声的得来是他极善使用的一件不太光明正大的物什：洛阳铲。

"洛阳铲"是一种盗墓用的特殊工具，在它没有出现以前，参与盗墓的人一般使用的工具大都是尖头铲或撬撅之类的笨重器物，不仅挖掘的时间要长，而且对墓道探测的准确度极差，往往费工费力不说，徒劳的现象也屡见不鲜。自从清末民初河南温县人刘平安借鉴了同为盗墓高手的洛阳马坡人李鸭子的筒瓦状探墓铲的制作方法，几经琢磨，独创了这种长约四五尺，前端有筒状铲头、内径环有螺旋丝纹、边缘呈薄利快刃的"洛阳铲"之后，盗墓这种见不得光的营生才使许多原来的贫家子弟发了大财。这不能不说是具有旧中国特色的一项发明。

这位老人就是众多受益者之一。

岁月如风，他的真实姓名早已被湮没在历史的烟尘中了。他一生无

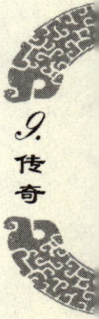

子无女，似乎于冥冥之中印证了流传在民间的对盗墓者的诅咒："断子绝孙"。所有认识他的人都会称呼他一声"麻七爷"，他是否真的姓麻抑或是在家中排行老七已不得而知，老人也避之不谈。但除了这一点之外，他还是很乐意给我讲述自己当年的故事。也许，那些上了年纪的老人都有一个特点，就是喜欢年轻人能够静静去聆听他们絮絮叨叨的陈年旧事，这些平庸的历史中往往掺杂了太多的痴妄和臆想。

我是在北京西城区西四里王皮胡同深处的一座旧宅子里见到他的。据老人讲这宅子曾是一位前清翰林的府第，原来也是富贵人家，可惜后来家道中落，子孙不得已在抗战后期将其低价卖给了他，这一住就是六十多年。

宅子有些破败了，但在残存的雕栏流檐里还能依稀窥见当初的一丝风流遗韵。宅子中间有处天井，天井边有架葡萄，在七月炎热的夏天，葡萄架上开始挂满泛紫的果实，我们就坐在果实溢出的清香里，开始一段传奇的听述。

老人虽已年高，可是不聋不哑，一口鲁地方言说得又急又快，听起来像说书先生在扯着一段山东快书。

我之所以要在此叙述这样的一个插曲，主要的原因是，有些事情只有在经历后才能知道它的接洽处会出现在哪一个交叉点上。就像那天在刑侦队审讯室见过姓高的文物贩子以后，很快便遭遇了一场接着一场的意外变故，而这些变故的发生直接和盗墓有关。当我第一次被迫参与到这种违法活动当中看到了传说中的"洛阳铲"之后，我很怀疑这种貌似平常的器物是否真的能够具有它在传说里的那种效果，即便后来有人证明了它的神奇，我也没有彻底消除内心的怀疑，因为在当时的情况之下，我是不可能将它的妙用看得一清二楚的。这就是我后来要找"麻七爷"的原因。

下面的故事是关于"麻七爷"的，仔细听，很有趣，真的。

麻七爷第一次接触这个行当是一个极为偶然的机缘。

那是一九三〇年夏天，蒋（介石）阎（锡山）冯（玉祥）的中原大战正进行得如火如荼。麻七爷曾是冯玉祥西北军第十六师的一名普通士兵，焦作攻坚战之后他装死逃离了队伍，却一时间无处可去，只能在河南、冀北一带的村镇附近做了独行盗。他做独行盗的底子很好，这全凭自幼习武而练就的一身软硬功夫。而且，他实施计划时只捡有钱的大户人家下手，有时候还会分一些赃物给附近居住的贫苦百姓，因此，在这一带，他成了一个传奇。

到这个夏天接近尾声的时候，一天夜里，他刚刚劫了一镖走马商人的软货（金银珠宝之类的东西，黑话），躲到一座村庄西头的土地庙里歇息。干这一行的人心思极多，忌讳在睡觉时遭遇不测，所以，他是躺在土地庙顶一侧的角梁上进入了梦乡的。那时候，西方的计时器、例如钟表之类还不能在中国广大的民间普及，他和大多数人一样到了夜晚只能靠自己的约摸和推测来估计时间，所以，被那一阵响声惊醒之后，他在心中算了算，该是到下半夜丑时左右了。

这一阵响声是被人弄出来的。

干麻七爷这一行的人本来即便在熟睡中也会支着一只耳朵，因此，麻七爷在听到响声后，就睁开了眼睛。响声并不算大，如果是在白天的情形下，这响声一定会被其他的声音所淹没，哪怕就是在平静的乡村之中，白日也会有这样那样的众多器具发出声音。可是，这是夜晚，后半夜是迷信的乡下人最易产生敬畏的时刻，一般人几乎从来不在这个时间段里出门或走进一座庙宇，更何况此时虽处战乱年月，但真正的战争离这个地区还很遥远。

麻七爷最初认为是打劫的同行到了。

根据麻七爷自己回忆，他当时的年龄大概在二十一二岁之间，这就是说，麻七爷当时正处于一个男人最敏捷的生理阶段，而且心理状态也恰巧在无所畏惧的年龄段之内，再加上他的一身本领，他应该属于那种不会轻易害怕的主儿。

他偷偷从角梁的空隙处向庙里看去，由于太过黑暗，只能看见两条人影的轮廓，好像抬进来一箱东西，那声响就是这箱东西搁置到地上时发出的。

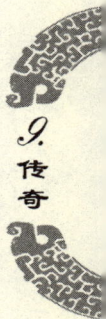

有人点亮了一支松枝火把，这一下，麻七爷清清楚楚地看清了他们的体貌。

两个人，一胖一瘦，一高一矮。都是当时务农青年的打扮，相貌平常，除了较胖的一位脸上有一条过眉的刀疤之外，均属于那种扔到茫茫人海里就无影无踪的寻常人物。

火把的光芒也将地面映照得一览无余。

两人之间真的横摆着一口木箱，大概是新近钉好的，还没有上漆，在火光下白晃晃的，有些瘆人。

瘦子用袖子抹了一把额头上的汗珠，忽然开口道："哥，今晚真的要动手吗？"他的口音一听就是当地人。那胖子却瞪了他一眼，脸上浮起轻蔑的神情，慢悠悠地说："兄弟，怎么，到了这节骨眼儿上，你莫不是害怕了？"瘦子唾了一口痰，悻悻地道："俺铁锤长了这么大，还不知道害怕两个字怎么写。我只是觉得，如果今晚动手是不是有点儿早了些？"

"哼！早了些？要是等那老家伙知道我们撇下了他独吞，你就会恨你娘为什么会生了你。"胖子发狠似的说。

"哥，那老东西真的是属'狼'的？"

"属'狼'的？我看是属'鬼'的，我跟了他八年，也还摸不透他的心思，但比你要清楚得多了去了。"

"好啦，赶紧把家伙什拿出来藏好箱子，这就去地方上。"胖子催促道。瘦子显得有些不情愿，但还是慢吞吞地打开了木箱。

麻七爷看得分明，那瘦子从木箱中取出的那两件物事呈前筒后杆状，在火把下发出青森森的光，像是铁做的。胖子又从木箱里拿出两捆手指粗的绳索和两把短柄铁镐，麻七爷心想："这两个家伙要去做什么，怎么把队伍里的工事镐都搞来了？"

这种短柄铁镐正是西北军新近配备的战备工程用品，由于镐把经过了特别的设计而使把握它十分省力，镐尖也锻造打磨得极为锋利，挖三尺见方，深三四十厘米的壕坑一个壮劳力用半个多时辰就能见好。

麻七爷好奇心陡起，他决定跟在这两个人身后去看看他们究竟要搞什么鬼把戏。

庙外不知什么时候下起了雨，麻七爷在田埂里蹲爬起卧，把一身刚缝的新衣弄得满是泥泞。他心下恼道："这两个鬼东西，如果作出的事不得老子开心，老子把他们'咔嚓'全给干了！"

就这样跟着走了大约四五里地，麻七爷看到眼前出现了一座巨大的土堆，土堆前隐约还能看到立着一块石碑，两个人停下步来，低声说着什么。

麻七爷虽然没有听到他们的说话内容，但在他的心中，已对这两个人要做的事情明了了大半。

"他们想挖坟！"

讲到这里，麻七爷沧桑的脸上绽出一丝笑意，他对我说："这是我第一次看到盗墓的场景，当时还觉得有些行为不耻，可后来自己却直直地走了这条路。真是命呀！"

言归正传。

麻七爷趴在离这座大墓大约两三公尺远的草丛里，看着那两个人的一举一动，只见其中的胖子用那件奇特造型的铁器在墓两侧的地面上一送一抽，动作熟练至极，一看就是破土①的高手。麻七爷盯死了他们，看他们破土，量方②，窃窃私语，流露出颇显得意的微笑。

过了好一阵子，看起来很可能找到了下手的地方，胖子将一把短镐扔给同伴，自己也拎了一把，两人开始向下挖了起来。挖掘的过程大概持续了两三个时辰，在麻七爷的眼前出现了一个三四尺见方，齐了两人肩膀的深坑，这时，插在坟墓上的松节火把已渐渐烧尽熄灭，天际也有些发白了。

雨仍未停。麻七爷浑身湿透，饶是他相当精壮的身子也确实挡不住这般的夜雨浇淋，感觉到头脑发晕，鼻窦发堵，一个喷嚏眼看就要应声而出，但麻七爷还是硬生生将其压了下去，那股难过劲，让他的内心里

---

① 破土，旧中国冀北民间盗墓者使用工具测量墓地土质的行话，以工具带出的土质来分析、推断墓道的位置。

② 量方，旧时盗墓者观察土质成分的黑话。

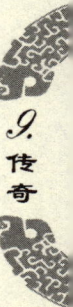

81

鬼火端冒。"妈的，这两个孙子，让老子受了这么大的罪，待会儿，且能尧了你们！"

天色已见晓，但乌云还不见有散开的动静，眼前仍是灰蒙蒙一片，胖子停了手，从坑里爬了出来，自腰间斜挎的一个布包里取出一只新的松节火把，虽说火把上已沾了些雨水，但这火把的妙处就在于，它的外缘有一层厚厚的油质物，是天然的防水材料，所以，仍然可以点着，甚至比今天再大的雨水，也不会影响到它的使用。

就在胖子刚要点上这只火把时，一个人，就连麻七爷也未曾发觉从什么地方藏匿的人物，突然出现在墓前碑石旁。

这个人秃顶鹰目，有四五十岁的样子，裹着一件蓑衣，赤着脚，不丁不八地站在泥泞里。

那瘦子看起来吃了累，正要歇手擦汗，眼角无意中向墓碑方向一瞥，脸色突地大变，只听得喉结处发出"嘎嘎"的声响，却什么也喊不出来，手中的短镐"啪"的一声落到了坑里，正巧砸在坑中的一块石头上。

胖子本是低着头捣鼓着火把，听到瘦子的短镐发出的异常之声，再看到瘦子露在土坑外那张脏兮兮脸上突变的神情，心中已然觉得不对，只踌躇了片刻，猛然撒腿就跑，可是，根本来不及了。

秃顶老者垂着眼挡在了他的面前，头顶和蓑衣上不断滚落着大滴的水珠。一时间两人都沉默不语。

还是胖子先嗫嚅着开了口："师……师傅，阿虎该死，您……您就饶了俺这一次吧。"老者双眼里忽然精光大盛，他冷冷地道："你们应该明白，干我们这一行的入门十戒是说什么?！十戒中的当头一戒就是欺师灭祖者罚惩三刀六洞！"

"师……师傅！"瘦子此刻才似回过了神，三下两下地爬出了坑外，连滚带爬地跑到老者跟前，人还未站稳，就"扑通"一声跪了下来。

"铁锤，没想到你也是这般猪狗心肠，老子枉从恶狼口中救你一场！"

瘦子已是眼泪鼻涕齐齐痛流，也顾不上擦去，连声说道："俺，俺

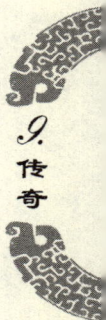

这次是猪油蒙了心，跟着师哥想发那见了鬼的大财，还，还想撇下师傅不管，真是不得好死！"

秃顶老者抬眼望天，目光可及之处全是阴霾，他叹了口气，说道："这雨多半不会早停，还得下上那么三五七天。"话锋一转，又道："你们也真是癞蛤蟆想吃天鹅肉——想得太美，以为就凭你们这点三脚猫的功夫能开得了这座战国墓，别做梦了！"

他忽然像是想到了什么，语气变得低缓，悠悠地道："这座战国墓我已找了它近二十年，其间足迹遍布中原豫、冀、鲁地区，也算苍天有眼，不枉了这番踏破铁鞋的苦心。"

"但是，"秃顶老者顿了顿继续说道，"我虽说已经找到了这座古墓墓道的大致方位和落手①的地点，可对其中有没有消息、翻板、机关、暗器之类的物事还一点都不清楚，所以便一直没有下手，你们也忒胆大了些，以为光凭一把'洛阳铲'拉出来的夯土就能找到真正的墓道？那就大错特错啦！"

麻七爷这才知道，刚才那两个家伙使用的外观奇特的工具，便是传说中盗墓专用的器物"洛阳铲"。

"战国古墓和其他历朝历代的墓葬不同，尤其是齐墓和燕墓，一般呈倒三角状设计墓道，在拱券外部装有机关、斜井之类的防护措施。而且墓道的最上端设有一至两处假墓入口，很是巧妙，不仔细观察就会上当，嘿嘿，我当年在北平就差一点着了道。"

秃顶老者忽然住了口，麻七爷心想：怎么不往下讲了？呵，我明白了，这老家伙可能是怕说漏了嘴吧。

秃顶老者果真转了话题说出一番语重心长的话来："你们别太多什么心，师傅来此是专门寻你们回去的。你们不义，师傅不能不仁，要不，我怎么能当你们的师傅呢？哈哈！"

秃顶老者脸上的神色明显缓和下来，胖、瘦二人不由相互对望一眼，都暗自长出了一口气。

---

① 落手，旧时黑话里下手的意思。

胖子正待要爬起身来，瞅见师傅突然贴身站在他的面前，他的腿一软，又跪了下来。

"阿虎，你跟了我八年，时间也不算短了，我待你情同父子，你却在背后算计我！"

秃顶老者的话语突然间变得生冷阴狠起来，还透着点吓人的杀气。

胖子刚想说些什么，却听到一声低低的叹息："不留你了，去吧！"忽地一下，一根七寸长的透骨钢针插在了他脑门上！

秃顶老者不动声色地举手杀了那个胖子，眼睛斜斜瞄着趴在地上抖糠般的瘦子，轻描淡写地说道："你这个师兄太不争气，要自己去黄泉路上耍耍也就罢了，还想拉上我这个师傅。"他的手上像变戏法似的多了一个小纸包，猛然向空中一抛，纸包里撒出一蓬细碎的粉末来。

"哼，他在我的酽茶里放了砒霜，自以为神不知鬼不觉，可惜，还是太嫩了点。"

麻七爷躲在一边见他无故杀人，心中已起了一股怒意，但随即听到这一番话语，不由暗道：原来这死胖子要谋害师傅，也算是一报还一报。却听得秃顶老者继续道："铁锤，你自幼无父无母，漂泊江湖，自从那年我救了你之后，就在心底一直视你为亲生骨肉，这次虽说一时糊涂，险些酿成大祸，但我也知道你在心中也全不是和你师兄那般想法，要置师傅于死地，还是起来罢，我不会再怪罪于你。"瘦子抬头看老者的双眼已被泪水冲得一塌糊涂，整个人泣不成声。秃顶老者一手将他扯了起来，厉声道："像个爷们儿就不要哭！快快将家伙什收好，我们走！此地不宜久留。至于破土的事，师傅自有安排。"

正在这时，就听有人悠悠说道："慢着。"

秃顶老者急忙回头，只见从田埂边的草丛里立起一条汉子，浑身上下沾满了泥浆，冲着他们一笑，露出白亮亮的牙齿来。

正是麻七爷。

秃顶老者神色不动，淡淡地说道："看来还是老了，耳钝眼拙，好朋友来了都未曾知晓，可见这江湖已快要容不下我了。"

麻七爷心中暗惊，忖道：这老家伙的底气可稳着呢，我还是得多提

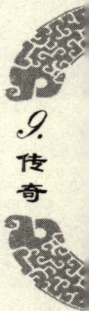

防点。他依然面带笑容，大步走出草丛，冲秃顶老者抱了抱拳，说道："老爷子雷打不动，这份定力，我做小辈的，可是比不过啦！"

秃顶老者微微欠身道："我不中用了，像朋友你这样的年轻人端是一身好样功夫，比起我那几个尿包徒弟，简直是天地之隔，却不知阁下到此有何贵干？"

麻七爷仰天打了个哈哈，说道："老爷子问我贵干？我还要问问老爷子在这里干甚呢？"

秃顶老者怔了怔，他感觉到眼前这个貌不惊人的小伙子看来也不是那么容易能打发掉的，便笑道："我的这几个徒弟不怎么争气，学了点三脚猫的功夫，就想在大场面上露脸，还背着我做了些见不得人的事，这不，我来是清理门户来了。"他用手指了指地下胖子的尸首。麻七爷心想：这老家伙对他的徒弟盗墓及自己杀人的事倒也直言不讳，看来是江湖上的一号人物。肃颜说道："敢问老爷子尊姓大名？"秃顶老者森然道："老夫行不更名坐不改姓，便是慕自行，江湖人送匪号'钻地游龙'！"

麻七爷却没听说过这等人物，他只得顺水推舟道："久仰，久仰，慕大爷名动江湖，今日得见尊颜，三生有幸呀。"

秃顶老者慕自行却道："恐怕阁下没听过我这名字儿吧，我这名号虽说很有些人知道，但大都是破土行里的人，至于到了别的码头，人家就称不出我是几斤几两啦！"

麻七爷的脸上微显尴尬，强笑道："说实话，刚才我也只是顺势恭维你，其实我真的未曾听说过你，但你们破土行的前辈我是见过的。我一直有个问题，不知当讲不当讲？"

"但说无妨。"慕自行坦然道。

"破土俗称盗墓。在我们中国人的心中这可是冒天下之大不韪的一种营生，不知道老爷子为何专干这个？"

"天下千事万事，都得有人去做，你说对不对？我这营生虽说为天下人所忌，但却不伤什么人，再者，人总要吃饭，老祖宗的东西埋在地下也是埋着，还不如拿出来救人。现如今，国民政府空有其名，蒋介石还不是个新军阀，这不是，又和阎老西冯二愣子打来打去，哪里顾得上去管老百姓的死活了。就在上个月，我的老家，淮西千源县，一次就饿死了两千多人！我不懂什么主义，也讲不出什么大道理，只是能为老百姓尽一点薄力也就是了，能多救几个快饿死的人，老祖宗在天之灵若是晓得，怕也会对我这等人网开三分吧。"

这番话在麻七爷听来像雷鸣一般，他没有想到，这位看似阴沉冷血的秃顶老者倒有一副火热心肠。再想想自己，虽说不得已打家劫舍，也将闲散银子救济一家半户的穷苦百姓，但如今这年月，大户的商家、有钱的地主都请来乡团，买来枪炮看家护院、押送商队，下手却是愈来愈不易，倒不如跟这个慕自行一起做破土的活计。地下埋的东西不留神就是价值连城的宝物。若是有幸挖得，不光自己受益，救的人那可就多了。想到这里，他脸上变得整严肃穆，正声道："在下无父无母，讨过饭，跟了一个姓麻的乞丐，就取了他的姓，也当了几年兵，在兵营里睡七号铺，所以，大伙都叫我一声麻七。前一阵子，从队伍里逃了出来，也算是看不惯这帮狗咬狗的瞎折腾。这不，就做了没本钱的买卖。如果老爷子还信得过我，觉得我还能给您跑个腿，下个桩①什么的，便拉上兄弟一把，如何？"

慕自行上下仔细打量了一番麻七爷，一拍巴掌，说了声"好"，顿顿又道："我看你一身横练功夫，比我的徒弟能顶上大用，借问一句，你这功夫是如何学来的？"

麻七爷笑道："让您见笑了，我刚才不是说曾跟过一个姓麻的乞丐吗？他是我们庄上的老辈，听说干过义和拳，功夫可俊得很哪，就是腿上在张大帅打直隶时挨过奉军的枪子儿，不太利索了。我的这几下便是他教的。"

慕自行点了点头，又抬眼望了望天，对麻七爷说道："好了，有些话放在以后讲，要跟我走那就起身，这雨看来是停不了啦，还是到我的眉里去歇息吧，天大的事去了再说。"他说话间瞅了一眼瘦子，厉声

---

① 下个桩，冀北方言，意思是搭个手。

86

道："你还愣着干甚，不想回去了吗？"

麻七爷说到此处，看见我听得入神的样子，笑了笑，缓缓说道："不嫌老夫这故事烦吧，再耐心点儿，快到你想听的了。"

麻七爷和慕自行连同他剩下的徒弟赵铁锤，在半个月之后，就着手准备开了那座战国墓。

那是一座战国后期的燕大夫墓，墓分上下两层，墓道内有三进三出的堂式拱券，拱券侧里有两等复壁，壁眼处设有暗弩。虽说已历千载，但其一射之威尤是霸道。更有甚者，其间埋伏利刃、飞锤、翻沙、管索。饶是麻七爷武功卓绝，"钻地游龙"本领高强，也是吃尽了苦头，还搭进一条性命。

真正的墓道口是慕自行用"洛阳铲"打出来的。

在开墓之前，麻七爷提出一个问题："你怎么就晓得这座墓经此千年而没被别人开过？"

慕自行笑道："我前后到这里探过三回，除了在坟包边上有一些偷鸡摸狗之辈留下的狐猫洞外，还没有发现有高手来破这座墓，也许，是这位葬身于此的燕国大夫在天有灵吧，可惜他却挡不住我的手段！"

慕自行使用"洛阳铲"的手段比他那个死掉的胖徒弟要高明十倍！

"洛阳铲"的使用有个关键，那就是入眼。

"入眼"是旧时冀北、豫西、两淮一带盗墓人的一句行话。它主要是针对"洛阳铲"的作用而创造的。包含的意思极其复杂，用现代汉语是很难解释清楚的，如果一定要明确一个说法的话，只能概括为：寻找和采撷。

"洛阳铲"最大的特征就是它筒状铲头内侧的细微凹槽。这就像现代地质探测仪上的探头一样，能够非常精确地标定要找寻的东西的具体位置，但要正确使用它，非得是真正的高手。

麻七爷看到慕自行只打了三铲，就说了一句"行啦"！他不明白这

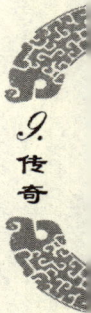

句话确切的含义是什么，如果说是已经找到了墓道的话，究竟是如何找到的呢？他问慕自行，慕自行笑了笑，说道："你这是初次破土，还不会用这种铲子，就连我那死掉的大徒弟学了十年还只是一个皮毛，我和它相依相伴三十几年，才渐渐明白了它的妙用，我现在就可以告诉你它的诀窍，但真正要完全懂得，那还需要靠自己的悟性：记住，下铲的时候一定要眼疾手稳，一铲入土，先别忙着拔出来，要仔细听它在土里转动的声音，如果有铺墓基用的白灰夯土，它就会发出'嚓嚓'的响动，这时，你再一拔，凹槽里会留下夯土的碎粒，碎粒越大，证明夯土越厚，就离墓道口越远，反之，则越接近它。'洛阳铲'最大的用途就是找寻墓道，别以为你听明白了我所说的，就能运用它了，光说不练，一辈子连个狗屁也别想寻见！"

慕自行到底经验与功夫俱到，他一定位，就叫麻七爷和赵铁锤下铲，工具铲连拔带挖，不到两个时辰，便挖到了一块巨大的青石盖板。慕自行道："这是墓道口上的第一块翻板，掀起来，走下去，就能看到第二层翻板，如果我猜得没错，在第二块翻板之后，就会出现要命的机关！"

别看赵铁锤外表、体貌偏瘦弱，但两臂力气极大，一块一二百斤的青石翻板，他凭一掀之力就能挪开，翻板下露出了黑糊糊、阴森森的洞口，用火把一照，洞口里有一条斜斜的甬道，直达幽暗无光处。

慕自行眼看赵铁锤就要钻身而入，忙伸手拦了一把，沉声道："先别忙着下去，里面天长年久，阴晦之气太烈，要不晾上一晾，这一下去，你小子就去见阎王啦。"

三人坐在洞前等着阴气散尽，慕自行点了一锅旱烟，对麻七爷说道："老弟，破土之术虽属下九门技艺，但学问可一点都不比上三门的差，我年轻的时候在平津一带和赵大梆子混，他原先可是大刀王五的门人，后来也干了这个，而且手段比他的功夫还要高明，孙殿英①炸清东陵的时候本来想请他出山，他要是一出山，孙大帅也不必费那么大的劲

---

① 孙殿英，民国北洋时期旧式军阀，曾先后投靠西北军冯玉祥部和奉系旁支张宗昌部。1928 年清东陵盗墓的始作俑者。

88

儿了。可是，这老东西是个满人，别看他挖汉人的祖坟那么大的劲气，但对自己的祖宗却崇敬得很呢。所以，一听说孙大帅要找他，就偷偷离开了北平，连窝儿都挪走，直教孙大帅骂娘！我当初和他学会了耍'洛阳铲'，光凭这一点，不是喧谎，够吃一辈子了。

"'洛阳铲'是咱们吃饭的家伙，这一单事完了之后，我手把手教你。"

慕自行正说着，回头嗅了嗅洞口涌出的气味，露出了一丝笑意，说道："铁锤可以下去了。记住！在挪第二块翻板的时候，用木梆子卡住两头的夯土，上下挪板，不要横出，一横出说不定就触动了机关！"

赵铁锤当头，麻七爷居中，慕自行殿后，三人猫着腰钻入洞内，一直朝里行去。麻七爷左手平握松节火把，右手托着上过白石粉的甬壁，他无意中发现，这甬壁上竟然画着一些奇特的灰色花纹。慕自行见他的脚下有些停顿，再抬头看到他的目光所及，便说道："战国燕人造墓有个特点，喜欢在墓道里画上墓主人生前的活动、行乐之图，你所看到的这些就是了。"

忽听赵铁锤叫道："师傅，这里怎么会有一具死人尸骨?!"

慕自行拍了拍麻七爷的肩头示意他侧侧身，麻七爷明白他的用意，侧过身，让他前行到赵铁锤的面前。

在松节火把的映照下，有一具已化成白骨的尸首横拦在甬道当中，而正前方就是慕自行所预测到的第二块翻板。

这具尸骨还穿有麻布衣物，但赵铁锤用手一触就化成了粉末。看来年代已经十分久远。慕自行俯下身子，仔细地观察了片刻，才说道："这尸骨可能是当初建墓之人留下的，战国时期，君王大臣极忌有人盗墓，所以建墓之人在完工后就难以存活于这个世上，我想，这翻板后的前梁殿里一定还会有许多相同的尸骨。"

赵铁锤一把捣开了尸体，来到第二块翻板前，他在慕自行的指点下装好木梆，双手把住翻板边缘用力向上一顶，这一股力道奇大，翻板顶上的夯土层顿时被顶出一条凹缝，他顺势将斜面向下一抽，整块翻板就已被取下，而这块翻板看似石质，其实是漆板所制，并不太重，刚才被

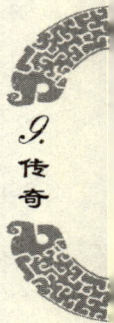

赵铁锤的一顶，上面的部位已裂开了一道缝隙，慕自行道："这就对了，战国士大夫穷劳什子讲究，喜欢用上好的松木作为墓封，却为我们节省力气了。"

第二块翻板后面是高五尺左右的一座拱券，拱券后的另一条甬道阴风阵阵。慕自行把随身携带的干石灰袋扔在拱券口，回头说道："这玩意儿，排毒吸潮，管用着呢。"顿了一下，又道："刚才，还真的有危险。"幸好赵铁锤留了神没有横抽翻板，如果一横抽，翻板背面的链钩就会拉动机关，而等待他们的，便是一簇经千年而不生锈的快箭了。

慕自行取下埋伏在拱券两边的弩箭，又向前扔了一块准备好的石子，只听得"当"的一声，随即"嗡"的一声闷响，一只浑圆的铁锤疾荡过来且砸到一个空处。

慕自行面露喜色，连声说道："快走！趁这个空当快走！铁锤，你脚下留神，甬道地面上全是方石，踏单数走，走到第十一块时向左首看，大概会有一个铜铸的手柄！"

麻七爷正自惊诧，慕自行回头解释道："这个墓和我在北平大兴遇的那座燕墓一样，看起来机关大同小异，如果真的找到那只铜手柄，第二进拱券口就开了。"

甬道里变得安静起来，只能听到三个人井然有序的脚步声和略显沉闷的呼吸。

松节火把偶然也会发出"噼啪"的爆裂声，火光稳定而温暖，使麻七爷感觉即便到了如此阴冷的地下也有未名的希望存在。可是，这仅仅一念之中的冥想却被一声非人般的低嚎打断了。

惨烈的声音是赵铁锤发出的。

随即，慕自行带着恐惧的喊声回荡在甬道之中："铁锤！铁锤你怎么啦?!"

麻七爷向前紧跟了两步就看到了一幅异常血腥的画面。

赵铁锤的半拉头颅仅剩一丝脖腔处的皮肤连接，血从切断的咽喉里如泉喷出，使慕自行向前倾的身子染红了大半边。一把锋利的宽边刀刃嵌在甬道土壁当中，后背部有曲张的簧条，但已失去了劲道，软软地垂

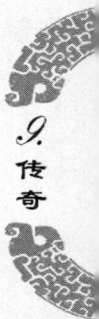

着。赵铁锤显然是中了暗藏的机关。

慕自行正待扶起赵铁锤的尸身，麻七爷却听到一丝来自甬道深处浓重黑暗里的劲风，饶是他眼疾手快，慕自行的臂弯还是中了一刀！

幸好，这一刀只伤了皮肉。

"妈拉巴子，这机关老子竟然没有算到！"慕自行捂着伤口，嘴里兀自骂道。

"好兄弟，我这条命算是欠你的啦。"

麻七爷摆了摆手，低喘道："别这么说，你自己不要紧吧？"

"我没事，可惜铁锤了！"

"这座墓道里竟设有两重以上的'飞镰'机关，我倒真的未曾料到。"慕自行悻悻地说道。

那斩断赵铁锤头颅和伤了慕自行臂膀的利刃果然呈弯曲状，形似镰刀，虽说深藏于地下天长日久，但在火光的映照下，刀身仍然熠熠闪亮，端的是好铁所铸。

麻七爷侧身绕过扶壁看伤的慕自行，万分小心地警视周围不再有什么异常的动静之后，才将赵铁锤的尸身挪到一旁，顺手搭上了夯土壁凹处凸起的铜柄，回头对慕自行说道："是往下按吗？"

慕自行点了点头。

讲到此处，麻七爷苍老的脸上闪过一丝难以觉察的痛苦。他端起石几上的杯子大大地喝了一口凉茶，又缓缓说道："以盗墓为生的人最忌讳看到同伴死于墓道里的机关之下，兔死狐悲，自古皆然。我当年也算是从中原大战的死人堆里打过滚的，可当我瞅见赵铁锤身首异处，竟然差点输了胆。"

这个夏天傍晚温润潮湿的南风拂过，不知怎的，我的脊背上冒出了一层细细的冷汗。

麻七爷凝神屏气，左手握住铜柄，缓缓地按下去。

稍刻之后，他立足处大约三尺开外，传出"咔咔"的连响之声，就着火把的光芒，可以很清楚地看到，地面上有并排的四块青石板向两边移去，露出一个长方形的地洞来，隐约有石阶逶迤而下。

却听慕自行喜道："这第二道拱券的入口原来在这里！"

麻七爷问道："那前面的路又该通向什么去处？"慕自行"嘿嘿"一笑，说道："怕是阎罗殿罢，我先前以为，这铜柄可能是将前路上的一堵石墙挪开，不料动静却是在这里开始，暂且先别忙着下去，你把身上的火牮石①和煤油棉混在一起，点着了扔下去，看看情况再说。"

麻七爷照他的吩咐做了，只见一团火光在洞口的石阶上连翻带滚，停留到一处目光不能及的地方，只有光晕隐隐。

慕自行忽道："单行，双数。进五退一。十、十二、十四……对了！我刚才怎么没想到是如此走法，枉送了铁锤的性命！"

麻七爷忙道："究竟是怎么回事？"

"我破土做了大半辈子，却不料在这小阴沟里差点翻船！原先开过几处燕墓，机关消息大同小异，就以为这里也是如此了，可没有想到，这燕大夫墓里所埋伏的竟是反着。"

"刚才算你我命大，碰巧落脚时走对了道，若是依旧和铁锤那样去走，说不定就晒不到天上的太阳啦！"

麻七爷转身细细地看了一遍来路，自己的脚印与慕自行的脚印重叠在一起，都落在进五退一、先单倒双的数上。他不由得倒吸了一口冷气。

两人倚在甬道夯土壁上歇息了片刻，慕自行的伤口已不渗血，大概是用了自带的金创药吧，地洞里的光影已经不见，想必已被浊气湮灭了。

慕自行兀自望着他徒弟的尸首絮絮叨叨，麻七爷也没听清楚些什么。他倒心下想着，这慕老头也算可怜，两个徒弟一个被他清理了门户不说，这一个显然是他极为爱护的弟子，就算犯了大逆也舍不得动上一个指头，却没料到在这里送了命。难道真的是触恼了老天爷？犯了破土

_____

① 火牮石，一种易燃矿石，旧时民间乡村取火种的工具，像今天的火石。

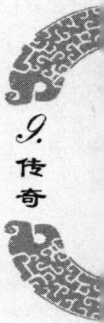

者必遭天谴的民间大忌？

想到此处，冷意愈发涌上心头。

这时，慕自行探头在地洞口看了一会儿，沉声说道："我们现在下去，每一步都要千万小心。"

这地洞里的石阶不呈直线，而是三拐两弯，愈往后甬道穹顶愈低，石阶变窄，两个人只能半蹲着走路。大约行进了二三十丈的光景，又出现一个人只能侧身而入的洞口，洞口处立着一块龟背石碑，上面的刻字曲曲扭扭，两个人都看不明白。进了此洞，眼前豁然开阔。

这是一间青石垒就的大厅。长约四丈，宽一丈有余，高两丈不止。在火光里，麻七爷看到大厅的四壁上有波浪式的纹络，有朴拙的石雕刻画，穹顶有阴阳八卦状的刻雕，而正面是一座紧闭的素体石门。

大厅里空无一物。

慕自行说道："这是停椁殿，便是当年墓主人入葬时临时停放棺椁的地方，开了这扇石门，便是第三道拱券所在了。"

他正自说着，麻七爷就听见有"沙沙"的声音响在耳边，慕自行急道："不好！你踩着漏沙的机关了！"麻七爷抬脚一看，脚下顶出一块凸石，正是机关的中枢！

慕自行三步并做两步，腰中缠绑的一根铁制飞抓头绳索已迅速荡出，正抓在石门顶端的缝隙间。

他一回头伸出右手就搭上了麻七爷的肩头，两人骤然离开地面而悬至半空，而大厅已被从西面墙上隐秘的细孔里涌出的白沙埋入了半拉。如果不是躲得及时，恐怕两人此行就此了断了。

"这沙子将石门埋掉了一半，门该如何去开？"麻七爷边喘边说。

"别慌。你没看到这石门的顶部有一块暗藏的翻板吗？这才是翻沙之后的入口。"

原来，战国后期的燕人讲究墓室里需有灯火长明。那个时候，人们的科学知识十分匮乏，根本不懂得在封掉墓室后没有了足够的氧气，任何形式的灯火都不会持续燃烧。他们只是相信人在死去之后灵魂会永生不灭。因此，每隔数月或一年，就会有墓主人的长子，也就是唯一掌握

开启墓道方法的人物，来此加添油脂。在当初设计机关的时候，唯恐沙漏一处发生意外再也不能正常进入墓室，便在这道石门上设下一处翻板，好让来添加灯油的人即使在沙漏启动以后也能照例完成使命。老先人巧设的机关，却注定让慕、麻二人在此得手。

二人一前一后，爬过翻板后的空当，麻七爷又续上一支火把，只是向前行了几步，便可以看到第三道拱券——呈西北窑洞式的当门石材体建筑在眼前巍然耸立。

这道拱券之后，就是墓室的中心——前梁殿。

就着火光，麻七爷看到，有七八具人形骸骨散在窑洞的石阶之下，他不由心中暗道：这慕老头说得果真不错，看来修建此墓的人没几个能够活着出去。可是，他又想：这些尸骨难道不可能是早年来这里盗墓的同行留下的吗？

他看了慕自行一眼，眼光里疑云大盛。

慕自行似乎瞅出了他的怀疑，嘿嘿笑道："老弟，你这就外行啦，你以为有先前破土的高手来过这里那就错了，我们一路上见到的机关、消息都是第一次启动，如果曾经来了人，他们还会再将那些要命的物事重新装好吗？"慕自行正自说着，他的左臂无意当中靠了靠窑洞旁立着的一根石桩，就听得一声轻响，一条黑色的链索从桩后的影壁里飞来，链锁的头部散开一张巨网，顷刻就把他硕大的身子卷入网中！

麻七爷叫声不好，急忙拽出腰里系的一根腰带，手底运足暗劲，只见腰带如箭疾出，正卷在慕自行的腿弯当中，往回力扯，把慕自行扯离了巨网，而此刻，巨网里的千锥万针刚刚露出了尖头。

慕自行半蹲在地上连连喘气，过了好一会儿，才说道："老弟，多谢你的救命大恩，若不是你出手如电，我老慕就上了奈何桥啦。"

"这是天机网！战国墓中少有的机括，没想到今天给遇上了。"

大概一刻钟以后，麻七爷终于走进了前梁殿。

在此殿的中央，有一座方形的石台，而石台上安放着两摆汉白玉雕成的镂花压底石棺，棺前有一座三尺多高的青石牌位，上面用小篆刻着石棺的姓氏，两个人都不认得。

石棺的周围，零散摆放着几百件青铜、玉器，还有部分看上去像刚刚上好颜色的黑釉漆器。甚至，更有些货色是质地精良的金银器皿，但慕自行却表现得根本不屑一顾。他一纵而上，落在安放石棺的方块石台上，从一直在肩上斜挎、几经折腾还没有掉下的麻布包里取出一长一短两根手指粗、中间铸有圆环的铁物，对麻七爷说道："这是启棺针。"只见他将其中的一根插进一摆大一点石棺的缝隙里，另一根横穿在前一根针上的铁环当中，交错呈十字状。他上下用力，闷哼了一声"开"，棺盖果真就开了两寸高的大缝。

"上来帮忙！"慕自行叫道。

两人搭手，将石棺盖向后挪开，麻七爷向里看去，却见又出现一个更小的石棺，他有些纳闷地说道："这怎么有两个套在一起的棺材呀？"慕自行笑道："外面的这层叫椁，里面才是放人的棺材。"又起棺材，墓主人尘封千年的骸骨终于重见活人。

骸骨体躯平平躺直，看来走得倒也安详，身上的丝制锦袍却被慕自行三吹两弄便四散而飞。这位战国的大夫还真是有钱，光上好的玉佩、玉玦、玉璧就有四五十块，更有两颗明珠戴在他的胸前，色泽温润，流光溢彩，映照得胸骨根根发亮。

"这极可能就是传说中的九龙珠，你瞧！在这珠子里面，有隐隐的雾状飞丝，看起来极像是龙腾于天。好家伙，我们这下可发啦！"

麻七爷有些困了，白色眉毛底下的老眼变得朦胧起来，他拍了拍我的肩膀说道："第一次盗墓就此终止了，我们开了这一对死生同穴的夫妻墓，得了不少宝贝，后来我和老慕将那些东西大部分卖给了北平城里有名的古墓行祥瑞斋，得了十几万块大洋。自己留了一部分，剩下的救济了老慕家乡的难民和因中原大战遭罪的一些普通人家。老慕倒也说话算话，传了我'洛阳铲'的使法，可其精髓处还是他先前所说的那几点。再后来就发生了'七七事变'，老慕死在日本人的枪下，而我一直

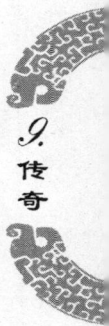

95

东闯西荡到处掘墓，直到解放后才停了手。"

　　我说出自己心中的疑问，麻七爷却道："你不相信'洛阳铲'的神奇是因为你当初看到的极有可能不是真正的'洛阳铲'。也许，他们用的是另一种神秘的破土工具——'千寻锄'。"

10. 群盗

　　我向谭力说出了自己的想法，想去高军所说的"鬼市"去看看。是的，在那次审讯中，文物贩子高军的确说过一个"鬼市"，而且，他最后一次见到曹建华，就在那个"鬼市"上。

　　谭队长叮嘱了我几点注意事项，并派出他的一名得力干将——曾荣获过全国公安系统二级荣誉勋章的优秀侦察员李小利同志配合我。说是配合，其实是保护的意思。

　　在接近傍晚的时候，我接到萧曼的一个电话，她在电话里简单说了自己最近的一些经历，当然包括在山城殡仪馆里遇到的种种。当她讲起在馆里见到的那把刀的时候，根据她对其大概形状和局部特征的描述，我已有七分认定，这是一把"大马士革刀"。但我知道，这种刀早已失传，现如今即便是有，也应该是仿制的可能性居大。所以，我希望她能够和夏陆联系一下，因为我知道，夏陆对各国历代刀具的研究，几乎可以比得上世界上一流的鉴刀专家。

　　当我手腕上的"卡地亚"运动表的指针指向深夜十一点整的时候，我和李小利开了辆"猎豹"吉普，向"鬼市"所在的武林门方向驶去。

　　"鬼市"是午夜集市的俗称。一般开市是在接近半夜的十一点钟，而收市是凌晨五点左右，因其两头不见太阳，所以，就冠了个"鬼"

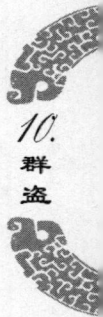

字当头。

这种集市大部分是为了交易文物而设立的。

我和李小利用了大概十五分钟，就到达了杭州市最大的"鬼市"所在——府前街。

府前街是武林门内唯一一条保存完整的明代老街。据清《杭州县志》记载：此街为历代府衙、县衙所在地，宋临安府及大理寺诏狱就于此竣建。民族英雄岳飞的冤案恐怕也是在这条街上尘埃落定的吧。看到这条古老的街衢，我不由得这样想。

李小利警官二十七八岁的模样，人长得很精神，神似如今当红的影视明星邵兵。但他的性格却很腼腆，一点也没有邵明星在电影里火暴暴的脾气。我第一次见到他说错话就会脸红的样子，很难和一位侦察英雄联系起来。

他喜欢名牌，无论衣着饰物，都向名牌看齐。

光那件羊绒夹克衫，"CK"的，我看就值四千多块。

"你哪儿来的钱？不会是受了犯罪嫌疑人的贿赂吧？"我和他开着玩笑，他果然脸红了，讷讷地说道："这是我妈在香港给我买的，她开一家证券公司。"

这是个有钱人家的孩子。但我从谭队长那里得知，他一点都不娇贵，反而比别的同事更能吃苦，敢于面对危险，要不，怎么能获得荣誉勋章呢？

"你怎么就做了警察，你妈妈放心吗？"

"我从小就向往警察这个职业，我妈说，我天生就是一个冒险的命。"他低声回答。

谈话中我们停好车，步出停车场，向前走了没几步，就看到街道两边串起的节能灯泡下或坐或立围着一圈一圈的人。

这里就是"鬼市"。

世界上有许多大事的起因都由于小小的变故。

如果那位激进的塞尔维亚青年在一九一四年六月间那个十分平常的

一天上午没有在萨拉热窝刺杀奥地利皇储，抑或在那一天的喋血行动中他手里的勃朗宁点四五口径手枪突然卡了壳，那么，使千百万人丧生的第一次世界大战也许就不会爆发，但这个世界上却没有这样和那样的"也许"，因此，一切看似小的偶然之外都于冥冥当中存在着大的必然。这便是所谓的命运。

我和李小利警官趁着夜色在府前街的"鬼市"上闲逛。似乎是漫无目的地在交易的人群里来回穿梭，光影间不停传来讨价还价的私语之声。

虽说我对文物、古玩之类的物事并不精通，但基本上还不算个门外汉。有些东西，譬如：明清瓷器和汉唐的瓦当，我倒也略懂一二。

在转了两圈之后，我的目光停留在一个兜售瓷器的摊子上。这个摊上摆放的物品极少，只有两件，也应该是属于一对，大约有七十五厘米高的敞口青花双耳细腰瓶。青花瓷在全国各地的古董市场上数量最多，其赝品也是在相关古董里排名第一的。但我却认为这一对花瓶极有可能是真品。

摊位前没有顾客，老板是位四十多岁的中年人，胡子拉碴，头发蓬乱，眼镜上似乎还蒙了一层薄薄的灰。

他正蹲着吸烟。看来烟瘾还挺大，脚下已经四散丢着七八个烟头。当我们走到摊位前时，他也没像别的老板一样起身招呼，依旧蹲在那里，不动声色。

李警官对我笑了笑说："修先生看来是对瓷器有兴趣喽？"我摆了摆手道："说不上有多少兴趣，只是觉得这对花瓶儿好看，从外观上瞅，大概是仿明代嘉靖年间宣德窑的吧？"

老板听到我的这番话，抬眼看了看我们，鼻子里轻轻哼了一声。

我听出来他对我刚才的评价不满，刚想搭话，他却嘶哑着嗓子说道："真的假不了，假的真不了，看来，今天净遇上些不识货的主儿。"

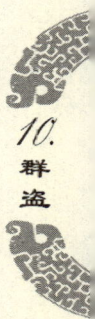

10.
群盗

"怎么，难道你这对瓷瓶真的是到了代①？这如果是真的，可是官窑的品相呀！"

"这世上能有这种成色的瓶儿，还算假？那我看就连北京故宫里的都是假的啦。"

"如果你这是真品，那可是国家二级文物，该不会是偷来的吧？"李小利插了一句嘴。

"偷来的？！小伙子，说话可要留点神哪，我这对瓷瓶是我先人传下来的，庚子年闹义和拳，我的祖上收留了一位北京逃难到浙江的京官，人家送的！"

"若不是我婆娘生了病、要用钱，我才不做这等给祖宗丢脸的事呢！"

我仔细地观察了这对瓷瓶的构造和特征，无论从釉色、胎里还是光度，都可以看得出它们是真品无疑。但我还是问了一句："如果这是一件真品的话，国家文物机构怎么不来向你收购呢？"

他有些紧张地看了我一眼，低声说："前几天还有文物局的人来这里检查，我可没把它摆出来，要不然……"

就在这时，我不经意间抬头却看到了一个熟悉的身影。熟悉得让我不敢相信自己的眼睛。

王国庆！

在 A 市刑侦队殓尸房失踪的"死人"王国庆！他的背影竟然在府前街北端的人群里倏忽一闪。

我拉起半蹲的李小利，只说了声："有情况！"拔腿就追。可是，当我们冲到府前街北端最北之处也没有找到王国庆。在这种情形之下，我开始怀疑是不是自己的大脑出现了什么故障而产生了幻觉。

李小利的手里还提着枪，他气喘吁吁地说："什么情况？！"

"把枪收起来！"我沉声道。

我们在府前街做了一次地毯式的找寻。李小利只知道我是在找一个

---

① 到了代，古董行术语，意思是够了年份。

人，这个人究竟是谁，我并没有告诉他。

这天的"鬼市"之行可以说是一无所获。当回到我住的郊区四合院时，已经是凌晨六点钟了。

李小利一进屋就躺到了挨门的沙发上，没多久他便睡得一塌糊涂。而我却躺在床上瞪着双眼死死盯住天花板，像是王国庆的魂儿就藏在那儿。足足有一个小时才渐渐有了睡意。

我是被一阵急促的敲门声惊醒的。

出门的时候我推了一把李小利，李小利没有作出任何反应，除了低低的鼾声。我有些纳闷，这位警界的英雄怎么就那么能睡，一点警惕性也没有？但这个念头只是一闪，说过去就过去了。

刚才敲门的是一位放学路过的小学生，他交给我一封信，没有地址，没有署名。信封是空白的，而信的内容只有一句话："我来啦，想要找我，到六和塔来。"

我虽说来过杭州许多次，但却从未到过六和塔。记得小的时候看《水浒传》，一脑门子心思地恋上花和尚鲁智深。在第一百一十九回，这位杀人如麻的遭懂高僧于六和塔之中偶然——也是注定地听到钱塘江的涛声一恍顿悟，而后坐化成佛。他给晚辈们留下的那一份念想，让我在千年以后也无法心安理得地生活。这可能就是我一直不来六和塔观光的原因。或许还有其他什么缘故，我自己根本无从而知。

我终于踏上了六和塔脚下四尺见方的两烧青砖。但这座始建于北宋开宝三年的古塔却让我大失所望。这里古风早已荡然无存，出现在我眼前的，是一片掺杂着颇具后现代主义气息的仿古建筑，最让人生气的是，在这座名塔的底座周围竟然用上了钢筋水泥！我感到了悲哀，莫名的悲哀。抬眼看去，这里，似乎有一位作秀作得很失败的三流演员，十分尴尬地茫然独立。当然，我之所以来到这里，并不是要为我国的文化遗产遭此亵渎而怒加声讨的。我来此的目的只有一个，那就是，那封神

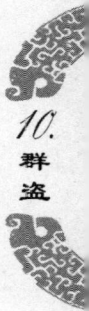

10.
群
盗

101

秘的信。

那封神秘的信笺像根缰绳一样扯着我的思维，我无法阻止自己迈出的脚步，一路直奔，向冥冥中暗隐的真相接近。信笺上工整的字体有三分颜真卿的风骨，写这封信的人在写信的时候一定是从容不迫，要不然，他不会在一张普通的信纸上勾勒出书法的意韵。这个人是谁？

我早就说过，我是个好奇心极为强烈的人，哪怕多次由于强烈的好奇心而使自己陷入危险的境地也乐此不疲。

在六和塔周围的公园里足足转了三圈，我也没有发现任何可疑抑或是有一点点可疑迹象的人。我感觉到某种失落，有一点点的怅然。抬腕看表，快到中午了。有一大群戴着相同样式棒球帽的人，在一个手里拿着红色小旗子的年轻姑娘的带领下向我所站立的方向拥来。我想。这几年中国人究竟怎么啦？对这种填鸭式的所谓旅游兴致高昂。也许在回到家里之后才发觉花了许多钱的一次难得放松其实是一场受罪，除了高价买来一身疲倦之外，剩下的只有照片里的人潮汹涌，至于曾经看到过什么，已不可能有任何印象了。

我向旁边避了避，想给这些兴高采烈的人们让个道。就在这时，人群里有一个人忽然向我招了招手，然后他就停在了原地。

这次我看得十分清楚。

王国庆。

一个在 A 市和平医院二楼左首卫生间里悬窗自缢的人。

一个在刑侦队法医处突然消失的"尸体"。

一个在山城殡仪馆里所谓"元神出窍"的鬼魂。

总之，一个已经宣告生理死亡的人，又活生生地出现在我眼前。我感到一阵彻骨的冷。他却咧着嘴冲着我笑。"跟我来。"他对我说。

这是一间雅室。窗外是冬天里寂寞的钱塘江。

竹制的茶几，几上有壶，壶中是新沏的西湖龙井，清香四溢。茶壶呈墨绿色，颇具古意，在其侧面的部位刻着一句诗：月光如水水如天。旁边的两只茶杯也是墨绿色的，也分别刻着字，一只上是：静心，另一只曰：听禅。我认得出这种式样的壶和杯的质地，是湖北宜兴的特色，但不是早年的上品。

他啜了一口茶，才缓缓说道："修先生见到我，是不是觉得很奇怪，或者说是震惊、不可思议什么的？"

"没有。别说是在这里见到你，就算是在莫邪山区见到你，我也不会有任何意外的。"

他的脸上闪过一丝诧异，只是一闪，又温和地笑了。"修先生毕竟是修先生，遇变不惊，处事不乱，大有当代名士风范。"

今天的王国庆谈吐高雅，张弛有度，和他原来的身份似乎一点也扯不上关系。

"你在玩什么？大变活人？还是起死回生？"

"修先生，有些事情你还是少知道一点的好，很多的时候，知道得太多就会死得太快。"

"这算是威胁么？那你把我邀到这里又是为了什么？是不是想给我讲讲你是怎么去奇门遁甲的？"

"修先生，你误会我了，我们之间是没有什么恩怨的，我刚才只是提醒你罢了。我之所以请你来，是因为有点东西还在你的手里。"

那只玩偶。

神秘的地图。

我盯着王国庆既熟识又陌生的脸。

在这张看似平常的脸上，隐隐有云流风转、变幻莫测、世事无常。

我陡然惊觉：这只曾被警察从和平医院的卫生间里带到刑侦队证据存放室的玩偶，在证据存放室里仅仅停留了一个晚上就失踪了，它的再次出现是在山城殡仪馆的殓尸房里，可是，就是那天夜里，除了如同鬼魅般神秘而恐怖的喘息声之外，并没有其他的怪异抑或是可疑的现象和人引起我的警觉，他是如何得知是我取走了玩偶？除非……除非他当时就在山城殡仪馆之中！

难道，他和那个神秘的喘息声有关？可玩偶又是怎样出现在殡仪馆里的？

我的脊背上冒出了冷汗。

我再次盯住他的眼睛，很想从这双深邃的眼睛里看出一点什么不正常，但是，我失望了。

我的喉咙开始发痒，几乎是下意识地从外衣口袋里取出一包香烟，点了一支，又习惯性地把烟盒递了过去。

"谢谢。"他轻轻推开我的手，十分礼貌地说道。

我忽然间觉得自己显得有些不自然、可笑。这位原本老实巴交、语言木讷、浑身时常散发出山东煎饼卷大葱味道的工人阶级，不知怎么摇身一变，似乎变成了刚从大洋彼岸荣归故里、颇具绅士风度的海外赤子。像有意无意的应了老祖宗的老话：世事难料。可我的表情上分明写着，你在装什么蒜！

"我知道自己的突然出现会在你的心中引发怎样的波澜，此时此刻，你一定会有许多疑惑迫不及待，可是，我不可能告诉你任何答案，或许，这些所谓的秘密会随着时间的流逝消失殆尽，但其结果无论对你对我来说都不算是坏事。"

他好像是错误理解了我的表情。

"还是把东西还给我吧，我可以给你十万美金，作为你保管它多日的酬劳。"

他出手之阔绰出乎我的意料，我越发觉得在他的背后隐藏着比天还要大的秘密，倒底是什么秘密？

我压了压有些浮躁的情绪，平静地说："地图，那张地图是怎么回事？"

当我问完这句话，王国庆的脸上突然呈现出一种极为诡异的神色，像是在我的身后正发生着异常恐怖的事情，我急忙回头，眼前乍现无数光影，只觉得天旋地转，便什么都不知道了。

浑噩，还是浑噩，像是有许多长着古怪犄角的狰狞大汉在擂鼓，鼓声激昂。

太阳似乎很高。高得虚幻，又高得旷大。

干渴。一直干渴。有种在赤地千里上奔跑的感觉。血流得飞快，要尽量大口吸气，才能使心脏保持平稳的跳动。

有很多的光。比太阳还强烈的光芒使我眩晕。我在哪里？在什么地方？天堂还是地狱？

谁在说话？异常遥远。扑朔迷离。断断续续。

我是沉睡还是醒着？是梦魇里的境遇吗？为什么却又如此真实？

许久。

许久之后，我终于能够睁开眼睛。

一辆越野汽车的内部。我所躺卧的地方，应该是这辆车后备箱的位置。车在飞驰，大约有一百迈以上。前排坐的人说着话，听不分明，但我可以捕捉到其中的一两个音节像是闽南地区的发声。说话的人是谁？

有人朝我躺卧的地方望了一眼，我没有看清他的模样，但他随后所讲的话我却听清楚了。那是正宗的京腔，每个吐出的字都大着舌头。他说的是："这小子醒了。"

车子又跑了大约二十分钟停了下来。后备箱打开了，外面强烈的光线一股脑儿地射入，我的眼睛一阵刺痛。

"修先生，休息得好吗？"

这个声音怎么这么熟悉。苍老的，生硬的普通话里掺杂着闽南泉州一带的方言土语，暗藏杀机。

"修先生，我们真是有缘、古语说山水总相逢，又见面了，不是吗？"

我猛然听出这个声音是谁了，就是在杭州市南仆街那条阴暗的下水道里，我拼命想逃离的那群绑匪里的大哥。当时我的眼睛虽然被蒙上了黑布，但此人说话的腔调还是能留在印象之中的。

"又是你们，这一次的目的还和上次的一样吧。"我悻悻地说道。

"你错了，这一次我并不是再想得到那张地图，因为我已经不需要它了。这一次，我想邀请修先生参加我们的探险之旅，虽然你已经是此

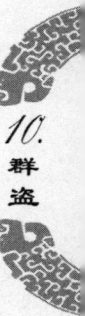

中翘楚，但我还是想告诉你，这一次的探险是你以前从来没有经历过的。"

"我的朋友呢？"

我忽然想到了王国庆，连忙问道。

"你说的是曹建国吧，可惜，我的手下还是没有能抓住他。"

"……"

"曹家世传的轻身功夫，真是让人叹为观止。"

曹建国？曹建国是谁？

我回想着。我不认识这样一个人，在我所有熟悉和不熟悉的朋友中，从来都没有出现过这样一个名字，甚至，就连和我有过摩擦的对手中也没有如此陌生的名字。

他是谁？

突然之间，脑海里出现一个模糊的亮点，像是一条光线在抖动，有些看不清晰的符号和字体飘忽不定。我想这是一个答案，是此刻还不能知晓的答案。

"哦，我忘了告诉你，曹建国还有一个名字，叫王国庆。"

王国庆还有一个别的姓氏？别的名字？

他在我的调查档案甚至在公安局的户籍档案中都只留下一个姓名，没有谁发现他还曾经用过这样一个名字。难道……

我的脑海里蓦地如同电光交会，一个想法跃出层层迷雾，有种拨云见日的感觉。

曹建国，曹建华，还有那位会使"金钱镖"的曹剑中，会不会认识？很早就认识？会不会他们本是一家人，更有可能曹剑中和曹建华是同一个人，而曹建国也就是王国庆是他的兄弟，至少，也是同族的兄弟关系。可是，还有一个问题我并没有想明白，那就是：王国庆祖籍山东，曹建华祖籍浙江，两个人一南一北相隔几千里，又怎么会扯上兄弟关系呢？

已不容我多想。

有两个穿着劲装戴黑色墨镜的男人将我从越野车里挟了出来，暴露在阳光下。我使劲眨了眨眼睛，在适应了室外的强光之后，才能够比较清晰地看到眼前有四个人，除了扶我的两个男子之外，还有一个看上去五十多岁的中年绅士和一个矮个较胖的长须汉子。

这个中年绅士就是他们的带头大哥。

"我上次忘了向修先生做自我介绍，实在失礼。鄙人复姓尉迟，单名一个挺字，在西亚和欧洲，朋友们都称呼我为'海盗杰克'。不知修先生看没看过所谓的美国大片《加勒比海盗》，里面主人公的名字和我的绰号一样，但我这个称呼却比他早有了三十年。

"我的社团不幸被国际刑警组织列为世界四大危险集团的第三位，这或许也是我的幸运，使我的生意要比当初藉藉无名时火爆得多了。

"我所做的生意是种高雅的生意，比起军火、运毒、贩卖人口来说简直是天壤之别。可惜，有些人不这么认为，他们说我是个文物大盗，历史文化的破坏者。为此，我只能感到遗憾了。"

谭力队长几天前说的话犹在耳边响起："据国际刑警传真的协查通报，最近有一个国际贩卖文物组织将潜入我市。"看来，这个国际贩卖文物的组织，就是这位自称为"海盗杰克"的家伙和他的同伙了。

我自嘲地笑了笑："杰克先生，我称你为'杰克先生'你不会在意吧，在六和塔下的那间茶室里，你们究竟是使用了怎样的手段将我弄到了这里？你们把我带到这里到底是为了什么？"

"你的经历不同凡响，至于见识当然要比我的手下强得多了。我需要像你这样的人手，"他顿了顿又道，"想控制你或正式邀请你参加极为不易，所以，我们就用了一种不可告人的特殊手段，请别介意。"

"你怎么知道我会答应和你们合作，我虽然喜欢冒险，但不想付出坐牢的代价。"

"修先生我知道你的弱点在哪里，虽然你嘴上像石头一样硬实，但我想我一旦告诉你我们的真实意图，你的心就会好奇得止不住发痒。你的弱点就是你强过别人百倍的好奇心！"

"你到底想要做什么？！"

"先别太着急，在我说出我的意图之前，我要给你介绍一个人，一

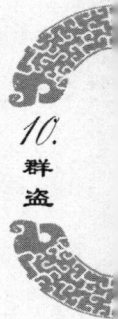

个朋友。"

杰克微笑着用手指了指身边一直沉默不语的长须汉子，说道："就是他。他叫刘继威，很陌生的名字，对吗？但他还有一个绰号，只要懂得一点文物的人都应该听说过他的绰号：神仙手。"

"神仙手？"我不由得暗念道。

却听杰克的声音又在耳边响起："他这个绰号的意思是：无论藏在哪里，藏得多深、多妙的墓葬，凭他的双手都能够找得出来。"

这个貌不惊人的家伙竟是个盗墓高手？海盗杰克此番请他出山的意图莫非就是为了盗墓？盗谁的墓？

我的脑海之中闪现出那张秘密地图的内容：奇怪的倒金字塔标识，被有意刮掉的注释文字，线条代表的河流以及山脉，点圈应该是村落的记号。这整张图所勾勒的极为可能就是一处墓藏的所在。可是，他们明明知道我不会轻易交出图来又会用什么方法迫使我就范呢？再者，这位杰克刚才好像说过，他已经不再需要这张地图，那么他又是从何处得知要盗墓藏的准确地点？疑问似乎太多了。

"神仙手是国内至今还健在的最后两位善使'洛阳铲'的高手之一。修先生，你对'洛阳铲'知道多少？"

"洛阳铲"我当然曾经听一些朋友说起过，但遗憾的是，我的朋友也只是知道这物事的只鳞片羽，从来也未曾真正见过。听他们说，这种堪称神奇的盗墓工具要比现代的红外地质勘探仪探测的还要精确，当然，我指的仅仅是在探测墓道方面，他们还说，"洛阳铲"的神奇之处并不在此物复杂的构造上，而是在人，在使用它的人，只有高手才能将它用到最该用的地方。有一位朋友说，他认识一个此中的高手，但很久都没有联系了，不知道这个人还活没活在世上。

我正想着，却听杰克继续说道："我给你讲个故事，修先生，希望你能够多一点听下去的耐心。"

一个扶着我的大鬓角男子把一支香烟塞到我的嘴里，我没有看清香烟的牌子。

"浙江上虞有个天理镇，在清末民初的时候，此镇上姓曹的一家可出了几位了不起的人物，其中有两个亲兄弟，不光是身手了得，可圈可点，而且，在对历代墓藏的研究方面也有其精辟、独到之处。据说光绪二十一年惊动闽浙总督的五代钱塘国主钱镠陵墓被盗一案，就是他们联手做的。但当时的前清政府拿不到一点证据，曹家的人又花了不少银子买通上下，后来也就不了了之。这曹家的祖辈本不是当地人，有人说他们是从南京迁来的，具体是何时迁入，也许除了去查曹家的家谱，就没有别的办法能够知道的了。这两兄弟一个膝下无子，另一个一脉单传，传到民国十一年间就出了个曹殷曹子俊，此人性情刚烈，脾气暴躁，年轻的时候也惹了不少事端，可盗墓的功夫却没有搁下，传说中离这儿不远的会稽山脚下千年之内无人能盗的春秋越国文大夫墓就是从他的手里给开了的。抗日战争爆发以后，日本人在中国烧杀抢掠、无恶不做，激起了他的血性，他挺身投军，在四战区张发奎将军的队伍里效力，也立过不少战功，一直打到了山东。部队在山东青州驻扎时，这家伙不知哪根筋出了毛病，竟然强奸了当地一位姓王的大户家的小女儿，本该是被枪毙的，可让人没想到的是这位姑娘竟然看上了他，死活要嫁给这个曾强奸过她的军人，他们后来就结了婚，生了孩子，曹子俊也离开了部队，成了地道的生意人。解放后举国上下开展了轰轰烈烈的土改运动。在那年秋天里，曹子俊对他的妻子说要回浙江去看看祖上留下的地方，别让人当做无主之家给充公了，这一走却再也没有回来。王家的人到上虞找了他好几十回，也未曾找得到他。在"文革"中，青州到江南去串联的一位年轻人回来说，在杭州曾见过曹子俊，带着不知是谁家的孩子变成了讨饭的扮相，王家姑娘听了之后，毅然领着独子起了身，千里之遥，远赴杭州。一年后她回到山东时，身边的儿子却改了大模样，不仅周围的邻居们奇怪，就连王家的人也感到奇怪，可她说：'这就是我的儿子，不过，他爹死了，他要跟我姓，以后，他便要姓王。'这孩子要比他走的时候看上去小了好几岁，却也因为当时生活条件有限，相差几岁的孩子长得个头看上去都差不了多少，再者，这婆娘自回来以后性情大变，变得脾气见长，稀奇古怪，就没有人敢去问个究竟了。

"这个孩子在长大之后，大号就叫王国庆。"

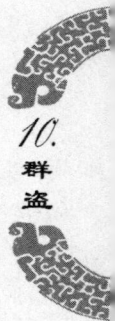

我听到这里才忽然感觉到这位杰克先生之所以要讲这个故事的大概用意，尽管其真正的目的我还不得而知。但我有些庆幸自己终于知道了王国庆这个家伙的真实来历。正自想着，却听杰克继续说道："曹子俊虽说至今下落不明，可他本族的兄弟却在今年的某个时间，将当初他离开上虞前藏在族内祠堂里的一对玩偶取了出来，其中的一只据说就送到了王国庆的手里。"说到这儿，杰克意味深长地看了我一眼。"至于另一只，我费尽心机才得到了它。可惜，有一些秘密，我和你也许永远都无法知道了。"

"什么秘密？"我禁不住脱口而出。

杰克并没有对我的问题作出任何的回答，他只是用手示意了一下，让他的人将我扶到一块路边的大岩石上坐下。我暗自提了一口真气，发觉有一些重要脉络仍然阻塞，这致使我全身的力量只能勉强聚集五分之一，也就是说，即便他们现在放我走，我也绝对不能走出两公里以上。

"我们如今的位置就是处在浙江的东部地区，你看到不远处的那座山了吗？那便是上虞县境内的莫邪山。"杰克缓缓地说道。

我顺着他的目光望去，阳光下空荡的田地尽头连绵着一片青褐色的山峦。虽然是冬天，但青松翠柏，依旧苍郁。

莫邪山？上虞县？A市茶社里偶遇的那两个人。曹建华的故乡。王国庆脱口而出的生僻方言。这些原本支离破碎、似乎毫无瓜葛的情节，现在于我的心底已串成一条脉络清晰的线索。

"传说中春秋吴越争霸，越王勾践忍辱含玉圭向吴王夫差乞降，在姑苏城卧薪尝胆达三年之久，无一日不思光复社稷江山。他暗地里遣派大夫范蠡到越国旧地寻访铸剑高手，为其铸就破吴之剑。范蠡不负瞩望，终于在这莫邪山一带找到了当时蛰伏于此以避乱世的一代铸剑大师欧冶子。欧冶子被范蠡一片痴心所动，答应为越王铸剑。他和他的两大弟子一起为越王铸造三柄罕世宝剑，这两大弟子本为夫妻，在剑铸成之日，其男性弟子为使宝剑最后淬火锋成而失去了一条臂膀，所以，其中的两柄就以他弟子的名字命名，正是天下蜚名的'干将、莫邪'。另一柄剑唤作'千夫'，便是勾践攻破吴国都城姑苏的中军之剑。后人尽知勾践并不是什么善辈，最能懂得'狡兔死，走狗烹'这句古谚，在越国春秋称霸以后，他不仅要除掉助他复国的名臣良将范蠡和文种，也欲置欧冶子师徒于死地，好让天下除这三柄宝剑之外再无好剑世出。欧冶子所幸于越国光复之日病亡，而他的弟子却被羽林卫追杀，干将死于非命，莫邪冒死将他的尸骨带入这莫邪山后不知所终，此山原本无名，后人为了纪念这位人间奇女子，便将它叫做莫邪山了。"

杰克陡发感慨，我却以为，他的此番"闲"话定有深意。果不其然，他话锋一转就到了主题之上。

"莫邪山故老相传的秘密不胜枚举，我们且不管它。只说一点，就是我们这次要找的，却是这成百上千个秘密当中最具诱惑力的一个。而且这个秘密不仅仅是和一个宝藏有关，更和中国历史上一个天大的阴谋有关！上虞曹家迁居于此处几近数百年，如果我猜得没错，一定是和这个秘密有关！"

我忽地问道："以杰克先生的博闻强记，见多识广，不知道听没听说过一个叫'曹剑中'的人？"

我所说的这句话似乎有些出乎杰克意料，他下意识地搓着手，在地上踱了几圈，才慢慢说道："有些事情我原来是不想对别人讲起的，可今天我决定把它们说给你听，这并不是因为别的，只是我已认定，你将答应跟我合作了。"

说实话，我无法拒绝对未知秘密的探索，即便揭开这秘密要付出难以想象的代价，我也心甘情愿。但在嘴上我还是不依不饶："你错了。我并没有答应跟你合作，我所问的问题，你要是不想说，那就算了。"

杰克的脸上浮出一丝狡黠的微笑，他摆了摆手说道："好了，不管你愿不愿意跟我合作，你此时已别无选择，关于这个曹剑中的一些事，我还是要讲给你听的，但不是现在，现在我们要去找一个人。"他顿了顿："你的身体应该没什么问题吧，我们对你使用的'零号制剂'的药效只有六个小时，现在已到它的终结时间了。"

我再次提了提真气，果然，除了两臂还是无力之外，腿脚已可以去做任何剧烈的运动了。

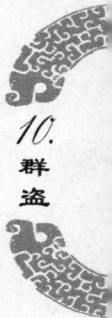

10.
群盗

"我们要找的人你也许见过，但在见到他时，切记不要多嘴。"

我不知道海盗杰克说这句话究竟是什么意思，我见过他要找的这个人？这个人是谁？既然我曾经见过他，那十分可能就是我的一个熟人，是怎样的熟人让他们觉得我一旦与之交谈就会发生一些他们不愿意看到的事情？

我有些茫然，甚至在意识里有点错综离乱。

杰克并没有乘车的意思，而那辆越野吉普被藏匿在公路边一所废弃的院落内。

我跟着他们徒步穿过了秋收后的田野，只有一些枯黄的杂草在冬日清冷的风里摇曳。已近黄昏的时光充满着萧瑟的意味。即使是在花开不败的江南，也有了北方的零落和寂寥。

我忽然对我所居住的城市怀念起来：那座冬天有雪的城市；夜里小巷深处烤白薯苍凉的叫卖声；古旧的弄堂；溜冰的孩子们；我认识的人和不认识的人；甚至在一刹那间想到了萧曼的模样，一个用故作坚强的外表掩藏自己敏感心灵的女子，如今的她还好吗？

爱做梦的人无论在怎样的情形之下都可以做梦，萧曼就是这样的一个人。自山城殡仪馆有过回首惊心的遭遇之后，她一直被刘强队长强制休假在家。休假期间，她不止一次地给我打过电话，可是，当时我正住在杭州那所手提电话没有任何接收信号的古老宅院里，所以，她只能向杭州市刑侦队打听我的消息。不巧，刑侦队这两天正忙于侦破一起集团杀人的案件而找托词婉拒了她的要求，这在她心里留下一处莫名的阴影。

她做梦了。

几天以来一直在做着一个情景十分相似的连环噩梦。在梦境中，她看到我几次死而复生。尤其是最近的这一次，她更加清晰地看到我复生时痛苦的表情，就像在眼前一样，可以听到我歇斯底里的嚎叫声。至于我在这个梦里究竟是处于何种场景之下，她在后来告诉我，那应该是在一座暗无天日的古墓当中。她说自己曾清楚地看到，这座古墓的中央位置有一块异常高大的花岗岩石碑，上面刻着好多她不认识的文字，但铭文落款的日期还应该是可以认识的,上面写着:大明建文三十年肃秋。

大明建文三十年?

萧曼在梦魇里几经挣扎勉强苏醒之后,脑海中首先就蹦出这段来自梦境中清晰的碑石留刻。

这是每位稍懂历史常识的人都会产生质疑的年号。

萧曼是正牌的科班出身,在上大学时对中国历史也颇有涉猎,关于明朝这段著名的家族政变算是知晓一二,但让她感到非常奇怪的是,这位短祚的建文帝朱允炆,在"金川门之变"后已确是罹难或隐遁①,而在此之前,他才刚刚坐了三年的皇位。他志高才大的四叔朱棣自所谓的靖难功成便将年号速速换做了永乐,无论正史野稗都有据可查,又何来这梦里的大明建文三十年?

也许就是一场梦中的虚妄吧,她想不出个所以然,只能这样想。

在家闲居的日子对萧曼来说真是度日如年。

自从搞了刑侦以来,她已经习惯了整天忙忙碌碌,东奔西走,突然让自己闲下心来,那种滋味就像抽烟的人被迫戒掉了烟,头几天一定手足无措和心慌意乱。

于是,她想到了夏陆。

夏陆和她只有那么一两次短暂的接触,说不上是特别熟识。但自从第一次见到这个气质不凡的年轻人起,她就对他产生了一种莫名的好奇。我曾经向萧曼详细地介绍过夏陆的经历,但这些只能给她留下一个程式化的印象,只有后来的接触,才能让她真正感受到来自夏陆本身那种与生俱来的魅力。

她找夏陆是带着一个问题去的。

就是有关她曾在山城殡仪馆里见到过的那把"大马士革刀"的问题。

她并不认识那种刀,但直觉告诉她,这种式样的刀绝对非同一般。

10.
群盗

---

① 有关明朝建文帝的生死之谜,众多的史家解释不一,拙作只是小说家言,不必较真。按近年来新发现的一些史料,愈来愈多的迹象证明,建文帝当年确实没有在南京自焚,而是通过地道逃之夭夭,但究竟藏匿于何处,还有待进一步证实。

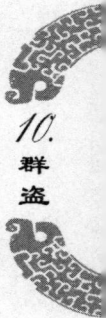

夏陆对于刀的研究可以和世界上任何一位刀具研究专家相媲美。

萧曼找到他时，他正在做着一种奇怪的运动。

我先前说过，夏陆是一位跟踪高手，可以说是这个国家里为数不多的专家之一，但他所执行的那些特殊任务都具有相当高的危险性，他又不是神仙，不可能不受伤。在一次远赴埃及的行动中，他的左小腿内侧留下了一道三厘米长的疤痕，由于在当时的特殊环境中，这道伤口没有能够得到及时的处理而导致后来经常在阴雨天气下痛痒发作。他为此进行了多次、多方的医治，但效果不是很好，直到有一天他遇到了一位游方挂单的僧人，这位大师传授给他一种十分特殊的治疗方法。方法看上去非常简单，只是在每天中午的一时到二时之间盘坐于干燥的地面上，左手抵右脚脚心，右手抵左脚脚心，全身放松，凝神屏气，心下时刻想到伤口正在慢慢痊愈，要保持一种看似幻想的姿态，这样每天坚持半个小时左右，一年下来伤势就会有非常明显的转机。据大师说这种方法来自天竺的密宗瑜伽，天竺就是印度，夏陆对大师还能持有这样古意的称谓表示激赏，也许，是由于他看似现代的意识形态之下依然拥有一颗向往古典的心吧。

这天中午，他刚刚才将姿势摆好正待身我皆忘，就被萧曼清脆的敲门声给打扰了。

萧曼推门进来时，看到夏陆在地上摆出古怪的样子不由"嗤"的一笑。

但夏陆并没有在脸上流露出任何不快的神情。

"'大马士革刀'，你所描述的就是'大马士革刀'。"夏陆对萧曼说道。

萧曼一见面就已单刀直入地将自己对于山城殡仪馆中所见到的刀具向夏陆仔细描述了一番。

"这种刀失传已久，你怎么又会在我们这种偏远的城市里见过它？"

"这种刀很少有仿制的成品，因为专锻此刀的印度乌兹铁石早已在地球上消失了，唯一能勉强作为替代品的就是黑霜铁石，但即便是这类铁石也为数极少，二十世纪七十年代末曾在东南亚的威尼德拉岛上发现过几十公斤，充其量只能铸出两三把刀，可是，我从来都没有听说过有人将这些黑霜铁石铸成了刀具，这石头简直比黄金还要贵重，谁又能舍得拿它去铸刀呢？"

夏陆一直在摇头。

他忽然问道："你最近有没有和修必罗联系过？这家伙的消息极为灵通，说不定会在他那儿得到一些关于这种刀的消息。"

萧曼一下子变得沉默起来，许久，才低低地说道："修必罗已经和我失去了联系，我怀疑他可能失踪了。"

真是一语成谶，在谭力、李小利他们看来，我是真的失踪了。

李小利是在下午六点钟左右醒来的。

他是个身心健康的年轻人，只有获得了充足的睡眠才能精神抖擞。

他醒来后的第一件事就是喊了声我的名字，让他感到意外的是，却没有听到我的回答。

开始，他以为我到附近的商店里去买什么东西或者是到不远处的街心公园里散步去了。

但一个小时之后，他就觉得事情有些不对头。

抱着侥幸心理，他找遍了我可能会去的任何地方，却一无所获，这才决定将情况通知给他的顶头上司谭力队长。

谭队长和刑侦队的几位同事很快就赶来了。

在赶来之前，谭队长正在搜捕连环杀人凶手的指挥现场，可是，我失踪的消息对于他来说似乎更加事关重大，不得已之下，他只能把手中的指挥权交付于另一名副队长，随后迅速地赶到了这里。

谭力听完李小利把自昨天晚上开始一直到今天他睡着以前，我们在一起的所有情况详细地汇报之后，习惯性地皱了皱眉头。

"你是说昨天晚上，不，应该说是今天凌晨他在府前街的'鬼市'上要找一个人？一个他可能认识的人？"

"是的。他只是说他看到了一个熟人，这个熟人是他想要解决一个问题的关键。"

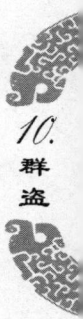

10.
群盗

115

谭力的眉间锁成了一个"川"字。

"很有可能，这个他想要找的人已经被他找到了。"

"这就是他突然失踪的原因！"

大约过了一个半小时之后，我和杰克他们已进入了山险沟深的莫邪山区。为杰克一行此番入山做向导的，就是那位看上去寡言少语的神仙手。自我见到他便只听他说过两三句十分简短的话，但由于我对我国许多地区的方言比较熟悉，我还是听出了个大概：他应该是东北辽宁锦州一带的人，或者，他在那个地区待了好多年。因为，一个人无论怎样去掩饰自己的口音，但他在说每句话时都很难将口音中的尾音去掉，这就是所谓的"藕断丝连"。

一个来自关外的人，又如何能对这偏远的浙东地区一座大山的情形如此掌握呢？他简直就像是在莫邪山中生活了好多年，对这里的每一条小径，每一处拐角都轻车熟路。

带着这些疑虑，我跟着他们一直走到一座小村落外的一株古榕树下才驻足。

小村落谓之小并不言过其实，看起来只散居着七八户人家，而且因为天色见晚，村口就看不到有人走动。

神仙手指了指这棵直径粗大、枝繁叶疏的榕树，沉声说道："如果我没有猜错，这棵树就是当初曹公直亲手植下的那棵树。"

这是他迄今为止说过的最长的一句话，这句话让我更加肯定了他是辽宁锦州人无疑。但在他话中出现的曹公直这样一个名字，我原本应该是十分陌生，可不知为什么，却在内心深处有种似曾相识的感觉。

杰克笑着说道："既然见到了这棵树，那地图上所指的祠堂就在附近了？"

神仙手点了点头。我却不由一惊，暗忖道："什么地图？难道这海盗杰克真的在我的居所找到了藏匿的地图？他刚才不是已经亲口说过不需要了吗？"正自猜想，却见神仙手在他身上斜挎的棕色帆布包里取出

116

一只罗盘，非常熟练地操作了一番，又取出一件我根本不认识的物什，像十字形的螺钉套管，但上面似乎标有刻度，大概也是探测所需的东西。他将这东西用两只手平平端着，眯起一只眼睛，朝西面凝神观望。

这时杰克向我所站立之处踱了过来，并让他的一名手下从随身携带的双肩军用背包里拿出两瓶贴有法文自制标签的酒，顺手递过来一瓶，微笑着说："修先生，累了吧，来，我们喝一杯，哦，应该是喝一瓶，这是我的朋友在法兰西美丽的里昂乡下庄园里自酿的酒品，很有味道。"

我摇了摇头，并没有去接他的酒，而是问道："我们到底要去见什么人？"

"一个朋友，一个大有来历的朋友。"杰克的话说得意味深长。

神仙手不停地像变戏法一样从看上去不怎么大的帆布包里取出各种各样的物什，大部分是我没有见过，也根本叫不出名字的东西，想想可能都与盗墓有关。他在榕树的周围反复做着繁杂的动作，把一些物品来回移动、摆放、插入土壤。估计有四十多分钟以后，他停了手，又将东西一件一件放回帆布包内，等手中再无任何东西时，才转过头来冲着杰克说道："我反复地作过测量和初步定位，我们要找的目标极有可能就在偏西方五百米处。"我抬头顺着他目光注视的方向看去，大约在西边向前五百米的距离之外，有一片长满了枯草的土坡，并没有什么奇特之处。

"先别忙着动手，我要到村子里去看看一位朋友。"杰克挥了挥手，率先走进了村落。

他显然对这里并不熟悉，在走到一座简陋低矮的砖坯建筑前时，便指使一名刚才扶过我的手下，去敲那扇紧闭的木门。

敲了一会儿，才有人打开了门。

我隐约看到一张老人枯槁的脸露了出来，是个男性，在暮色中如同鬼魅。

"曹建平住在哪里？"杰克的手下问道。

这张脸没有说话，只是用手指了指离他不远的一排看上去还算周正

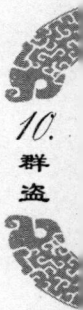

117

的青砖瓦房，随后就躲在了木门的后面。

"曹建平？"我若有所思。

我们一行走向那排青砖瓦房，有灯在房间的窗户上映出温暖的光芒，应该是一盏汽灯。

"这里是莫邪山区少数几个还没有通上电的自然村之一，浙江省在中国虽说富得流油，可还是能够看得到落后和贫穷。"

杰克似乎有些感慨。

他的手下再次被派去敲门，只敲了一下，就听到房间里传来一个嘶哑、低沉的声音，"谁呀？"

杰克上前一步靠近了门，笑着说道："是我，你的老朋友海盗杰克。"

门开了。我看不清开门人的面孔，在感觉中也似乎并没有见过。

杰克先走进房内，我们随后鱼贯而入。就在我走过这个开门人的身边时，有意地向他盯着看了一眼，这一眼却让我的记忆之门骤然开启。

因为这个人我真的是见过的。

在我的城市，我所居住的小区，一个初冬平淡的下午，十分平常的敲门声，两个看上去从乡下来到城里的人，王国庆的远房亲戚，操着奇怪方言的一老一少。

这个人就是那个曾和我搭过话的老者，也极有可能就是我在和平医院里遇到的那位热心义工所说的在医院后门处把一个包裹交付到王国庆手中的两个人中的一个。他好像并没有认出我，在看到我们都已走进房间之后，便很快地关上门，并拴好了门闩。做完这些事情，他才蹒跚着走到房间中央摆放的一张白木桌前，指了指旁边零散放着的三四把同样是白木无漆的低矮木椅，说道："坐吧，大老远的到这穷乡僻壤来，不容易呀。"

杰克并不急着坐下，而是在这布置极为简单的房间里踱了一圈，悠悠地道："上虞曹家当年是何等的风光，没想到他的后人竟然落到如此不堪。"

"这还算是相当不错了，我仅仅是曹家旁支，曹家的嫡传现在连个

118

片瓦遮身的地方也没有了。"

老者捅了捅西墙下砌垒的灶火自嘲着。

"上虞曹家算是彻底完啦!"

"不会的,你怎么能说自己的家族完了呢?要是真能找到那处所在,你们曹家又会像当年一样富甲天下的。"

"哼!杰克先生,我认识你虽不算时间太长,也能对你的心思了解一二,你只想着你自己,又何时发了善心去考虑他人?自从我把那物什卖给了你,这心里一直就不踏实,常常会在半夜里被噩梦什么的给吓醒,老先人的在天之灵已经开始诅咒我了,说不定,你们还没有得手,我就一命归西了。杰克我给你看件东西。"

老者从怀中取出一件东西,摆放在他粗糙的手掌心里,我跟他的距离本就不远,所以将这件东西看得分明:金钱镖!

我听到杰克的呼吸骤然停顿了一下而后深深地吐了一口气。

我回头看去,看到他的眼睛里凝着一股钢针般的光芒。

他没有说话,只是用力地甩了甩手,腕上的"欧米加"古董表在这一甩之下差一点脱臂而出。

被杰克唤作"曹建平"的老者冷冷地瞅着他的这番动作,缓缓说道:"上虞曹家近几十年来确是人才凋敝,但若说已消失殆尽那就大错特错了,这枚镖的来头你不会不知晓吧,它本就是曹家的太岁,现在恐怕一不留神就成了你我的勾魂之手啦!"

杰克的眼光愈发显得幽冷,他环视了周遭一圈,最终将目光定在了我的脸上。

"修先生,你知不知道在这个世界上还有这样一个人存在着?"

我想起了张三所说的关于"金钱镖"的来历,他在当时只是猜测到在旅舍房间里偷袭我的很可能是那个叫曹剑中的使镖高手,由目前的情况看来,这个曹剑中确实和整个事件极有关联。

我装作什么都不知道的样子摇了摇头,有意无意地侧目斜望避开了杰克炯炯的眼神。杰克似乎并没有在意我的躲避,而又转身面向老者曹建平缓缓地道:"那物事的藏身之处究竟还有几个家伙知道?"

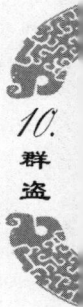

10.
群盗

119

"上虞曹家能留在世上的除了我们庶出的几个之外，嫡系的子孙就只有三个人了。这会使'金钱镖'的，便是其中的一个。

"他叫曹剑中，我本以为在十二年前他就已经死了，没想到还能活到今天。

"就在三天前，他来过我这里，来的时候还带着一只盒子。"

盒子？我听到此处，心中突然闪出一道灵光，在青松岗墓地之中，曹建华的坟茔背后，暗藏的地下机关，机关里的盒子。难道，当时的橡皮人就是这个曹剑中使的伎俩吗？

可是，在那一刻乍响的喘息声又怎么解释？也是他的杰作？

如果真的是他所为，那么这个人真的就像鬼魅一般可怕了。

我的手心里渗出了冰凉的汗水。

杰克对曹建平说道："看来这位曹家的后人也是来取宝的，那只盒子里装的是什么东西？"

我看到老者轻轻地摆了摆手。

"老曹，你在这曹店村见没见到过他的异姓兄弟？"

"你说在北方的那个，他不是已经被我的儿子给干掉了吗？都十多天了，他怎会再来这里的，除非……"

杰克插了一句话："除非他没有死，对不对？你太相信你儿子的手段啦，总以为他得了你的真传，便能够杀人不见血，不留痕迹，可惜，他还嫩了点。曹建国虽然离开他父亲很多年，但身手一点都不比他死了的老爸差！龟息功的确是厉害得紧哪！"

我这才听得明白，原来这老者和他的儿子，也就是当初到 A 市我居住的小区找王国庆的所谓他的亲戚们，并不是为了他母亲的丧礼而至，其实是来要他的命的！可有一个问题还是无法解释，那就是既然如此，又为什么在杀了他之后，不把那只粗布玩偶带走呢？地图，玩偶中的地图，他们不会不知道吧！

也许只有一种可能，那就是我所得到的地图本就是一张假的！

难怪杰克这老东西不再向我索求地图了，当初他不惜使用绑架这种卑劣的手段从我这儿得到它，仅仅两天以后，一切都改变了。

120

想到这里我不得不佩服老先人所说过的话：世事无常。

却听曹建平说道："他没有死？哦！原来如此，怪不得小轩说这小子一点都不经勒，一下子就断了气，我还以为他的身体本身有什么毛病呢。曹老三的龟息功我以为早已失了传，不想还传了这小子。"

"可我并没有在这儿见过他。"

"那曹剑中来的时候，你们动手了吗？"

"他以为我这样一个糟老头子又有什么能耐敢和他抗衡呢？再者，他并不知道是我把消息卖掉的，他也不清楚我到底掌不掌握这里的秘密，所以，象征性地留下一枚镖来，算是警告罢了。"

"不啰嗦啦，事不迟疑，我想今夜就动手。"杰克忽然说道。

他们的对话使我又陷入了深深的思索中，虽说我的脑海里已开始有了点拨云见日的感觉，但真正的谜底还远未到揭晓的时候。我和萧曼在山城殡仪馆里的经历、曹建华死而复生的谜题、神秘的汽车杀手、那物事的究竟、盗墓的阴谋，问题纷纷呈现，一波又一波，像永无止息的浪潮，汹涌澎湃。

天快要擦黑的时候，杰克和我以及曹建平等人一起向神仙手下午测定的地点走去。我的体力已经完全恢复，原本有机会抽身逃走，但由于自己强烈的好奇心驱使，逃跑的念头只是在头脑里倏忽一闪，就消失得无影无踪。

我觉得整个事件所谓谜底的切入点已经出现。

唯一感到奇怪的是，曹建平的儿子，也就是那个我曾经见到过的乡下少年，一直没有现身。

我们一行五人，怀着各自的心思，来到了这片看上去十分平常的土坡前。

天色变得阴霾起来，能嗅到暗自涌动的潮湿的气味，可能快下雨了吧。

土坡上的野草黄绿参半，毕竟是江南，如果是在北方，就不会有这

10.
群盗

种生命残喘的迹象了。

神仙手先走上去，低头在草丛里拨弄了一会儿，他起身时，手里已拿着一件东西，是一块黑色的石头。

他把这块石头仔细地观察了片刻，才回头对杰克说道："这是一块六行石。应该只有皇室级别的人筑墓才能用到它，它的最大作用是隔水和防潮。"

在我看来这块石头极其普通，和这山上大大小小的石头几近一样，可见，我对盗墓这一行当还是处于一种十分外行的状态，我忽然觉得，盗墓也是一门挺高深的学问。

杰克从怀中取出一块泛黄的麻布来，我看了一惊，暗道："这不就是玩偶腹内的那张地图吗？"却见杰克举着地图对我说道："修先生是不是有些吃惊呀，其实你想错了，这一张地图和你拥有的那块有本质上的不同，它们的不同之处，你一看可能就会明白了。"

我三步并做两步走到杰克的身边，定睛向这张地图仔细看去，果然，这张地图上标示的是一座不知名的建筑物的内部结构，的确和我拥有的那张地图相差甚远。但我转瞬间便心下怀疑：杰克如果没有见到过我拥有的地图，又怎么知道它们根本不同呢？杰克似乎看出了我的心思，笑道："我虽说没有见到过你所藏匿的那张地图，但送这张图到 A 市的人我却认识。"他指了指不远处默不作声的曹建平，"老曹，这修先生不是外人，你向他解释一下这两张地图的区别之处。"

曹建平沉着脸盯着我看了好一会儿，才缓缓说道："两张地图原本都是真的。藏在我先人宗祠里的地图又怎么会假得了呢？只不过，一张是地形图，一张是构造图而已。"

我突然说道："王国庆也就是曹建国看来本就是你的同族兄弟，你又为何唆使你儿子杀了他？"

曹建平的脸上忽现一股怒意，但迅速就归复了平静，他淡淡地说："他不是还没死吗？修先生。更何况我曹家一门为埋在这里的这个人隐姓埋名，受苦受累了六百年，他也该让我们过过舒坦的日子啦，哼，我和曹建国、曹剑中都是曹家公直公的后人，凭什么他们就能拥有这两张地图?！难道就凭他们是嫡传的吗？若不是我的大娘不会生育，到定下了正家长位①之后我的老爹才娶了我妈生了我，又怎会轮到他们掌管曹家的秘密?！曹家自从有了我三叔就早晚不得安宁。要不是我够机灵，老早就晓得了他的心计，再加上我父亲当年的指点和有意安排，那至今我还抱着金碗要饭呢！想让我送图给他的两个儿子？真是异想天开！那次我们父子俩找他，说是送他一件祖传的宝贝，其实，是想从他的嘴里套出他死鬼爹留下的秘密！可他也太不识抬举了些。可惜，可惜呀，还是让他逃了开去。"

　　至此，我基本上已能够了解到王国庆究竟是因何而"死"，但我更佩服王国庆的佯装死亡，不仅骗过了曹建平父子，就连刑侦高手刘强队长也上了他的当。可是，他是如何在刑侦队殓尸房里躺了两天后又巧妙地逃离那里，出现在山城殡仪馆的呢？在那个阴冷幽暗的地方，会有怎样的诱惑促使他还有另一个迄今为止不也能知晓一二的神秘人物曹建华轮番前往，并再而三地死去活来？

　　还有曹家的秘密。

　　六百年，漫长的年月里他们的先人又在守护着一个怎样的秘密？

　　神仙手看见杰克的左手向下轻轻一挥，他就开始动了。

10.
群盗

————————

　　① 正家长位，我国具有极浓厚宗族观点的大家族里，对长子无嗣后，从其他儿子中选出其中的一位，作为继承家族香火的正宗传人。

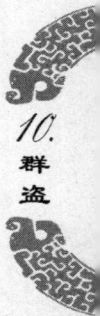

11. 入墓三分

他肩膀上斜挎的帆布背包像一个取之不尽的宝藏。

这一次他取出的是一件十分奇特的器物。

这件物事看起来好像是用某种金属制作的，我本身对金属的识别力很一般，再加上逐渐笼罩起来的夜色影响眼睛视力的缘故，我看不出它究竟是属于哪种性质的金属。它是圆柱体的，有一处可以伸缩的拉杆，经神仙手的操作之后，其延伸的长度可达一百八十厘米以上，而在直径方面仅仅比一般地质探测使用的专用标杆稍微宽出六十到七十毫米，但它的前部安装的一只半筒状弧形铲的直径却可以达到六到八厘米。铲的顶端微微上翘，看上去非常锋利。

当我将这件物事的大体形状看清了之后，我突然像想起什么似的忍不住低声叫了起来："这是'洛阳铲'！一定是！"

所有的人都向我站立的位置望来，神仙手也不例外，但他只是狠狠地盯了我一眼，又埋头去鼓捣手里的那件物事了。

杰克的嘴里不知嘟囔着什么，转而又笑着对我说："修先生，你的能力和广闻博识我们已经知道，可现在并不是你给我们讲故事的时候。"他的这番话里带着一股隐隐的杀气，我能够感觉出来。

我知道刚才在鲁莽之下脱口而出的话已经惹了麻烦，索性对杰克这

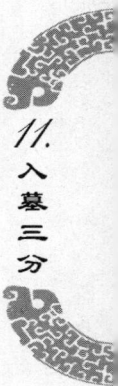

句听起来不太友好的挪揄充耳不闻，只是把先前在脑海里闪现的匆匆一幕又重温了一遍。

原来，刚才我之所以突然低叫出来，是因为想起了上海的一位朋友，他在福州路上做古董买卖，路子特野，三教九流的人物比我认识得还要多。有一次我去他那儿，闲聊中谈起了古往今来的盗墓活动，他不经意间讲到了清末民初的几起大的古墓盗窃，其中有两起就牵扯到了"洛阳铲"这个我当时十分陌生的名词，他对我解释说，自己也没有见过这种东西，只是听人家说过，"洛阳铲"是那个年代一个河南人发明的盗墓专用工具，对他讲这些事情的人曾仔细描述过这种器具的样子，他又把记忆里的沉淀原样地对我转述了一通，当我看到神仙手所持之物时，就难免由于这段记忆的刹那涌现而喊出了声音。

正自思索，神仙手蓦地低叱了一声："开！"赶忙寻声看去，只见他将手里我认为就是"洛阳铲"的物事斜斜插进了山坡左端一处底凹的洼地当中，用力向上一撬，撬出一大块混着碎石和杂草的湿土来。

我紧跟在杰克、曹建平等一干人的身后，迅速靠近了神仙手。我用眼角的余光扫了四周一圈，只见他的周围布满了月牙状的窟窿眼，想必是在我揣摸自己的心思之际，他动手挖出的，而他刚才用手里的家伙撬起的那块湿土下面，露出了一层明眼人一看就认得出是人工夯过的土基。

杰克此刻猛然回头对曹建平说道："怎么？老三他们还没到吗？"

老三？老三是谁？这是我第二次听到这个称呼，第一次就是在不久以前，也是从杰克的口中说出的。

对于这个杰克，这位喜欢用英文名字的华人，国际犯罪组织的首领，我根本不可能在如此短暂的接触中将他心底的意图揣摸出个一二三来，当他再次提到"老三"这个十分普通的称谓，只能使我联想到他在上一次提到这个称谓时还缀有前姓，是姓曹，绝对没错。

曹建平清了清嗓子，低声道："老三和小轩在一起，我对你说过，大陆不比国外，搞那东西很麻烦，应该有点耐心。"

杰克又看了看神仙手问道："你说，除了这个方法，你还有别的办

法吗?"

神仙手冷声道: "尉迟老大! 你已经占了天时和人和, 在地利方面, 还是照我说的去做, 我所说的应该是此刻最有效的一种方法。"

他们说话间, 我偶尔抬头, 便看到在这土坡西北方的一片竹林里出现了上下飘忽的微光, 像两支手电筒在移动。杰克也看到了。他有些不耐烦地冲两个年纪较轻的手下嚷嚷道: "阿雷, 阿七, 快去接一接手, 老三他们到了!"

大概两分钟后, 四个人一前一后爬上了我们所置身的这个土坡。

前头的两个是阿雷与阿七, 而后面的两位我看得不太清晰, 估计就是曹建平说的老三和他的儿子小轩。

四个人的身后都背着一只帆布包裹, 从他们急促的喘气声来看, 这些包裹显然不会太轻。在他们立足于土坡上后, 走在四人最后的一个紧走两步首先来到杰克跟前, 将身上的包裹除下并很快地解开, 露出一个木制的箱子来。这种在侧部标有型号和编码的箱子我见过, 那是在遥远的英伦群岛, 戒备森严的苏格兰场, 当时在这种箱子里装的是英制密林点四四手枪没有拆包的子弹。

我感到一阵头皮发紧, 但看下去之后, 才知道刚才的紧张只不过是一些小儿科而已。那个解包裹的人随后又撕掉箱子上的封条, 用平头锥把箱盖边的螺钉和密封圈一一取下, 两臂微一用力, 便打开了箱盖。

箱子里并没有装有我想象中的手枪子弹, 而装着更可怕的事物: "TNT" 粉状炸药。这种炸药是非常特殊的制式炸药, 破坏力之大不可估量, 据说美国人在越战时就曾经使用它炸毁过一些越共的辎重车队; 更由于它呈粉末状, 十分便于携带, 在后冷战时代经常被中东的恐怖分子用到自杀式攻击中, 使人防不胜防。

在中国, 除了军队以外, 就连警察以及消防、建筑部门都将此列为禁用品。他们又是通过怎样的手段找到的?

另一个人, 也就是我所见过的貌似乡下人的少年, 走上前来的样子一改当初满脸不谙世事的神色, 精悍而利索, 他对杰克和曹建平说道: "尉迟老爹, 阿爸, 我们这次险些失了手!"

他的话语中还带着那种生涩方言的遗韵，但基本上我还是能够听得懂。

"昨天接到尉迟老爹的火漆传书，我就和三叔一起下山，在半夜里潜入了山下那支部队的军火库外围，本来当时就可以搞到这些东西，可是，没料到他们会突然接到什么紧急任务，深更半夜的来调动军火，整整忙到今天下午才算完，我刚和三叔钻到仓库里，又匆忙进来一些人，不知道他们究竟要干什么，反正鼓捣了半天的光景，还差一点发现我们藏身的地方！幸好三叔老到，装出耗子打架的声音，他们才没有特别注意我们的藏匿之处，后来总算离开了。"这番从这个叫小轩的少年人嘴里讲出的经历，听来却是十分稀松平常，但我知道只有当自己亲身体验之后，才能得知其中是何等惊心动魄。

杰克听完他的这段简述，点了点头说道："没事就好，解放军演习是常有的事，尤其喜欢在半夜里搞什么紧急集合、拉练，少了这几箱炸药，不仔细点检是不会发现的。好了，老三，下一步就看你的啦！"

在地上蹲着的老三缓缓立起身来，我这才看清他的脸。

这是一张很难描述清楚的脸，充满着某种令人生厌的气息，年纪也让人一下子猜不出来，因为伤疤，许多的伤疤将他的皮肤拉扯得几乎变形，只有眼睛是年轻的，犀利、狠毒，像一根针，随时准备穿入人心。

这张脸我从来也没有见到过。

他站起身，在所有人的脸上用目光扫了一圈，到我这里时，也只是像对其他人一样轻轻一撇，然后把目光转到了杰克身上，清了清嗓子，缓缓说道："杰克先生，我在此首先要声明一下，这次我们的行动所得，在上次谈好的基础上再加一成归我和大哥及小轩侄儿，你看如何？"

他说的话一点都不像一个山野村夫的粗陋俚语，我在第一时间已经断定，他一定是受过良好教育的。

"能告诉我为什么吗？"杰克微笑着说。他此番的笑容让我想起了一个人，我本不该把这个恶名昭著的罪犯和那个人联系在一起的，但不知怎么的，也许就因为这笑容，在如此特殊的时刻竟然如此相像，像

狐狸。

这个人就是杭州刑侦队主管刑事侦查的副队长谭力。我为自己能产生这样的想法而感到莫名其妙。

"我和大哥是冒着犯宗族的大忌来帮你的，虽然我们也将是获利者，但相对你而言，你却可以说是坐享其成，甚至丝毫没有涉及到生命危险，而我们要时时刻刻防备那只该死的飞镖！这代价比你要大得多！你说呢？"老三仍是不冷不热地说道。

"曹剑中这个人真的那么可怕吗？"

"他比你想象的要可怕得多！他虽然和我是本家兄弟，但在十二年前因为一件事情我们曾经交过手，在那时候，我才知道，他不仅将曹家本门的武艺练得炉火纯青，更是在湖北一带和一位不世出的高人学会了一门罕世绝艺'金钱镖'。我脸上的七处伤痕之中，有三处几乎差一点要了我的命，都是拜他的金镖所赐。"

"你们究竟为了什么事情非得生死相拼？"

"杰克先生，这件事在我看来您就不必知道了，我现在想知道的是，我刚才所提的条件您到底答不答应？"

他的语气里明显带出了威胁。

就连阿雷和阿七这样的人也因能够听得出来而握了握拳头，杰克却仍旧不动任何声色，仰首打了个哈哈，笑道："曹老三毕竟是曹老三，在清华大学物理系受过高等教育的人，果然与众不同，好吧，我就答应了你，但是有一个附加条件，就是除了这墓藏里的一件物事，其余的你随便挑捡！"

这个满脸疤痕、穿着朴陋的曹老三竟是清华大学毕业的学生，这一点的确让我始料不及，我原来虽已猜出他的来历不凡，但还没想到能够不凡到这种程度，转头又一想，杰克这家伙究竟想要这处墓葬里的什么东西？（这果然是处墓葬）是怎样的一件奇珍异宝让他可以舍弃别的宝贝（他们瞅准的目标一定都是价值连城）？

却见曹老三不再说话，只是向神仙手做了一个手心向下的勾连手势。神仙手一看心中便已明白，但还是用目光询问了杰克，杰克耸了耸

128

肩，接着点了点头。

神仙手将手中家伙什的顶端支在那片人工夯出的土基之上，他两臂贯满劲道，猛一发力，把弧形铲连带握杆深深地插了进去。

当这器物被拔出来时，有一些土质留在了弧形铲上。几支聚光手电筒的光束齐齐地集中在神仙手双手的部位，只见他从铲内环的凹纹里用一根细细的钢丝勾出少许积土，十分仔细地观察起来。

过了四五分钟，他嘘了口气，直起身对杰克说："看来墓道口就在这下面四米至六米处，误差可能有四十厘米多点，不会错得太多，原来可能会更深一些，可能经过这几百年的雨水冲刷，土壤流失，变浅了。"

杰克看了一眼老三，老三并不答话，把手伸向小轩，小轩迅速在身后的包裹里取出一台微型冲钻机和零散的数根钻头，又喊过了阿雷，阿雷的包裹里是一只蓄电池，小轩似乎对这类机电用品的安装操作极为熟练，半支烟的工夫，钻机就能安全使用了。

老三接过钻机，按在神仙手刚才打出的洞里，一触开关，就听得一阵轻微的"突突"声，一米长的钻头就疾速地冲入了地下。

曹老三使用的这种冲钻机是如今在一些大型的机械工程上通用的设备之一，而且，它像是德国西门子公司的一种新型产品，不仅冲击力大，还有一个比其他同类产品更为优越之处，就是他的噪音很小，大概只有一台落地式风扇声音的大小，所以即使我们在如此之近的距离听来，也不觉得聒噪。

片刻之间，他已将钻头全部钉入了土基之内。

杰克一直面带微笑，甚至不知什么时间他取出了一只烟斗，叼在嘴里，很像是一位志得意满的华尔街商业大亨。

我盯着老三的手，盯得眼睛发涩，过了有四五分钟，见他终于把钻机从地下拔了出来。

"小轩，把那根接管锥安装好拿过来！"他说话有些急促，也不知是为什么。

129

　　小轩和阿雷两个人半蹲在枯草丛里将原本分散放置的七节合金管套接在了一起，每节的长度大概有六十厘米，其中一根管头呈锥型，非常光滑，即使在黑暗之中，因为有手电筒的光照，它也显露出不同于管身的异样光泽。

　　当小轩他们接好了这根长约四米的特殊套管以后，就一起帮老三将它捅入了刚才钻出的那个洞里，可我依然不怎么明白，这个奇怪的长管究竟能起到什么作用。

　　只见曹老三（我到现在为止还不知道他的真实名字）用力将套管扳至弯曲到一个七十度角的位置（这种制作套管的合金可能是一种我不清楚其属性的软性金属），然后把木箱里的炸药一点一点地用铁条送了进去，以我的判断，他们用了至少有一公斤的炸药，这剂量的TNT粉状炸药的威力足以将一座五层高的砖建楼房摧毁，我忽然有些明白了老三的用意，他原来是想进行一次地下的定向爆破，可这种定向爆破的方式我却从来都未曾见过。

　　曹老三看着那根合金管里装填的炸药已经差不多有一公斤了，就从背包中取出一只铜制的分合式电雷管，缓缓地放置在这根合金管的顶端，用黑色的绝缘胶布裹好，再将雷管上缠绕的导火索轻轻解开，尽量使它垂直坠下后，让小轩他们把合金管慢慢地归复原位，这个动作的全部时间大概用了十分钟；然后，他回头对曹建平说道："大哥，村子里的事情都安排妥当了吗？"

　　曹建平哼了一声，说道："下午时，我在村内的每家房里都走了一圈，就说你在海宁摸福利彩票中了奖，请大伙吃饭，药掺在了里面，现在怕已经发作了罢。"

　　杰克听到这当儿，忽然说道："既然你下午就动起了手，怎么我们到这儿的时候，还有人会醒着？"

　　我已大概明白他们之间的对话是什么意思，而且杰克所说醒着的人指的就是曾问过的那座破房子的主人，却听曹建平冷冷地道："我用的是失魂散，老尉迟，你不该没听说过吧？"我乍一听失魂散这个名字，心中一动，我也曾听说过这种用土方制作的迷药，但是，听朋友说其配方已经失传很久了，曹建平怎么会有它的制作工艺？

杰克笑道："老曹，对不住，是我多了句嘴，惹你生气了，失魂散，我当然听说过，我应该早就能够想到的，上虞曹家，原本就是这种迷药的老祖宗。它的药效是在下药后三个时辰才可发作的，倒让我给忘掉了。"曹老三吐了口痰，插话道："你们别再耽误工夫了，既然我大哥已做了准备，那我就要下手了，你们到坡底去避一避。"

我看了看杰克和曹建平的表情，他们相互对视了一眼，便向小土坡下走去，我们几个也随后跟上，一直退到土坡外二十米处的地方，土坡上只留下曹老三独自一人。

曹建平低声说道："大伙都趴下罢。"

在枯草荒滩的小沟壑间，我们五六个人分散地匍匐着，离我最近的就是杰克。我知道他的心思，其实他一直在提防着我。

曹老三远远地看到我们都已隐蔽了起来，便从怀中取出一只打火机，半蹲在垂至头顶的导火索下，伸手点燃了它。就在导火索燃烧起来的刹那，他十分矫捷地翻身跃下了土坡，但他离爆炸点的距离，仍然是最近的。

我以为这种炸药的响声一定非常惊人，但我想错了。

起先，只觉得地下像是有股潮水在涌动，然后是浪头拍打岩石的声音，由远至近，不算波涛汹涌，充其量只是溪水奔流。猛然之中，一股大力将我的身体迅速地抖起来，我想用自身的力量与之抗衡，没有想到，我却被掀了个仰面朝天！忽听杰克问道："修先生，你不要紧吧？"

"他不会有事，只不过想与炸药的冲击波较量，也试自不量力了吧？"曹建平的声音似乎永远是冷的。

我并不对他的这句讽刺之言觉得有什么不快，可在内心深处却感到了他的可怕，因为，即使在眼前这种情形之下，他仍然能够敏锐观察到我的一举一动，这样的人如果成为对手的话，那将是一个应该用什么方法才能应付得了的对手。

就在此时，听神仙手低声道："他已将土基层给炸开了！"

11. 入墓三分

我们都爬了起来，杰克走过来拍了拍我的肩膀，说道："修先生，你不会有事的，曹老三的爆破技术堪称一流，他这次用的输入管二级定向爆破，只是把应该炸掉的地方夷为平地，而其他地方，安然无恙。"他顿了顿，又道："你刚才之所以被冲击力掀倒，是自己有些高估自己了，还是别和超于人本身的力量作对，没什么好处。"

我有些怏怏，但没有反驳他的话，和他并肩走上了爆破后的土坡，曹老三已先在那里了。

原来被曹老三用"洛阳铲"刨开的土坡中间夯土基位置出现了一个大洞，洞口呈椭圆形，爆炸后的硝烟还没有散尽，丝丝缕缕融入夜色当中。那根用做装填炸药的合金管不见了。我甚至连它的碎屑也未能找到。神仙手站在我旁边啧啧赞道："这位大哥的技术真是高明，如此不留痕迹的爆破，就算是军队里的那些专业军工也未必能够做到。"

"杰克先生，下面的事就要看你带来的人的手段了。"曹老三面无表情地说。

杰克对神仙手撇了撇嘴，神仙手嘿嘿一笑，快步走到炸坑前，将手里的一根带有锥头的绳索放了下去。

我也向那地方靠近了几步，探头朝里面看去，由于天色太黑，就算神仙手手里的聚光手电筒的照明能力再强，也只是模模糊糊地看到这个炸出的洞里有些凌乱的土石，而在最下方究竟有什么东东，却是睁破了眼睛也看得不太清楚了。

却见神仙手将垂在里面的绳索拉了上来，他把锥头部位带出的一些湿土凑到眼前仔细观察了片刻，回头对杰克说道："老板，我看这次炸出的洞底最深度离墓道口还有一定的距离，说不好是多远，不过从洞底的湿土层来看，不会太远了。我先下去，你让两个人跟着我。"

杰克的目光环视了众人一圈，他见我有些蠢蠢欲动，便说道："修先生是不是有先去看看的意思？那很好呀，以修先生的能力，我是最为放心的啦。老三，你也先行一步吧？！"

就这样，我和曹老三跟着神仙手成为率先进入此处的领军人物，可说句心里话，到目前为止，我对这座墓葬的情况几乎一无所知。

炸出的洞底并不深，甚至算不上是一个洞，充其量只是一个较深的坑而已。因为夜的黑暗，只有在自身下去以后才能够看得出来。

坑内的直径大概有一米八，其深度不超过二米五，也就是说，一位普通的西方男人可以平躺在里面而不觉得窝得难受。许多炸落在坑底的散碎岩石硌得脚心又痛又痒，我只能用力撑住坑壁使脚部承受的重量尽可能减小到最低程度。曹老三在我的右首处，我虽然看不清他的表情，但我想他也不会比我好受多少。只有神仙手的影子在我的眼前非常活跃地晃动。他使用一些看来很专业的器具对这个坑里的内部结构进行着不厌其烦的观察和测量，其中有那么一件我认为是风水先生专用的罗盘。但这个罗盘的造型十分特别，和我曾见过的都不相同。它是立体三角形的，还带有夜光显示，分明是一件现代化的产品。神仙手四下鼓捣了一阵，在向西的方位，他停止了动作，回头对我和曹老三说道："墓道口很可能就在这面土壁后的侧下方一米处。"

曹老三忽然说道："刚才你不是说这个墓道口要深达四至五米吗？怎么变浅了？"

神仙手沉默了片刻，开口说道："我的测量方法一向是很准的，可为什么会在这儿出现了如此之大的差距，我想只能有一个原因，那就是有人曾进入过这里，出来时埋浅了的。当然，我也只是猜测，因为到此刻我也没有发现有近期人为留下的迹象。"

我倒没怎么在意神仙手说的这段话，可借着他手里手电筒的光芒，我不经意中发现，曹老三的脸色变了一变。

神仙手又道："不要去管那么多了，先开了墓道口再说。"

曹老三却缓缓说道："这种事我看还是告诉老杰克的好，免得他怀疑咱们。"

神仙手笑道："我虽是他花了不少钱雇来的帮手，但我们合作了十几年，搞了不少价值连城的物事，要怀疑的话早就崩伙了，又何必等到今天？！既然到了这一步，还是往前走走再做打算。"他也不等曹老三言语，从进来时就携带的一只长条布囊里取出一柄尖头钉锄来，三下五除二地向西面的夯土壁左下角部位动了手。

曹老三哼了一声，又看看我，随手拎起另一把钉锄也用力地刨了起来。我没有动手去干，反而掏出香烟，点上一支，倚到旁边的土壁上吸了个云山雾罩。我心里在想："这些家伙各怀鬼胎，对我来说倒是个有利的条件，这样下去，说不定有坐收渔利的可能。"我正想着，忽然听神仙手压着嗓子说道："这里是空的。"

三个脑袋齐齐地聚在神仙手挖开的空隙口向里张望，电筒的光只能照出两米左右的距离，在这段距离之内，有一条用麻点青石铺就的甬道直直伸向未知的黑暗深处，甬道高一米有二，宽大约八十厘米，顶为半拱形，两壁光滑，未见有字或画迹。在青石板上依稀可见一行模糊的脚印渐行渐远。

神仙手倒吸了一口凉气："果然有人先我们一步来过！"

但他俯身细细观察了一会儿，展颜笑道："这脚印留在这里的时间最少也有四五百年，甬道也不见留有什么别的杂痕，怕不是我们的同行所为。"

"那你说会是谁留下的呢？"曹老三不冷不热地问道。

神仙手沉吟了片刻，说道："我想，这脚印很可能是这墓主人的后代无意中踏下的。"

"墓主人的后代？你清不清楚这是谁的墓葬？"曹老三又问。神仙手有意无意地凝视着我，悠悠地道："修先生，你知道吗？"

我摇了摇头，强笑道："我怎么能够知道呢？这是你们的秘密。"

神仙手的脸上露出一种很奇怪的神情来，缓缓说道："其实，你根本不会知道杰克这个人的能力到底有多大，在将你掌握在他手中之前，他已经通过了一些正常人不屑一顾的手段，把你的来龙去脉摸得一清二楚。"他轻轻咳了一声，又继续说道："也许，连你最要好的朋友都不会知道这么周详的你的底细。你叫修必罗，男性，中国公民，现年三十一岁，祖籍甘肃武威杨树涧，出生于陕西省西安市，一直生活到二十三岁才离开那里。你的父母一直在国家机要部门工作，所以，你和他们接触的时间很少，是爷爷、奶奶把你抚养成人的。你二十一岁毕业于西北唯一的一所公安学校——西安警官学校，在学校里的各门功课都很出色，尤其是刑事侦察专业更是炉火纯青，但你在毕业后却没有走入公安系统的大门，到底是什么原因，就连杰克先生也无法得知，恐怕你也不会告诉我们。"他下意识地侧首看了看曹老三，曹老三似乎对他这番王顾左右而言他的话感到了一阵的不耐烦，因而冷冷地哼了一声，再也没有言语，而是自顾自探着头向刚才挖出的洞里张望去了。神仙手只看了曹老三一眼，像是并没有感觉到什么，就接着说道："杰克先生曾跟我说过，你是个练习中国武术的高手，而你的这身功夫是来自你的舅舅，他的名字叫雷英。在二十世纪七八十年代，这个名字可是和两届全国武术冠军连在一起的。而且，听说你还有一个师傅，是你在西安居住时的邻居，一位孤寡老人，你的一些独特的技能，就是他传授给你的。"

我听到这儿，心中暗想：杰克这家伙果然了得，不管用了怎样的手段，能将我的家底了解得如此详细，也真难为他了。

"你后来去了 A 市，是三年前的事吧，到一家广告公司做了文案工作，杰克没有在你的资料里找到任何关于你在艺术方面有何造诣的线索，也不知你是如何混到那家公司的。但他知道，你有一个非常要好的同学就在 A 市工作，他现在的职位是 A 市刑侦队的副队长，名叫刘强。你这次能到杭州来，并得到了当地警方的大力协助，就是他的暗箱操作所致。修先生，你是否对我在这当口忽然说起你的事情来感到十分诧异，可我还是要补充一点，你在二十世纪九十年代曾突然失踪了四年之久，没有几个人知道你的去向，有许多朋友以为你人间蒸发了，但杰克先生用他的方法找到了当时你所藏身之处，也许，你不是故意要躲离你的朋友的，因为某些特殊原因，你去了英国、法国等欧洲的大部分地区，这很有可能与你的父亲有关，因为他的职业。杰克曾一度认为你也参与了某种涉及国家机密的活动。后来你从海外归来，在社会最底层待了一年多，通过一些特殊方式，你又交到不少三教九流的朋友，这给你以后的一系列探险生涯带来过莫大的好处。我说得没错吧，修先生？我之所以要说出这些，是为了我们在下一步的计划中能够更好地进行合作。因为，我现在就要向你说出有关这座墓葬的秘密，我希望我们可以坦诚相见。"他绕了一个大弯终于要说到正题上了，我的心里有点压不

135

住气的感觉，这感觉让自己的呼吸变得有些急促起来。

"这座古墓的主人，是明朝一代最大谜案的主角，明朝仅次于其太祖朱元璋名声、功勋的皇帝就是明成祖朱棣了，而对于这位率土之滨，莫非王地，普天之民，莫非王臣的九五之尊朱棣来说，他一生最想得到的究竟是什么？郑和七下西洋辗转了几万海里，胡濙隐姓埋名穷途歧路二十余载都为了什么？还不是因为一个人，也曾经是一个皇帝，他的名字叫朱允炆。"

这时从地面上忽然传来杰克的声音："你们找到了墓道口没有？"

"你不要着急，再给我四五分钟时间，我就能找到它的大概方位了。"刚才神仙手所说的那番话的音量极低，现在却提高了嗓门，他又低声说道："至于我们是如何得知这些情况的，以后有机会再告诉你吧。"

我没有猜出这个看起来比杰克的品性好不了多少的神仙手对我说的这些话究竟包含着怎样的动机，就索性不去想那么多了，现在最关键的是进入这个洞里，才有可能让所有的问题都找到答案。

曹老三回头对神仙手说道："你是此道高手，就别再废话了，先说一兑该如何进去。"

神仙手凑到他跟前拍了拍他的肩膀说："让我来走这第一步。"

手电筒的强光在阴暗的甬道内显得没有以往明亮，但仍旧能使我们看青前方的路。

前方魅影重重。

神仙手将一根锁链鞭舞得嗖嗖直响。我虽然并不清楚他此番举措的用意到底是什么，但心下已然认为，神仙手如此去做自有他做的道理。

曹老三走在我的身后闷不作声。

此人的精明之处我已经领教，他之所以选择断后这个位置，其实是想断了我的后路。他和他们一样从来都没有真正地相信过我，也许，这位曹三哥对我的忌讳要比杰克更甚。

我一直没有回头。目光聚集在神仙手手底的诸般动作之上，只见他舞鞭的势头已变得逐渐缓慢，终于停止了下来。

136

他似乎咽了口唾沫，顿了顿说道："第一处拱券口就要到了，虽然前一段甬道中没发现什么机关、暗器，但入了这处拱券，我却不敢保证两位的安全，所以，都要万分小心了！"我这才明白他刚才舞动锁链鞭的原因是想探明甬道里有没有能置我们于死地的家伙什，可他说出了后面的那番话，我想，前路的凶险一定比我想象的要可怕十倍。

神仙手停在那里，从怀中取出一件物事，我用不着仔细去看，便已知道那是一部高分辨率的对讲机，另一部可以肯定是在杰克手里。

果然，当他呼叫了几声之后，杰克那特有的嗓音就自这甬道里嗡嗡响起，他在询问我们的位置。

神仙手把情况尽量简单地告诉了他之后，他语重心长地叮嘱我们一定要小心从事。这些话说得很是漂亮，假如不知道他的底细，我在这一刻就真会被他的善言打动。可惜，他永远都不会成为让我尊敬的那一种人。

在神仙手的带领下，一处典型的江南风格建筑物出现在我眼前。虽然我对建筑、工程之类的实用技术学科不甚了解，但一直认为自己的记性还算不错，这座巍然屹立在甬道当中一个开阔空间处的拱券石坊和我曾于南京、宁波等地的明代古墓葬博物馆里所见的几近相同，只有局部的雕纹花刻有本质上的一些差别。因为，我当初看到过的无非是几名封疆大吏或者致仕的庙堂老臣埋骨所在，而这里，却是大行皇帝的龙藏宝坻，即使这位苦命的皇帝在生前活得并不比一个平常百姓更能舒心一点。

在拱券顶端的留青处，一条汉白玉雕做的盘龙栩栩如生，两边的侧柱均为青田晏石打磨而成，在其表面，富贵呈祥的花卉几近妍态，就算是六百年暗无天日的寂寞独处，一旦入眼也有种惊心夺魄的动人感觉。

拱券按照明代皇帝的家规不设掩门，但这无遮无拦的柱石背后究竟有怎样神秘莫测的玄机在静静地等候着我们这些敢冒天下之大不韪的闯入者，我想，怕连神仙手这样的高手也不尽知晓吧。

又是甬道。甬道是另一个世界的坦途，可在我的心里，觉得这样的路还是少走几回的好。

137

穿过高大威严的第一道拱券，眼前的甬道要比先前的宽阔了许多，铺地的青石也由一行变成了两行。每一块石条上都凸刻着一朵莲花，莲花简单、清晰，富有很明朗的层次感，似乎在暗喻步步生莲之意。神仙手却道："莲花虽好，毕竟暗藏杀机，要小心此莲的中心部位，说不定就是机关的枢纽所在，一旦误踏，可能便要和外面的世界说拜拜了。踩着我的脚印走，会安全些。"我低头去找他的脚印，只见他每一步都踏在莲花的左下边缘处，很小心地避免碰到莲花的花瓣，因此，步伐就缓慢了许多。

"曹三哥，把记号留下，杰克先生他们进来就不会出什么事情。"

曹老三应了一声，把一些涂有特殊粉剂的圆状物放在了落过脚的位置，这些闪着磷光的东西，仿佛是无尽黑夜里苏醒的鬼魂，充满了神秘诡异的气息。

神仙手却没有给我交付任何需要办理的事情。

有了弯道。

最弯的地方已接近倾斜的直角，甬壁的间距变得极窄，我们只能侧着身子脊背紧贴潮湿的墙壁一个一个地挪步下行，好在这段路并不漫长，当我的脚尖开始疼痛难当的时候，眼前突地豁然开朗，一处高三米有余、长十米、宽至少五米的石砌厅堂出现在大家的视线之内。

我回头望了望刚才经过的甬道出口，心下计算了一遍从地面到此的距离。这一段路途一直是处于慢下坡的状态，大概走了有五百米，那就是说，我们已置身于地下十几米的深度了。这间较为宽敞的厅堂不知有何实际的用途，但以神仙手的专业术语来称呼就可以尊为享殿。

此时，神仙手正凝视着享殿里向北的一面墙壁发呆。在我看来这面墙壁实在没有什么特别的地方，它给我的感觉首先是空旷。因为，墙面上没有留刻那怕只是一丁点的图纹或者装饰用的造型，它袒露着一大片的阴白，似乎要昭示一些什么，但我实在见识寡薄，一点都不能看出其中蕴藏的深意。

除了这一面墙壁之外，其他三面却是绘有故事内容的彩壁，虽经几百年的历史，但由于一直埋于地下，没有遭遇任何自然或人为的破坏，整个画面颜色鲜艳、流畅，具有典型的明初壁作风格。

奇怪的是，享殿里没有陈设物，连一方石台也不能够找到。它的确空空如也。

这是件很耐人寻味的事情。

一直站在神仙手侧首的曹老三，这个时候他除了将手里的一只紫铜色酒壶翻来覆去地摆弄以外，似乎已忘掉了来此的最初目的，酒壶可能是他随身携带的物件，但我有些不明白的是，既然取出了这个东西，也能听得出里面一定不是空的，可他为什么不去喝上一口呢？

曹老三忽然停了手，透着一股肃杀气息的话语回荡在享殿之内："我们是不是走错了道？"

神仙手缓缓地回过头来看着曹老三的眼睛，低沉地说道："三哥，你不相信我神仙手的本事？"

曹老三冷冷地哼了一声，说道："不是我不相信你，可是，你带我们走到了这里，除了一座破房子以外，就连一星半点的其他物件也没见着，而且，眼前已无任何道路让我们可以继续前行，你说说看，这到底是怎么回事？"

"我平生进过一百六十七座古墓，除了三座是西周前期平民的墓葬，剩下的一百六十四座里容纳了两汉以来直到清中期的四十七位三品大员，两位亲王和一个皇帝，却只失过一次手。"神仙手的目光里似乎有火焰在熊熊燃烧。"那一次失手，不是因为别的，就是走错了一回路！你虽然是位天才的人物，就连老杰克都要忌惮你三分，但是，你对盗墓这一特殊行当的了解，的确不如我，这是真的。眼前这座享殿，又叫净宝阁，按明朝皇室丧葬的规矩，就应该是如此安排，它的空落、无物、阴旷，正是为了断绝我们这些闯入者的贪念，让我们都产生像你刚才的那种想法，走错了路或者以为它本来就是一座假冢！净宝的意思，就是无宝。既无奇珍异宝，只能乖乖地离开了，哈哈！

"干盗墓这一行的人最重要的一件物事，便是眼睛。只有眼上的功夫练到，即使寻常看来无宝可觅的地方，也会金银满仓！

"这里除了朝西的这面墙之外，剩下的三面墙上都绘着大明王朝

139

'靖难之役'到最后那段众所周知的历史，但在其间也有着一些不为人知的秘密。你看，向南的墙上是起手第一幅，画的是燕王朱棣的大军自灵璧之战后，挥师扬州，扬州城守城者监察御史王彬不战而降，燕师的前锋羽翼已兵临南京城下。第二幅是在东面，内容就是'金川门之变'，开国名将李文忠之后李景隆暗中与燕王勾结，打开金川门，放十万燕军入主金陵，使建文帝进退无路！北面的这一幅很耐人寻味，上半截讲的是明史中就有记载的建文帝最通常的死因说法，在宫城里焚身自尽，而下半截却道出了一个不仅终明一代，就算到今天都还被史家争论不休的大秘密，那就是建文帝朱允炆并没有死在宫中而是被他的几名忠心到底的家臣冒死送出了南京城。你们看，画上所绘的那个和尚，便是除冠削发、缁衣芒鞋的建文帝了。他出逃之处，就是在当年南京鸡鸣山下明皇宫外城西北段的一个枯水洞里，朱棣百密一疏，还是让他的这位侄儿成了自己有生之年里一场贯穿生命始终的梦魇。这几位护送建文帝的家臣当中有一位姓管，曹三哥是应该知道这个人物的。"

我听了神仙手所讲的这番话，对他道出占据明一代四大疑案之首的建文帝生死之谜的答案倒也没怎么吃惊，因为，我对有关建文帝在"靖难之变"里最终成功脱险的传说早有耳闻，在我国一些大型的图书馆里，有部分资料显示，仅在明朝万历年间，时为当朝皇帝的朱翊钧就曾询问过位居端明殿首辅大学士的权臣张居正这段关于自己祖宗的逸事。可让我兴趣使然的是神仙手这样一个不见天日的盗墓专家在最后说出的那段话，他凭什么就能够肯定曹老三一定应该知道护送建文帝逃走的家臣中有一个姓管的人物？从我储存的历史记忆以及对曾经翻阅过的史家资料所留的印象中来看，建文帝出走时所跟随的家臣里并没有一个姓管的人，可神仙手为何有如此一说？

曹老三本和我一样也在静静地听神仙手讲这番古话，但听到最后那段话，他脸上的颜色要比我显得更加阴晴不定，他在享殿的青石方板上踱步走了两三个来回，才有所顾虑地开口说道："你这是什么意思？我怎么会知道一个死了几百年以上和自己毫不相干的人？是杰克告诉你的吗？这种没影子的话又是从何说起的呢？"

140

神仙手的目光在两支手电筒的照射中呈现出一丝异常诡异的神色，他顿了顿，慢条斯理地讲道："我刚才曾对这位修先生说过，杰克先生的手段一向迥于常人，若是他想知道的事情，恐怕没有谁能掩饰过去。通过杰克我还晓得了一件事情。你们曹家的上一辈中曾发生过一次极为惨烈的冲突，就是这场冲突，使你们整个家族的弟兄之间直到今天也恩怨难消。"

　　曹老三忽地伸手一拦，阻止了神仙手继续把这番话讲下去，看来，神仙手正要脱口而出的，又是一个不能让我知道的秘密。

　　曹老三的脸上露出他难得一见的微笑来，说道："你老哥别把话扯得太远了，还是说点正经的吧，你不是说这鬼地方会见着金银满仓的吗？可那些东西它们到底在哪儿呢？"

　　神仙手一听就已明白曹老三的意思，当然我也不是傻子。

　　就见神仙手的左手向西面的那堵空墙一指，说道："你看这面石砌的墙壁，它有什么地方和其他的三面墙不同？你们都是明眼人，一定看出来了吧，它的不同之处就是上边连个落笔的痕迹都没有！而其他的墙上都有整幅的壁画。这是为什么？"

　　我心中猛然一动，暗想："进入墓室的主口难道就藏在这面石墙的后边？"

　　却听曹老三脱口说道："我明白了，机关就在此处！"

　　神仙手有点自得地笑了一笑，朗声道："少年时我曾跟着师傅进了一回北京十三陵里万历皇帝的陵寝，可惜，我们进去的时候这墓道早就于三百多年前让打到紫禁城下的陕北李闯王手下那帮穷汉们给开过了，净宝阁也就是这享殿被糟蹋得一塌糊涂，面目全非。我师傅说让我来是开开眼，以后如果再见到如此结构的厅堂，保是明朝皇室的享殿无疑，因为当时无法指认那万历墓中享殿内的机关所在，师傅只是用口述的方式告诉我它的大概设藏位置及破解之法。也算老天开眼，十八年前，是我师傅归天十五年后，我在东北辽宁肃安满族自治州的海兰堡城外找到了一处老八旗的祖陵，其中安葬着一个满族'巴图鲁'，'巴图鲁'是满语里勇士的意思，听那地方的人讲这位'巴图鲁'是在沈阳城下为

救皇太极而被明将祖大寿的红衣大炮给送上了西天的，皇太极为了纪念他的救驾之恩特地用上百两的黄金打造了一副楼兰金甲作为此人的陪葬，我就是奔着这个传说去的。

　　"那是一个雪夜，我用了一个时辰就找到了这个'巴图鲁'墓道的入口，但进到我们现在这个位置时，脑子就有些转不过弯来，明明是个清朝人的坟墓，可为什么具有大明朝皇室才能享用的净宝阁呢？后来在墓内主室里面看到了一本建造此墓的记载，才恍然明白，原来，这座满人的坟墓是一个汉人给修造的，这个汉人的祖宗竟然是曾经修过明十三陵中穆、神两宗龙鼓宝顶和主墓的总领工匠头儿，也难怪抗战时期西方人总说我们国家汉奸多，这不，几百年前就他妈的有了。"

　　我在这时忍不住插了一句嘴："那楼兰金甲你得手了吗？"

　　曹老三却又换作一副先前冷冰冰的样子，对神仙手说道："你本来给我留下的印象是一点也不善言语，可没想到，话也是如此之多。"

　　神仙手不由一怔。

　　他也只是微微一怔，很快就恢复了先前平静的表情，似乎漫不经心地说道："曹三哥大概觉得我的废话忒多了些，但我不妨告诉你，有时候，看起来像废话的话，却往往是暗藏事情的关键所在哩。"他嘴里虽是这样说，却也不再继续讲述那段属于他自己的故事，而是话锋一转就已回到了正题之上。

　　"我师傅曾经讲过，这明代皇室的墓葬里从享殿到第二道拱券至少要途径三处以上的机关，一般的设计是一活两死。也就是说，在这至少有三道的机关当中，有一道是没有什么危险的，而其余的两道就是在盗墓行当里通常所说的死门了。这面石墙之后就藏有第一道机关，但究竟是活路还是死门，只有打开墙上的枢纽后才可知晓，我要说的就是这枢纽一旦打开生死便不由咱们自己掌握啦！"

　　刹那之间，一股彻骨的凉意漫上了我的心头。

　　却听曹老三说道："我们来到这里，本就是豁出了身家性命的，只是……"他瞅了我一眼又接着说道："可惜，有些人怕是死了也会觉得冤枉得很。"

我哈哈一笑，淡淡地说："曹三先生别挤兑我，无论是强迫还是自愿，我既然来了，就不会后悔的。"

神仙手伸出左手的大拇指，说了声："好！修先生果然不愧为老杰克此番的首选人物，这份胆略便可证明。我们开始吧。"

说完此话，只见他从背挎的帆布包里取出一支刃缘极其锋利的鹰啄尖锥来，在那面空白的石墙上留下了第一道凿痕。

时间在流逝。

过了十几分钟，神仙手的劳作已见到了成果；而我虽然一直在盯着他的动作，但一颗纷扰的心却像电影胶片般将整个事件的经过走马灯似的放映了一遍。

自王国庆母亲死亡之日拉开此事的帷幕到今天已经有半个多月了，在这半个多月中所发生的一切到现在像是终于走到了终点。但这座充满谜题的墓葬是否真的是那位极具传奇色彩的建文帝最后归属之地？这里究竟有没有倾国倾城的宝物，促使各色人等用尽手段欲得之而后快？还有一些问题却变得更加扑朔迷离，譬如：王国庆的真实身份；曹建华的生死如何；他与曹剑中、曹建平到底有没有关系？如果有，那应该是怎样的一种关系呢？杰克万事通晓的秘密；他是如何得知我的身世？建文帝身边那位神秘的管姓人物到底是何方神圣？凭什么神仙手就认定曹老三一定会知道这个人的底细呢？曹老三的秘密又是怎样的呢……

是的，在我看来这个曹老三本身就是个未知的秘密。我忽然又想到了和萧曼在杭州所遇的那次"谋杀"，是猫眼的兄弟张三所说的那个答案吗？还有盒子，在青松岗墓地里的离奇遭遇，橡皮人的来历……我感到一阵恍惚。

神仙手将石壁靠左下角的部位凿开了一个缺口。

我们先前一进入到享殿里，曹老三就将一只煤矿专用的氦气灯给拧亮了。当神仙手打开石墙上的缺口时，氦气灯加两支强光手电筒的光束就齐齐地聚集在那个缺口上。

神仙手抹了一把额上的汗，喘口气说道："这地方果真有人进来过，要不，光凿这堵石墙就最少得耗去一整天的时光。"

11.
入墓三分

缺口里有两扇巨石砌成的矮门。

当神仙手说出这扇门的名字，我便想到了我国上古三经之首的《易经》，看来这座所谓帝王的墓葬也脱不开乾、坤、震、巽、坎、离、艮、兑八卦八理的范畴。

这扇门唤做鼎门。

鼎卦位易经众卦第五十卦，直意为：元吉，亨。

其总义为：《象》曰：鼎，象也。以木巽火，亨饪也。圣人亨，以享上帝，而大亨以养圣贤。巽而耳目聪明，柔进而上行。得中而应乎刚，是以元亨。

《象》曰：木上有火，鼎；君子以正位凝命。

我想，如果这里真是建文帝龙驭殡天后的埋骨之处，那此门的称谓就足以说明这位被篡了皇位的少年天子，在隐姓埋名的大半生时光当中，从来也没有服膺过他那个睥睨四海的永乐叔叔。鼎卦所讲，只有圣者才可享帝王福祉，正位天生，圣者居之。而打着"清君侧"旗号的叔叔朱棣根本就不配做大明朝的皇帝。

我虽然心下乱生这样或那样的念头，但一双眼睛却从未离开过神仙手。

他开始用一根扁形的铁条顺石门中间狭窄的缝隙上下抽动，似乎在挑拨着什么。我刚想凑前一点打算看个清楚，忽然，耳边传来一阵十分轻微的"扑、扑"之声，心中顿觉情形不妙，也来不及转身去看，左脚已迅速地向前迈出一步，几乎在同一时间内，右脚的脚尖点上了前方的石壁，一刹那之中，整个身体业已随前蹬的力量霍然倒地，在倒地的瞬间，听到了曹老三一声痛苦至极的呼喊。

我俯卧在享殿里的青石地面上，心中闪现的第一个想法就是：曹老三恐怕中招了，那神仙手呢？

地面上光影重叠，是刚才躲闪的时候，他们都不慎将手里的照明工具丢在了地上，而只有我的强光手电筒此刻依然握在手里。

神仙手的声音在离我不远的地方响起。"你们怎么样？"

我把手电的光影投向了他，他的脸有些变色，似乎带着惊惧、恐慌，还有一丝值得深思的意味。

"我原来以为这里曾经进去过别人咱们就不会再有触发暗弩的机会了，可刚才……这个到达过此地的人一定是个深知十六破字诀①的高手，要不然，怎么会将所有的机关在启动以后，又重新复归于原来的位置了呢？"

"曹老三，曹老三！你到底如何？"

曹老三就躺在距缺口不远的石墙脚下，左肋下三分处插着一支只露出尾部的黑色箭簇，另一支箭擦过他的右耳钉在了石壁当中，箭尾尤在微微摆动。

我震惊于这种弩箭的威力，即使埋设在地下寂寞了几百年的光阴，可一旦发威，仍有破金裂石的劲道。

曹老三还算命大，若不是躲得及时，他就再也不会有机会阴沉着那张脸了。

他的衣服上流满了血，在交错陆离的光影中，这些血的颜色变得狰狞、可怖。

神仙手一瘸一拐地走了过来，他也像是受了伤。走近一些时，我看见他的右小腿部有一片连带裤脚都被削去的地方鲜血淋漓，看来他也伤得不轻。

"修先生，你看起来好端端的，一点也不像受了伤的样子，杰克的眼光真是不错。"

神仙手说话的语气里带着揶揄的味道。

当他听见曹老三再次呼出一声痛苦的呻吟时，便改变了说话的态度，用恳求的语调对我急促地说道："麻烦修先生快去看看曹三哥，他

---

① 十六破字诀：在古代盗墓这一行当里，有一种是授命于皇帝的专属盗墓者，这个说法最早源自三国魏晋时期的曹操当权之时，为了养活自己手下的几十万军队，曹操虽是雄才大略，也是不得已而为之。到了后唐五代时期，这一类型的人物在后梁朱温的麾下就有个名正言顺的官衔，被称做"摸金校尉"或"发丘中郎将"，专为暴虐贪婪的朱温朱全忠进献深埋于地下的奇珍异宝。十六破字诀便是摸金校尉善使的一种专破墓葬内部机关的秘籍。至于此种说法到底是真是假，谁也不曾光明正大地站出来证明过。各位读者在这里就权当齐东野语，姑妄说之且听之罢了。

可能不行了。"

我知道他说这话的意思，他的伤势已经不允许自己随意行动了，这是要我去帮帮曹老三的忙。

刚才我已经从曹老三的呻吟里听出来他受的伤实在不轻，甚至可以说是比较严重，但就凭我对人体外部被攻击后各种伤势的了解程度，他左边肋下受伤的部位应该是离脾脏不远，如果脾脏已经破裂，那他早就人事不省了；而现在，他还可以用眼睛看着我呻吟，那就是说他的脾脏不会有什么特别大的问题。只是因为失血过多，他的呻吟愈来愈弱，要不抓紧救治的话，说不定就没什么戏可唱了。

现在的局势是，只有我是完好无损的，也就是说，我在此刻，可以左右未来。可我这种自以为是的感觉刚刚露出一点端倪，就突然发现这里的气氛掺杂了一点特殊的诡异。

有人说狼是可以用鼻子嗅出危险的。

在那一刻，我的直觉似乎已接近于狼！

我嗅到一种非常奇怪的又十分稀薄的气味出现在这座享殿之中，但是这种味道究竟是从哪个地方飘过来的，一时间我无法判断清楚。很快，我的意识就开始变得模糊起来，不到一分钟的光景，全身竟然像吸食了"可卡因"一般酥软起来，就连手指都不能动了。

这些日子里来，他每天都要来这里等一个人，都是在下午以后，这间咖啡馆生意最清淡的时候。

他一直认为自己成不了一位好作家的原因之一就是所经历的事情太少，虽然是老牌的中文大学出身，而且所学的专业就是写作，可一帆风顺的生活不能让一颗渴望新奇的心灵得到哪怕一丁点的慰藉。他从前所写所发表的，都是一些太过于世俗化的文章，即便文采斐然，让出版社的老编辑拍案叫绝，但在他自己看来，这些屡被各种文学作品选拔赛的评委们推崇的东西，仅仅比垃圾能强上那么一点，仅此而已。就这样，他一直沉湎于说不出的苦闷里，每天郁郁寡欢。

直到他遇见了他。

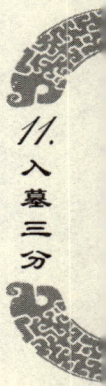

他们的相逢是个偶然。

那天他正要去一家报社询问一些事情，就看到他从街对面的书店里走出来，一脸风霜未退的样子，尤其是他的眼睛吸引了自己。那是一双耐人寻味的眼睛，包含着一切他所没有的东西。于是，他冒昧地请这个人到小酒馆里去坐坐，当然，在说出这个请求的时候，他是做好了被拒绝的准备的。没想到，他答应了，答应得很是爽快。他们一起坐到了一家早已忘了名字的小酒馆里，喝北京红星二锅头，啃炖得熟烂的猪脚，从那一刻起，他就走进了他的世界，一个闻所未闻的传奇深处。他觉得，他和他的相遇，是巧合也是注定，就像海水和鱼，像黑暗与光。直到今天，他都猜测不出他为什么要向自己这样一个萍水相逢的人吐露那些可以称之为秘密的事情，他只知道一点，有些事不能被一个人长久地憋在心底，憋久了就会有麻烦。

这个人的故事似乎没有尽头，这使他感到莫名的欣喜，从那天起他们之间就有了一种默契，他讲，他默默地用心去记，再回去整理成文。他应当知道他一定记住了很多，但从来都没有在意过。

从小酒馆到咖啡馆，他们约定的地点只改动了一次，仅此一次。他觉得他并不喜欢小酒馆的气氛，太嘈杂，不如这里，不仅手磨的巴西咖啡味道极好，而且浓郁的充满苏格兰风情的氛围，也可以使人静心安神。

风笛清朗悠远的声音开始飘荡在咖啡馆里，他不由得看了看表，腕上一只老牌的日本西铁城手表的指针指向了下午四点，听到咖啡馆的弹簧门发出习以为常的响动，抬头一看，他来了。

他还是那副看上去懒洋洋的样子，穿着有些不修边幅，还是习惯性地一坐下来就开始吸烟。

他吸的是一种牌子叫"国宾"的国产烟卷，好像是来自云南的品牌。

他吐了一口浓浓的烟雾，对他说："就这样开始吧，今天我该讲什么地方了？"

他说："你昨天说到自己在那座古墓里嗅到了一种十分奇怪的气

味，我想这可能是某类毒药的气味吧。”

他笑了笑，说道："如果是毒药的话，那今天我就没有任何理由能够坐在这里和你聊那座古墓里的事情了。"

于是，故事又开始了。他把他这些故事的零散内容整理好之后，随手起了个名字，叫"墓攻"。

当我的神志逐渐恢复清醒，就看到享殿的中间部位站着一个人，看不清脸，但能感觉到一股凛冽的寒气扑面而来，我发现这个人既不是神仙手，也不是曹老三，却是一个我从来都没有见过的人！

这个人是谁？他是怎么进来的？神仙手和曹老三情况如何？

我的思维转动得飞快，但还没有来得及想出个子丑寅卯，就听到这个人说话的声音了。

陌生。空洞。阴郁。

"你不要担心自己的那几个同伙，包括外面的五个和里面的两个，他们都没什么事，只是太困了，需要好好地休息休息。"

"在你们八个人中，属你药力散去得最早，看来你的中国武术功底非但不薄，甚至还身怀少林《易筋经》里的内家功夫！要不然中了三昧离魂散，不会那么快就能醒来，而应该像他们一样，至少要睡够七个小时。"

"我这两位朋友的伤怎么样了？"

不知为什么，我竟然把神仙手和曹老三的安危放在了心头。

"他们没什么大碍，这三昧离魂散却是可以起到镇心安静的作用，尤其对外部伤口的愈合大有好处，你就不用操这份闲心了。"这个人顿了一顿，又继续说道："我没有想到的是，你竟然能和他们在一起！"

"你认识我？"我惊诧地问道。

这个人笑了笑，我虽然看不清他的笑容，但似乎觉得他的笑声里有种说不出的奇诡之感。

"别问那么多了，我只问你一句，你必须回答我！你对这处墓葬的了解到底有多少？"

148

听了他这句话，我的心反而出奇地平静下来，淡淡地说道："我了不了解这里，与你有关吗？"

"哼！姓修的，别给你脸不要脸，你以为自己是天才，把别人全当了傻子，告诉你，你大错特错了！"

他突然开始发怒，怒不可遏，但我却隐隐地察觉到点什么，再仔细想想，便有种恍然大悟之感，原来，我发现，他一直是在极力地掩饰着自己的真实声音，所以，说的话听起来有点怪怪的，这难道可以说明，他是有意不让我听出来他的声音的，也就是说，我很有可能认得他！

我努力地睁大眼睛，想把隐在黑暗中的他看个分明。可是，我的这种努力显然徒劳无功，因为，唯一的一支能在这里起到照明作用的手电筒就握在他的手里，而且，当我要看清他时，光源就迅速地聚中到了我的面部。这次拼命的睁眼所付出的代价是，我的双目竟暂时性地失明了。

"修必罗，你永远都不会知道我是谁的，我可以向天发誓。即便你以后能平安地离开这里，回到你所居住的那座城市里去，你也不会知道我的真实面目。

"你是个人物。我曾听到过许多关于你历险的经历，这些经历可以证明你的本领非凡，但是，现在你却像龙困浅滩一样，让我可以随心所欲地任意摆布。你的确神通广大，不仅是 A 市的公安冒着开除警籍的危险，允许你参与他们定了级的大案，就连杭州市的公安也似乎对你放任自流，我可不可以这样说，你的魅力超乎了许多人的想象，甚至可以超越他们所谓的纪律约束？

"所以，我也不会把你怎么样！不管你现在是跟谁合作，哪怕是和海盗杰克这样的国际犯罪分子联手，我也会认为，你自有你的道理存在。只是，你一定要告诉我，关于这座传说里建文帝的陵墓，你到底知道多少？"

他的这番话不知是对我的赞扬还是讽刺，而且，这座还不知道真假的所谓建文帝陵墓我确实连略知一二也谈不上。可他为什么偏偏要问我呢？难道，杰克他们并不是他所说的只中了点迷药这样简单，说不定……

我还没有来得及思虑周全，就看到他大步地向我走来，并且边走边说道："不问你这么多了，既然你们已经将那两扇石门的机关开启了一半，另一半你就继续将它打开了吧！"

借着他手里电筒的光芒，我渐渐恢复了视觉，看到了神仙手刚才正在于启的石门，那节扁平的铁条被丢在一旁，而石门的缝隙却明显比先前要大多了。

在电筒余光的映照里，曹老三和神仙手并排躺在北首的墙角下，一动不动。

我暗暗将手臂摆动了几下，体力似乎有些恢复，但还远远不能达到满意的程度。这时，又听这个人说道："你如果需要工具，自己到那两个人身上去取，我知道，你还是有这个能力的。"

我站了起来，身体微微晃了一下，头有点醉酒醒后的感觉，晕乎乎的，我想去看看神仙手他们的情况，又忽然转了念，径直向那两扇鼎门走云。

在接近鼎门的时候，我下意识地回头扫了一眼享殿里另外的三面墙壁，石墙上的壁画隐在黑暗里，看不到其中的一画一字，就连东面石墙下我们进来的甬道的出口，也显得朦胧隐约，像梦境里的事物，并不存留人间。

就这样，我的手推向了鼎门。

也许，是神仙手将这两扇门的开启装置打开之后才触动了暗藏的飞弩机关的。我的双手稍一用力，左半扇鼎门就"吱呀"的一声推开了。

一股陈年的腐朽气味扑鼻而来，我不禁退了几步。

"这可能是墓瘴，吸多了会死人的，给你这个。"

站在我身后的神秘人给我递过了一个玻璃小瓶，而此时，我虽然背对着他，也可以感觉到他的手出现在我肩膀的右侧，如果换在平时，就趁这一递一接的刹那，我完全有把握用擒拿手的功夫将局势扭转，可是我现在的身体状况使自己有心无力，只能眼睁睁地错过了这次机会。

我打开玻璃瓶，一股芳香暗凝的味道溢满了鼻腔，"是桂花！"我脱口叫道。

"是来自日本岛的桂花精油，它最大的作用是解毒和提神。"

我只是稍稍迟疑了片刻，还是将这只泛着青绿色浅光的玻璃瓶的瓶塞拔掉，把鼻孔凑了上去。

浓郁的桂子馥香顿时在我的体内弥散开来，而墓瘴那令人作呕的味道顷刻之间竟然无影无踪，我的精神变得清醒起来。

当我正陶醉在这迷人芬芳中的时刻，就听到身后的那位又用十分冰冷的腔调对我说道："好了，该动身了，你只要把这只瓶子带好，就不会死在这个地方。"我有点恋恋不舍地塞好瓶盖，把瓶子放在右手里捏着，便要向鼎门内的黑暗跨进一步。"慢着，把手电筒带上。"他递过来的手电筒并不是神仙手发给我的那一种，而是长柄型的警用电筒，但其尾部原本装有电击警棍的部位被卸掉了，只剩下一段空落的支架，我并没有多想，随手拧亮了它，眼前的事物顿时清晰起来，又是一条用青石铺就的甬道，宽高处和前一段大同小异，但非常之短，仅仅走了十几步就出现了向下的台阶，这些台阶是大方形的城砖砌成，又高又陡，而且间距较宽，人走在上面，有点腿变短的感觉。所以我下去的速度比较缓慢，这种缓慢给我的大脑留下了较为充足的思考时间，所以一个问题很快就浮现出来。

虽然听神仙手说过，这里在几百年前曾经有人来过，但是，此人临走之前又似乎将墓道口重新封死，那再经历了这几百年之间的光阴岁月，墓瘴的滋生是非常正常的，但是，为什么在墓道口至享殿的这一段路都没有发现有这种能够置人于死地的气体存在，而只有当我打开了鼎门之后，才会出现了呢？我的思维极速地运转，而所得到的答案却连自己都感到怪异和吃惊：建文帝的生死成谜，即便这里就是他的埋骨所在，可在他临终之际，年龄总归超不过百岁，他出逃时大概二十四岁，六七十年后，朱棣的子孙还掌控着大明江山，甚至终明一朝，有关"靖难之变"也无人敢说个是非曲直，所以，他的去世、丧葬、建陵都应该是在秘密中进行的，而这一切的操纵一定是他的家臣或者是这些家

臣的子孙所为，在东西厂及锦衣卫的侦骑四出之日，这些家臣为他修陵是冒了株连九族的风险的，因此，所有的事情都要采取非常的手段，当陵墓竣工，或者可以说在动第一方土开始所有参与建设的工匠都已失去了人身自由，到最后没有一个人能够活着离开此地，那么，在他的陵墓中修建这座享殿即所谓"净宝阁"的意义何在？只能有一个目的，就是这些家臣们为自己设置了一个秘密的藏身之所。在当时，"靖难之变"中建文朝的漏网旧臣仍是朝廷株杀的对象，万一有了变故，这些家臣们也好藏在这座没有碑铭，没有宝顶，没有封土的以故先帝陵寝中以逃得大难，也算跟主子几十年的受苦受难换回一条性命罢了。那么，神仙手所说的那位几百年前进到这里的人，十有八九和这些旧臣们有关。再者，于此处藏身，通风设备是一定需要的。这些我们并没有发现的藏在暗处的通风口，就可能是享殿及前段墓道没有墓瘴的原因！正想到此处，忽然从脑海里又闪出一团模糊的影子，这影子似乎存在了很久，却又仿佛是刚刚萌生，它变得愈来愈清晰，到最后终于让我明白了它想要表达的真正意图。"既然神仙手是一个盗墓的高手，他一定知道每一座上百年的古墓当中都会有墓瘴这种能置人于死地的气体存在，那么，他为什么不在进入墓道口的时候就做好防范的措施，而像我这种对盗墓一窍不通的人一样，毫无防备地一冲而入呢？也许，只有一个原因，那就是他早就猜到了从墓道口到鼎门这段路途是没有墓瘴的！那他究竟是如何猜到的？"我的思绪飞扬，对前方的注意力就分散了，于是，脚下突地打了一个趔趄，急忙定睛一看，原来台阶已经消失，眼前是一座有着掩门的石坊，如果我猜得没错，这就是第二道拱券的入口。

石坊呈倒八字形，上面连石接顶，下有不足一尺宽的缝隙，而石坊前的两边是两块巨大的光滑的石壁，没有镏纹铭刻，也无雕花镂云，就连掩门之上，除了两只巨大的圆形石环外，一点其他的装饰也没有看到。

我知道我背后的神秘人物已经走在了离我的左肩大概只有几厘米的位置，他低沉地说："这里怕也装有机括消息之类的装置，你先推推门去试一试。"

我暗中一笑:"想让我当替死鬼,可真有你的。"但脚下却开始向前移动,很快就离掩门近在咫尺,突然,一阵地动山摇般的震荡使我竟然把不住自己的身子,晃了两晃就不由自主地滚落在地。我刚定了定神,就在手电筒的光照中看到石坊边竖立的两块巨石墙壁,向我所立足之处挤撞过来。

　　"不好!"我心念电转,脚底疾速向后退去,眼睛却瞅着石墙在移动中的状态,我忽然发现,石墙最外部的边缘离我将要退至的石阶之间有大约大半步的空隙,这也就是说,我一旦退上了石阶,便可化险为夷。此时,我眼角的余光已看到神秘人的双脚刚落在石阶之上。我心里有了底气,便加快了后退的速度,可是当我的身子触到一件物事时,顿觉今天恐怕不得生还了。因为我碰到的是一柄锋利的尖状铁器,如果我猜得没错,那是一柄开了利刃的短刀!

　　就听神秘人沉声道:"再退下去,我们都得去死!"他这话说得斩钉截铁,一点都不容我去思考。

　　两堵石墙此时离我的距离愈来愈近,我在情急之下,也顾不得再考虑什么,身形猛地一矬,那只握着电筒的左手向后翻打了过去,顺着这一打之势,整个人就抽步回到了石阶上面。

　　神秘人物并没有料到我不惜自己受伤也要强行返回石阶,当他从惊诧的瞬息清醒,才发觉手里的短刀已被我的手电筒击落在地。这小子也不是个吃素的出身,刀虽离手,可还是把拳头挥了过来。他这贸然舞动的一拳,在肋下露出了很大的破绽,我在侧首躲避他的出拳时,还捏着桂花精油瓶的右手并出了两指正点在他肋下的期门穴上。我虽然不懂那失传已久据说非常厉害的内家点穴功夫,但这期门穴是主胆胃气血通畅的穴道,一经重击,就算是钢骨铁身,也会承受不住。

　　我们之间的交手只在顷刻,而两面石墙移动的速度却快得出乎我的意料,我刚喘了口气,就听到一声沉闷的重物撞击之声,再放眼一瞧,它们已贴到了一起,几无缝隙可寻。

　　这两面可以移动的石壁,把通往前方的路径堵了个严严实实,也使我本来充满希望的内心,承受了一次接近于绝望的打击。

11. 入墓三分

不由得，我压抑不住自己心头如浪叠涌的怨气，朝石阶上躺着的神秘人狠狠地踹去一脚。

他一动不动地躺在那儿，就算我这一脚所用的力气再大，他也不会知道，因为，我刚才并指一戳的后果就是能够使他起码要昏睡上一个小时。

我喘着气，正想坐下来休息一会儿，好好考虑一下下一步应该怎么办，忽然从脑海里蹦出一个念头：这家伙到底是什么人，我得去看看他的真实面目。我拾起扔在石阶上依然亮着的一支电筒凑近了他的头部，他的脸被垂落的长发胡乱地遮掩着，我拨开乱发，看到了一张陌生至极的面孔。这张面孔平凡而庸俗，我不仅从来都未曾见过，就算是在其他地方看到他，也根本不会留下任何印象。他是谁呢？为什么对我的了解会如此之深？他从哪里来？到此也是为了这传说中的宝藏吗？

我想的有些纷乱，不知道过了多久，听见肚皮开始咕咕叫了。

这位陌生人的怀里还真的藏有食物，是一些压缩饼干和一筒扁瓶的饮用蒸馏水，除了这两样能填肚子的东西之外，我还发现一件物事，是一张非常薄的皮制品。当我正要仔细端详此物，就感到脑后刮来一阵劲风，有人偷袭！

我曾经说过，我所练习的中国武术种类繁杂，其中有一种来自关外的外家功夫，是专门用来对付偷袭的。

是刚才被我击落在地的短刀，又握在陌生人的手里，狠命地劈向了我的头部。我恰到好处地举起了那只扁的蒸馏水瓶，刀光就落在了瓶上。PC制品的瓶子当然经不起利刃劈削，马上就被劈作了两半，但这瞬间即逝的机会让我的右腿扫在了他不设防的下体，他重重地跌在石阶上，可手里却多了件东西，是一支手枪，是真的手枪！

"你去死吧！"他的声音充满着恶意，我看到火光乍现，随即是沉闷的响动，他开枪了。

我能够躲过这一枪是一个偶然，因为正巧在那一刻，我向后退却的一步踩到了空处，这个空处，便是石壁与石阶底部留有的不到一步的间隙。我的脚一空，人就矮了半截，子弹呼啸着划过了我的头皮。没有等

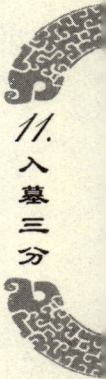

到他来得及去开第二枪，我就将手里的电筒扔了出去，电筒好像真的击中了他，他叫了一声，人便转身朝我们来时的方向拼命跑去。我想拔脚便追，脚尖碰到了一个金属制品，低头一看，是一支手枪，是刚才向我射击的那支手枪。

我忽然明白他为什么要逃走了，是他赖以制衡于我的攻击性武器被我无意中击落了，他自知空手不会是我的对手而不得已才无奈逃身的。

我拣起手枪，凑近看了个仔细。这是一支中国制造的警用六四式枪械，枪身簇新，但枪号被人为地磨掉了。

我把这支弹匣里还剩五发子弹的手枪贴身藏好，又吃了几块从那个至今身份不明的人身上搜到的压缩饼干，蒸馏水瓶里的水已经在瓶身被劈裂了之后漏得一干二净，我只能小心翼翼地咀嚼这些干燥的食物，并有些纳闷地想着："他藏匿手枪的地方我一定没有注意到，要不然也不会发生刚才惊险的一幕了。还有他苏醒的如此之快，唯一的一个理由就是，他本人的武术修为一定不会比我差太多。"我又想到了从他怀中搜出的薄皮制品，这东西我刚才不小心给弄掉了，可周围的台阶上并没有它的踪迹，想来一定是那个人顺手取走的。在那样一个紧迫的时刻，他也不愿让这个东西落在我的手里，看得出，这薄皮制品对于他的重要性甚至超过了这次不惜到此涉险的本来目的。这东西有何种特殊的作用和意义呢？

我的咽喉部位还是被压缩饼干给咽住了。

经过一番痛苦的干呕，我终于可以平静地舒出一口长气。

就在这当儿，记忆的闸门被突然打开，发生在杭州那所疗养院里的一幕清晰地闯入眼帘，我想到了会使用"金钱镖"的主人留在我房间里的一张人皮面具，面具虽然并没有戴在身上，可那种入手的感觉和今天所触摸的薄皮制品相同！难道，这个陌生人就是那个神秘的曹剑中吗？曹剑中毕竟还是来了，但他似乎并没有我想象中那般身怀我所不能抵挡的绝技，这是什么原因？

我能听到自己的心跳节奏在加速，下意识地向前方紧贴的两块石壁看了一眼，这一眼看过去之后，我顿时瞠目结舌。

　　原来，不知什么时候，两块石壁竟然退到了最初的位置，我又可以看到呈倒八字形的第二道拱券口石坊的掩门了，这奇门遁甲般的机关瞬间的变化不是我这种寻常人物所能够想象得到的。

　　是继续前行，还是退出去再做打算。我衡量了一下孰轻孰重，决定不走回头路！

　　我这次向第二道拱券的入口走去的时候，要比上一次更加小心谨慎，尽量将手中的电筒照射到任何一处可能暗藏机关的地方，并因此发现了刚才使石壁发生移动的枢纽装置，就在我曾接近到的拱券石坊前三步处的地面上，有一个微微凸起的部位，我相信这便是石壁移动之秘密所在。我绕过它来到掩门前，伸出手推了推门，石质的掩门纹丝未动。我又将电筒的光聚集在掩门上有细微凹凸的一些痕迹上，想借此找到开启掩门的机关。当我快要彻底放弃这种看起来毫无意义的举措时，我忽然发觉，那对毫无工艺美感的石环上似乎有点奥妙，我试着将石环向后用力一拉，这一拉竟将其中的半扇掩门生生拉开，真是"踏破铁鞋无觅处，得来全不费工夫"。

　　来自"日本岛"的桂花精油幸好没有在先前的冲突中遭到损坏，我再次把鼻孔凑近瓶口，借此驱散又一股飘然而至的墓瘴毒气。（看到这里，有的读者可能不禁要问："你说的这种驱除坟墓里陈年腐气的方法也忒简单了吧，别的盗墓书上例举的方法可是非常复杂的哟。"我笑笑，我也只能笑笑，我可以告诉亲爱的读者们一点秘密，那就是这种来自日本的桂花精油里掺有一种特殊的化学制剂，至于是什么成分合成，我就不得而知了。而这种化学制剂正是当年侵华日军在使用化学武器毒杀我抗日军民时为了防止自己人中毒而特别研制的。它连日本鬼子的化学武器都能挡得住，何况这些古墓里的浊气呢？孰真孰假，权当笑谈罢了。）

　　过了十几分钟，我确定全身已有了对墓瘴的抵御能力之后，才大跨了一步，越过第二道拱券的入口。

　　当我一跨过石坊的半边掩门，就低头看了看腕上的手表，夜光指针指向凌晨四时，这就是说，我进入墓道的时间已超过了六个小时。看来，杰克及神仙手他们距离彻底清醒应该还有三个小时，当然，如果那位先生没有说错的话。在这三个小时之内，我能否顺利到达主墓室就要靠自己的运气了。

转头去想想，那位极有可能是曹剑中的先生会不会来个"二进长安"，这也是自己无法预料的。我继续向前走去，第二道拱券之后的路程变得非常难行，穹顶低矮，两壁逼仄，就连脚下铺的青石地面也呈某种不规则的陈列，行进像是在海上的一次漂流，身体痛苦地起伏不定，胸中压抑着一股浊气，步履明显缓慢。我开始诅咒这墓道的修造者，但脏话还未脱口而出就被一阵奇怪的响声拨散，无影无踪了。

竖耳细听，觉得这响声来自头顶的部位，再一听便有了恍然大悟的兴奋感，原来，这奇怪的动静竟然是流水的叮咚声！

这是怎么回事？脑袋里虽不停猜想，脚下却是未停，手里的电筒也没有朝着应该的方向照射，当一切都已经晚了的时候，我就自一个不知通往何处的深渊里直直地坠了下去！

不知过了多久，一个时辰，一天，还是这流年倏忽里短短长长的一生？

我醒了。醒来得很难过。因为在我的鼻腔和嘴唇里塞满了细碎的颗粒物，带着泥土的陈腐气味，冲得脑袋一阵眩晕。我的右半边脸又胀又痛，这感觉十分不爽。我下意识地活动活动四肢，还好，它们都还在，都和我的躯体好端端地连在一起，没有弃我而去的那种失落。

我开始向四周的黑暗处摸索，这种举动只有一个目的，那就是希望能尽快地找到跌落在别处的手电筒，心中更是希望，将手电筒找到以后，它还能像从前一样，以光明来驱散这令人窒息的黑暗。

当我左手的手指触到一件硬物时，陡然萌生的喜悦让我差一点大声地叫出来。

是那只警用手电筒！真的是它！我迅速按下电源开关，一道似乎久违了的光芒依然温暖和明亮，我暗暗地说了声：苍天保佑，努力使自己的身体站立了起来。

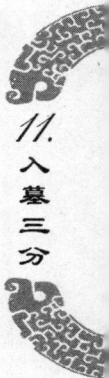

　　这时我才注意到自己置身于一个人工挖掘的窖井底部，从地面上铺陈着厚实的砂土来看，这里显然不是一个要置人于死地的陷阱机关，但它的实际作用，我现在还没搞清楚。

　　我仰首向窖井的上端也就是我摔下来的地方望去，能看到甬道椭圆形的拱顶，有两块颜色接近于甬道内所铺青石的木板一左一右，被铁制的链条缀挂在窖井的内侧。我因此断定，这便是自己不慎摔下来的原因。

　　窖井从上至下的高度大约有五米，但不甚宽阔，仅能让我自由转身，而在窖井一侧的土壁上开有一个较为低矮的洞口，洞口外部镶嵌着半圈石条，像西北地区特有的民居——窑洞，但是整个体积缩小了十倍还不止。在洞口往右的地方，我找到了那瓶桂花精油，它竟然完好无损地出现在我面前，使我对太平洋上那个弹丸岛国的制造业产生了三分敬意。

　　此时我确定自己的右脸真的肿了。

　　疼痛感愈来愈强烈，还掺杂着一阵又一阵的酸麻之意。但在眼前这种情形之下，除了用手使劲揉搓之外，没有任何办法可以立即减轻我的痛苦，我苦笑着叹了口气，思索该怎么才能脱困而出。

　　时间已到了凌晨五时，离那干人的苏醒应该很近了，有几次我都似乎听到了脚步声，但仔细听来，又悄无声息。

　　我的记忆又徘徊在不久前的情景里："曹剑中"为什么那么快就溜掉，是真的害怕我也会对他使用一些非常的手段？还是出于别的什么原因？我所看到的，是他的真实面目，还是另有一张人皮面具掩饰了他的本真？

　　我决定爬进那个低矮的洞口。

　　这个洞口只有真正进去之后才能感觉得到它的逼仄。

　　我的胸口紧贴着像蜇皮一样的地面，只能以肘部的力量引导整个躯体一点一点向前挪动，呼吸也不顺畅，当然，在如此幽深的地下，能呼吸到空气已经近乎奇迹了。我愈发感觉到在这处墓葬里的确存在秘密的通风口，而且还不止一处。

我艰难地向前行进，遇到有稍微弯曲的路径，要费好大的力气才能使自己不至于被卡在里面，肘底开始剧烈疼痛，我知道，那地方被挤磨得破裂了。

幸好，这洞里还有比较宽敞的所在。

当我爬行了大概二十米之后，我顿觉呼吸为之一爽，撑着手电筒四下一看，原来，我爬进了一间垒砌得并不规则的石屋里，但欣喜感稍纵即逝，因为，我看到了一个非常诡异的场景。

有三十具以上的人体骨骼十分整齐地摆放在这间石屋右首的角落里，有的尸骨还留有部分衣物，似乎是由于年代太久，我并没有嗅到那种常见的腐败气息。

我直起了身，走到这些不知名的尸骨前，心里已有了点谱，这些尸骨的来历大概就是因为眼前这座墓葬吧，他们极有可能就是当初建造此处的工匠。而且，每具尸骨都没有利器所致的伤痕，我想，他们的死因，也许和某种毒药有关。

我环顾了这间石屋的四周，没有发现可以通向更深处的出口，难道，我就这样被困在此处了吗？可随即又想到，仅靠刚才我爬进来的那个洞口，是无法将如此多的尸体运送到这里的，肯定还有别的出路，只不过是我现在还没有找到罢了！

我索性对整间石屋的墙壁和地面来了一次地毯式的搜索，而秘密就在此番搜索里显露端倪。我在石屋的左首发现了一块微高出地面一厘米左右的木板，这块木板的色泽接近地面的颜色，若不仔细寻找，是很难一下子就发现的。木板上有暗镶的拉环，我并没有费多大气力就掀开了它。

又出现了石阶。

大小形状都不相同的石块垒成的所谓石阶通向一条近似于第一道拱券口外部的甬道，甬道的两边立着数十块刻有铭文的碑石。我只大略看了两三块碑石上所刻的内容，都是一些无名之辈题咏的山水诗词，有点纳闷，这个建文皇帝把这样粗劣的文字带进坟墓里去做什么？

在甬道前方有比其他石碑显得更高大的一块，是用十分坚硬的花岗

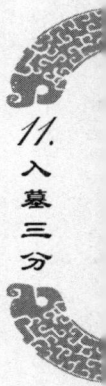

岩雕刻而成的，能在上面留下些许痕迹，除非是硬度极高的刻刀，这种刻刀的刀头应该镶有金刚石之类的稀有矿物，就算在今天也是价值连城，而在明代此种矿石还未从非洲引进中国，这里的匠人又是如何拥有的呢？

我想了一想，却怎么也不能想通，目光随意地落在石碑所刻留的文字上，那是一首没有留下落款的七言绝句：漂泊江湖三十年，身世如梦梦如烟，弹指京华浮云处，何曾见我到人间。

此诗韵律虽不甚工整，但字里行间浮出几缕看过世间悲欢的沧桑，就连众生彷徨难舍的繁华人世都已不再有半点依恋。

我不明白，写下这首诗的人为什么要将它刻到建文帝墓葬中的碑石上，而且是刻在世间最为坚硬的花岗岩上？他是谁？

我继续向前行去，在甬道的尽头，出现了一座镶有铁栅栏的半圆形拱门，栅栏已经锈迹斑斑，我只用了三分力气，就将其拉开了能钻入一个成年人的空隙。在钻过铁栅栏之后，我看到又是不规则的石阶出现在眼前，可这一次，它们是向上盘升的。

在这些盘旋上升的石阶顶端，陡峭的甬壁正中俨然凿出一道高大的石门，门楣上镶着一块阴刻的石匾，匾中有字，是元四家之首倪云林一派一路恣肆张扬的笔法，其内容令人不得其解："惜杀"。

我真的不能理解这两个字所要表达的具体意思，它们本身的字义截然相反，一个向善，另一个却是说恶，而连在一起却是一个非常奇怪的词组。在这种地方，刻着这样一块牌匾，是建文帝在弥留中的嘱咐，还是别有隐情？我想，这恐怕已成了千古之谜了吧，暗自欷歔了片刻，便走下去推了推石门，门竟然触手而开。

在手电筒光照的范围内，我看到一座更高更大的殿堂呈现在眼前。

不知是我这个人天生走运，还是在冥冥之中自有诸路神仙的保佑，到现在，我已确信，我真的进入了整座墓葬的中心，因为，我看到在这处庄肃殿堂正中的石质圆台之上，摆放着一只巨大的棺椁，棺椁四周堆满了大大小小的箱子，而圆台下边也摆放着一些祭祀用的金属、陶瓷之类的器皿，在殿堂的正南方，耸立着另一座异常高大厚实的石门。石门

160

下装有两排黑色的木铁结构的机械制品，如果我没有猜错的话，这应该是守护这里的最后一处屏障，明代的火器：铳弩。

那个门是真正通向这座主墓室的正门。而我走进的，极有可能是最后离开此地的监工者所走的暗门，当我回头端详这座门时，它在里面的样子和我刚才看到的大不相同。如果将此门掩上，它便和整座殿堂墙壁的颜色混为了一体，不仔细观察，是根本不会发现的。

我忽然有些明白，自己跌落下来的窖井是有何种用途了：当最后离开此处的工程监督者将建筑工人们巧妙地灭口之后，通过这道门把尸首运到了窖井后面的石屋当中，然后，再经过那个低矮的暗洞离开。当然，他之所以能从五米高的窖井里脱身而出，应当是做好了非常充分的准备。而且，窖井上部的活动木板在最初设置时绝对不会像现在这般的破败腐朽，这恰使我误打误撞地躲过了第二道拱券口之后的一路机关，毫发无损地直接抵达了主墓室。

真是造化弄人。

我暂时放弃了脑海里还在纠缠不休的某些想不分明的问题，小心翼翼地走向大殿中央垒砌的圆形石台。

11. 入墓三分

12. 重见天日

　　根据我的目测圆形石台的直径大概有九米，而摆放在其中心部位的棺椁所占的面积是这座石台的三分之一，也就是说，这具棺椁的长度应该不小于三米，宽度在一点五米到一点七米之间。棺椁是用上好的檀木制成的，外表涂了紫漆，漆上还遮了封蜡，像是皇室的规格。棺椁上部盖有一席锦缎，我走近看时，锦缎的颜色和质地依旧如新，就仿佛是昨天才盖上去的一样。棺椁两头的挡木刻有龙饰，正挡木除了龙饰还有留字，上书：大明建文三十年肃秋九月恭讫，臣：何氏、高氏、管氏印留。

　　我微微一惊，暗道：建文帝果真埋骨此处！而且，他的旧臣里也确有一个姓管！

　　我双手合十对此棺椁拜了三拜，口中念道："我本不想来打扰您的清静，只不过为了证实一件事情，不得已才如此，您大人有大量，就恕我无礼了吧。"

　　我此刻想要证实的，就是老杰克费尽心思欲得之而后快的东西究竟是个什么玩意儿？

　　我费了好大的力气，才靠着随身携带的瑞士军刀将棺椁的木楔和封钉通通拨开。我虽然不是一个木匠，可小时候因为好玩，在邻居刘叔叔家学了半年的木工活儿的功夫可没白费，在这当儿真是好钢用在了刀刃上。

椁是主棺的保护套。

椁和棺之间有着间隙。

而眼下这只椁棺之间的间隙里填满了木屑，在木屑里我发现了一只盒子。还没来得及打开它看个究竟，就听到大殿外传来了一阵人声。有句话听得分明："到了，到了，这便是通显真身殿的大门，你们看！上面的匾上不是写着'度世真身'吗！"

是神仙手的声音，咳嗽的那个人是杰克，还有曹建平的低喘声，他们终于来了！

我给那位没什么名气的小作家讲自己的故事，没什么目的，只是想找一个好的听众来聆听自己的唠叨。有一次，他忽然打断了我的叙述问道："你对这座建文帝墓葬里的情节讲得也有点太简单了些吧。"我笑道："因为有些过去了的事情，在自己的记忆中就会因出现许多的空白而形成断层，我不会添油加醋，所以在你听来，这段故事也就简单了些。"

石门的开启触动了门后铳弩的机关，虽因年代过久，火药的功效已明显大不如当年，但至少有六支以上的飞弩还是非常有力量地射了出去。

只听得两声惨叫，接着就是有人相继倒地的声音，于是整座大殿里忽然变得安静下来。在此之前，我已经盖好了棺椁，并尽力将木楔和封钉塞进它们原来的孔中，然后迅速跑到那座隐在石壁上的暗门里，仅露可以探出一只眼睛的空隙用来观察殿里的动静。

过了约有半支香烟的工夫，就听到神仙手叫道："杰克先生！曹老三！连你们也这般迷信！我早就告诉过你们，这鬼地方除了我们又哪来的活人？这些飞弩都是用机括射出来的！"

却听得曹老三阴森森地说道："哪来的活人？我们是被谁施了暗算

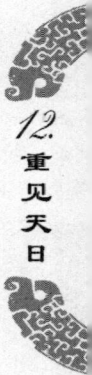

12. 重见天日

的？是鬼吗？还有那个修必罗，他到哪儿去了？"

"你们两个要打口舌仗就到外面去好了，我们还要去办正事！"杰克的声音似乎是永远的不动声色。

两盏氙气灯，三只手电筒；一下子涌进了这么多的光源，大殿里变得亮堂起来。

走在最前面的是曹建平，还是阴沉沉的模样，步履有些迟缓，左腿似乎受了伤。跟在他身后以一只手搀着他的是他儿子，就是那个叫小轩的年轻人，年轻人的左边稍后走着曹老三，而在最后面并肩入内的是杰克和神仙手了。刚才发出惨叫的不会是他们其中的任何两个，这样的话，就一定是杰克的两名手下，他们的生死对于杰克来说早已不会放到心上了。

"这么多的宝贝！那石台上大大小小的箱子里一定尽是价值连城的奇珍异宝！"曹老三喜极疾呼。

"看来祖上所留的秘札写得没错，当年老祖宗他们真的想伺机起事来着，要不然又将如此之多的珍宝放到这位过了气的皇帝墓里干什么？"曹剑中不知是自言自语，还是说给其他人听。

"阁下的祖上真的是姓管吧，正史里虽然没有提到您祖宗的名字，但永乐年间流传到民间的那些坊刻野史，却清清楚楚地记载了您祖宗拼死护送建文帝御驾出逃的那段故事，他叫管羡仲，我没有说错吧？

"永乐十七年至二十一年，两广、江浙等地曾发了三十一起抢劫朝廷贡宝的大案，这谜底都在这里吧？永乐皇帝手中的锦衣卫、羽林军吓吓老百姓还容易些，要对付像你祖宗这样的文韬武略之才却是万死不能，这不，终大明一朝，那些朱棣亲自督办的劫案一件也没能查得出来。"

这些话是杰克说的。我听到这里，有种拨云见日的感觉：神仙手所说的那位姓管的建文帝家臣，原来便是曹建平的祖上，这样看来，曹家的先人之所以要隐姓埋名就是为了更好地保守建文帝还活在人间这个秘密，而在当时，建文帝一定是逃到了这上虞县境内的莫邪山一带，最终也埋骨于此的。给他送终的人里绝对漏不掉曹家祖上的干系，但杰克所

164

说的永乐年间发生在两广、江浙一带的几起劫宝巨案，我却没有在史书上读到过。可是，曹建平的分析确实有理，按当时的情形，建文帝能够得到平静的安息已非常不易，他的那干旧臣又何苦把这么多的奇珍异宝统统埋进他的陵寝里让后人觊觎呢？一个无论是真出家还是假出家的落魄帝王，即便心中仍有无数挂碍，也不会因为死后没有多少陪葬品而迁怒于舍身救他的臣子吧。如此说来，在这里积藏这么多的值钱物器，只有一个可能，那就像曹建平所讲的：建文帝去世之后，他的一干旧臣曾有过起兵造反的想法，并欲付诸实践，就将这座先帝的墓葬作为藏匿起事经费的保险箱，而掌管此箱进退的人物便是曹家的祖上了。那么，刚入墓道时被神仙手发现的脚印之谜也可迎刃而解，大概是曹大人，不，应该是管大人当年查看这些所谓军饷时留下的吧。

我正自思量，却听曹建平道："老杰克，你的神通我是知道的，但曹家的秘密就连我也是一知半解，你又会如何得知这墓葬里藏着一件你想要得到的物事？莫非你的消息是另有渠道？"

杰克笑道："不谈这些有一阵没一阵的烦事了，既然眼下宝物唾手可得，你怎么不抓紧时间抓那么几件在手呢？我是要取我梦想里的东西啦！"

他说罢再也不看曹建平一眼，径直跳上了圆台。

神仙手已在檀木棺椁旁做好了开启的准备，当杰克上来时，他忽然说道："这棺椁似乎有人动过！"

杰克连忙凑首向神仙手所指之处看去。我心想：神仙手果然了得，他发现的，肯定是我刚才撬过的痕迹。

"你能猜得出这是谁动的手呢？"杰克问神仙手。神仙手沉思了片刻，开口说道："看此人留下的只鳞片爪，下手虽说还算干净，可毕竟还是个雏儿！你看，他拔木楔和封钉的方法本来就不对头，又想将它们顺原眼楔入，却把椁沿都楔裂了。"

杰克说道："你掀开让我瞅瞅，里面少了什么东西没有？"

神仙手的开棺功夫的确是专业技法，更何况我虽将木楔和封钉重新铆入，但其坚固程度却比原装的差了许多，只过了两三分钟，他就开启

了椁盖。

"这里少了个东西！"神仙手沉声道。

"你看，椁与主棺之间的空隙里其他的位置木屑都填充得坚实、均匀，只有这儿陷下了一层，原先在此处肯定放着某件物事！"

"主棺部位来人倒似未动，也只有一个可能，他还来不及动，我们就已经到了！"

"他一定不会走得太远！"

杰克听了神仙手所说的这一番话，轻轻点了点头，他忽然对圆台下正在翻箱倒柜的曹家三人道："你们先不要忙，我们的朋友可能还在这里，他就藏在这座大殿的某处！"

曹建平、小轩及曹老三闻声都抬起了头。

谁也没有料到大殿正门外此刻传来一阵人声。

杰克下意识地将手插入了外套左侧，那里藏着一支勃朗宁点四五口径的手枪。

小轩也拔出了靴筒里的野战刀，刀光在手电筒光芒的映照下泛出一抹幽蓝。

曹老三和曹建平却没有动，神仙手也只是轻轻拍了拍沾有浮尘的双手。

正门外是两个人走路的声音，其中的一个似乎有常年的哮喘，轻咳声不断。

大概过了三分钟，两道来自微型手电筒的光射入大殿之内。

命运之所以使人敬畏就是它的不可预知性，在每个人的生命进程中，对于那些束手无策或者有心无力的事情，人们只能归咎于命运，所以俗话说得好："命运使然。"

大殿里的一干人眼睁睁地看着石门外缓缓走进了两个人。其中的一个，手中除了微型手电筒之外，还拿着一支中国制造的 81 - 1 型自动步枪。那支微型的电筒是绑在枪管上的。

顺着缝隙，我看见了这个人的脸，竟然就是曾经和我在第二道拱券口交过手的神秘人物"曹剑中"。他身边的人因为背着光，我看不太清楚，但从这个人的举止来看，他的稳健程度像一位身经百战的沙场老手。除了电筒，他两手空空。

"江湖上有句老话，不知几位听没听说过？"这个稳健的人轻咳了两声缓缓说道。

"银钱世上走，有钱大家赚。虽说你们为了这里的东西费尽了心机，可我们出的力气也不比你们要少，怎么样，先别忙着往自己的兜里装，咱们坐下来好好谈一谈如何？"

"曹剑中"用手中的枪示意着圆台上的杰克和神仙手下来，并向圆台旁的曹建平等人撇了撇嘴，这意思很明显，是说，你们最好不要轻举妄动。

曹建平忽然开口道："敢问一句，两位是何来头？"

我听到这里，心中已经了然，那位我所认定是"曹剑中"的神秘人物，其实根本就是一个误会，他不是"曹剑中"。因为如果是的话，曹建平是一定能够认得出来的。

"湘水九转，碧落银塘。建文帝出应天府时身边有四大家臣，你们姓管的是，我家祖上姓何的难道就不是？

"先祖何福公当年甘冒九断其头的泼天风险将建文帝藏匿在湖南湘潭的何氏宗祠，两年后才被你们管家秘密接走，怎么？这足以刻碑勒石的功劳，管羡仲及他那些不怎么争气的后人就已忘记了么？"

曹建平的脸色已有些变了。杰克却在这当儿插了一句嘴，他说得不紧不慢："原来你们都是自家人，这便好说了，何、管两家的功劳建文帝无论是生前身后定然铭记在心，更何况这里的金银玉帛本就是诸位的祖上为谋事而筹，现在大可以物归原主。"

"杰克先生的这番话讲得很公平呀！好像您费了那么大的周折从泛亚太地区潜入中国仅仅是为了此刻来调停我们之间的争端，如此风范，何某不知是佩服还是需要多考虑一下先生的心思？"那人静静地说道。

167

杰克微微一笑，继续开口："何先生，鄙人不是什么圣贤，既然冒着被国际刑警和大陆警察追缉的风险来到这里，当然有我的目的，但却不是这些可以换得大量美钞、欧元的金银珠宝，这些物事，你们尽可放心，我连一毫一粒都不会沾手，我想要的是一件不值钱的东西而已。"

"杰克先生，你去过新西兰吗？"那人突然冒出了这样一句莫名其妙的话。

杰克此刻和刚才的曹建平一样，脸色也有些变了。

"新西兰海阔风高，只有经历过风吹浪打的人才喜欢那个地方，可惜，个人的力量有限，想战胜命运的，最终总会被命运所左右。他的腿好些了吗？"

杰克的脸色变得异常阴沉。

"能知道这建文帝陵寝中最有价值的物事是什么的，只有两个人，他虽然是其中之一，但恰好，另一个人就是我。我们何家在明朝'靖难之变'后就人财凋散，一直到了清朝的乾隆年间才出了一个人物，这个人物有个师傅是个和尚，法号为潮观，也算他的养父。虽然潮观大师名气不大，但他的师弟，凡是看过这时期民间传奇书籍的人大概都会知晓吧，他叫甘凤池！"

就在此人说出新西兰这个岛国的名字时，我就觉得在最近的一段时间内好像有人跟我提起过这个地方，当他继续讲下去，我的心中猛然回想起猫眼兄弟张三讲述"金钱镖"来历时所提到的那几个人物，没想到的是，张三所说的潮观和尚的义子竟是这姓"何"的先人。而且曹剑中的师兄弟里有一位远赴新西兰的高手，却是和杰克先生有关！

"杰克先生，剩下的事情就不需要我再说下去了吧，我只告诉你一点，也许会使你很不开心，但是你应该知道，现在这里的局势是由我们掌控着。"他顿了顿，又道："我想要的，是这里所有财富的三分之二和你想要的那件物事！当然，你们能来到此地，费了不少功夫，也确实不该空手而回，因此，剩下的三分之一就由你们五个人分了吧！"

他话音刚落，曹老三忽然扬了扬手。

曹老三一直没有动，也没有人注意到他的左手里会藏着什么，他的这次扬手，一定是瞅准了时机。

他向这两位不请自来者扔了一把细细的铁砂，谁也不会清楚这些铁砂是如何能到他的手里的，是从这墓葬里寻到，还是一直就藏在身上，已是无从而知了。我只知道，这把铁砂被扔出去之后，引起的慌乱和后果，是在场的人，包括我在内也始料未及的。

81－1型冲锋枪短促的射击声响起时，除了石门口的两只电筒，其他的都已熄掉了。杰克和神仙手迅速躲到了圆台之后，而曹建平、小轩也已在曹老三扔出那把铁砂的瞬间向能隐蔽的地方闪躲开去。曹老三顺着一扔之势就地打了个翻滚，在一只被掀开盖子的木箱里抄了一柄镶有宝石的佩剑，他还没有来得及做别的动作，枪声就响了，子弹掠过了头顶，都打在圆台的立面上，火花四溅。

"别急着动手，小心中间的棺椁！"姓何的人急急地喊道。

杰克在圆台后闷着声开口了："都不要动手，这殿里的每一件物事都价值连城，如遭损坏，那就得不偿失了。何先生、曹老三我们谈谈如何？"

"哼，姓何的胃口比你还大，我们曹家的亏也吃得忒大了些吧！"曹老三叫道。

"哦，你也是曹家，不，现在应该称为管家的后人了，你们的祖上为了建文帝隐姓埋名、九死一生，而你们的叔父辈为了这里所藏的那件物事不惜骨肉相残，所付出的代价是比这位杰克先生大得多，可惜，你们却根本不知道就算此地所有的宝贝加起来，也比不上那件物事！"姓何的人笑着说道。

"到底是什么东西？你想要，杰克也想要，是长生不老的仙丹吗？"曹老三嘶哑着声音说。

这时，曹建平却缓缓站起身来，他再次拧亮了电筒，沉声说道："老三，这件事你虽不知晓，我却在少年时隐隐听父亲说起过，但父亲当时讲得十分含糊，又因为我当时年纪太小，没有能够明白父亲话中的玄机，现在却好像有了点眉目。"

"你听说过沈万山这个人吗？"

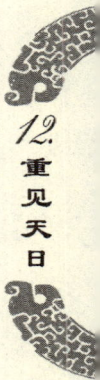

"当然听说过，他是明朝初年江南一带赫赫有名的大财主，据说，当时南京城有三分之二的城墙是他捐款修造的。"

"据明史讲沈万山是靠经营丝绸布匹起家的巨商，传说中，他却有一个'聚宝盆'，他的第一笔银子就是用这'聚宝盆'赚得的。"

"那仅仅是传说而已，和我们眼前的事有甚关联吗？"

"不仅有关联，而且大有关联，杰克先生，你说对吗？"

杰克从圆台后踱步走出，他看了手持81－1自动步枪的人一眼，转头对姓何的说："请你让你的同伴把枪放下好吗？我们可以心平气和地谈谈。"

"曹老头，你说这句话是什么意思？"

"我现在大概已经知道，你想得到的究竟是什么东西了。"曹建平淡淡地说道。

"朱元璋之所以要置沈万山于死地，明史上记载的是因沈大财主要犒劳羽林卫的过，但其真实的原因就是为了这只'聚宝盆'！沈万山是如何得到这'聚宝盆'的，详情早已不能追究，但皇帝相信了这只'聚宝盆'会给他的大明王朝带来取之不尽的财富，所以，他使了手腕，耍了伎俩将沈万山的万贯家财一扫而空，且将他本人打进了死牢。幸好太子朱标比他的爹爹温敦得多，几次苦谏，终于挽救了老沈的一条性命，可他的后半生，只能在云南的深山老林里度过了。朱元璋得到'聚宝盆'后，在两年之内使大明朝的国库积蓄增加了十倍还多，后来，他不知因为什么不再使用这件宝物，但明朝的实力已是当时的东亚第一。他死后，这东西却没有随他入葬孝陵，你说它应该到了什么地方？"

"建文帝？难道就在这建文帝的陵寝当中？！"

"不错，你猜对了一半，我父亲告诉我，曹家的祠堂里原有的一尊观音像不见了，而这尊观音像里放着的，据说是另外一张图纸，也就是说，如果能在此处找到那张图纸，很可能只是整张图纸的一半！"曹建平说道。

杰克瞪大了眼睛，有些愤怒地对曹建平叫嚷道："你？！你这个不说实话的东西！"

"老杰克你虽然是聪明绝顶，可是我也不是个傻子，你不去想想，你本来就对我隐瞒着许多的秘密，而且出价太低，我会把知道的东西一股脑儿都告诉你吗?!"

"这'聚宝盆'的故事到底是真的还是假的?"曹老三问道。

"你难道忘了几十年前我们的上辈还有过一次骨肉相残了么?"

神仙手趁着大伙儿的注意力都不在他身上的当儿，也由于这大殿里黑暗多于光源的客观事实，偷偷爬上了石台，并飞快地打开了樽内装有真人尸首的棺材，但他只是向里望了一眼，脸上就呈现出极为惊惧的神色，不由得疾声呼道："这里……这里面的人是谁?"

所有的人都几乎在同一时间内跃上石台，把目光聚集在神仙手所打开的棺材里，每个人对恐惧和未知的表现虽然不一，但此刻都不由得瞪大了眼睛！

棺材里面躺着一个人，一个面目栩栩如生的人。

"是曹建国！"杰克吸着凉气似的咬着牙说道。

他说这句话的声音不是太大，但因为大殿里气氛突然陷入寂静，还是被我听到了。

曹建国就是王国庆。

他怎么会在本来应该是放着建文帝朱允炆龙体的棺材里?

这时，爆炸发生了。

我从来都没有见过具有如此威力的爆炸，整座大殿，不，应该说整座陵墓被剧烈的冲击波撕了个粉碎，而我所处的方向，非常具有巧合性地正好在一个暗藏的通风口的底部，因此，我就在爆炸声响起的瞬间，被顷刻而至的一股大力弹出了地面。

正是早晨。

今天的天气应该不错，虽然已过了冬至，但在江南并不至于冷得让人难受。

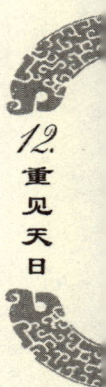

171

12. 重见天日

我是在三个小时以后才醒过来的。这是我大概估计的时间。我躺在一片竹林的边缘，好像就是还没有进入墓葬之前所看到的那片竹林。

原先隆起的土坡不见了。代之的是凌乱的碎石和一些木制品的残骸，还有瓷器的粉状颗粒等。更有一个触目惊心的大洞展现在我的眼前。这个洞是无法进入的，因为，在它的里面填满了虚土、石块以及不能辨认形状的物体。我没有在表面上看到任何人的尸骨，就连一根烧焦了的头发都没看到。

爆炸时的情景还历历在目，那种扯天扯地的毁灭感足可以使一个心理素质不高的人精神崩溃。我还好，头脑依然清醒。

检查了一遍身体的各个部位，除了有点皮外伤之外，可称得上是完全无损。我刚想为自己的大难不死而欢呼一声，随即想到杰克以及曹氏父子兄弟、神仙手、姓何的人，还有那位拥有人皮面具的神秘人，他们真都死在了这场突如其来的大爆炸中了吗？

更令人百思不解的是，爆炸是怎样发生的？王国庆的尸体又怎么会出现在这里？是谁杀死了他？还是他又在玩着"元神出窍"的游戏？无论如何，这起爆炸把我对整个事件进行的一步步煞费心机的探求都像在牌桌上推二十一点一样，又回到了重新洗牌的开局。

现在即便还有两个人如同谜语般地在我眼前呈现谜面，我也似乎了无兴趣了。

率先赶到这里穿着制服的人是上虞县的消防队员们，这里虽说偏僻，但如此巨大的爆炸声，还是惊动了这些枕戈待旦的救火者。我简单向他们的领导介绍了自己，然后借用他的手提电话给杭州市刑侦队报告了我的位置。

我并没有等太久，就看到了李小利警官和另外两个陌生的刑警匆匆赶来，李小利见到我就流露出十分关切的样子，急急地说："修先生，你不要紧吧，你失踪了三天，我可一眼都没有合地为你担心呀！"我心里带着一份感激之情点了点头，却发现谭力队长并没有来，便对李小利说出了自己心中的疑问，他解释说："昨天下午，谭队长接了一个电话，有人告诉他你失踪后第一次出现的消息，他就急忙走了，我想跟着去，但他说不用。"

"你知道是谁打来的电话吗？或者说打电话的人说我在什么地方？"

"不知道，谭队长并没有告诉我具体的情况。"

"他喜欢独自破案？"

"有时候是这样，我们队里的人都叫他'007'。"

我一回到杭州就被送入了市里的一家高级医院进行全身检查，在确定身体各个部位的机能都没有受到什么较大的损伤之后，医生虽然建议有必要继续留下来观察一下我的脑部是否有其他的异常情况，但刑侦队的同志们最终还是把我带回了公安局并连夜进行了一次详细的询问。

这种似乎有点不怎么人道的举措我能理解，这样巨大的案情，无论对于谁来说都绝不能掉以轻心。

我把事情的前因后果尽量地向他们讲述了一遍，但其中较为关键的敏感细节，例如棺材里的王国庆、"聚宝盆"以及我在棺与椁之间所取到的那只盒子等，我故意忽略了，这主要有一个目的，那就是这是一些我必须亲自去查而暂不需要他们来插手的特殊问题，归根结底，我仍然希望能最大限度地满足自己的好奇心。

午夜两点之后我才回到了原先的住所——那座古朴的院落。躺倒在床上却长时间不能进入睡眠，辗转反侧。古墓中的情景历历在目，一些谜题被解开之后又笼罩了新的面纱，始终让我无法真切地靠近。关于何家人的来龙去脉；曹建平几次欲吐未吐的曹家同族间的恩怨情仇；王国庆的阴魂不散；81-1型自动步枪的持有者到底是谁？还有"聚宝盆"的传说……我想到了自己取走的盒子，在消防队员还没有赶到之前我就将它藏匿在竹林里一处隐秘的所在。这只盒子里是否真的有像曹建平说的那有关"聚宝盆"的半张图纸？可另外的半张呢？放在曹家祠堂里的观音像是经谁的手取走的？和"聚宝盆"有着怎样的联系？我的脑海里思绪纷呈，诸多幻象接踵而来，一会儿是墓室大殿中的尸骨横陈，一会儿又似乎看见杰克血肉模糊地站在我面前，就这样折腾了半宿，快

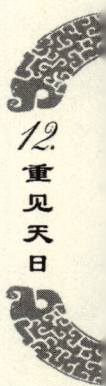

12. 重见天日

173

到凌晨天光微露时分才昏昏睡去。

我是被一阵不紧不慢的敲门声惊醒的。

上午十点整，李小利警官带着一夜未眠的疲倦走进了我的房间。

"你们刘队长刚刚打电话来问了这件事情，他派出的人明天下午到。"李小利始终认为我是 A 市刑侦队派出的秘密探员，所以这样说。

"他要你暂时不要随意到处走动，安全第一。"

我苦笑了一下，心想："刘强这厮，不知葫芦里又要卖什么样的药。"

"这是我们和上虞县公安局技术科及上虞公安消防大队共同作出的曹店村古墓葬爆炸现场的勘察记录，本来上面说不方便透露给你，但我想了想，还是偷偷地把它复印下来拿给你看，是为了让你了解一下当时其他人的一些情况。你毕竟也是当事人之一，更何况是我们自己人，对这爆炸来源的分析，会比我们更具有认知度。"

从这份爆炸现场的勘察记录上来看，爆炸的中心点就是在大殿圆台上的那具建文帝棺椁下。没有 TNT 之类烈性炸药的使用痕迹，初步鉴定的爆炸物是原始火药。爆炸原因尚不清楚。现场找到了五具尸体，有两具比较完整，剩下的已不易辨认。

"你在昨天晚上不是告诉我们这地方除了你之外共有九个人吗？两个或伤或死的在大殿之外，剩下的都在大殿里的圆台上，可是，我们只找到了五具尸体，其中完整的两具尸体的致命伤并不是爆炸所致，而是因为一种穿透力很强的弩箭。另外的三具虽不完整，但根据你所描述的当事人的细部特征，我们已判断出他们的大致身份，一个是神仙手，一个是叫小轩的年轻人，还有一个可能就是曹老三。"

李小利边想边说。

而我却突然察觉到这份勘察记录出现了一个非常大的漏洞，这并不是这些辛勤的警察们工作没有做到位，而是我自己本身就没有完全把情况全盘托出。这个漏洞就是，在勘察记录上没有显示出有关王国庆尸体的任何情况。王国庆躺在建文帝棺材中的尸体去了哪里？难道是被炸得粉身碎骨了吗？

174

"在你所描述的墓室大殿的残迹下，我们发现了一条地下河道，而河流的出口正在调查中。"

听到这里，我有些恍然，也有些遗憾，我原来在第二道拱券内所听到的流水声极有可能就是这条地下河流发出的响动；而神仙手在黑龙江挖掘楼兰金甲的故事恐怕已成了一个盗墓者此生的绝响，甚至，他对于这座建文帝疑冢里早已窥知的秘密也将成为永远的谜团，无迹可寻了。

"谭队长有消息了吗？"我随口问道。

"还没有，他的手机关了机，联系不上。"

"哦，对了，我们的人在曹店村附近的竹林里发现了他习惯抽的'百合'牌香烟的烟蒂，由于这种香烟属于外香型烟草，喜欢它的人不多，而谭队长不知为什么却对它情有独钟。"

我一怔，心里怦然而动。

所谓的蛛丝马迹在我的头绪里连接起来，但所能结合成的影像仍属茫然。

我的手机已被杰克的人拿走了，我向李小利借用了电话，拨给萧曼，萧曼却一直都没有接听。

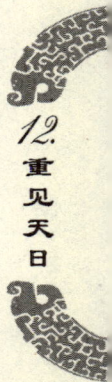

12. 重见天日

13. 张三的秘密

整整一天我都没有离开过这个院落。

下午四点左右吧，昏暗的天光里竟然有了雪粒的痕迹，可江南的雪毕竟没有在北方的那么肆无忌惮，而是下得柔软，来得不动声色。

我隔窗看雪，心中对北方自己居住的城市怀念得一塌糊涂。

李小利来了又走了，走了又来的重复了三次，每一次都是匆匆又匆匆，除了上午我们一起谈过关于那起爆炸案的情况之后，他就再也没有告诉我任何关于案情进展方面的情况。我想，这个案子恐怕不是一天两天就能搞定的，而且，他们会在不久以后对我进行再次盘问，我等待着。

吃过李小利带来的晚餐，他就随口说了声"有事"便出门走了，我看到门外街道的对面停有一辆桑塔纳轿车，轿车里坐着两至三人，有一个人在吸烟。我暗自笑了一声，看来，这次他们对我的保护，或者说是监控工作真的是开始认真了。

雪一直下，有一只灰色的不畏寒的雀儿不知从哪里飞来，在院落边的矮墙上停留了片刻，就直直地飞入了院内。

我的眼睛一亮，因为分明的，我看到这只灰雀的一只脚上绑着一圈白色的纸圈，而且纸圈是簇新的，也就是说，这只灰雀是有目的地落到这座院子里的。

我走了出去，接近了它，它却没有飞走，而是迈着特有的碎步向我蹒跚而来，最后跳上了我摊开的手掌。

我解下那个纸圈，展开一看，首先映入眼帘的是一个手绘的徽章，徽章上有我比较熟悉的一只粗线条勾勒的眼睛，而在徽章下有两行潦草的签字笔留下的字迹，内容是：恭喜你脱困，我想见你，方便的话，今晚九点，在火车站北出口向右一百米处有一间名为"韩国烧烤"的小馆里见，张三。

是猫哥的兄弟张三，他的消息真是蛮灵通的，我才回来不久，还没有出过大门，他倒已经知道了。

我在床上躺了一个小时，七点钟的时候，便开始策划如何才能避开外面的"眼睛"到约定的地点去，想了半天，终于有了办法。

八点过十五分，我顺着老屋一侧的避雷针爬上了屋顶，这才发现三面的院墙之外都有刑侦队派来盯梢的人，而没有布控的唯一一面是一家浴室的卫生间外墙。我尽量小心地从屋顶通过那间卫生间的天窗进入了浴室，幸好此时浴室里的水蒸气太浓而没有人注意到我。

我临行前已经换好了衣服，并简单化了装，现在只要在水龙头上弄湿头发，就很像一个刚刚洗完澡的人了。

快到九点钟的时候，我到了火车站北出口外的广场。

我点了一支烟，狠狠吸了一口，测了测周围没有发现盯梢或是跟踪的影子，就径直走进了广场边缘那家油烟气能熏死人的所谓"韩国烧烤"馆。

店里面的吃客不少，大都是一些打工仔和外地的游客。靠窗的地方摆着一架铁铸和烤炉，有两位膘肥体壮的汉子在那里挥汗如雨。烤鱼、烤牛排的香气随着他们手底铁签的翻动而四散飘溢，禁不住的，我食欲大动。

向不算太大的店里扫了一眼，就看到张三正举着一个啤酒瓶向我示意，我走了过去坐在他对面的空位上，他喊来服务员加了一套餐具，才笑着对我说："这里的环境虽说不雅，但烧烤的味道在杭州堪称第一，

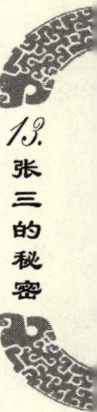

177

有兴趣吃一道烤鹿鞭吗?"

我点了点头,有些歉意地对他说:"很抱歉将你送给我的那张金箔名片给搞丢了,真不好意思。"那张名片的丢失原因我敢肯定是杰克那帮人所为。

"没关系,只要你还能平安出现在我面前,我就觉得很好了。"

"你这一次约我来只是想请我吃一顿韩国烧烤,还是……"

他摇了摇头,打断了我的问话。"我之所以要约你到这里,是想告诉你两个消息,但有一点,我所告诉你的消息可能会给你带来你预料不到的震惊,我希望你的心理素质能和我想象的一样好。"

"你说吧,我想我的心理承受力还是经得起你的考验的。"

"在最近的一段时间里,我发现了一件出乎很多人意料的事,那就是,在杭州市刑侦队中,有一个人和我们这支洪门旁属的流派有着难以割舍的关系。我的意思是说,这个人很有可能是'金钱镖'的传人。"

听到这儿,我真的是吃了一惊,心中却隐隐有种十分担心的感觉,到底在担心什么,自己这时也无法说个清楚。

"我曾经把'金钱镖'的来历向你简单讲述过,其中有些较为隐秘的部分我也是刚刚才知道的。我说的刚刚,是在那次我们见面之后,我又见到了猫哥。"

我听到他说起猫哥,连忙问道:"猫哥怎么样?我是十分想见到他的。"

"猫哥从藏北的高原追踪一个人到了江南,现在恐怕已经过了福建,在猫哥的只言片语里,我听到这个被猫哥所追踪的人是和一条'古代的龙'有关。"

我感到一些纳闷,不由问道:"什么'古代的龙'?是恐龙吗?"

"不清楚,猫哥不想说的事,我是不好问的。"

我只能把悻悻之感努力隐藏起来,没让自己挂上失望的神色。(关于猫哥和那条"古代的龙"的故事,在修必罗传奇第二部《彼路》当中另有详述,此处不再多言。)

"我在见到猫哥之后,他告诉我一些有关湖北这一支'金钱镖'的故事，要比我当初在师傅那儿听到的详细得多，甚至还听到了关于'金钱镖'祖师爷和他两个徒弟之间的一段隐秘之事，其惊心动魄之处，让我至今心有余悸。这些事我会找一个适当的时间详细地讲给你听的，而现在我只想告诉你，我刚才所说的那个人，他的名字叫做谭力。"

是谭力队长？

我心中既是惊讶又掺杂着几分莫名的愤怒。

刹那间，在建文帝墓葬中的一幕又浮在脑海：那个用迷香的神秘人物，他的六四式手枪和举手投足间的似曾相识，这个家伙，他竟然和"金钱镖"乃至整个事件有着密切的联系，对，他当初在墓道里留给我的印象让我觉得他好像是"曹剑中"，可这个"曹剑中"到底是怎样的一个人，我除了在郊区疗养院里和他有过短暂的交锋之外就一无所知，而且在当时的那个人究竟是不是所谓的"曹剑中"还有待进一步证实。也许——我心中忽然闪过一个念头，这念头来得十分蹊跷，但却那么真实：疗养院里的人同样也会使用人皮面具，这个谭力如果真的和建文帝墓葬中的神秘人物是同一个人，那么，他很有可能便是疗养院中的偷袭者。而在那个时候，我听过张三所讲的一番话以后，却一直认定他就是"曹剑中"。

这是我先入为主的错。

烤好的溢香的鹿鞭盛在不锈钢的圆盘里，透体的金黄色。我虽对这究竟是何种雄性动物的生殖器暗表怀疑，但还是挡不住令人垂涎的滋味而大快朵颐。

张三喝着酒，说话的声音不紧不慢："关于这个谭力的情况你知道多少？"

我在咀嚼美味的空闲抬起头反问道："你是如何得知他是'金钱镖'的后人的？是猫哥告诉你的，还是别有隐情？"

"猫哥并没有告诉过我这个人和'金钱镖'有着怎样的关系，甚至他提都没有提到过这个人，这是我在偶然中碰到的一件事情里发现的，

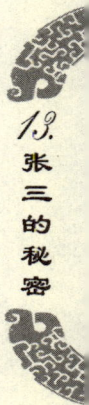

而这件事情可以牵扯到另一个人，一位'金钱镖'真正的嫡传，这个人姓何。"

"姓何？你难道是在说潮观禅师螟蛉义子的后人么？"

"你怎么会知道这件我也才是刚刚知晓的事情？"

我不知道该不该把建文帝墓中看到和听到的有关何家的一些情况讲给张三听，有时候，我的警惕性使我经常处于一种莫名其妙的怀疑状态。我下意识地对他的眼睛注视了片刻，他竟然也是一直在盯着我看，眼光中流露出某种奇怪的神情。我只得说："我也遇到了一些事情，但今天却没有心情告诉你，改天吧"。

他的脸上绽出了微笑，说道："其实你不说我也知道你究竟经历了些什么，杭州市刑侦队的保密措施虽然做得很到位，但还是百密一疏，因此，我在今天凌晨五点左右，已经窃听到他们关于你的一些谈话了。你进入建文帝墓中的事情，如果还算相信我的话，你应该告诉我个大概的。"

我再次向他看去，在烧烤店昏黄的灯影里，他的面容里充满着期待和渴望。

我们换了地方，去一家街角的茶坊。

这家茶坊的规模不大，由于时间的原因，现在里面闲坐的客人很少，这有利于我们交谈。在吃过油腻的食品之后，喝一杯清淡的君山银叶，对人的肠胃有种洗涤的作用。我喝了两杯茶，点上香烟，给他简略叙述了一遍关于建文帝陵寝及在其中发生的事情。张三一直静静地听着，直到临结束前，他才插了一句嘴："海盗杰克这个人我听说过，前些年在英国利物浦的一次东亚物质文化制品拍卖会上，一只来自中国明朝的黑釉双耳贡瓶，据说就是这位杰克先生的收藏，他将其卖出了六百万英磅的天价。这种稀世珍品，只能来自一个地方，那就是墓葬。因为在国内，甚至台湾的各大博物院中也没有收藏到这一类型的瓷器。他盗窃、贩卖东亚文物的行为，早已被国际刑警组织记录在册，只是此人十分狡猾，几次堵截性的追捕，都让他侥幸逃脱了。

"还有你提到的那个姓何的人，我敢肯定，他便是我曾在上虞县遇到的那位'金钱镖'嫡系的传人，而和他在一起的谭力，我听他称呼姓何的为'幺叔'，他们应该是亲戚关系，那就是说，这个谭力，既然能与'金钱镖'嫡系传人有着亲戚关系，那么他自己会使用'金钱镖'的概率，最少也有百分之八十以上。这样看来，我先前对在疗养院里偷袭你的人的判断可能也有了点误差，这个人也许不是'曹剑中'，而是谭力。当时他能那么快地逃离你以及搜查士兵的视线，就足以说明他对这所疗养院地形的熟悉程度非同一般，而'曹剑中'，我相信这样一位江湖草莽，是没有机会也不可能经常性出没这种有着相当规格的疗养院的，只有以国家公安、司法机关人员的名义，才能进出自如。

"另外，关于曹建平和那个曹老三，他们虽属藉藉无名之辈，但与整个事件却有着割舍不断的联系，曹建平不是说他最近见到过曹剑中吗？如果这次他真的在爆炸中得以逃脱，那么，我相信，他会去联系曹剑中。他们之间的恩怨是上辈人的恩怨，而利益却在眼前，那座墓葬虽然毁于爆炸，可一定还有一个我们所不知道的秘密掌握在他们手里，你刚才不是说到观音像和一只盒子吗？这很可能就是他们的秘密。"

我对张三的分析感到由衷的佩服，虽然我仅向他讲述了个大概，甚至连"聚宝盆"和王国庆的尸体出现在那里的这些情况也只字未提，但他还是能够较为准确地猜出另有一个秘密存在。我不得不对他的真实身份产生了怀疑。他和猫哥到底是什么样的人？

"我虽然对这起爆炸还不能作出非常准确的分析，但我认为，这起爆炸之所以能够触发，和那具所谓的建文帝的棺椁肯定有着某种联系，甚至，可以这样说，爆炸的关键之处就在棺椁当中。"

我忽然想到了躺在内棺里的王国庆，难道又是他在玩着起死回生之类的卑鄙游戏？

"你觉得这座墓葬，真的就是在传说中并没有于南京殉难而是出家为僧的建文皇帝朱允炆的埋骨陵寝吗？"张三似笑非笑地问我。

我摇了摇头，心想："虽然有许多表面的现象和物品都可以证明那座墓葬的确和建文帝有着密切的关系，但这个问题还是极不好说，就连

开启内棺的神仙手也只看到了王国庆的尸体躺在里面，而不是建文帝的骨骸，那么，这座墓葬的真假可真的是有待于商榷了。"

我又喝下了两杯茶，有点想方便的意思，正要起身向卫生间走去，却在不经意中看到张三风衣半敞的左胸里部别有一个特殊的标记，这种情形的发生概率大概只有万分之一次，而我却正巧做了这一万个人中的唯一。

这个标记我见过。

这便是张三真实身份的秘密所在。

14. 第二座疑冢

我曾经和 IKPO 的人打过交道。

IKPO 是国际刑事警察组织的英文缩写。在他们设于法国里昂的总部，我见到过他们的副秘书长 J. D. 密斯先生。这当然是因为我父亲的特殊关系。

1984 年自中国加入这个组织以后，我父亲就经常和这个组织总部的上层人物进行联系，因此，我也曾间接地为他们提供过一些服务。

而现在，我眼前，这个叫张三的、猫哥的兄弟所拥有的标记就是 IKPO 特别识别标记的一种。

但我并没有马上去揭穿他，而在稍微怔了怔之后就继续走向卫生间，我边走边想，这张三既然有可能是被 IKPO 派到杭州来的，那么，他究竟身负怎样的任务呢？和我所追查的事情有没有直接的联系？

人生里的偶然有时是一个接着一个的。

就在我要进入卫生间时，我无心地一次回头，就被茶坊的玻璃窗外出现的一个身影吸引了。

这个茶坊里的卫生间距临街的窗口大约有十米的距离，窗外是人行道，路灯一直亮着，再加上茶坊里本身的光线较为昏暗，所以，我看到的那个身影应该是再清晰不过的了。

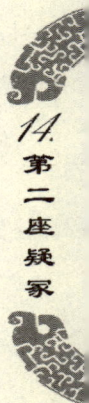

是夏陆。

夏陆怎么会在这儿？

我的念头刚刚一动，他就倏忽闪过。

我向座位上的张三看了一眼，不知什么时候张三和一名侍应生聊起天来，眉飞色舞地不知说着什么。我略微斟酌了一下，觉得如果现在不向张三打招呼而独自离开太过于唐突，但向他打招呼的话又一时找不到搪塞真实目的的绝妙托词，所以，我决定暂时放弃去找夏陆的念头，推门进了卫生间。

卫生间面积并不大，来方便的人如果超过了两个的话，会显得拥挤，正巧里面就有两个人，其中的一个听到推门声便朝我进来的方向看来。这一看，使我的心仿佛一下子跌入了万丈深渊，无比空落。

曹建平的一只眼睛敷着医用棉纱，左手上也绑着绷带。看得出他的伤势比在旁边一直微笑着的杰克先生要重得多。

"修先生，我们又见面了，看你活得这么健康，没伤没残，我真的很开心，简直开心得要命。"

杰克表面上一副玩世不恭的样子，但从他的眼睛里我看到了诅咒和恶毒。

"你们的命也真大，那么具有威力的爆炸都炸不死。"我冷冷地说道。

"老杰克，别跟这小子废话，我们带他走！"曹建平的牙齿似乎在露风，一句恶狠狠的话让他说得口齿不清。

"你别想着进行任何抵抗，因为我的手里有枪，勃朗宁点四五手枪的近距离杀伤力想必老弟早有耳闻吧。"

杰克的左手从青灰色的夹克衫里伸了出来，我看到一支精巧手枪的枪口在闪着幽幽的蓝光。

我下意识地摸了摸外套内部的一个暗藏口袋，忽然发现，我从曹店村墓葬里带回来的手枪落在了不久前换掉的另一身衣服里。而杰克看到了我的动作，以为我要掏出什么凶器，忙威胁道："你最好不要轻举妄动，我虽然不想杀死你，可如果你逼我，那我就只好对你不客气了！"

他看着我拿出了手，手里空空如也，长舒了一口气，满意地说道："修先生是个聪明人，我想你不会去干什么傻事的。

"在过去的几天里，我和老曹一直都被噩梦笼罩，就连睡觉也会被梦中的爆炸声惊醒，但我们却相信你应该还活着，所以找到你是我们最大的心愿。"

"哼，我和老杰克曾经在出事的地点偷偷地寻找你的尸体，还差一点被警察抓住，后来听人说，你还活着，并被那帮从杭州来的警察给带走了，我们就连夜赶到了杭州，可没想到真是踏破铁鞋无觅处，得来全不费工夫呀！"

"这个世界上有许多的巧合，例如你走进这间茶坊，正巧被我们看到，正巧这茶坊的卫生间里有一扇向外开的窗户，我们刚想找个机会不要让你和你的同伴发觉，而从卫生间里潜进茶坊，正巧你倒进来了。

"还是和我们去一趟吧，虽然上次的计划以失败告终，可这一次，这个新的计划，我想你会更感兴趣的。"

在茶坊卫生间的气窗外有一条幽静的弄堂，弄堂向北的出口通向西子湖畔的大道。在杰克那支枪的威胁下，我只有跟着他们在这条灯火辉煌的街衢上坐上了一辆出租车，且直行不远就拐进了另一个弄堂。

弄堂连着弄堂，我想默默地记下属于这些弄堂的标志性建筑，例如一个路牌或者一家特色商店，可是车子在夜色里开得飞快，我还什么都没有看清，它就顺着一座大宅院的后门墙根处停住了。

"你们说的那个地方到了。"司机没有回头，只是习惯性地招呼了一声。

我在刚上车时听杰克低声说出一个地址，但由于后座上的音响声音太大而没有听清，所以我现在不知道我们落脚之处究竟位于这座城市的何处，只能根据车曾行驶的速度，计算出大概行进了多少公里，但我有一点还比较肯定，那就是我们并没有离开杭州市区。

黑暗中的宅院显出一股年久的陈腐气息，旧时的飞檐廊角伸在沉沉的夜空下像不死的前朝遗老，大门闭合的响声异常刺耳，给我们开门带

14. 第二座疑冢

路的是一个缺了右边耳朵的黑瘦汉子，他的目光很空洞，看一件东西的时候像是越过了这东西本身而停留在空气中的某处，让人不寒而栗。

曹建平一路上没说一句话，他和杰克坐在我的左右首，在出租车后坐狭小的空间里，除了能嗅到从杰克身上散发出的法兰西古龙水的味道之外（杰克似乎在任何情形下都保持着所谓绅士的举止），还有一种气味，是曹建平身上的气味，土腥气混杂着腐朽的枯草的味道使我的嗅觉感到特别的沉重。就算走在这较为宽阔的庭院里，他依然将那种味道抖搂得淋漓尽致。这座至少有百年以上历史的古宅内有两进院落，穿过一个月亮门，我们来到了里院左边的厢房外。独耳汉子瓮声瓮气地说道："三位，赵师傅就在屋里等，我不进去了，你们请便吧。"

杰克踏在厢房廊檐下唯一的一处矮阶上，轻轻地叩响了门。

"是尉迟兄吗？进来吧。"

厢房里只点着一盏油灯。

我对现代都市里还有人使用着如此古老的照明工具感到惊讶。油灯是用煤油做燃料的，从屋内弥散的煤油气息中谁都可以猜得出来。灯光把坐在那张老式太师椅上背微微驼起的人的影子映到墙上，让我感觉到一种无形的压力。

这位被独耳人称为赵师傅的人物，留给我的第一印象是肃杀。接近他就好像是走在深秋荒芜的野地里，触目俱是枯萎的生命。他坐在那张不知有多少年月的太师椅中，像枯萎了很久的一棵老树。

当杰克看到他时，脸上挂上了非常友好的微笑。

曹建平却黑着脸，侧目看着墙上的影子，他似乎对于杰克夜里带着我们来造访这样一个人物而感到了不痛快，甚至有点厌恶。

杰克此时像是忘了我是被他们胁迫至此的，竟然收起了握在衣襟下右手里的手枪，向前跨了一步，以旧中国时期老派的见面礼朝那位赵师傅抱了抱拳，说道："上次登门不遇大驾，一直深感遗憾，这次能见到赵师傅，真是我等幸甚。"杰克的这番话不卑不亢，但礼数已到，使赵师傅的神情变得温和起来。"尉迟兄几十年来在国外发财，老夫是早有耳闻的啦，虽然我们没有见过面，但你的那几个师兄弟和我却颇为有缘，我们也算自家人，要有什么事就请说吧。"他向靠墙的一排木凳指了指，意思是让我们坐下。

我知道杰克这个人的心机缜密，他对我的好奇心把握得恰到好处，此时此刻，就算用鞭子赶我走，我也不会离开了。

"在下想请赵师傅出山。"杰克轻轻说道。

赵师傅的身子猛然挺出太师椅，沉声道："老夫的师侄莫非出了什么事?!"

杰克流露出一丝不知是故作还是真诚的哀伤："神仙手，他已经殁了。"

"上一次他来辞行的时候我就曾让他一切小心，可这小子狂妄得很，从不把老夫的话放在心上，这下可真的交待了。"赵师傅的声音有些颤抖，听来可知神仙手和他的关系并不一般。

"我虽然没见过你，但也听说过你的为人，不是那种落井下石，见利忘义的主儿，所以神仙手跟着你去我便放心地让他去，他出事肯定是他自作自受。"

"不，您老却想错了，这次的事出得蹊跷，不光神仙手老弟送了命，就连我这位朋友的兄弟和儿子都未能幸免。"

"这次，我们遇到了爆炸。"

杰克当下把那天的情形讲了一遍，并斟字酌句地说："在下以为，那是一次人为的爆炸，有人早已算计好我们的一举一动，就想在启棺时一网打尽!"

赵师傅沉默了片刻，才缓缓说道："你们进的这座墓我看未必就是建文帝的真冢。爆炸的原因很可能和这位管兄弟祖上当初的设计有关。"他指了指曹建平，继续说道："在明清皇室墓葬中以纯石材建地宫的极少，若不是另有原因，是不会这样去做的，万历、泰昌、天启墓葬的地宫我都去过，除了在外廊以石为基之外，内拱则以墓砖砌成穹顶，铺做墓道，又以铁片、石灰将墓砖间的缝隙镶死，而且墓道各接合口往往设有翻斗、翘板、弩弓，以防盗者擅入。听你这番讲话，你们所进的这座墓葬虽说也有某些机关消息，但与明皇室主流墓葬风格差别极

14. 第二座疑冢

大，再者，万历皇帝墓葬中的享殿才是真正的净宝之阁，而你说的这处所谓的墓葬里的享殿，我看更像是个藏活人的地方。

"要真像这位管兄弟所说他的祖上在此地藏匿金银珠宝以备起事之用，那么，他一定也想到了如果起事之密泄漏，这里的物事当不能保，最好的办法，就是在第一时间内将其销毁。明代虽说还没有真正的炸药，但其火器在十五、十六世纪可是闻名世界的，填充火器的火药少量的威力不算太大，但在那棺椁下的石台里藏有一吨以上容量的话，就足以炸毁整座陵寝。"

"可是，石台之下大约四米是一条暗河，我们都是在爆炸中侥幸掉进了暗河里才得以逃生的，火药如果藏在暗河之上，经潮气几百年的浸湿，怎么还能引爆？"

"那你就不懂了，明代在火药藏储方面自有他们的独到之处，建文帝的侍读学士名声大得很，叫方孝孺，你应该听说过，就是被永乐皇帝株戮了十族的那个迂儒，但他有个儿子，叫方中则，是当时最好的火药专家之一，他发明的火药储藏装置，就算将其装满火药后扔进大海里，也可保证药效不失，可惜，在他被株之后，就似乎无人会用这种技术了。但是，管家的先人既曾和他同朝为官，又同为建文帝家臣，说不定也会将这种技术传给管家先人，所以，管家的先人把火药按照方中则所授的方法藏储在墓中，这样即便经过了再漫长的时间，只要启动设定的机括，火药也会呈现出它应有的威力的。"

"那么，这火药的机括是谁启动了呢？"杰克说这句话的时候有意无意地看了我一眼，我心里暗笑："这老家伙是不是怀疑我是幕后操控者？"

就听赵师傅说道："如果，我没猜错的话，一定是你们在内棺里看到的那个人？"

"你说是王国庆？"

"是的，就是你刚才讲到的这位有着两个名字的人，他躺在内棺里的时候，用的很可能是一种极为罕见的武术秘宗功夫'龟息功'，所以你们看到他才像死掉的人一样。"

"你们没有见到他的尸首吧，我敢肯定没有，这座假建文帝陵墓其实应该是一座地下仓库，它不是只有一个入口，它的第二个入口大概就在石台中。"

"你不是说石台内藏满了火药吗？又怎么会出现另一个入口呢？"

"以石台的面积来看，就算里面藏有十吨的火药，也会留下一个不小的空间来，又怎么不可能在里面设置另一个入口呢？管家的先人既然是准备起事，一定会经常出没此处的，如果每次都要从伪造的墓道正口出入，那就太过于麻烦了。"

"但是，这关于第二个出口的秘密，知道的人一定极少。"

"那它会通向何处呢？"沉闷了很长时间的曹建平冷不丁地说出这样一句话来。

"你所居住的村落有没有特别的地方，或者说，有这么一个地方，你平时是从来也不会注意到的？"

曹建平的脸上出现了一股迷惘之色，他转头看了看赵师傅，又看了看我和杰克，心中想必千头万绪地缠来绕去，却似乎总也找不到结的源头。忽然，他不由自主地拍了一下大腿，可又像是牵动了身上的伤口，"哎呀"一声叫了出来。

"是枯井，祠堂口的那口枯井，一定是那儿！"

"什么枯井？"杰克沉声问道。

"在我们曹氏宗祠前有一口据说已有好几百年历史的水井，我能记事的时候它已经干涸了，听老人们讲好像是民国十二年夏天的那场大旱导致它滴水全无，这几十年来，枯井被村里的人当做了祭祀后倒香灰的地方，平时根本没有人会多看它一眼，就好像它根本就没存在过一样。

"我想除了它，不会再有第二处所在可做墓道的另一个出口。"

"为什么？"杰克追问道。

"曹氏宗祠是曹家历代祖上的神位供奉之地，包括你和这位修必罗先生所得到的秘密地图都是来自那里，我先人不会冒着大不孝的罪名从祠堂内挖出个什么通道来，再说，那口枯井离陵寝的距离并不太远，而且……"曹建平顿了顿接着说道，"杰克，自从你拿走地图之后，我们也曾对陵寝的大至方位做过几次测量，我虽然对盗墓的事情一窍不通，但老三却是学过土木工程的，按照他的说法，让他设定这个陵寝的墓道入口的话，一定会设在这口枯井之下。可惜，我当时听不进去老三的话，还说他是不是吃错药了就知道胡言乱语。唉，可怜我家老三了。"

曹建平竟似要垂下泪来。

"赵师傅，现在我也不管这座陵墓有几个出口了，您先说说看，既然这里是假的，那真的会在哪儿？"

"建文帝的生死之谜有很多传说，我做过一番分析，觉得他不可能埋骨在江南一带。当时的情形大家都从各种资料上看到过，如果说在金川门之变后他真的逃出了金陵，先后在江西、湖南、浙江一带藏过身，那么，在躲藏了十几年甚至几十年后他肯定不会继续留在这些地方，原因是，永乐皇帝派出寻找他的人一直就集中活动在两淮和江南一带，以他及他家臣们的身份地位，即便隐藏得再巧妙，也绝不可能永远不被别人找到，因此，出了家的建文帝会想方设法地到北方去，北方虽然在他的死敌朱棣的眼皮之下，但往往最危险的地方最安全，这个道理在经大变故之后的建文帝心中不会不清楚，可是，一旦迁去北方，再回到江南那就太难了，我想，建文帝终老之日也曾在北方某个偏隅怀想着他那片江南故土吧。"

"北方，北方那么大，他会在哪儿选择自己的百年大计呢？"

"如果我的推断没有失误，他应该在西南靠北的四川广元一带留下过到北方之后的蛛丝马迹。"

四川龙门山向东南延伸到江油市的武都、重华一线，忽然间平空地落了千百丈，一下子掉到了江彰平原上，而留下的是鬼斧神工般的悬崖陡壁。接此绝峰往西北走，有一条古阴平道，平道的中段已入了广元市的地界，隶属广元地区的青川县青溪镇，就坐落在此。

四川的气候介于南北之间，而广元地区又因偏北，离陕西省较近，所以，它的气候就更接近于北方。

我们一行五人到达此地的时候已是三天之后的一个黄昏，这里阴霾的天穹正在落着冰冷的雨水，偶尔还能看到一两片飘飞的雪花，但总是还未落地就已融化不见了。

我们是经湖北入陕，过汉中而进川的。

自那夜在杭州赵师傅的宅院里待了一宿之后，我们在第二天下午就出发了。杰克不再用枪威胁我，他知道我和他一样也想尽快搞清楚建文帝的真正下落，或者可以这样说，我们最终的目的是相同的，那就是传说中的"聚宝盆"究竟被藏在什么地方。

曹建平还是一脸的苦大仇深，有时却也会展露一丝笑颜，那当然是在杰克先生对他偷偷许下了什么承诺之后。赵师傅和那位奇特的独耳人像老僧入定般地一直处于某种自闭的状态，火车上一路的喧嚣也似乎不能惊扰他们的修行。

到达武汉的时候，我无意中向汉口火车站的众多站台上随意一瞥，偶然看到了好像是夏陆的影子，匆匆在人潮人海中倏忽一闪，定睛看时，却再也没有寻到。

我曾在一刹那间感觉到，夏陆的两次出现，并不是什么巧合，极有可能是他在跟踪着我们，像他这样的跟踪高手，即便我们到了天涯海角，他也会循迹而至。

这个想法使我一直处于孤身作战的心理变得安定起来。

天黑的时候，我们在青溪镇上唯一的一家国营招待所里落了脚。

所有北方国营招待所的内部结构和服务人员的态度都是近乎相同，这家也不例外。看起来装修没多久的房间里已可见墙皮斑驳，沙发上有了烟蒂烧出的痕迹，二十英寸的国产电视机雪花耀眼。

两位面目还算可人的女服务员都像是刚刚和家里人吵过嘴，一脸的阴霾密布。原本不怎么难听的四川土话在她们的口里说得咬牙切齿，让人听来有种指甲划过玻璃般刺耳的感觉。

我、杰克和曹建平住进了一间还算不错的四人间。杰克之所以如此安排，其目的不说也明，他从来都不会放心我的任何举动，因此，我睡在他身边，虽然有着潜在的危险但总比让我放任自流的好。

曹建平对我的敌意一直都没有打消过，从他阴郁的脸上可以看得出

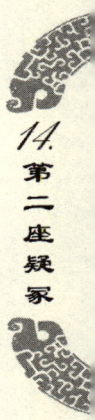

14.
第二座疑冢

明显的怨恨，我知道他这是恨屋及乌，谁让我和导致他弟丧子亡的王国庆曾做过多年的邻居呢。

而那位赵师傅和被他称做旭东的独耳伴当住到了离我们距离比较远的一间边房里，边房的摆设和四人间基本一样，就是只有两张床，我和杰克过来招呼他们吃饭时看到了一张床上的被褥被铺到了地上，赵师傅看见我们露出诧异的神色解释说："旭东是不习惯睡床的，他是甘肃人，在老家一直睡着土炕。"

我见过西北高原地区的那种土炕，炕底下可以生火，冬暖夏凉，是比床要舒服得多。但在这四川盆地一家潮湿的招待所里潮湿的地面上睡，我怎么也无法和温暖的土炕联系在一起。

我们是在招待所的餐厅里吃的晚餐。

吃饭的时候已经过了八点，除了我们这一桌以外就没有别的食客了。

四川的小吃闻名全国，麻与辣很对我的口味。杰克和赵师傅还喝了一瓶当地产的低度白酒，杰克的谈兴可能是因为酒精的关系变得很高，话题拉扯得又宽又远，甚至谈到了他的童年，而赵师傅的话却很少，酒是一杯一杯地接连不断地仰首入喉。

曹建平没有吃上几口就放下了筷子回房去了，心情不好的人大多如此。叫旭东的独耳人吃饭吃得很快，也和我一样没有沾酒，吃完饭后就取出一柄看上去十分古老的匕首去削一块随身带着的木头，木头的质地很像杨木，他的刀法娴熟，不一会儿，就雕出一尊弥勒佛的大致模样。

我挣扎着吃了一小碗龙抄手，连打了几个饱嗝儿。赵师傅笑眯眯地对我说："古语有云：能食多福，修先生的饭量老朽可是望尘莫及呀。"我不好意思地笑了笑，打着饱嗝儿说道："不知怎么，今天的饭量出奇地高涨了。""像你这种人，不能吃才怪呢。"杰克阴阳怪气地说道。我没有理他，继续和赵师傅有一搭没一搭地闲聊，聊的内容无非就是一些本地的乡俗，风土人情，赵师傅好像在四川待过，说起这些来如数家珍，不知不觉中，已过了午夜。

青溪镇南行七点五公里处有一座莲花山，山势并不险峻，但依赵师傅所讲，此山的风水极佳，在堪舆术中属"内八道"行藏，是修寺建庙葬人隐居的上上之选。所以早年在莲花山上修建华严庵的人物也可能是位行易风水的大师，可他的眼光虽是独到，但对华严庵往后的命运却不甚了了。我们来到这里时，庄肃的庙宇华殿早已荡然无存，只零落孤耸着两三座舍利塔，默默地看尽秋月春风。

荒草漫径的山路上还遗留着一些斑驳蚀朽的断碣残碑，有一块碑上的文字能依稀认得，此碑立于大清国康熙八年乙酉孟春月，碑文是鼎建华严庵志序，残存的内容是："有古刹、名曰华严庵，历稽典籍，启自元时，又为明初建文皇上隐避之所……"我定睛一看这段文字，忍不住回头问赵师傅："这块碑上已注明此地便是建文帝藏身此处，那应该是许多人都知道的事情，他如果真的是在这里归天，那墓葬不早就被别人盗了吗？"

赵师傅听了我这问话嘿嘿一笑，说道："唐高宗和武则天的陵寝是陕西乾陵，那封土堆就是一座大山，明明朗朗地屹立了千年，可就算黄巢带着三万人马整整挖了十天半月也没有找到墓道口，你说，像建文帝这一类型的人，会把自己埋得让一般人都能够找得到吗？

"碑石上记载是碑石上记载，可真实情况又有谁能知晓？你们在莫邪山费尽了心机，却不也只是找到了一座假冢？"

杰克插嘴道："修先生还是沉默一些好，我三番五次地要带你一起去执行我的计划，只是想在一些关键之处能够用得到你，但并不是现在。"我冷笑着"哼"了一声，却也不再言语，只是跟到前头探路的独耳旭东身后，一脚深一脚浅地翻过了莲花山的山头。华严庵的遗迹被抛到了脑后，我们穿过一截断落的土坯砖墙，来到了后山半坡上的一丛毫不起眼的树林前。

这是一丛野生的树林，枝丫乱生，落叶翻飞。站在林口向四周眺望，除了东头可看到一条安静的河流之外，就只有莽莽群山了。

"赵师傅，您怎么挑了这么个地方？"曹建平此时忽然开口了。

"尉迟兄给我出了大价钱，我当然要向他保证此行不虚，所以，就在昨天晚上，你们都睡了之后，我和旭东来过这里一趟。在发墓这一行

14. 第二座疑冢

当中，最讲究的便是风水，不仅仅是在大趋势里讲，也讲这方寸之地。而且方寸之地才最有可能藏着真货。纵观整座莲花山，大趋势里风水是好的，可前山开出的路却占了乱诀，也就是说，那条我们走上来的路把华严庵的晚景毁于一旦，而这片乱林，虽说貌似荒芜，但细看却能在荒芜中发现生机，风水学中有流转二字，这地方的起落就完全应承了流风气转。

"所以，我要是选葬骨之地，就该选此处，换建文帝亦然。

"我看过关于建文帝殉国后的一些传奇，如照传奇上讲，他身边六大家臣，十八便随中有一个是风水高手，此人姓段，草字栖文，据说是青田刘伯温的入室弟子，刘基运筹帷幄，决胜千里不如徐达，治国安邦、经朝济世不如李善长，但他的奇门遁甲，神鬼莫辨之才当属明朝第一人，风水学只不过是他身兼三十六门异术的其中之一而已。他的这名弟子一直在太子朱标府中应事，朱标早夭，便跟了皇孙朱允炆，'靖难之变'后，他生死未卜，想必就一直走在建文帝的左右吧，如果建文帝要选陵寝，一定会用得着他。"

"赵师傅也是看风水的高手么？"曹建平问。

"我算不了什么？只是早年跟过吴兴李瞎子①，学了点毫末技艺，不足挂齿。"

却听独耳人旭东说道："赵师傅一身玄学，在当世不作第二人想，你这般问他，算是幼稚还是胡说？"曹建平的脸上怒气刚现，杰克连忙按了按他的肩膀，说道："我曹哥也是心急，赵师傅，旭东老弟勿怪，勿怪！"

赵师傅摆了摆手，笑道："曹老弟问的也是，中华风水堪舆学博大精深，深不可测，我只不过是刚刚窥见门道而已，高手这两个字实在愧不敢当。"他正自说话，眼光炯炯有神地上下打量了曹建平一遍，继续道："曹老弟的年纪也不过五十出头，但三湘四水中的杂学可身具不少，就从这随意站立的姿势来看，可是洪门旁支中的一路武术宗派韦陀

---

① 吴兴李瞎子，在民国时期安徽、江苏一带一些市井传说中的一位异人，擅长奇门八卦之术。

门的传人?"

曹建平一惊,脸上忽阴忽晴,喃喃说道:"在下身居江南浙东已有四五十年,又怎么会湖南一带的技击之术呢?"

"呵呵,曹老弟,不必隐瞒,老夫年轻时曾游历长江两岸,见过你们韦陀门中的高人,他现在如果活着大概近百岁了吧。"

我听到这话,忽然想到了张三所说的他和猫哥的师傅,那位年逾九旬的老人,会不会就是赵师傅提到的这个人呢?

张三,张三他现在在哪儿?

曹建平咬了咬牙说道:"也不相瞒了,您见过的那位高手很可能是我们韦陀门中另一支的人物,而我的武术根基是来自家父,我的祖上有一人曾和清朝乾隆年间的大侠甘凤池有着极深的渊源。"

一直在林子边转悠的独耳人旭东忽然说道:"赵师傅,九宫九藏九连环的连环是指什么?"

赵师傅面容一肃,正声道:"天蕴地玄万物含,九宫九藏九连环,这里的九连环指的可能就是九株枞树。"

独耳人旭东从身负的长筒背囊里取出一物,正是"洛阳铲"。

我一看到这件物事,蓦然间想到了在那次爆炸中丧生的神仙手,继而又想到我藏匿在竹林中的那只盒子,心中疑云大起:如果说那只盒子里真的是关于"聚宝盆"的半张藏宝图,另半张又毫无踪影,杰克为什么不首先去想办法找到它们,而是找来了这个神秘的赵师傅又按其假定和猜想去找建文帝的真冢呢?难道杰克已知"聚宝盆"就藏在此处,所以,那两张半截的藏宝图在他眼里已毫无价值了吗?他说话行事总要留上三分,这一次也并没有告诉这位赵师傅自己真正的目的是什么,当然,曹建平更不会轻易说出此事,他和杰克一样,也想把"聚宝盆"占为己有,那么,即便真的能够找到这个传说里的东西,那结局的惨烈谁也不能预料。

只见独耳人旭东走到树林偏西处的一块疏地上,此地只生有零散的九棵老树,但树的年龄从外表上却不易看出,我不禁猜想,这些树至少都要在百年之上。

　　"这树林里植的都是枞树，枞树的生长极其缓慢，不要说才过了五六百年，就算已生长了千年，它们也不会像松、楠、柏、杨一样，长到几个人都抱不拢的程度。那边的几株是枞树和橡树的杂交，所以显得粗壮一些，这也极有可能就是当年那位段姓高手的设计。

　　"所以，我一看到这貌似野林的枞树丛，心中就有了几分实谱，旭东开始下铲的地方，正是暗含九宫格之数里的第九格天一生水之理。此处的水字，不是真实意义上的水流，而是指树木的根须。"

　　我一边听赵师傅娓娓而谈，一边看着独耳人旭东在那几株老树下左右下铲，待细看一会儿，就看出了一点门道。

　　原来，那几株老树的排列是一二三二一的路数，呈现菱形，头尾两株顶部枝权人字形伸张，其余的作收势，就是枝权紧凑密聚在一起，有的已经长得相互交错，分不清彼此了。

　　独耳人首先是在中间三株的靠根部位出了铲。等他将这九株树全都过了一遍，才长舒了一口气，抬头对赵师傅说道："这些树只是表象上的摆设，墓道口不会在这儿。"

　　赵师傅的眉头锁了起来，沉默了半晌，才缓缓地说道："旭东，你顺着九株树朝东的第一株向前走五十步，记住，每一步的距离要保持在二十厘米左右。"

　　独耳人照赵师傅的吩咐踏下步去，一直走出了那丛树林，到了山崖间凸起的一段土墙边。

　　"用铲。"赵师傅说。

　　"用铲干什么？挖墙吗？"我的思绪纷乱。

　　只见独耳人一铲击在了土墙七分处，用力将铲头向内一顶，但见小小的一柄"洛阳铲"，却把看上去十分厚实的土墙给顶了一个大洞，我恍然大悟：这墙心原来是空的！

　　独耳人出手很快，只用了三两分钟的时间便使洞口的面积扩大到能容一个人侧身而入了。

　　赵师傅对杰克道："我们这就进去，里面可能有机关，一切小心。"

　　独耳人率先跃进了洞口，回头伸出手来拉了一把赵师傅，杰克紧跟在后。剩下我和曹建平时，他努了努嘴，示意让我先进，我知道他和杰克一样，不太放心让我处在断后的位置。

土墙中空的壁间大约有一米的宽度，除了刚才独耳人打开的洞口之外，内侧其他处都贴有薄石，看上去非常牢固。往前走不多远我们就开始下坡，自坡顶开始，一路上都铺有一尺见方的青砖。我们几个人的手上都持有电筒，这样眼前的景致就看得比较清楚，当行进到坡道中间段时，我看见独耳人打开另一只背囊，从里面取出一台微型的鼓风机来。

他把鼓风机和两块蓄电池安装在一起，然后又接上一条相当长的软管，软管的另一头向后递出，同时说道："把管子接到刚才的洞口去，再留下一个人探风。"

杰克向曹建平打了个手势，意思是让他留在洞口，曹建平的脸色变得十分难看，但看到杰克点了点头之后，他才十分勉强地答应了。

我想杰克之所以要点头，很可能是两人之间商量好的暗语，但具体的意思，我到最终也不甚明了。鼓风机的声音在这条甬道里回荡，过了十几分钟以后，独耳人才说道："我们可以继续了。"

我这时已明白了这台鼓风机的作用，它是用来消除墓瘴的，但这种方式未免太过累赘，倒不如当初谭力所用的日本精油了。

坡道的尽头出现了一座地下垒砌的古塔，塔身上塑有西天诸佛像。塔并不高，超不过两米，周围是一片半圆状的宽阔地，塔后有一道窄门，门是木质的，多有腐朽，并无任何铭刻装饰。门上有锁，是最简单的那种，再加上年久锈蚀，独耳人只轻轻一拽，锁头就应声而落。

过了这道门，赵师傅将三颗乌黑的药丸分别交于我们，自己也服下一颗，笑着说道："前面的瘴气叫浮瘴，进了这道门，我们就会遇到九阴瘴了，墓瘴的种类很多，但大都和所在的环境、构造、气流有关。"

门后是一条窄石铺成的甬道，拱顶用砖和胶泥混合而成，缝隙中镶有铁片等金属物。用赵师傅的话说，是典型的明代墓葬风格。于是我心下暗想，这里难道真的是建文帝的真冢所在？但墓道里的设计却要比他在莫邪山区的疑冢逊色多了。

甬道里弯路极多，三转两拐，走得人头脑发昏。

忽听独耳人低声喊道："大家小心，这里有暗藏的机关！"

扯天扯地的一张巨网扑面而来，我还没有缓过神来，就觉得全身一紧，人已被一股大力拽得直向前冲，不知脑袋在弯曲的甬道里被撞痛了多少次，才被该网拉到了一个空处，因为手电筒在刚才的剧烈运动中不慎丢失，我目不能视，只能感觉得出自己已置身在半空当中。

许久，在我的思维能力恢复原状以后，我才听见离自己不远处传来几个人沉重的喘息声。

"修必罗，赵师傅，你们在吗？"是杰克，是杰克在我的附近嚷嚷。

"这是七巧网，明代的遗物，我还是第一次亲身体会到这种网的威力。"赵师傅似乎也在半空吊着。

"七巧网有七根网头，我们只有四个人，它大材小用了。"

"赵师傅，您还是快想办法让我们脱身！"杰克急急地喊道。

"建文帝出家为僧后真的开始慈悲为怀了，就连他的手下也趋怀向善，要不然在这网上挂满牛耳尖刀，我们岂能活着在这里谈天。"

"旭东，你的手没给缚住吧，怀里的刀还在吗？"

"在，我这就想办法来救您。"独耳人回答说。

只听到一阵刀割棉麻物的"吱吱"之声，片刻，有重物落地的响动，看来，独耳人旭东已经脱了困。

眼前亮出一道微弱的火光，就着火光，我模模糊糊地看到自己和赵师傅以及杰克都被吊挂在一座穹顶呈椭圆形的石屋上空，而缚住我们的网绳，便是从穹顶上人工凿出的窟窿眼里"飞"出来的。独耳人站在屋子里的地面上，已经抓住了赵师傅露在网眼外的一只腿，正用手中的刀在锯割着网绳，他的手里多了一只 ZP 打火机，那能让我看到眼前景象的火光，就是从这只打火机上发出来的。看来，我们的手电筒都掉在了刚才经过的甬道里。

解下我们之后，独耳人的脸上已出现了疲惫之色，他倚在屋角的石壁上喘了几口粗气，然后对赵师傅说："我刚才向里走的时候，本已看到了脚下的机关，可没有想到还有另一处机关就刚巧摆在踏出的右脚之下，让您受惊啦！"

"没什么，干我们这行当的，那能次次都平安如意呢，只要大伙没伤着，歇一歇就赶路吧，尉迟兄，麻烦你和这位姓修的朋友去找一找我们丢掉的电筒。"赵师傅一脸平静地说道。

杰克迟疑了片刻，但还是拍了拍我的肩膀说："走吧。"

就这样，我们摸着黑返回了刚经过的崎岖来路，我差点忍不住想取了藏在身上的打火机，但想了想，还是把这个念头给放弃了。我随身所带的几个小玩意儿，都是准备在最需要的时候才派上用场的，而现在，我觉得还没这个必要。

走了十多米的回头路，杰克首先找到了一支电筒，但它似乎已被摔坏了，我听见杰克鼓捣了好一阵儿，也不能使它恢复正常。杰克的嘴里骂了一句脏话，只得重新开始寻找。我是一直顺左边的墙根部位一步步向前摸索的，终于也摸到了一支。我抱着试一试的心理推上电门，但电筒并没有亮，我发现它的后盖松了，正要往上拧，就忽然听到除了我们两个人的呼吸之外，还有另一个人的呼吸声。但这个人好像是在极力地掩藏自己的声音，他甚至除了低微的呼吸之外，动也不动。

是谁在我们的身边？我想到了曹建平，可是，如果真的是曹建平，他应该能听得出杰克和我的声音，毕竟我们相处了好几天，而且进入这里的几个人他都知道，不该是如此的举措，但如果不是曹建平，那会是谁呢？

我边想边在手上继续着刚才的动作，后盖被拧了上去，再推电门，电筒果然亮了。

黑暗里出现了光，由于它出现得过于快速，使杰克抽筋般地呻吟了一声。

我看见的人只有杰克，站在离我不远的甬道的一个拐角边上，他揉着眼睛，嘟囔着："你能不能把电筒拿开点，这样我的眼睛会好受些。"我偏移着光柱，趁这个机会，把我们所在的位置打量了一番。

这甬道的墙都是用青砖垒成，地面上铺着窄条的石板，光线的射程不能及远，是因为无论向前向后都有弯道处凸起的砖壁耸立，只有绕过弯道，才能看到另一边的情况。

那个神秘的呼吸声似乎消失了。我很想再向前去看看，杰克却又找到了一支还能使用的电筒，他催促我从原路返回，我只能照他的意思去做了。

自这一刻起，我把警惕性又提到一个新的高度上。

回到那间石屋里，赵师傅指着正前方出现的一个只能爬着进去的洞口说："过了这个洞，我们可能会遇到一片水域。"

我好像已经嗅到了潮湿的气息。

这样的洞里憋得让人喘不过气来。

独耳人旭东把一支便携式氧气筒递了过来，我们几个人轮换使用着，一直到爬出了这个该死的矮洞。

矮洞另一边的空间大得超乎想象，足有三十米长，最宽处可达十米，顶部是嶙峋的怪石，像是一个天然岩洞，而在空间的底部是一汪似乎永不流动的死水。

"这段栖文的确是堪舆术的高手，很懂得利用环境。"赵师傅赞叹道。"这片水看上去静止不动，像死水，但在我们看不到的地方会有许多泉眼在源源不断地供给它鲜活的水源，甚至，还可能有着一条通向外界的暗河。"

除了这汪水，我没有看到任何可以前行的通口。

"下一步，我们要做好潜水的准备。"

"潜水，难道墓室修在这水里？"

"不，水里只有一条通口，是通向另一片水域的，我们到了那儿，就能接近主墓室了。"

我是从小就学会游泳的。在西安这种地方，游泳是许多人的爱好，因此，城市里修建了许多露天的游泳池，我自三岁开始，就被舅舅带着，开始和水亲近。

但这里的水却使我第一次感觉到刺骨的冰冷，和在冰天雪地里的感觉不同，在冰天雪地之中，冷似乎永远都浮在表面，而在这水中，冷是要走进心里去的。

还好，在水底的时间比我想象的要短得多。

穿过水下岩石中开出的一条宽大的缝隙，我们就到了另一个岩洞里。仅有的两支电筒都已交给了独耳人旭东带着，他很巧妙地用薄塑纸将它们包裹起来，这样，就不会有被水浸坏的危险，还能继续起到照明的作用。

我们从另一个岩洞的水里爬到了一块突兀而立的大石上，当电筒的光重新恢复先前的亮度时，我看到离这块大岩石不远之处有一片平整的陆地，而一座高大的石坊就矗立在那里。

石坊上没有任何图案，素得让人惊心。而在石坊之后，立有一块石碑，碑上刻着："应能大宗在此涅槃，俱往上天诸佛朝礼"，十六个风骨阴柔的隶体大字，落款则是："建文三十年肃秋段栖文敬立"。

又是建文三十年，这时间怎么和我在莫邪山墓道里所见过的那块刻着无名诗碑石上的落款时间一模一样？难道建文帝真的是这一年去世的？

碑后有一方洞，无遮无拦，而洞中赫然就摆放着一具石棺。

杰克面露欣喜之色，抓住赵师傅的手说道："那石棺里可真的就躺着建文帝?"

一阵阴风平地荡起，一条人影来得又快又急，就像从天上坠下来的一滴雨水。

这个人好像是自水底直直蹿出来的。

独耳人旭东的反应不能说是不快，来人的脚尖刚刚沾地，他就侧身扑了出去，腕上带着一溜精光，正是那把削过木头的利刀！

但他的动作却只进行了一半，因为，这个全身湿透了的人已将一只带着水风的拳头杵在了他空门大露的面门之上，我甚至听到了骨头碎裂的声音。

杰克有些慌乱地去拔手枪，他随身携带的那支勃朗宁点四五口径自动式手枪的防水性能极好，因此，他还能射出一颗子弹，但也仅仅是一颗而已，这个人的速度如同鬼魅，枪声猝响的刹那他已靠近了杰克，左手扬劈在杰克举枪的右手腕间，杰克一声惨叫，抱腕"咚咚咚"地退了三步，手枪却已到了来人的手中。

来人的动作兔起鹘落，一点也不拖泥带水，枪一在手，就对准了我和赵师傅。刚才的情形我之所以没有施手救援主要有两个原因：一是来人的出现委实快得让我无法在仓促中作出精确的判断，再加上我离独耳人旭东及杰克的距离都比较远，就算贸然出手也起不了什么关键性的作用，说不定还会伤在此人的手里；二是我的心中本来就没有打算过对这几位所谓的"同路人"给予任何帮助，这个念头一直盘绕在自己的思绪里，因此，使局势在这当儿变得险象环生。

赵师傅则表现出一位老江湖的长者风范，当手枪的枪口在我和他之间来回移动，他还能有心情笑出声来。

手电筒到现在只剩下了一支，这一支就端在赵师傅的手里。他并没有把光源直接照向这个突然出现的人，我想他这是害怕对方陡然激怒而就此开枪。光源打在了岩洞凹凸不平的顶部，这使我们看到彼此的模样显得有些朦胧，但我仍然看清了那个神秘人物的脸。

我是见到过他的，甚至还听他说过一番不知所云的言谈，当时，我看到他的样子像一位饱经风霜的中年知识分子，而不是现在这样，目露凶光，煞气迫人。

当时，我并不知道他叫曹建华。

曹建华，不能说的一个名字。

一个和传说中一种奇异现象连在一起的人。

一个和死亡同行的人。

这个人开口了："诸位，自我介绍一下，鄙人姓曹，曹建华。"

果真是他，是这个和王国庆一样神秘莫测的人物，真真正正地与我零距离接触。

"你，你也姓曹，竟，竟也是建字辈的人物，那你和曹建平是什么关系？"

曹建华冷冷地说道："曹建平？一个死人，一个本该一出生就已死亡的人，老天爷偏心，还让他活到了今天。不过，现在他终于可以随他的父亲去了。"

"你，你为什么要这样说？"

杰克吃力地问道。

他的手腕大概受伤不轻，面部的表情我虽然看不清楚，但从声音里可以听出，他此时非常痛苦。

我偶然间扫了躺在地上的独耳人一眼，这个叫旭东的"朋友"依旧人事不省。我又把目光转向赵师傅，而赵师傅却忽然做了一个出乎我——不，应该说出乎我们意料的动作，他把手电筒扔给了曹建华！

在这种情况下，这唯一的一支手电筒，很可能是我们转败为胜的契机。这一点，不仅是我想到了，杰克也应该想到了，所以，他看到赵师傅的举动之后，忍不住大声嚷道："你，你怎么能这样去做，发疯了吗？"

赵师傅却用一种意味深长的语气对杰克说道："尉迟兄走马江湖几十年，不能让您在阴沟里翻了船，还不知道究竟是谁做的一番手脚。我其实不是神仙手的师叔赵则刚，他死了已经有些日子了，大概就是你在第一次寻他未遇之后，他就死了，死于心肌梗塞。你在莫邪山的一举一动都没有逃出我和我这位兄弟的眼睛。"他用手指了指躺在地上的独耳人旭东。

独耳人本是身负重伤，眼见不活的样子，而此时却慢悠悠地爬了起来，丑陋的脸上绽出一丝奇诡的笑意。他只向杰克翻了翻眼，却转身对曹建华说道："曹兄的功夫真是不敢小觑，就这样虚使的一拳，让我的脸上至今也热辣辣的生疼，嘿嘿，不过倒也划算，骗过了这两个家伙。"

"尉迟兄是不是感到非常奇怪我怎么能清楚你的底细呢？其实这也没什么稀奇，你看看我的真面目就会明白了。"

假赵师傅伸出手来，在脸上一抹一扯，反复几下，就揭落一张薄薄的皮套来，而他暴露在手电筒光照中的真实面孔，却让我大吃一惊！

王国庆！

和我做了将近六年的邻居王国庆，就在杭州六和塔下和我已经见了一面的"复活"人，再次出现在我眼前。

"修先生，您也感到了一点不可想象吧？"

我忽地想到他在钱塘江畔的茶馆里说过的那番话来。

在那番话中，他曾谈到过一个十万美金的数目字。而这么多的美金，他又是从哪里得到的？

"那张图你还保存着吗？我说过，只要你把它还给我，我就会给你十万美金，现在这个承诺仍然没有过期。"

"你们曹家的人，是不是一直都喜欢自相残杀？"

沉默许久的杰克先生忽然不阴不阳地开了口。

王国庆蓦地转过了头，在此处唯一一支手电筒的光亮里，我看到他的脸上隐过一道恶狠狠的杀机。但很快的，他就定下了心神，并没有去接杰克的一番问话，而是继续对我说道："修先生，我的建议还是希望你能仔细考虑一下，但不要考虑得太久，因为，属于你的时间已经不多了。"

我能听得出他话里的含义，他这是在给我下最后的通牒，而没有说出口的话大概是如若不从，你会死得很难看之类的恐吓词句罢了。

我估计了一下眼前的形势，杰克虽然暂时可以称为我的"合作伙伴"，但看他的伤势，恐怕也顶不了大的用场。而对方的三个人中，最起码，曹氏两兄弟都是武术高手，更何况曹建华的手中持有一支手枪。另一个人，那个独耳人，他到底姓甚名谁，我以前就不清楚，到现在算是更加不甚明了，不过，他也许是他们三个人里最弱的一个。

我正自想着，王国庆却说道："尉迟兄，不，应称呼你一声杰克先生，我发现阁下的好奇心比我的这位邻居还要重得多，曹家的人喜欢自相残杀？你大概是听到了些什么吧？可惜有些事情，是曹建平那个死鬼也根本不可能清楚的，你既然有如此的兴趣，也是难得，趁这个机会，我不妨把真实的内幕讲给你听听。"

他说着话，眼角的余光瞅了瞅我，我当然更想知道有关曹家秘不可闻的种种秘密，以及和我所调查的这件事情息息相关的一些内容。

但同时又冒出了一个疑点："王国庆为什么不去开了眼前的这具石棺，得到他想得到的，又何必要费这些口舌去给自己的俘虏或者是说阶下囚们讲他们自己的家事呢？难道，他另有深意？而且，他为什么在真相即将大白之前，还要求我把那张地图交给他？我埋在曹店村竹林里的盒子里又会藏有什么？对了！我猛然想到了杭州的青松岗公墓，曹建华假墓后的暗洞里不是还有一只盒子吗？究竟是谁用调虎离山之计取走了盒子？盒子里的东西和整个事件有关联吗？

现在亮着的是两只聚光手电筒，原本熄掉的一支，又被那个独耳人找到后重新拧亮了。

岩洞里的光线变得充足了一些，我向那具石棺投去一眼，石棺依旧，不知道建文帝的龙骨是否安好？

却瞥见王、曹等人或蹲或坐地聚到我和杰克面前，在王国庆的示意下，我和杰克也只能顺从地坐在冰冷的地面上。

"曹家，不，管家的故事得从头说起，而且我这次要讲的一些内容和以前敷衍你们的大不一样。首先，我要向修必罗先生解释几件事情，"他的目光里流露出一丝嘲弄的神情，"要不然，修先生该说我作为他多年的邻居显得有些不太仗义了。

"第一，我曾经向修先生借用过他的电话机，而引发修先生好奇心的就是由于我在这通电话里讲一种比较生僻的方言，我现在可以告诉您，修先生，那天我就是给我的这位同根兄弟打出那个电话的，我们都是上虞人，说说家乡话，并不是一件值得深究的事情吧。只不过那个电话号码的所在地让修先生吃惊了，其实，也没有刻意去故弄什么玄虚，只是事出有巧，我兄弟正好那两天在 A 市要做几件当紧的事情，正好做事的地点就在山城殡仪馆，只不过他到 A 市之前已经跟我打过招呼，说他要在山城殡仪馆待好几天，至于如何在那地方待得安稳，那就是他自己的事了，是吧，建华。第二，我是一直和我的这个兄弟保持着联系，他多次去过 A 市，最后一次差一点丧命在那座山城殡仪馆，修先生，我知道你对山城殡仪馆当中曾经出现两具意外死亡的尸体表示过莫大的疑问，是的，你的猜测没错，其中的一具就一度是我的兄弟曹建华，只不过他的命要比一般人大得多。所以你今天才能在这里见到他；另一具是我们的一位老乡，在海外经商多年，但总在做一些灰色的生

意，还自以为是地出卖过我的兄弟，他是死有余辜。"

"你兄弟可以称得上是九命狸猫了。"我言有所指，语气里带着一股冷意。

曹建华在这里插了一句："修先生，有些事我告诉你也无妨，你不是听一个文物贩子曾经提到过我吗？是的，我是一直在暗中搞一些文物的买卖，在你们 A 市的山城殡仪馆里我就和当地的同行搞定了两单生意。"

"好了，修先生，你一定还有许多话要问我，但我们的时间紧，就先说说大伙都想听的故事吧。"王国庆似乎并没有在意我刚才言语中所含的讥讽，很自然地接过了话头。

"清撰《明史》中记载：建文四年秋，谷王穗及李景隆叛，纳燕兵，都城陷。宫中火起，帝不知所终。燕王遣中使出帝后尸于火中，越八日壬申葬之。或云帝由地道遁。又说：惠帝之崩于火，或言遁去，诸旧臣多从者，帝疑之。五年遣溁颁御制诸书，并访仙人张邋遢，遍行天下州郡乡邑，隐察建文帝安在。溁以故在外最久，至十四年乃还。所至亦间以民隐闻。母丧乞归，不许，擢礼部左侍郎。十七年复出巡江浙湖湘诸府。二十一年还朝，驰谒帝于宣府。帝已就寝，闻溁至，急超召入。溁悉以所闻对，漏下四鼓乃出。先溁未至，传言建文帝蹈海去，帝分遣内臣郑和数辈浮海下西洋，至是疑始释。"

王国庆说起明史如数家珍，娓娓道来，我既惊疑，又觉释然，像他这种人物，不知还有多少掖着藏着的东西不能示人，这一点博闻强记又算什么。

"明史虽是正史，但其史料来源都是清朝的史官借鉴遗留下来的一些明朝官家的记载，那些记载孰真孰假，清朝的史官们才懒得去搞个清楚。所以，这个建文皇帝是生是死，众说纷纭，也就成了千古之谜。但据我所知的真实资料显示，建文四年秋天的一个夜晚，朱棣的北燕军入金川门之后，朱允炆几欲自杀却被几位忠心的家臣劝阻，然后，这几个家臣将其乔装打扮了一番，扮作一个和尚，从内宫城西端的鬼脸城和清凉门之间的一个涵洞里逃出生天，这个涵洞到现在的南京市仍有迹可寻。随建文帝出逃的，有六大家臣，在当时都是三品以上的大员，有兵部侍郎何福，监察御史高守忠，吏部付侍郎方中则，工部侍郎段栖文，殿前都指挥副使管羡仲，大内侍卫副总管李鸿兴。还有一干死士，共四十余人。当晚一干人躲在清凉山的朝天宫里心惊肉跳地熬了一夜，第二天天还没亮，就跑到了下关的长江渡口，当时南京城里还是一片混乱，燕军并没有能够及时肃清残余对手，巷战仍在进行，所以，建文帝众人就轻而易举地逃到了长江对岸的江津县城。江津县城是殿前都指挥副使管羡仲的家乡，这个管羡仲便是我们曹家的祖上。到了家乡，我祖上就趁这个机会把家里的主要成员都送了出去，送到哪儿呢？就是浙江上虞县曹店村，因为他岳父母就住在那里。至此，世上也就没有了管羡仲这个人。他改名换姓变成了曹公直，据说这个名字还是建文帝给起的。

"江津离金陵城太近，不可久居，于是一行数人颠沛在皖、灨、湘、鄂数省达两年之久，光在湖南湘潭兵部侍郎何福的老家就待了一年多。曹店村的那座疑冢里突然出现的那两个人，其中的一个我听到他自报家门了，很可能他就是这个何福家的后人。

"建文帝在湘潭躲藏期间，先祖便回了趟上虞，在曹店村大兴土木。当时的通讯极为不便，也因为事先安排妥当，因此，曹店村的村民都只知道是村中大户老曹家好多年前在外做生意的倒插门女婿如今回来给老丈人修房造墓来了。实际上，先祖是为了给建文帝建一处藏身之地。和先祖一同回来的还有那个工部侍郎段栖文，和吏部侍郎方中则。我先前就已说过，段栖文是刘伯温的弟子，在建筑方面，他更懂得什么叫合理安排；而且方中则年轻时也是此道的高手，更何况，他懂得如何应用火药。

"一年多后，建文帝就到了曹店村。

"他一直躲在那座疑冢里，也就是先祖假名为自己的岳父母修造的豪华陵墓里，其实已经是个活死人了。心如枯槁，连仅有的一点复国之念都消失殆尽。先祖及其他的一干家臣为此做了许多的工作，甚至亲自动手劫了永乐皇帝的官饷，以便向他证明复国大计可成，但他从来无动于衷。

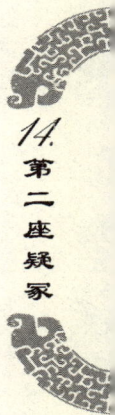

　　"先祖的老岳父母，甚至他的妻儿都不知道那个殉国的皇帝就躲在曹店村。

　　"他们只是奇怪自己的女婿为什么放着朝廷的大官不做，却要改名换姓地待在这个穷地方。还好，他们最终也没有弄个明白。

　　"建文帝在这地方待了七年，他甚至已做好了归天的打算，有一段时间，由于生理和心理的各种因素使他一度奄奄一息。为此，众臣就连他的棺椁都做好了，甚至段、方二人做得更周到，将数千斤火药经海路从琉球群岛上的荷兰人那里送来，以备龙驭归天之后，防止新朝廷派人来破坏建文帝的龙骨，但是这一切都在建文帝的大病痊愈了之后，便形同虚设了。

　　"建文帝决定离开上虞县到北方去。

　　"临行之际他和我的先祖进行了一番几无人知的密谈，为什么在当时只找了我的先祖去谈而不是其他的人却只能成为这位死了几百年的皇帝心中的秘密了。

　　"建文帝出走西北时先祖也跟了一段，出浙入皖，离鄂至陕，后来就到了眼下这个地方。有一天在这里的那座华严庵中来了一个人，不是别家，正是永乐皇帝派出寻找建文帝达二十年之久的胡濙。胡濙是一个人来的。

　　"建文帝和他在庵中说了很久，至于说过什么内容，根本没有人能够知道。只是胡濙走后，他对所有跟随他的人讲了'你们大可放心地回去了。从此性命无虞'之类的安抚之言。而后，他邀六大家臣进行单独会见，在与先祖谈话时，特意嘱咐先祖要对先前的嘱托慎之又慎，先祖满口答应。又过了几天，一个早晨，当先祖起床后照例拜见建文帝时，他却不见了！除了建文帝，失踪的还有段栖文和方中则。先祖和余下三大家臣找了很长时间都不知道他们去了哪里。先祖在后来想到一件奇怪的事情，那就是，段栖文曾有一段时间也离奇地失踪长达半年之久，又在不经意中重新出现，所以，先祖在后来才自己解释说，段栖文失踪的那半年，一定是为圣上去找新的居所了，但圣上是不想让我们知道的。

"就这样，先祖回到了上虞，却从此默默无闻，只对奇门遁甲、堪舆之术产生了浓烈的兴趣，一直研学终生。他的岳父母年老去世后，却被安葬在他重新看过的风水宝地上，而这座空冢的存在渐渐地从当地人的视线里、心中淡去。几百年之后，能知道它的恐怕只剩下看过曹氏家谱的人了。

　　"先祖的故事说到这里就算完了。"

　　王国庆拍了拍身上的灰尘，立起身来对我们说。

　　"可后来的故事我当然还要继续讲下去，却已和先祖无关，剩下的就该和大家要找的那件宝物有关了。曹氏家族内的一些恩怨便是因那宗宝物而起的。

　　"但现在我把故事的后续暂时放下不表，是因为此时我们需要做一件事情，那便是开棺。杰克先生，修先生，既然都能到了这里，也算缘分所致，这石棺里的东西大家都有饱眼福的份。

　　"先祖说过，段栖文奇技淫巧之术已得刘基真传，那么，他能在这具石棺上安置怎样的机关呢？

　　"在先祖留下的秘札中，他猜测到段栖文一定是为建文帝重新觅得了藏身之地，可他老人家没有预料到，这建文帝竟葬尸于此。看来胡濙与之一番密谈，定是让建文帝生了必死之心，也可能更要溯远一些，在建文帝到达此地之后，他也许就已看中了这片巴山蜀水间的地势，而秘定段栖文瞒过其他臣子，暗中造建此处的。诸位请看，这石棺右侧中的棺缝之间有一个圆形的凹洞，这个小小的凹洞，如果不出我的意料，那便是开启这具石棺的核心处，是一个匙口。这种匙口叫做对时开。

　　"我原来对这些神神秘秘的江湖奇术不甚了了，但幸好有先祖留下的秘札，才能让我管中窥豹。这对时开是一种特别的暗锁，锁芯部位的簧柱都是用上好的铁料制成，里面设有自毁装置，如果一时莽动，可就什么也不会看到了。它的外形依所要安装的地方不断改变，倘若装在木头箱子上，外形就成了箱子的一部分了。当它最后一次被锁闭之后，想要打开它，便只能按我先祖所说的方法：以历法计时，到时辰后按过四减一添五的方式将一支铁签不断捅入钥口，在听到'咯'的一声之后，

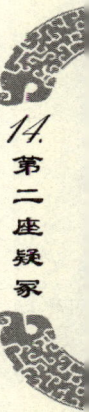

14.
第二座疑冢

石棺就会应声而开。

"这对时开最重要的一点就是对时间的把握，现在时辰已经到了。"

我直到这时才隐约感觉出王国庆说了这么一大堆话的用意：一是想让我和杰克清楚，那个大家都垂涎已久的宝物是属于他们曹家的；二是要说明他不仅是个武术高手而且在机关消息方面已得其先祖真传，没有他，我们就连看一眼这宝物的机会都不会有。当然，前提条件是这石棺里很可能就藏着那宗宝物。我这样想，却总觉得怪怪的，若宝物真的在这里，曹家的先人所得到的那件建文帝亲授的物事又会是什么？是那些盒子么？盒子里面装的又是些什么？

还有一个问题，我们想知道的究竟是不是同一件东西？那个"聚宝盆"？

两支手电筒的光都聚在石棺右侧缝隙间的凹洞上。

曹建华的手枪枪口仍然威胁着我和杰克。

王国庆虽说没有带着什么铁签，但他有一把随身携带的钥匙，看起来像普通的现代防盗门上狭长而细扁的钥匙，而且这支钥匙刚好能够捅进那处凹洞里。

王国庆的手上开始运作，他示意我们都不要出声，然后把耳朵贴在凹洞旁听钥匙在里面拨弄簧柱而发出轻微的响动，我曾经说过，自己和一位开锁的高手请教过有关这方面的技术，因此对王国庆的所作所为都能够看懂个大概，但是要让我具体操作，那就真的过于为难了。

时间在流逝，王国庆的手上一直未停，他的额头冒出了细细的汗珠。忽然，他的手停顿了一下，呼吸也似乎屏住，接着手的动作变得极为缓慢，一抽一插之间，好像要费尽全身的气力。这时，就听得"啪"的一声脆响，原来紧合的棺盖陡然弹起了三四寸高的一段距离，王国庆欣喜道："开了！"

独耳人在一旁搭上了手，两个人一用力，把看起来十分沉重的石棺盖挪开了一处狭角，曹建华手中的电筒直射入内，我们都分明看到棺材里出现了一袭灰棉布质地的衣襟。正在这时，杰克突然发了疯！

杰克是趁着大伙儿的注意力都集中在棺材里时"发疯"的。没有

210

谁会想到杰克就在这样的情形中出手攻击了曹建华。

曹建华虽说是个武术好手，但在那一刻他根本没有把心思"关照"我和杰克，而且杰克本身就离他最近，因此，这便是他足可以致命的错误。

杰克的怀中藏着一柄匕首。这柄匕首连我都是第一次见到。只听曹建华闷哼了一声，人就踉跄地向后退了几步，而手里的枪和电筒也因此把执不住，掉在了地上。

王国庆听到曹建华的闷哼急忙回头，左腿已随这一回头之势向杰克侧踹踢出，劲道极猛，杰克如若被踢个正中，那后果是不堪设想的。

虽然世上一切都是自有冥冥中的命运之神在精心布置和安排，但命运之神也有打盹的一刹那，只要把握好这一刹那，任何对自身不利的局面都可以扭转。

王国庆一腿之势形若奔雷，但他没有料到把自己背部偶然显露出的一处空当却留在了我的眼前。

我们做了多年的邻居，但相互接触的时间并不太多，也许他在暗中曾和杰克一样把我的老底给摸了一遍，可我相信他根本没有获得我在武术造诣方面的精确信息，他可能一直低估了我的力量，他错了。

我一直对自己的手上功夫颇为得意。我是指在对各种拳法的运用和把握，但我出拳的力量一样不可令人小觑。记得有一次和几个喜欢搏击运动的朋友去 A 市一家拳击俱乐部里搞搏击综合测评，我的拳速和拳力排名第一，打个比方说，我在正常情况下击出的一拳相同于一个体重六十公斤的人以每小时一百公里的速度向目标一头撞去。所以，今天的情形虽然有些特殊，但我的这一拳还是打得王国庆措手不及。

独耳人见我一拳击倒了王国庆，正想捡起掉在地上的那支勃朗宁点四五口径手枪，我脚下连环挪动，左膝顶上了他的下颌，一条偌大的身子就此飞了出去！

这几下电光石火，等我舒展了一下手脚，杰克已扶着石棺对我露出非常难得的真诚的微笑。

"修先生，真是好手段！"

211

"你比我差不了多少，刚才的时机可把握得够准的。"

我们俩一通自吹自擂，气氛相当融洽。

脚下躺着的三个人里属曹建华的伤势最重，其余的两个都只不过是暂时昏了过去而已。

杰克正要俯身捡起地上的手枪，却让我捷足先登。

"这玩意儿，我带着比较好，对不对？杰克先生。"

我狡黠地看着杰克。

杰克耸了耸肩，有些无奈地晃了晃手中刚刚拿到的电筒，说道："我也低估了你。"

曹建华发出一声痛苦的呻吟。

我走过去查看了一下他的伤势，匕首还插在他的左胸上，只要一拔出来就会顷刻当场丧命，所以我只能让他躺得舒服一些，以表达自己对他的怜悯之情，是的，他本该罪不至死的。

看着他蜡黄的面孔，许多疑虑浮在思绪中，他的第一次车祸死亡；山城殡仪馆里的再一次死亡；青松岗公墓当中的假坟；坟后的暗洞里的盒子；在 A 市的突然复活现身；我突然想到些什么，却有一大片的阴霾密布眼前，怎么也看不透这阴霾后掩藏的秘密。

"修先生，这石棺里除了一件一触即碎的僧袍之外，竟连什么东西都没有！"杰克大嚷之声让我自沉思中惊醒。

我连忙快步走到石棺前，向里看去，里面确实只有一大片衣衫腐朽后的灰烬，看来是杰克想扯动这件本来完好的衣物而搞成了现在这个样子。

"你怎么知道它是一件僧袍？"我问杰克。

"你看，那一段没有碎掉的衣襟残余上不是还留着月白色的底边吗？我见过这个类型的僧袍，不过那是在许多年前的一次佛教用品展览会上。"杰克解释道。

"这可能就是建文帝出家后的僧袍。"我若有所思。

"那，那'聚宝盆'在哪儿？"杰克说道。

"'聚宝盆'？恐怕也只能是个传说而已。"我摇了摇头，对这件宝物的有无感到了异常迷茫。

"哼，这个王国庆一定知道它在哪里，我去弄醒他问个明白。"杰克显得有些心急火燎。

我并没有表示任何意思，只是觉得有点累，就靠着石棺坐了下来。

我的手指随便地在石棺上摩擦，这本来只不过是个下意识的动作，可是我竟然感觉到了某种奇怪的凹凸。

我喊了一声正要对王国庆实施速醒手段的杰克，他应声而至，把电筒光聚到了我的手指按定处。

在那里，在石棺正部的左下方出现了这样一段文字：

"世事烟聚，弹指离散。青丝白首，鬓衰心残。近来忽闻逆首夭亡，乃感天道威常，报应不爽。然复位之念早已断尽，本应于此了结残生，可栖文苦谏数日，欲请驾移豫中，豫中宝应府有昊天寺，主持乃栖文叔父，定可渡老僧涅槃，便去矣。"

这几行字虽是刻于石棺之上，但凿痕甚浅，不像是专业的工匠所为。

我略一思索，不禁大声说道："这是建文帝亲自留下的文字，他的行藏恐怕到了河南。"忽然脑后被什么钝物重重一击，眼前金星四溅，顿时就失去了知觉。

我的警惕性一向很高，可是，由于性格的因素，往往在大喜大悲之时就会不由自主地放松警觉，这一次如是。

我醒来就发现自己置身在一片沉沉的黑暗里。

我屏住呼吸，对四周的情形做了一遍听力观察后认为这地方已没有其他人存在。

对付绑手绑脚这种寻常的禁锢手段我还是有一套办法的，不一会儿就脱了困。

我的外套还在。

我的衬衫也在。

衬衫下摆的左下角藏有一支微型的应急电筒，我取出来拧亮了它。

依旧是那处岩洞，石棺的样子和我昏迷前一样没有人再次动过，只是地下原来躺着的三个人里，有一个人不见了。

不见了的是王国庆。

当然杰克先生也不见了。

对于这次遭袭，我已然明了于胸。就是杰克这家伙趁我欣喜时动了手。

他拿走了那支勃朗宁点四五口径手枪，带走了王国庆。

至于我，或许是他已经认识到了自己的错误，觉得我并不是他想象中那种可以随心所用的人物，而且，对于他的计划，我有弊无利。

还要谢谢他，没把我给弄死，因为，在这座岩洞里的其他两个人，曹建华和独耳人都已经到另一个世界去了。

我忽然间萌生了一系列的挫折感，我对这种挫折感深恶痛绝。

当我沿着原路返回时，才意识到，我对杰克险恶用心的低估实属弱智。

他是没有当场杀死我，但是他封死了出口。

是将一段土墙推倒之后埋住了出口。我想破脑袋都想不出他哪儿来的这么大的力气，而且还是在一只手受了伤之后。

我开始感觉到呼吸的困难，本来这甬道里的氧气就十分稀薄，因此我们还曾用了一段时间的氧气筒。在岩洞中相对来说能好一点，因为那地方有水。我想了想，还是没有再回到岩洞中去。

我坐在黑暗的甬道里，用舒慢呼吸的方式维持着生命并努力去想如何脱身。

有一个小时左右吧，我察觉有人在甬道外开始挖掘塌掉的土墙。会是谁？杰克有这样的好心吗？还有谁知道我的下落？

夏陆！

我的眼里闪过一抹亮亮的暖色。

15. 回家

"找你可真不容易。"

　　夏陆英武的脸上有一抹日久奔波的蒙尘之色。他是从杭州一路跟来的，和他一起到杭州的还有萧曼。萧曼便是刘强派来协同调查爆炸案的人，但他们来的时候，正巧我去赴张三之约就此错过了见面的时机。萧曼去了杭州市公安局，而夏陆的身份不宜公开，便一个人到市内想碰碰运气，看能不能找到我，果然，他看见我和张三一起从那家韩国烧烤店里出来，随后又进了一家茶坊。他不便直接到茶坊内去找我，就想创造一个机会和我见面，但机会还没有创造出来，我便被杰克等人胁持而去了。他因为一直就在留心我的动静，所以，当张三走进洗手间又面带一丝慌乱地仓促奔出，他便知道我一定出了事。以他神秘莫测的跟踪之术，很快就到了王国庆为了请杰克入瓮而特意租下的大宅（自真的赵师傅去世之后，他的亲戚就急急张贴了出租告示，所以王国庆才能轻易地入主其内），而后一路跟随，直到青溪镇上才遇到一点麻烦（他的神秘行踪被当地的公安机关认为是一名犯罪嫌疑人），好不容易摆脱了这些无中生有的纠缠来到这莲花后山时，杰克早已带着昏迷不醒的王国庆远走高飞了。他看到了那堵塌掉的土墙，他看得出这墙是被人用物理方法推倒的，如若不然，即便是一头大象也很难实现这一目标。这下面一

215

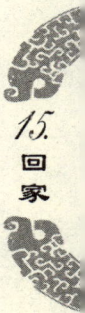
15.
回
家

定藏着秘密，不是修必罗，就是一个不希望被别人发现的机关或者洞口。在那时候，他这样想。

温暖。柔荑般软软的水波使我满身的疲倦荡然无存。

外间的音响放着邓丽君甜腻的歌曲，这位香魂已逝的可人，依然能让一个置死地而后生的家伙想入非非。

这是在四川广元市的一家三星级酒店的豪华包房里，我刚吃了一顿大餐，再泡一个热水澡，心里就非常愉快了。

夏陆已给萧曼打过电话，并告诉她我们准备明天起程返回 A 市。

现在，他就坐在外间客房的沙发上等我。我知道有许多事情是需要我们进行一些沟通和交流的。

当我回到宽大舒服的真皮沙发里，吸上一支烟，品一口紫阳新茶的清香后，夏陆才缓缓地开口说道："萧曼曾经告诉过我一把刀的名字，这把刀的来历很是奇特，为此我对萧曼做过分析和解释。"

"什么刀？"我不经意地问道。

"大马士革。"

我猛然地坐端了身子，用眼光把夏陆从头至脚筛了一遍，才沉声说道："她怎么对这种不祥之物感兴趣？"

"大马士革刀怎么成了不祥之物？它应该是千载难逢的刀具极品，哪怕是仿制的，也算上品之选，怎么能说成不祥之物呢？"

"正因为真正的大马士革刀早已在人间断绝，后世能够仿制它的人物怕只剩下了一个。"

"你说的是？"

"叶玄。"

整间客房突然间充斥着一种诡异的气息，我和夏陆心中都明白这种诡异感来自何处。

"叶玄？是哪个叶玄？"

"是的，叶玄只有一个。"

"能铸'大马士革刀'的印度乌兹铁石早已告罄，但我知道有一种材料可以替代它。"

"你说的可是黑霜铁石，威尼德拉岛的黑霜铁石？"

"是的，黑霜铁石价值可比钻石、黄金，一般人是没有能力也没有实力用它去铸刀，可叶玄不是一般人，他甚至可以说不是人。"

（有关叶玄这个人物与主人公的种种较量请看《修必罗传奇之暗器》）

"那根据你的分析，那天晚上出现在山城殡仪馆的人物是叶玄？"

"不，不会是他，在传说中他被困在了喜马拉雅山南麓已有一年之久，至今生死未卜，又怎么会是他？但是，这把仿'大马士革刀'的锻造很可能是出自他手，也许，他把这柄罕世无比的刀送给了一个人。"

"什么人？"

"我不知道。"

说完这句话，我离开沙发走到了窗前，喃喃地说道："杰克一定去了河南，夏陆，你去查查看，明代的宝应府是现在河南省的哪座城市？"

我们是坐飞机到郑州，又乘汽车回到 A 市的。

A 市地处中原腹地，历来兵家必争，而且此处佛教自北魏拓跋氏迁都后就开始兴盛，虽经多次兴废，但许多名寺古刹至今犹存。

我和夏陆道别之后，他先去了位于市中心的国立图书馆，而我直接回家。离开自己的破窝快一个月了，但开门入内，眼前仍是我临行前的模样。杰克和他的手下当然偷偷地进来过，但以他们的手段，即便曾将这里搞了个天翻地覆，一般人也不会看出一点端倪。所有的东西都似乎没有动过，只有一些我故意布置的细微之处，才可发现有人曾经来过。我给自己烧了点开水，又冲了杯巴西咖啡，径直走到书房里，把扔在桌上的一本新华字典拿了起来。

这本字典陪伴了我将近二十年，到如今已变得十分陈旧，像这种普通的、毫不起眼的工具类书籍，杰克即便要怀疑，也只可能随手翻翻而

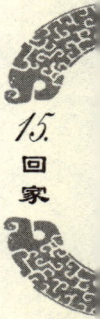

15.
回家

217

已，它太普通了。

但是，我从玩偶腹内取出的那张图就藏在这本字典当中。

只要把字典的外包书皮取下，再卸开做过特殊伪装的侧棱，里面会出现一个狭长的空间，如果藏别的大件东西恐怕有些困难，但藏一张折叠起来不过火柴盒大小的布制地图还是绰绰有余。

我重新查看了一遍地图，并用三种以上的显影方法对其进行了特别处理，但仍未发现它的秘密所在。

王国庆为什么到如今还要索回这张图？他的目的究竟是什么？

头有些疼，经过了缺氧的脑袋要恢复它的全部功能需要一段时间，我索性不再想这些费心费力的事，回转到松软的床上，也懒得把多日积落的尘土清理一下，便呼呼睡去。

下午四点多钟，萧曼从杭州赶了回来。

她急匆匆地敲门时，我还躺在被窝里正给我的老板——广告公司的头儿在电话中苦口婆心地解释自己为什么这么久都没回去上班的原因，他的态度倒蛮和蔼，是怎么回事，我心里比谁都清楚，我们之间，有些秘密彼此都心照不宣。

二十余天没有见面，萧曼的神情看上去有些憔悴。她见着我的第一句话就是："我还以为你不会活着回来了。"

在我的破窝里，我们进行了一次热情的交谈，把这段时间里彼此的经历像倒豆子般地说了一遍。当然，我要说的内容比她的丰富，再加上我极强的言语表达能力，因此，萧曼听得如临其境，如影随形，但当我讲到建文帝留在石棺上的刻字时，她对宝应府这个名字显出一种非常奇怪的神色，我随口问道："怎么，你对这种旧式的地域名很感兴趣吗？"她摇了摇头，又侧过脑袋想了想，才语气坚定地说道："你说的这个宝应府，如果我的记性没有出错，它应该就是 A 市。"

"A 市？"

我张大了嘴，一脸不相信的表情。

"是的，就是 A 市。我看过这里的地方志上面写得很清楚，明初、明成祖朱棣迁都北京，并诏改九州四十八郡地名，将宝应府更名为建德

218

州。那就是说，在明以后直到中华民国初期，A市的名字一直叫建德，而在明以前，它叫宝应府。"

我经常自恃饱读诗书，学富五车，可今天才知道实在是不学无术，就连自己居住多年的城市的来龙去脉也不甚了了，又何来的才高八斗之谈？

我想我的脸恐怕有些泛红了。但萧曼并没有注意到这些，而是继续说道："至于你说的昊天寺，地方志上却没有记载，我想它即使早已毁损也应该有迹可寻，除非……"

"除非什么？"

"除非这昊天寺从来都没有叫过这个名字。"

"刘队长怎么样？"我见她眉头紧虞，就把话岔开了。

"我回来还没见到刘队长，这不，一下车就直奔你这儿来了。"萧曼漫不经心地回答。

"我问的是他最近怎么样？"

"哦，他很忙，但对你一直很关心，自杭州方面通知了那起爆炸事件后，他就三番五次地催促我马上奔赴杭州，去救你的驾。"

"哼，这家伙，表面文章做得漂亮，实际上要是我死了他比谁都会开心。"

"殡仪馆最近有什么动静？"

"没有，如果你真的见到过王国庆，那么，那天夜里我所见到的那具'复活的尸体'也一定是他，龟息功，到底是什么玩意儿？"

"对了，杭州市刑侦队的李警官对你擅自出走的事情非常恼火，他可能这几天会莅临A市。"

"谭队长，就是他们那边的谭队长，你这次去见到了吗？"

"没有，但听说谭队长可能出了点事。"

"什么事？"

"具体我不清楚，事关他们内部的事情，我这种外来的同行是没有理由去随便打听的，而且，有违反纪律的嫌疑。"

"你的电话呢？手机？"

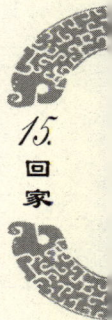

15.
回家

我想到了我的移动电话还在杰克那里，他对这部三千多块的摩托罗拉是进行了怎样的处理？扔了？还是一直都带在身边？这个杰克！

窗外不知什么时候起了风。

在分不清是晴是阴的天宇间忽然升起了一只风筝。

如此寒冷的季节中竟然还有人在无聊地摆弄一只风筝，他是不是有病？

正巧，这只风筝向我的窗口飘来，于是，我看到了一只眼睛，用粗线条勾勒出的眼睛。

我看到它，便明白了。

夏陆裹着一身寒气闯进我的居室，他一进来就气喘吁吁地说道："我查过了，你所说的那个宝应府就是现在的 A 市！是我们生活和战斗的地方！"

我冷静地冲着他笑了笑，转身对坐着的萧曼说："你再将殡仪馆里的遭遇叙述一遍！"

晚餐是在我的房间里吃的。

吃得很简单，但是备了酒，是剑南春。

我，夏陆，萧曼三个人都喝了酒。萧曼牢记公安部的"五条禁令"，她只是象征性地喝了一杯，但夏陆却喝得有些上头，趴在桌上就睡着了。我向萧曼示意，让她送夏陆回去，她答应了，却还是陪我坐了好一会儿，才姗姗离开。

我起身打开房间的窗，一股扑面而来的寒气使我有点发晕的头脑变得清醒，我站了大概十分钟，就听到了具有特殊节奏的敲门声。

从第一次见到张三这个人起，他的脸上就总是挂着一副似笑非笑的神情，此次依然。

他进得门来先环视了一番我破屋里的布局，啧啧地称赞了半天，才于有意无意间转入了正题。

"你在杭州茶坊里突然失踪，让我的一单生意泡了汤。我本想在那位侍应生身上赚点银子的机会也错过了。"他长吁短叹地说，我看得出他的这份做作，所以并没有顺着他的意思去刨根问底。

很明显，他感到了冷场的气氛，话音一转，直奔主题。

"你一失踪，我就意识到了绑架。对，是绑架。你本人的能力我是知道的，但现在是光子武器时代，即便你武功天下第一，也没有把握能躲得过一粒小小的金属子弹。我说得对吗？"他看了我一眼，见我没有作声，便继续说道："对于绑架你的人，我做了一番分析，可直觉告诉我，这个人不会是别人，一定就是那个杰克。凭着这种直觉我对杭州市区中所有值得怀疑的地方进行了地毯式的搜索，终于在火车站驶往四川的列车上发现了你们一行的踪迹，列车开拔之后，我就待在离你们不远的一节车厢里，一直盯着你们的一举一动，直到四川广元。可惜人算不如天算，在广元汽车站里为了一点小事竟把目标给跟丢了。"

他叹了口气，这回像是真的在叹息。

"当你重新出现在我的视线里已经是三天之后了，你和你的朋友夏陆在一起，而杰克他们，我实在想不出他们是怎样毁在你们手里的。"

对于张三，我只能用两个字来形容："难测。"

他的确是一个难以猜测的人，无论是身份、经历、目的，甚至说年龄都显得云山雾罩，但我就冲着他有那个 IKPO 的标识，还有猫眼对我有救命之恩这两点，我还是把被劫持后的诸般经过都对他叙述了一遍。除了我一直隐藏的有关"聚宝盆"的秘密之外，其余的一字不漏。

他在听我的述说时，坐姿不停地变换，尤其是两条腿，变换位置的次数达到了二十一次，这是一个人在思考时下意识的动作，有时候一些不经意的动作可以暴露一个人内心的世界，据我观察，他的思路非常复杂。

沉默。

我讲完故事后他开始沉默。

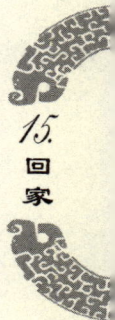

15.
回家

热水间里的水流"叮咚"作响。有人在楼上走来走去。街衢里传出警笛的呼啸声。

我忽然有点心神不宁，想抽烟，却发觉烟已经光掉了。

"给你。"他的声音有些遥远，显得空洞，不可触摸。

递过来的是一盒"骆驼"牌香烟，我见过他抽这种牌子的香烟已不止一次，一个人的口味和习惯，就像他的胎记和毛发，没有十分特别的原因是很难改变的。

我一般是不吸这种外国烟卷的，不太习惯里面散发出来的棕榈味，但现在已经不是适合讲究和挑剔的时候，于是，我点了一支，让烟雾统统填进我的肺里。

"像你这样的吸烟会尼古丁中毒的。"他说。

"只要是吸烟者，早晚有一天会尼古丁中毒，你也一样。"我反唇相讥。

他不自然地笑笑，对我说："还有酒吗？我想喝一杯。"

我不是个喜欢喝酒的人，喝酒有时只是为了打发寂寞。我想，张三也不会是那种十分贪酒的人，但一定是心中有了什么需要解开的难题。

在书房壁柜里我藏着两瓶产自 1982 年的陕西名酒"西凤"，近三十年的时光使这种酒闻上去似乎没有了扑鼻的辛辣之气，张三喝了一口，不由赞道："茶饮新，酒喝陈，陈年的酒很有生命的味道。"

他此刻的样子又像一位睿智的哲学家。

"有什么感想，说说看。"我对他说。

"我不是说酒，而是说那件事情。"接着我又提醒了一句。

"王国庆是被杰克带走的，而他的兄弟，朋友都死在杰克之手，可与他同族的曹建平却死在他兄弟曹建华的手里，这个曹家，给人的感觉太诡异。既然杰克已经知道建文帝离开青溪镇莲花山之后一定是去了河南宝应府，而宝应府就是我们安身立命的 A 市，那么，他肯定已经到达了这个城市。但刚才你说 A 市并没有昊天寺这个地方，甚至在方志记载上都没有留下它的任何记录，那只有一个可能，就是昊天寺也许不

222

是一座庙宇，而是一所宅院或者是某个庄园的别称。这种有别称的宅院或庄园一般在历史记载里是很难有所记录的。而且，古代修行者中有一种人叫居士，居士是不落发的出家人，但道行一样可以和寺院里的方丈比肩，这个段栖文的叔父很可能就是一个居士，所以建文帝在留言中才称段栖文的叔父为住持，那么，只要找得到段栖文叔父的只鳞片羽，我们就会知道昊天寺何在了。

"再者，你所说的那柄'大马士革刀'和叶玄，能不能再给我讲得详细点。"

他提到叶玄，我的目光便暗淡了下来。

叶玄，杀人的叶玄。

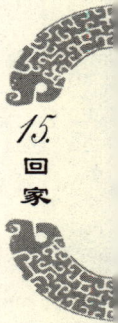

15.
回家

223

16. 夜奔

　　本来这应该是另外一本书里的情节，是修必罗少年时的一段经历，但此时却是非常有必要提一下，不光是因为张三提出了这个要求，还是因为自己对此一直如鲠在喉，不吐不快。

　　以下就是这个故事中的故事，为了方便起见，我改用第三人称叙述，不是作秀，只是为了和眼前的故事区分开来。

　　一九九六年的秋天，修必罗从西安警官学校毕业不久，由于家庭方面的一些原因，他并没有如愿以偿地进入公安系统工作，而是赋闲在家，过着自认为十分无趣的生活。这样，他在一个十分偶然的机缘下和当时的一位邻居有了一段不同寻常的交往。

　　许多个周末他总是觉得无趣，除了自己以外，没有人会来到他的家中分担他的孤独。他百无聊赖地待在西安市北郊的一所老房子里，听北方的雨季在古朴的雕花窗格外蔓延，有时候会有一种莫名的厌恶感，厌恶匆忙的父亲，早逝的母亲，还有那个再也没有回来的舅舅。他甚至觉得自己颓废得像凯鲁亚克笔下的路人，对生活充满了没有归属的恐慌，这种感觉深入骨髓。

　　武术也懒得去练了，练来练去，除了一身的臭汗之外自己还剩下什么？

父亲不让他到公安局工作的原因至今不甚明了，他曾经和父亲歇斯底里地吵过，还差一点到了父子关系决裂的程度。

其实他从来都没有深入了解过父亲，许多年后他才知道父亲是多么睿智的一个人，他有着别人无法想象的透彻，但在当时，他几乎对父亲绝望。

以前母亲的早逝对他来说只是人生必须迈过的一道坎坷，可到了现在，他甚至认为如果当初母亲没有生下他来那将是多么幸福的一件事情。写过《北回归线》的亨利·米勒说得好：人最幸福的时光就是在母亲的子宫里。他想米勒还是太慈悲，要是换作他，他一定会说：人最幸福的事情就是从来都没有存在过。但有时候他还是能想起母亲，想起他三岁时看到母亲的模样，很年轻，但不算漂亮。

他在警校上学时只交了一个朋友，这个朋友叫刘强。刘强的性格和他迥然不同。

如果以他性格中的孤僻和刘强的开朗相对比，他们本来是不可能相处到一起的，但奇怪的是，在他们之间却从来没有过不可逾越的性格障碍。也就是说，他们一直关系很好、很融洽。可当他极其需要和这样一个朋友倾诉一下心中的郁闷时，刘强却已走了，分配到了中原地区的 A市，成了一名刑警。这是他心目中的理想职业，却被别人，被他的朋友捷足先登。

他嫉妒过，也不止一次地冷嘲热讽过，但都是在一个人独处时进行的。在人前，在所有人的面前，刘强依然是他最值得骄傲的朋友。

一个无人登门的下午，他想了一会儿朋友刘强，又想了一会儿自己的处境，烦躁的情绪使他不能宁心安神，于是他决定出去走走。

这样，他就遇见了那位邻居。

邻居的年纪是一个谜。

除了能看得出他已不再年轻以外，就没有其他的任何特征证实得了他的实际年龄。

他遇到这位邻居时，邻居正买完菜要回家。

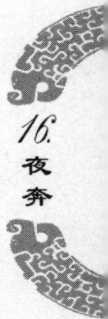

16.
夜奔

可以说是偶然，也可以说是注定，他不经意地和邻居之间一番礼貌的交谈，使他不由自主地和邻居一起走进了邻居的房间。

其实，他们并没有谈到什么，甚至只是彼此打了个招呼而已，但邻居一瞬间闪过的如刀的目光，却让他若有所思。于是他们之间就发生了故事。

他只知道他的邻居姓叶，是位前国民党军官，在淮海战役时随杜聿明一起在徐州双堆集被俘，因为官衔较低，也因为是文职官员，双手并没有沾满共产党人的鲜血，所以，他只在战俘营里待了两年就被释放了。建国后的两次运动中，他正巧在故乡终南山的一隅养病，因此，逃过了大劫。因为他在文史方面学识渊博，见解独到，在改革开放后就被陕西省某档案机关聘为顾问，而到现在已退休多年了。

修必罗刚开始知道的仅仅是这些，到后来，几个月后，他发现这位前国民党军官其实深不可测。

他竟然是个武术高手、江湖典故的专家，三教九流都乐于跟他交朋友。

修必罗从他身上学到了许多东西，甚至比从他自幼便崇拜得五体投地的舅舅雷英身上学到的还多。也正因为如此，才有了他和叶玄的狭路相逢。

这位叶姓邻居有一本拳经刀谱，修必罗虽说没有见过，但他从老人的嘴里得知，这本拳经刀谱的来历极为曲折，可以上溯到明朝万历年间，和伟大的抗倭名将戚继光有着不可割舍的关系。但就因为这本对于很多人来说没有实质性功用的古代线装书籍，使老人和他的侄子产生了极大的隔阂，甚至可以说是水火不容。

这天夜里，修必罗睡得不实，总是梦到和父亲吵嘴，他不得不起来平息一下激动的心情，于是，他听到了屋顶上传来的轻微的脚步声。以他现在的武术修为，他已算身兼两家之长。其中之一便是来自叶姓老人的传授。

至于老人为何选中他作为传授一身绝艺的对象，直到今天他也不知缘由，只能按照迷信的说法，权当是前世有缘吧。

因此，他的耳朵十分聪灵，这一阵细微的脚步声听在耳里，他便能知晓屋顶上的人是一个武术高手。

　　在现代社会中，翻墙越脊之事当然没有绝迹，但大都是一些小偷小摸者的癖好，今天，竟然有一个武术高手半夜三更出现在房梁屋顶，这不能不让修必罗联想到某些武侠小说里陈腐的写作套路。

　　于是，他便稍稍溜出房门，想去看一看来者到底是个怎样的人物。

　　在武术技击者的日常训练中，有一项特殊的练习项目叫"听风辨器"，其目的就是让练习它的人对任何突发性的攻击都能够作出准确的判断。

　　他一出门，耳边就响起了挟雷御风的无形霹雳之声！

　　一般人是无法听到这种如闪电一击带来的气流声，但修必罗不仅听到了，而且，他听得出攻击者就是在屋顶发招的！

　　是一柄刀，刀声。

　　如此危急时刻，攻击者出手就是必杀之式，很让修必罗心里发毛，但他的确不同凡响，双脚如锥钻地生根，自腰间起上半身平直与腿部在瞬间形成了一个九十度的直角，刀锋便从离他身体半寸的高度横扫了过去。

　　这一招是中国南方武术拳种里的一手绝技，叫"铁板桥"。

　　出刀的人看到修必罗躲过了他的迎风一刀，似乎怔了一怔。

　　这一怔却给了修必罗绝好的反戈一击。

　　这种老式的西北堂院，地面是用青砖和石子铺的，天长日久，有许多原本布在青砖与青砖间隙中的细小石子就似耐不住寂寞般露出了头。修必罗就地一滚，已随手卡住一粒石子，他的人刚翻成正身，只听得"扑"的一声，石子就随着一股劲风弹向了屋顶。

　　此时，修必罗已看清屋顶上立着一个用手帕蒙着脸的人，从形体上观察怎么说都是个如假包换的男人。这个蒙面的男人用手中精光霍霍的刀磕飞了他扔出去的石子，但还是有些把持不住，脚在雨后湿滑的屋顶上打了个趔趄。

　　此人出手即用杀着，这让上过警官学校充满正义感和法律尊严的修

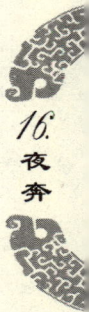

227

16.
夜
奔

必罗，已无疑将其列入了罪犯的行列，但修必罗现在还不清楚此人突然出现在自家的屋顶上目的何在，于是，他小心地保持着高度戒备的状态，清了清嗓子，低声问道："你是什么人？半夜三更的上房掀瓦不说，竟还有杀人的动机，不怕法律拿你问罪吗？"

"哼，小子，仗着一点毫末技艺就敢直着嗓子说话，也不怕风大闪了舌头，你既然看到了我出现在这里，今夜就别想再活着做梦了！"

这个人的声音低沉、生硬，有种妖异的节奏感。

修必罗的语言天赋极高，又加上父亲曾经手把手地教过他对各种语言识别的技巧，因此，听到这个人说话，就怀疑到此人的口音不像在内地生活很久的居民，甚至可以说，他好像是从海外来的。

杀机凝结在这个无星无月的阴晦夜晚，就连秋虫的啼鸣也似乎杳然断绝。

"你们在干什么，如此凉夜，风寒露重，有什么解不开的心结，到屋里来说吧。"叶姓邻居的门"吱呀"一声被推开了，老人的声音在黑暗里有着说不清的萧索，却听屋顶上的蒙面人连说了三声"也罢"。身形倏转，在一片连一片的屋顶上几番跳跃，头也不回地径直去了。

修必罗实在是想不通这个家伙的举止，有点像个刚从精神病院里跑出来的疯子。

"小罗，你过来一下。"老人说道。

在叶姓老人的屋子里，修必罗听到了一个故事，而这个故事，不仅和刚才那位莫名其妙的杀手有关，更和一把仿制的"大马士革刀"有关。

"民国三十二年，也就是一九四三年，抗战已经到了十分关键的阶段，当时我和杜将军（杜聿明）都是隶属从缅甸回来的中国远征军的残部，他是中将军衔，曾任远征军副总司令，而我只是个小小的上尉而已。经历了东南亚最恐怖的丛林，连日本鬼子的凶残都似乎变得有点小儿科了。我从昆明的陆军医院出来以后，竟对日本人也心存了一丝半缕的同情。也因此，在一次随军急行的途中，我救了一个来自日本本土的慰安妇。

"这个慰安妇的名字叫中野美娟，长得很漂亮，即使战争可以毁灭一切，但美的事物会保存那一刻的风情在记忆深处永不幻灭，中野美娟给我的感觉就是如此。我救了她，给了她几块银元，那是我仅有的军饷，就随着队伍走了，然后除了她美丽的影子偶尔出现在脑海里外，本以为今生今世再也不会相见。

　　"但在二十多年后，我身患重病期间，在秦岭余脉终南山山麓，我却再次见到了她。原来她一直没有回到自己的祖国，而是自那次偶然邂逅之后就对我念念不忘，苦苦寻找了我长达二十多年，其间经历的千辛万苦，当是不能用一句话就能概括得了。后来，她找到了我的家乡，出于种种原因，或者说是机缘巧合，她嫁给了我族里的一位兄长，当时正值'文革'，我的这位兄长出身三代贫农，又红又专，在家乡的地面上很是得意，所以，她嫁了之后就没再遭受什么凄苦。她是一直隐姓埋名的，就连她丈夫我的族兄也以为她是个中国人，只有我才知道她身世的秘密。

　　"她是怎样在终南山找到我的已无从可考，但她确实来过，还将自己三个孩子中的一个交到了我的膝下，这个人你刚才见过了。"

　　听到这儿，修必罗才明白刚才想要他性命的蒙脸汉子，竟是这位叶姓老人的侄儿。他张口欲问个究竟，却看到老人摆了摆手，又继续讲道："这个孩子当时只有五岁，身体非常单薄，我知道我的族兄虽说地位颇高，但经济状况和大家都是一样的，孩子一多，吃饭便成了问题；而我所处的一所道观，终南山中别无所长，鸟兽倒是蛮多，道长无量子是个出家人，但为了救我的性命，也不惜出手杀生。所以，她一看到我的伙食标准之后，当时萌生了把这个孩子留下来的念头。但她不知道，这个孩子留在我这里，并不仅仅是得到了一时的朵颐之快，而且将无量子道长的一身全真武功尽数学了去。

　　"我所暂居的道观名曰松风，掌观道长无量子来自武当一脉，但他并不是以武当派的剑术为长，而是他早年还没有束发为道之前，在俗家所练的刀术，他的刀术秉承清末大刀王五，又加上民国初年直隶地面上几位刀术名家的不断改进，传到他的手里时，已有可挡千军的神通。

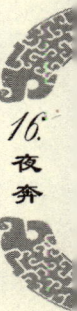

16.
夜奔

"所以那个孩子自传承了他的武术衣钵，就只钻研一门刀法，十余年下来，皇天不负有心人，他使刀法的进退连环劈挂掠横达到了就连无量子也没有达到的境界。

"可无量子的刀法里一直有一个缺憾，那就是这路刀法若要使得十全十美，发挥其最高境界，必须要有能与之匹配的宝刀。因此，那孩子在成年之后就出山闯了世界，根本原因是要找寻到一把能斩金截铁而不伤其锋的宝刀。他的性格固执，爱走极端，心胸也不宽绰，所以在外面闯荡的那些日子里惹下了许多的麻烦，后来，他的母亲，那位来自日本的中野美娟不得已，通过一些我并不清楚的办法，将他送到了日本，自此之后很长时间音讯全无。

"我从来都没有想到，他会和日本的山口组拉上关系，更没有想到他加入日本山口组后能在东南亚找到黑霜铁石。"

"黑霜铁石？"修必罗禁不住喃喃自语。

"黑霜铁石是一种稀有的矿石，和印度的乌兹铁石可堪一比。乌兹铁石铸成的'大马士革刀'在唐朝初年传入中国后，一直被奉为刀中精品，到了明朝戚继光的手里更是发扬光大，使戚家军名震天下！可惜，明朝末年，乌兹铁石的矿源在印度告罄，最后一位能铸此刀的大师卒于广州，世人都以为，'大马士革刀'从此绝迹。可谁也不曾料到，戚继光在一本拳经刀谱里会留下它的铸造方法，而且这本拳经刀谱恰好就在我的手里。"

修必罗听到这里，心中已隐然明白了那个蒙面的家伙深夜来这里的目的，但他却没有把自己的想法说出来，而是继续听叶姓老人说话。

"我能得到这本拳经刀谱纯粹是个偶然，在抗战缅甸战场最惨烈的阶段，我的一位战友被敌人的炮火伤及了性命，他临终之前就把这本书交给了我，并告诉我，将来如果遇到了他的兄弟，可把此书交付于他。战争结束后我找过他的兄弟，可是另一场战争又开始了，我当时想把这件事先放一放，以后慢慢再找，总会找得到的。没想到，这一放就是几十年，而那个孩子，也算我的侄子吧，他第一次来我这里索要这本拳经刀谱时竟然是以我战友兄弟的名义，我这才知道，我战友的兄弟已经在日本山口组熬到了七段的地位。

"拳经刀谱里藏有黑霜铁石能铸'大马士革刀'的秘籍，我想，我死去的战友一定把这一点重要的信息在上战场之前就留在了什么地方，能让他的兄弟看到。所以，当他的兄弟通过某种手段得知这本书落到了我的手里，他一定会想方设法地找到我的。现在，就更好找了些，有我侄子帮助，他肯定以为是手到擒来的事。"

叶姓老人说到这里时脸上流露出不屑的神情。

"既是我的战友临死相托的事，我本应该义不容辞地做到，可惜，他加入了山口组！"

日本山口组的历史修必罗知道一点，这个在现代日本成为第一大黑社会势力的组织，初创于一九一五年（日本大正四年），原属另一老派黑帮大岛级的旁支，一九二五年（大正十四年）山口组创始人山口春告隐退，由他的长子山口登任第二代组长。当时山口组远远没有与日军陆军部有密切来往的黑龙会势力大，但在日本关东军的控制之下，参与了发生在中国的九·一八事变，二战后，一九四六年（昭和二十一年）田冈一雄被选为山口组第三代组长，从那时起，山口组的势力就逐渐控制了全日本。山口组的恶名昭著，其中有几个领导人物近几年来都在国际刑警组织的红色通缉令中榜上有名。

"你的侄子，那个蒙面人，他来找你的原因，恐怕不全是为了他的上司，很有可能也是为了他自己。你刚才不是说过，他的刀术，需要一把与之相配的宝刀吗？"修必罗说道。

"这个我早就猜到了，从他第一次来时说出'黑霜铁石'四个字，我就猜到了。他如果没有加入山口组，我虽不会给他'大马士革刀'的铸造秘籍，但还是会想办法找一把上好的刀口给他的，但是……他终究在妄想！"

修必罗在叶姓老者的屋里待了大半宿，那时候他到底年轻，熬不住夜，天光未开，就呵欠连天。

老人打发他回去睡觉，他还想多待一会儿，但双腿却不听使唤地直往外走，一到自家房里，翻上床就什么也不知道了。

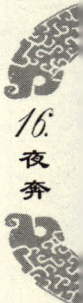

我的故事就讲到这里戛然而止，张三不由得嚷嚷起来："怎么，完了，就这么完了？后来呢？"

我不忍再讲后来，后来，后来是一件令人发指的惨剧。

自那天凌晨离开叶姓老人家之后，我便有意无意地产生了保护老人的念头。虽说我自己知道，这位叶姓老人其实是用不着我来保护的。

时间过得很快，秋去冬来，已到了春节前夕。

我的父亲从国外回来，并带来了一个消息，这个消息和我将来的命运有关。他决定把我送到英国去。

对于自己父亲的身份，我一直在妄加猜测，但我敢肯定，他的工作和国家的安全有关。这一次安排我去英国，也许并不是他的主意，很可能是别人的意思。

我替父亲走访了几位他不便前去拜年问安的亲戚，接下来就是收拾行囊和处理手头的事宜，这占用了我一段时间，直到年后的正月里，我才有机会再次去近在咫尺的叶姓老人那里，可这一次，让我终生难忘。

我从来都没有见过这么多的血，也从来都不知道人体竟然能够贮藏如此之多的血液。

血将大半间屋子的地面浸染后开始凝固，空气里弥漫着浓重的腥气。老人脖颈左侧裂开了一个很长的口子，是被刀割开的口子。

老人已去，在靠近他手指的地面上有几个模糊的、蘸血写就的字迹：弑我者，叶玄！

这是一起谋杀案，案子一直被挂在西安市刑警队的积案卷宗里，凶手逍遥法外。

而那本拳经刀谱不知所终。我想应该是叶玄拿去的。

叶玄就是他的侄子。

后来，许多年之后，我听说有一个叫叶玄的来自日本的华裔杀手，他习惯用刀杀人，而所用的那把刀极其锋利，据传可以切玉断金。

刀的名字，叫"夜奔"。

"夜奔？"

"难道说萧曼警官在山城殡仪馆里见到的那把仿'大马士革刀'就

是叶玄所持的'夜奔'？那袭击萧曼的人，竟然是这个叶玄?"张三说道。

"刀很有可能就是夜奔，而人，是不是叶玄还有待商榷。"

"叶玄杀叔夺得拳经刀谱，铸成这把'夜奔'，他怎么可能会把这么难得的宝刀轻易交给别人?"

"我也这样想过，叶玄是不可能随随便便地把'夜奔'交给别人的，除非……"

"除非什么?"

"除非这个人和叶玄有交易，一宗使叶玄难以拒绝的交易!"

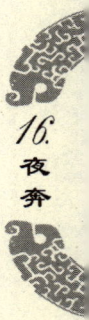

16. 夜奔

17. 入局

我们都在世界这个局里。

局是一种逆境，一种困惑，一场幻梦。

在围棋的境界中，局是势的终极。

有了局，便有了入局。请君入局和请君入瓮一样，都是暗藏杀机。

杀机既起，又有谁能抽身破局？

张三和我扯了大半夜，天快亮的时候，我房内的座机响了。

萧曼的声音听来甚急，而所讲述的内容也使我和张三有些迫不及待。

萧曼说她可能看到了谭力。

谭力？连杭州警方也不知踪影的谭力？如果他真的是出现在莫邪山曹店村墓葬中的那位戴有人皮面具的汉子，那他肯定是逃过了那场大爆炸的劫数，而且也通过某种特别的方式对建文帝的下落有了更确切的答案才赶来 A 市的。

萧曼还说，和谭力在一起的是一位年纪在五十岁上下的中年人，好像有哮喘之类的疾病，一直在咳嗽，不停地吐痰。

听了这后面的话，我愈发肯定谭力就是出现在曹店村墓室中给我日本精油的那个人，而这位有着哮喘病的人物，大概便是那位自称建文帝六大家臣中姓何的后人罢。他们来了。他们来得既突然又必然，或许，是上苍在冥冥之中已布好的这个局，正等待着包括我在内的一干人陆续地钻入，伺机开局。

张三用冷水抹了一把脸，说这样会使头脑清醒，我对这一点不置可否，自己却没有照样去做，而是嚼了一小把茶叶，随口说道："我们走吧。"

A市现今的地域面积要比古代大得多，但旧城的模式还是保留了下来。萧曼所提供的谭力他们的歇脚处，就位于旧城南段的状元街上。

状元街顾名思义，是出过几个状元的，都是宋代，宋代的尊文之风连鼎盛泰极的唐朝也望尘莫及。

现在能留在状元街上的老建筑只剩下一座清朝的石坊了，它的周围都是些近年来的仿古楼阁，造型粗劣而龌龊，有点像背时的妓女，仍在卖弄惹人作呕的媚笑。

我和张三来到状元街上一家私人开设的招待所外，张三低声说道："萧曼警官真见过这个谭力吗？"我扫头看了他一眼说道："怎么，不相信萧曼的眼力？"

"不，不是这样，我只是奇怪如果真的是谭力他们选这个地方住，那他们的用意何在？我看这里出入的都是些不能入眼的角色，又怎么会探听到那些应该知道的消息呢？"

"你只是看到了这里的表象，不错，从表面看来，状元街已不是当年光风霁月的状元街了，没有了什么头甲第一的种种威风，落魄如斯，但正因为如此，此处现在才是最适于藏龙卧虎，我知道的一个人就躲在这里，他有个绰号叫'万事通'。"

"我们可以找找他。"

"万事通"在状元街上开了一家门诊，无非是看一些所谓的疑难杂症，不孕不育等，他的模样很是猥琐，像个靠坑蒙拐骗为生的江湖郎中。俗话说人不可貌相，用到此人身上极为恰当。

他的诊所有前后两间，前面办公后面住人，使他在租金方面有了一

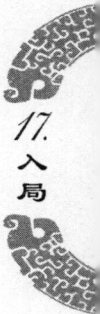

17.
入局

些节余，而这些节余他并没有移作他用，却是买了茶喝。喝茶也许是他此生唯一的癖好。

我们进得诊所，他的脸上惊诧之色一闪而过，笑容绽开在长着几缕疏须的嘴角，把我们让进了里屋，然后就摆开了茶道。

我耐着性子听他讲了一通茶的诸般妙用，虽然我也对品茶很是上心，但在眼下这种环境当中，更何况心中有着千丝万缕的事情，因此对他唾沫飞溅，手足皆动的一番长谈甚觉不快，好不容易见他歇了嘴，正端茶要喝，忙道："陆先生，我和我的朋友来找你的目的，是有件事要向您老询问。"我的言下恭敬，他显得颇为得意，慢声说道："怎么，这世界还有修必罗搞不懂的事情？"我笑了笑说道："我又不是神仙，怎么能事事都会明白？"

"那你说吧，究竟是什么劳什子的事，要来问我'万事通'的？"

他把"万事通"三个字的后音咬得很重，足以证明这个绰号在他自己心中也颇有分量。

"我想问问，宝应府是不是现在的 A 市？"

"怎么这几天来的人都兴问这个？"他漫不经心地反问道。

我和张三互望了一眼，都知道已经找对了人。

"怎么，这两天有人找过您也问到这个？"我试探着问道。

他并没有警觉到什么，随口说道："是呀，有两拨人，三天前来的是一个胖子，长得倒是中国人的模样，可举手投足间怎么看怎么像个老外。昨天下午，来的是两个人，其中一个有先天性的哮喘，临走时我还给他开了两剂药来着。"

杰克已经到了。后来的一定是谭力和姓何的老者。

"他们不光问了 A 市是不是从前的宝应府，还问了另外一件事。"

"什么事？"我急问。

"万事通"的脸上挂着一抹狐疑，他说道："修先生，你怎么忘了规矩了，干我们这行的，可不能漏了客人的底呀。"

我认为自己真的是有点心躁了，便展颜一笑，打趣般对"万事通"说道："我也只是随便问问而已，你着什么急嘛，他们问您什么我不管，我只顾着自己，因为，我最近搅了点生意。"说到这里我故意向张三瞅了一眼，压低声音接着道："一个朋友，从美国回来的，寻根来了。"

"哦，原来是这样，既然是修必罗的朋友，那今天我的这条消息就算白给了，宝应府的确是如今的 A 市。"

"那你知道，宝应府里原来有个昊天寺，现在会是什么地方？"张三插嘴问道。

"万事通"的脸上突然变了神色，他一言不发，转身趿着鞋出了门，把我们撂在了里屋里。

"万事通"的这个举动倒很符合他的性情，而且，恰恰是这个举动告诉了我们，杰克和谭力他们曾前来询问过的，正是有关昊天寺位置的问题。

张三对我眨巴眨巴眼睛，他的意思我清楚，是让我继续跟进，我却摆了摆手示意还是暂时离开，再作打算。

状元街热闹的时分到了，每天上午九点到下午三点，是 A 市十乡八镇的各色人等到这里集散的时间。三教九流的人物揣着各自的心事和目的，蜂拥而来，无论天气情况是多么恶劣，也挡不住他们满腔的热情。

我们穿梭在熙攘的人群里，和携有浓重汗味的中原老乡擦肩而过，又回到萧曼提供的，谭力他们落脚的那家私人招待所门前。

张三前去和登记处的一位胖姑娘操着河南话聊了半天，才慢慢悠悠地转到我跟前低声说："我打听过了，谭力和那个姓何的自昨天半夜出去到现在还没有回来，我想，他们很可能在'万事通'那儿得到了昊天寺确切的地点，因此，我们想找到他们，就必须再找一次'万事通'。"

我想了想说道："今天肯定是问不出个一二三了，但事情急迫，还要另想办法。"我走到一家便利店的公用电话前，给夏陆打了个电话。

我的意思是，这种和跟踪有关的事情还是交给一个跟踪高手去办更妥当些，夏陆的任务就是去跟踪"万事通"。像"万事通"这种人一定

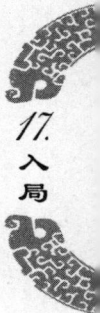

237

17.入局

会对许多人都来打听同一件事情感兴趣的，尤其是像我这样的人也打听过。"万事通"绝对不可小觑。

晚饭前我登门拜访了刘强队长，我是一个人去的。说是"拜访"，其实是蹭顿饭吃更恰当些。

刘强和我同龄，但结婚已有四年多了，他的爱人在一家政府下属的事业单位工作，叫赵玲，人很好，没什么脾气，话也不多。他们的关系一直处得很好，唯一的遗憾就是还没有孩子。

刘强见到我时一脸不屑的神色。

他没有说什么，只是让我洗手帮他爱人包饺子。

我炒菜的手艺虽然有点烂，但面点上的活计还算游刃有余，在包饺子的这段时间里，我和刘强才有一搭没一搭地聊了起来。

我说过，刘强是我的死党，但我没说过，他当官的运气要比我好得多。短短的月余未见，今天才知道他小子就要升任 A 市公安局副局长啦。

他有官相，他姥姥活着的时候就唠叨过，现在果然应验了。

我们只谈了些扯淡的话，关键的事情只字未提。

吃罢饺子后，他才把我喊到自己的书房里，并从里面关上了门。

"修必罗，我私自授权让你调查的事情，已经让我在局里背上了很重的包袱，可你还一点争气的劲头都没有，一个月了，看起来不仅毫无结果，甚至还搭上了几条性命，你说，让我怎么办？"刘强来了脾气。

"刘大队长，不，应该叫你刘局长，这件事我是当事人之一，情况要比你了解得具体得多，没你想象得那么简单，我现在需要你的帮助，知道吗？帮助！"

"我怎么帮助你？我帮你的还少吗？你要我再如何帮你？"刘强一脸恨铁不成钢的模样。

我瞅着他这种谁欠他二百块钱似的劲头，心中忍不住暗笑，但表面上还是用非常诚恳的语气说道："阿强，你必须帮我，因为我们是朋友！"

听到朋友这两个字，他长吁了一口气，在书房狭窄的空间里来回踱了几个圈，猛回头说道："你想让我怎么帮你？"我一看有戏，赶紧趁热打铁："帮我找一个人。"

我想找的人就是杰克。杰克是国际刑警在册的通缉要犯，无论谁抓到他都会得到非同寻常的奖励，所以我接下来的要求自己都觉得有点过分。"你的人如果找到他，千万别惊动了这个家伙，把揭开整个谜底的好事留给我吧。"

刘强无可奈何地笑了笑说道："你永远都不想吃亏的毛病什么时候能改啊？要不，你怎么就入不了公安的门呢？"

"这跟我干不干公安没有任何关系，我的脾气你应该知道，毛病那就更不用说了吧？"

在饭桌上刘强曾打开过一瓶好酒，也说过饺子就酒越喝越有，但我始终滴酒未沾。

夏陆后来似乎撞了邪，带来的消息都和死亡有关。

这一次他告诉我"万事通"死了。

"万事通"是死在位于 A 市西郊的红星公墓后山树林里的，夏陆看着他走进那片树林，等了大约二十分钟，当感觉不对头跑过去看时，"万事通"就已经死了，是有人用一根尼龙绳将他勒死的。

夏陆捡回来一个烟蒂，我看了一眼，就知道是谭力丢弃的。

这个谭力云山雾罩。

但在我的感觉中，曹建华在杭州遭遇的那场车祸，甚至我和萧曼遭遇的那场车祸都似乎和他有着扯不清的联系。还有差一点使我们丧生的那场大火、曾在事前潜入我房间的人、服务员看到的陌生警察、青松岗公墓里的橡皮人……千丝万缕，竟在我的脑海中都指向了谭力。漏洞当然存在，所谓的曹剑中人鬼不知，可嫌疑却愈发地向谭力指去。

他如果真的就是出现在青松岗公墓里瞒天过海地取走那只盒子的人，那么，他现在一定知道"聚宝盆"图纸的秘密了，可那只盒子又是如何被藏匿到曹建华假冢后的暗洞里的？而曹建华又是如何死而复活，从阴暗的坟堆之下逃出生天，盒子和他究竟有何关联？莫邪山曹店

17.
入局

239

村曹家祠堂里的观音像中又藏着什么？到底是谁取走了观音像……

有些事也许已成了永远的谜题。

曹建华真的死了。有关他的秘密有谁能窥破一丝天机？

王国庆，我想到了王国庆，他有机会知道曹建华的一切，因为，他们都很可能是曹子俊的儿子。

眼前的问题是，必须找到谭力，从谭力入手，使昊天寺水落石出。

张三和夏陆并没有打过照面，我本想让他们认识认识，可张三还是婉言回绝了。

我冲了两杯巴西黑咖啡，给了夏陆和一起来的萧曼，自己冲泡了一盏五泡台，咀嚼着里头浸熟的红枣，在客厅里不停地转悠。

萧曼瞅了我半天，可能是有些心烦了吧，重重地咳了两声，我恍然惊觉，停下脚底的动作。

"修必罗，下一步你如何安排？"

我嗯嗯呀呀着，心里委实也没个全谱，想来想去，才字斟句酌地说道："我已经见过了刘强，并告诉他安排人尽快找出杰克的下落，至于谭力和他的同伙，我看就由我自己着手算了。"

"那我们呢？"萧曼急急地说道。

"你忘了，有一个人一直没有露头，但我听曹建华说过，他曾经到过莫邪山的曹店村，因此，如果他得知众矢之的在 A 市，一定会赶来的，所以，你和夏陆要密切注意这个人的踪迹，他可是个传说中的危险人物。"

"曹剑中，你说的是曹剑中？"

"是的。"

萧、夏二人离开之后，我竟然有种百无聊赖的感觉。

张三为了避免和他们俩碰面，已经在他们未到之前就出去了，到现在还没有回来。我索性进了书房，把那张只端详过一次的地图取了出来。既然王国庆至今对它仍怀有索取之意，那么，在它的身上一定还有暗藏的、我没有发觉的秘密。

冬日里难得一见的阳光爬进了窗棂。这张制作于四五十年前的地图因为光照而泛出一抹经年的旧色，那些看似零乱的点、线、符号的交错纵横，竟然在阳光下透出零乱之外的整齐，恍惚中，我忽然发现这张图所描绘的地域似曾相识。

不是以前看过一遍所留下的记忆，绝对不是；也不是曾涉险到达过的莫邪山曹店村和四川广元青川县的青溪镇；是比这些地方更为熟悉的一个地方。身在局中的人往往把自己最为熟悉的东西忽略不计，才会在一些原本很容易解决的问题里走了许多弯路，我亦然。

这张神秘的地图，因为阳光而暴露了它的秘密。

我回头看了一眼悬在书房墙壁上的 A 市交通图，心中一片澄明。

它所描绘的原来就是 A 市。确切地说，是四五十年前的 A 市。

而且，绘图的人极有可能就是曹子俊。

曹子俊绘制它的时间大概就在曹家内部起了争端的那一段日子，只要能够搞清楚曹家内恩怨的由来，就会知道曹子俊绘制这张地图的原因究竟是什么，他是如何在那个时候就已知道，建文帝最终的落脚处是在宝应府？现在能够揭开这个谜底的人，便是王国庆。

王国庆在青溪镇莲花山后坡疑冢里的故事还未曾讲完，如果我的猜测没错，他本来是想说出曹家的恩怨是因何而起的。

要找到王国庆。

眼前的问题是，杰克会把他藏在哪儿？

我的目光盯在地图左上角的那一处倒金字塔的标示上，这个标示是绘图者特意着了重色的，是不是可以这样去想，此处标示便是建文帝来宝应府之后的藏身之处，那么便是昊天寺无疑！

我对照着 A 市的交通图找到了这个标示现在的方位，让我大吃一惊的是，它在 A 市交通图上的位置赫然与一处我所熟悉的地名联系在了一起："山城殡仪馆"！

昊天寺的地址竟是现在的山城殡仪馆？

山城殡仪馆竟是原来宝应府的昊天寺？

百转千回，从终点到起点画了一个令人诧异的圆圈。

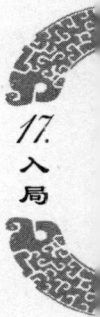

17. 入局

我突然明白，为什么山城殡仪馆里会发生那么多咄咄的怪事，玩偶、王国庆、"夜奔"之刀、曹建华和那位同行的老者、令人战栗的低喘、死亡、重叠的死亡……

王国庆和曹建华以及那个神秘的刀客，他们肯定是通过某种特殊的渠道知道了建文帝在山城殡仪馆的前身昊天寺当中藏身的始末，但出于种种原因，曹氏兄弟又必须回到了莫邪山中，甚至远赴四川，他们一定在找建文帝最终下葬地的地宫图纸，而这个图纸分明和"聚宝盆"的秘密紧紧相连。

曹剑中？迷雾里隐隐的一丝光亮。

这个我从来没有照过面的曹家人物，会不会就是叶玄"夜奔"之刀的现在持有者？

我脑海中思绪的触角四散地伸出，一个接一个的问题和猜测出的答案并列成行。

莫邪山的那片竹林。

我藏在竹林里的盒子。

杭州青松岗公墓。

公墓中曹建华空冢碑石暗洞。

暗洞里的盒子。

难道这两个盒子里的东西就是山城殡仪馆中建文帝地宫的形藏图？

那么，曹建平曾经提到的藏在曹家祠堂观音像里的图纸，会不会和青松岗公墓里不翼而飞的那只盒子中的是同一件东西？如果这个假设成立，那所谓"聚宝盆"的藏匿图极有可能便是这山城殡仪馆当中建文帝最后归宿地——地宫的图纸，也就是说，"聚宝盆"的秘密已经到应该水落石出的时候了。

我决定这两天去一趟莫邪山。

当张三知道了我的决定之后，他只说了一句话："你最好速去速回。"

言下之意不说我也清楚，眼前正是一刻也不能放松的时候，我给夏陆打电话告诉他我要出去，他倒没说什么，我听见萧曼和他在一起，嘴里还嘟囔了几句。这个萧曼！我摇了摇头。

我是坐飞机到杭州后又换乘了长途汽车抵达曹店村的。其实，汽车只能坐到离曹店村还有二十华里的官墟镇，余下的路我徒步走了将近三个小时。

曹店村的样子一如从前。落后，偏僻。

那起大爆炸并没有给这里带来什么后果，曹店村的人依旧日出而作，日落而息。

这一次我特地先去看了曹家的祠堂，曹家祠堂坐落在曹店村向北的村外一里处。

昏鸦老树，日暮苍岚。曹家祠堂隐在大地的阴影里，萧索，破败。

祠堂前真的有一口枯井。现在已经不可能从这里进入那座空冢了。石头和泥土把它严实地填充起来，远远看去，它不像一口枯井，倒像一个小小的土台。

祠堂里供着的牌位达三十块之多，年长日久，有些牌位上的字迹已经剥落无法辨认，我心生凄凉之下，恭恭敬敬地给这些逝去的先人们鞠了一个躬。

"你是来找老曹家的人么？"

身后传来一个声音，操着浓重的莫邪山口音，但他讲普通话，让我听懂。

我回过头来，看到薄暮中伫立的一个身影，单薄，瘦小。

"您是？"我问道。

"我也姓曹，曹建兴。"他回答。

"那……"我还没有说出第二个字，他就打断了我的话。"你想问什么我知道，对，曹建平是我的族弟，我们曹家自爷爷辈就开始分了大宗，小宗，我属小宗，是曹子俊堂兄家的老二。

"曹建平鬼实精灵，但还是不能跟当初姓了王的曹建国比。"

"你也认识曹建国？"我不禁再次问道。

"岂止认得，曹子俊当年从山东带回来的其实是曹建华，而曹建国打小就生长在这里，直到曹子俊带走了他。"

243

"你说，曹子俊后来带回山东的，并不是当初他带来的那个孩子？"

"当然，曹建国虽比曹建华年龄小，但看上去两个人一般大，这个曹子俊呀，谁知道他的心机如何呢？"

"那曹家当初的宿怨，您也可能知道一点吧。"

"说来话长，你还是跟我来吧。"

我原本想在这曹家祠堂前停留片刻就去竹林里找那只藏着的盒子，但曹建兴老人的一番话却又使我的好奇心陡然高涨，于是，我有点不由自主地跟着他进了曹店村。

曹建兴堂客是一位苗人，是他早年在广西的大山里挖草药时认识的，后来就带回了浙江，他们没有子女。曹建兴识字不多，但脑子灵光，见多识广，说起故事来有声有色，当他的堂客在黄杨木桌上摆好两碟下酒的小菜和一壶自酿的土酒，我们就开始无所拘束地聊了起来。

自曹家祠堂到他家老屋行走的路上，我已经向他表明了身份，当然只是一些善意的谎言，但他看上去却深信不疑。

"修同志，开始我还以为你又是先头来找曹建平那伙人里头的一个呢，原来你是京里来的记者呀，哦，我和你说的话别统统都登上报啊，那对我们曹家不好，曹家虽然没落了这么些年，但老脸总还是要的。"

我点点头答应了他，但心中暗道："这老人所说的那伙人大概就是指杰克他们吧。"

"曹家的来历一直是一个谜，我阿爸在临终之际透露了点意思，他说，我们和几百年前明朝的一个大官有着很深的渊源，但别的他没说，不知道是来不及，还是不愿意。反正，曹家传到清朝时的先人可是一个了不起的人物，和乾隆年间的大侠甘凤池是师叔侄的关系，御前带刀的李卫在南京碧云楼设伏要拿甘凤池，还是我的先人出镖救了他的命。我的先人叫曹雨轩，使得一手好金镖，传说里他还和黄天霸在甘凉道上斗过镖哩。唉！这些都扯远了，就说说几十年前的事吧。"

老人咂了一口酒，又劝我喝了半碗，才接着说道："'文革'时期，大宗的正家长辈曹子俊忽然从山东回来，那时候我还小，大概有十三四岁吧，从未见过这个正家的三叔，只听说他是打过仗的，又会武术，人

244

很剽悍。见了面才知道曹三叔患病已久，人瘦脸黄，根本没有想象中那么威武，曹三叔带着一个孩子，四五岁的模样，见人都说自己叫王国庆。曹三叔住了有一个月的光景吧，有一天夜里，他喊我父亲和曹建平的父亲，去他的堂屋里说话，让他的堂客，也就是我三婶领着几个孩子到我家里玩耍，三婶是个厚道人，对三叔从外头带回来的这个儿子像亲生的一样对待……"

他说到这儿我插了一句："你三婶带到你家有几个孩子？"

"三个，建华、建中和这个国庆。"

曹剑中，这个建中一定就是曹剑中。我暗道。

"后来建平也来了，他带来了一个消息，说三叔和我们两个的父亲吵了起来，但他听不懂大人们话里的意思，只是学着说了几声，是些'地宫、墓葬'什么的，对了，还有祠堂里的观音像。我在他们几个当中年龄最大，虽然也在懵懂之间，但有些话还能听个一知半解，听了建平这么一说，心中好奇之意大盛，就偷偷地摸到三叔家的堂屋外。"

老人在讲述的时候，不知是下意识还是故意地把声音压得很低，再加上他原本就透着几分怪异的嗓音，让我听来，有种说不出的清冷感。

莫邪山的夜风由远而近，吹得纸糊的窗遮扑扑作响，耳边是老人的往事呢喃。

"我凑身蹲在外窗下，大气也不敢出，就听见三叔的声音忽高忽低，他说：'我们为了这件物事吃了多少苦果，早年还搭了不少性命，却连看看都不行么?!'我父亲接口道：'子俊呀，你也是个明白事理的人，祖宗传下的话你又不是没见过，你是正家长辈，要比我们知道得多，我看你还是想清楚吧。'却听建平他爸闷气哼哼地说：'老三，也不是我说你，你这一去就是几十年，一回来就想破了祖宗的规矩，我看呀，你不只是想瞅瞅吧。'建平他爸说话总带着一股阴阳怪气的腔调，三叔一听，那火就冒了上来：'曹子云，你不也是想那物事想得连头发都脱光了吗？还有脸说我，哼，我也不管什么祖宗定下的劳什子规矩，今夜，我就从暗道里下去！'听到这儿，我虽说还不清楚曹三叔想去做甚，但隐约感到，他要去的地方，一定是个非常隐秘的所在，我正想

17. 入局

着，听到我娘的喊声，便不敢再逗留，一溜烟跑回家去了。

　　"第二天整天没见着建平他爸和三叔，还有曹家族里的宁成、玉成两兄弟，我爹好像生了病似的，躺在床上动也不动，饭都没怎么去吃，到了晚上，建平他爸一脸血糊糊地闯进我家来，直奔到我父亲的床前，急急说道：'子俊，子俊他疯了，杀了宁成、玉成不说，还要把我也给杀了，二哥，你快救救我。'这种场面我是第一次见到，那个怕呀，简直就没法给你说。他正说着，就见曹三叔风一样地闯进来，眼瞪得跟铜铃似的，一字一句地说：'二哥，子云、宁成、玉成他仨干的好事！竟然偷走了观音像！哼，还想把我算计在墓坑里，幸好我眼疾手快，才没着了道！可惜，没能见到那物事。都是这几个龟孙子搞的鬼！我虽然手刃了那两个小子，可观音像，观音像却不见了！'三叔说话风风火火，像蹦麻子似的，他一说完，就大步走到建平他爸身边，厉声道：'子孝，你先前和玉成鬼鬼祟祟的，莫非是你藏了观音像？'建平他爸一个哆嗦身子竟软了，扑通就跪了下去，直给三叔说好话，我父亲却道：'是老祖宗不让咱们动那物事，子俊呀，你就别再想了。'三叔木然地立了半天，扭身出了门，建平他爸在我家里一直躲到天亮。天亮的时候，宁成和玉成的家里寻到了他们的尸体，都来找建国他爸索命，三叔呢？听三婶说天不亮就带着建国走了。"

　　老人顿了顿又继续说道："三叔这一次不仅和宁成、玉成家里结了大仇，而且，建平他爸和我爹也视他如毒蛇猛兽，就连他家的建中和建华也落得个恶人之子的罪名。真是祸起萧墙啊，其实，三叔并不是那么坏的一个人。"

　　听了老人这一段不短的故事，我的心中对王国庆所说的曹家上辈人结下的怨仇有了比较清楚的认识，但是，有关那尊观音像的下落，就连曹建平生前也未曾得知，那么，它落在谁手里了呢？

　　我又忽地想起一事，便向老人问道："你说那个曹建国是个十分聪明的人？"

　　"聪明得不得了呀，原来在一起的时候，我们都被他算计过。"

246

夜深了。

今天到竹林取盒子的事只能暂且放下，曹姓老人给我腾了个地，就离火灶不远，我和着衣服躺在隔着干草的粗布单上，一时间翻来复去睡不安稳。

我借这个机会整理了一下头绪，大致将整件事情的来龙去脉梳理了一番。

曹建国是曹子俊偷龙转凤带到山东的另一个儿子，而留在上虞县曹店村的是真正的王国庆。曹子俊自抗战时期出走后唯一的一次回到家乡是为了做两件事，一件就是换子，另一件便是建文帝墓中藏着的一个秘密。当然，他能得知这个秘密的原因是托了他在曹家为正家长辈这个特殊地位的福，管羡仲也就是曹公直当年受建文帝之托的这个托字，其实就是在说这个秘密，"聚宝盆"的秘密。曹公直虽说忠心耿耿，可他的后代难保良莠不齐，所以就有了曹子俊入墓未遂，杀人迫兄的事情发生，但他还是没有得到这个秘密所包含的事物本身，甚至连这个秘密是个什么玩意儿都没见着。后来他因为种种原因无法再返回莫邪山区，就把祖宗传下的宗谱，秘札都交给了他身边唯一的儿子曹建国也就是王国庆。我猜测，他在临终之际一定嘱咐过王国庆，要将这个秘密与他的另外两兄弟共享。但上虞县的曹建华（曹建中暂且不论）一定在他父亲走了之后受到了非人的待遇，以致他性情大变。我想，曹建华之所以学了一身高超的武术技击之术还是和曹子俊曾经的调教有关，自曹子俊走后，他备受凄辱，一定在暗中将父亲所授的技艺加倍苦练，终成一家。后来，他想到了山东的亲生父母，还有一个替代了他的曹建国，便萌生了去山东的念头。但由于种种原因，一直没有如愿以偿，所以就有了《浙江日报》上的那则寻人启事。至于他在杭州突遭车祸，肯定是有知情人在暗中作祟，不想让他和曹建国相见，因此就索性要了他的性命。可惜，曹家的龟息功就连下手的人也不甚了解，使他终得一次重生。而王国庆的自杀是和曹建平父子有着直接关系，但当中有一个疑点，那就是他们交与王国庆手中的玩偶究竟从何而来？为什么玩偶腹中的地图他们竟不得而知？送给王国庆很可能是曹氏父子的一个欲擒故纵之计，当

247

自以为已经除掉他之后，他们甚至将这样一件很明显的作案证据都留在了当场，这种大疏忽，又该如何解释？王国庆之所以能够逃得一劫，不仅仅是他身负家传武术的秘技，而且，他大智若愚的表象一定迷惑了曹氏父子，这样他岂不是一举两得，一是使许多想从他嘴里找出曹家秘密的人因他的死亡而放弃了对付他的手段；二是，这一来他可以在暗处获得渔翁得利的先机，这一点他几乎做到了。那只玩偶在刑侦队里之所以失踪，脱不了他的干系；还有，我见过他伪装后的尸体，能将死亡装扮到底的确超乎许多人的想象，我曾在他的手中得到一些隐约的信息，那些死皮里掺杂的岩石碎屑，足以证明，他很可能和曹建华墓碑后的暗洞有些必然的联系，而他两次出入殡仪馆，并皆是从刑侦队尸检室里从容离开，这还要感谢刘强队长和那个法医……想到这儿时我的右眼不禁跳了跳，我突然发现了一个破绽，很奇怪的破绽。按常理说当一个人突然死亡之后，无论是医院还是公安局都要对其尸体进行解剖检验，这样才能得出此人真实的死因，而王国庆的"尸体"却没有经过这种例行的程序，因此，他才能轻易地再次复活，而使整个案情一度陷入困境。这是因为什么？难道……我不敢再想下去，已经有了一个谭力，我不想再从公安队伍里又扯出一个犯罪嫌疑人来，而且我所怀疑的这个人还是负责此案侦破和调查的主要领导之一。

我感到了茫然，内心深处充满着冲突和矛盾，努力想跳过这种怀疑，可终究无法办到。

最终还是沉沉睡去了。

我做了梦，梦见了形同鬼魅的曹剑中；杰克先生在阴暗处的狞笑；曹建华的鬼魂；"夜奔"之刀……

当我醒来的时候，窗外已透着昼光，可以听到淅淅沥沥的雨声。

曹建兴老人给我端来了刚刚煲好的糯米粥，他脸上的皱纹明显，比昨夜更为萧索了。

吃罢粥，我辞了行，并悄悄将五百块钱放在了这清贫的人家，朝竹林走去。

取盒子的过程相当顺利，我一得手，就踏上了返回的路途。

不知是谁说过，杀机的起处，往往平静如水。

凉风起于青萍之末。

危险是从我在官墟镇乘上长途客车之后发生的。

这是一辆半新的"友谊"牌中型客车，车上的乘客连我才有七个人。

是冬天，是冬天的一个雨天，又不逢什么集遇什么会，所以乡下进城的人并不多。

司机是个宽脸宽肩的汉子，看起来不善言语，烟倒抽得挺凶，一根接着一根，手里从不落空。

售票员可能是司机的亲戚，二十出头的浙江女子，一口夹杂有土腔的普通话说个不停，她不说话的时候嘴也不停，嗑瓜子、吃麻糖、喝汽水。大冷的天喝汽水，让我打心眼里佩服。

除了他俩，就剩下我们七个坐车的人。三个女的，有两个在打盹，另一个看着一本书。我坐在第三排，前排上是两条年轻的壮汉，眉眼间酷似兄弟，都不声不响地目视前方。我后一排只坐着一位看上去病快快的中年人，穿着破旧的中山装，上衣左边的口袋里还插着一支钢笔，可能是个民办教师吧，我想。我当时只是一想，从未想到这样一个不起眼的人竟是危险的来源。

车过了几处山坳，又爬了陡坡，该过一个大约有一百米长的隧道了，就在眼前刚沾了点黑暗的一刹那，一股劲风便自身后疾出！

我喜欢用"疾"这个字形容一些说不出的速度，"疾"接近于"电光石火"，但在实际进行时还要比这个形容词快了很多。

这是某种利器的劲风。

可能是刀，也可能是斧头或者快镰。

我已认定这利器是冲着我来的。

隧道里的路大概是年久失修，变得很颠簸，却正因为如此，我顺着客车在颠簸中的惯性将整个身子紧贴在了前面座位的后背上，这才使原本劈向我脖颈的利刃失去了准头。

我永远是得理不饶人，这句话用在保全性命上更是恰当，对方的一

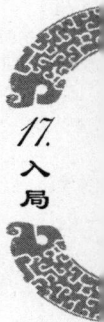

17.
入局

招已尽，一招未生的片刻，就是我的可乘之机。于是，我的脚下惯足了真力，狠狠地一个后踹蹬在了坐椅的靠背中间，本来就不算太结实的靠背让我踹成了两截，我能听到木制品断裂和弹簧崩射的声音，同时，暗袭我的人也发出了一声低呼。借这一踹之力，我人已扭身腾空，在黑暗里寻着那声低呼的方向一拳横了上去，只觉得自己的拳背一阵麻痛，而后就是有人痛不欲生的惨叫。

车子不知什么时候停了下来，就连大灯也熄掉了。黑暗里似乎处处都存在着危险。

我不敢继续去揍这个家伙，身子后退了半步，右肘便触到了车窗的玻璃。

这种"友谊"牌中型客车的整体质量我不知道合不合格，但车窗玻璃肯定是不合格，当我的右肘击碎玻璃时，我暗中想道。

出了客车逼仄的环境，虽然还是置身于隧道当中，我的胆气却高涨了许多。这时，似乎有一个人偷偷地往我身边靠近。

是谁？我的脑海里走马灯似的转换着客车里所有人的面容，但这一刻，已不容我多想。

有谁听到过发动机摇杆被连在一起后舞动的声音，在逼近的劲风里还掺和着润滑油的气味？

敢情是那位宽脸宽肩的司机。

我身体斜斜地摔了下去，在落地的瞬间，人已矮身闯入风声空隙，吐气开声，两只手掌的前沿一同拍上了攻击者的胸口。这是一式南少林的大力金刚手，我虽使得不算地道，可对于眼前这位模仿周杰伦的家伙，他还是吃不得这迅猛的一击。

就在此时，一辆从对面驶来的卡车已接近了这辆中型客车，趁这个机会，我侧身滚过了客车的底部，又正巧滚在了卡车的底盘之下，双手向上一抓，抓紧了卡车的底盘悬挂，一溜烟地顺原路出了隧道。

钻在这辆卡车的下头大约过了小半个时辰，我估摸到他们——那些想要我命的人追来还得不少光景，便松开了手，留在凹凸不平的三等公路上。

雨依旧下个不停，躺在柏油路感觉格外阴冷。我爬起身就看到了一个人。这是一个奇怪的世界。对于我，的确奇怪。

　　我将所有能够安排这次袭击事件的人都想到了，却怎么也想不到会是他安排的。他既然布了局，我只能入局。

17.
入局

18.破局

孙子说：兵者诡道也。

孙子又说：善用兵者，屈人之兵而非战也，拔人之城而非攻也，毁人之国而非久也，必以全争于天下，故兵不动而利可全，此谋攻之法也。

孙子还说：故策之而知得失之计，作之而知动静之理，形之而知生死之地，角之而知有馀不足之处。

孙子在讲兵道，可又何尝不是讲人事，不是说世道，不是论江湖？

万事皆有局。有局便有局之法门，便有破局之道。

他笑了，他的笑容灿烂得像一朵桃花。而我此时的情景却像一只熟透了的桃子在等着别人来摘。我是一只桃子。无腿，没翅膀，遁天入地，无路可退，似乎只能等着变成一枚桃核。

早年中学的历史课讲抗日战争，说抗战胜利后蒋介石从峨嵋山下来摘桃子，抢胜利果实，我不是什么胜利果实，但是一只桃子。

杰克先生。

尉迟兄。

国际知名的文物走私巨子，IKPO 通缉的文物大盗。他就站在离我不远的一处小土坡上，气定神闲地看着我，这当儿我忽然发现，他胖嘟嘟的脸上竟然因为微笑而呈现出两个"迷人"的酒窝。

"修必罗先生，首先要恭喜你大难不死，其次，我们应该为这一次的重逢喝上一杯。"

杰克种种的"神通"我不可尽知，但在这种场合之下他还随身带着一瓶俄罗斯的伏特加酒，我就感觉到此公的过人之处我还不能够领略。

当然，我之所以任他摆布，其实很简单，无论谁面对一支黑漆漆的枪口都只能任人摆布，尽管这种受制于人的情形可能是暂时的。

从山坡上翻过去是另一道更陡峭的山坡，怪石嶙峋野树横生，但在这种地方我竟然看到了一所房子。其实也不是什么房子，只是一座破败的山神庙。

我走过很多庙宇，包括山西解州的天下第一关帝庙和山东曲阜的孔子家庙，但对山神庙一直情有独钟。

这和我打小就看过不止十遍的《水浒传》有关。在这本写尽英雄悲歌的书中，我最喜欢的是第九回"林教头风雪山神庙，陆虞侯火烧草料场"。豹子头手刃仇家却难浇胸中块垒的悲愤许多年来常常萦绕心中，也因此每遇见山神庙便入内虔诚地敬一炷香，表示我向这尊卑微之神对林教头的护佑和爱惜大恩不言的谢意，可今天是不能敬香的了，我的性命现在也捏在别人的手里，而这个"别人"的阴险程度不亚于那个陆虞侯。

山神庙里还算干燥，泥塑的神像被掀到了一旁，面目全非。庙里或立或蹲着四个人，我都见过。

他们的腿脚可够快的，我心下暗道。

杰克先生笑呵呵地说道："修先生，这几位朋友是我从浙江的三教九流中千金寻到的佼佼者。这位鲁兄弟是铁布衫的高手，那两位是孟氏兄弟，这位是鬼手杜七。"

四个人里包括中型客车的宽脸宽肩的司机和几位所谓的乘客：两条长得几近相同的壮汉；那个看上去像个民办教师的落拓中年人，而那几

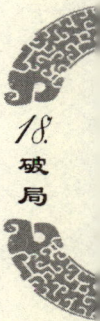

18
破局

个女同胞却丝毫不见踪影。

"怎么不见那几位英姿飒爽的姑娘？"我打了个哈哈调侃着说道。

"都是自家见不得人的婆娘，莫辱了修先生的贵眼。"司机瓮声瓮气地回答。

"修先生，废话还是少说，我来的目的你应该清楚，本想直接做了你，又怕……"杰克的后半句还未出口，我抢着说道："又怕有些东西不在我身上吧，杰克先生您不是去了 A 市吗？怎么会在这里出现呢？我们的朋友怎么样啦？"

杰克的脸上闪过一丝愤怒，他冷冷地说道："曹建国可比你想象的要狡猾得多，也可怕得多，他早就离开我了。"

我怔了一怔，刚想询问一下事情的经过，却听杰克接着说道："不过，他还是向我说出了一些秘密，有没有兴趣来听听？"

我略一点头，他摆了摆手让身边的那几个人都退出山神庙，然后坐在推倒的山神身上，拧开酒瓶盖，仰首喝了一口，又把酒瓶递了过来。

我没嫌弃他的唾液，也大大地喝了一口伏特加，让辛辣的烈性酒的气息一直冲到已经空荡荡的胃里。

"王国庆，哦，就是曹建国，他给我说的第一个秘密是曹建华的车祸事件，这其实是曹建华故布疑阵，被撞死的人不是他。曹建华曾经和宁夏固原的一位面具高手有过较深的交往，而这位高手给他做了一张人皮面具，是按照他自己的模样去做的，因此，被撞死的人只是身材和他比较相像，而脸上又戴着他事先备好的人皮面具，所以很多人被蒙骗了过去。

"他这样做的目的，是为了躲避另外一个人的寻找，这个人就是曹剑中。曹剑中之所以要找寻他，无非是为了曹家祠堂失踪的观音像的下落。这座观音像，其实并没有在几十年前就失踪，而是被人藏在了祠堂里一个隐秘的地方，是曹建华在无意之中发现了它，一并也发现了它身上的秘密。是一张图，和你在曹店村墓藏里取走的那张图十分相像，只不过一张是上半截，另一张是下半截。曹建华和曹建国是兄弟，曹剑中应该也是，但曹剑中不念其兄弟情分而处处找曹建华麻烦的原因只有一

254

个，那就是，二十年前，曹剑中已加入了日本山口组。而且他似乎和山口组中的一个首领人物定下了盟约，他能得到什么曹建国并不清楚，但那位山口组的首领想得到什么，恐怕连你现在都清楚得很了。曹建华到A市去找曹建国，但人未见到，就和他的一位同乡一起遇上了曹剑中，曹剑中使镖的手段虽说厉害，但用毒的伎俩还是差得太多，所以，曹建华才能在山城殡仪馆里逃得一劫。到山城殡仪馆是曹建国约定的意思，可是，那天曹建国因为别的事情而来迟了一步，不仅没有看到曹剑中的身影，还差一点遇到了公安。至于你早先在山城殡仪馆中能够得到那只玩偶，是巧合之中的巧合，那天，王国庆从公安局逃了出来，并携带着玩偶想将它藏到一个安全的地方，可是，他还来不及作出更多的动作，你就进来了，他当时还不想和你这位多年的邻居交恶，所以就眼睁睁地看着你带走了玩偶，但我想，他故作的那种怪声，也将你吓得不轻吧。"

杰克跟我要回了伏特加，他又喝了两口，才继续说道："是你将建文帝疑冢棺椁内的盒子拿走的消息也是出自曹建国的口中，因为，他听到了你的声音。当时，你虽然没有说话，可曹建国非凡的记忆力还是将你的呼吸声想了起来，他说你的呼吸很有特点，那就是三短两长，尤其是在紧张的时候。在殡仪馆里你也曾紧张过。你没忘记吧？这是第二个秘密。第三个秘密却和你的朋友有关。"

一声凄惨的短呼。接着又一声。

同时我清楚地听到带有消音装置的手枪射击时的"扑扑"声。

杰克的话戛然而止，人霍地蹿起，向庙外张望。

这是个机会。绝好的机会。

我像弹簧一样蹦了起来，一只手掌已切向了杰克握枪的右臂。

杰克的反应很快，但还是比我的先发之机晚了一步，因此，这只雷明顿自动手枪就落到了我的手里。

子弹从庙外射进了庙内，杰克腿部的皮肤被擦破了一层，血开始溢出。有一颗子弹飞过我的右耳。

来的人不是善类。

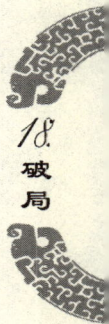

18.
破
局

255

我俯身在地，向枪声传来的方向扣动了扳机，是连发，一次性击出了六发子弹。杰克毕竟挂着国际犯罪分子的头衔，他使用的枪都是精品。

庙外的枪声停了。

停下来就是寂静。

回头看到杰克仓皇地翻过了破庙后的矮墙，我却并没有动。

庙外射击的人肯定没有中枪，也许是换着弹匣，也许是在瞄准。

我一动，就成了他的靶心。

许久，外面一点动静也没有。

我试探着向前爬了几步，还是没见动静。这样，我就大胆了一些，半曲着身子以最快的速度行进到庙门前，向外一看，外面陡峭的山坡上，除了四具尸体，就只剩下七八枚亮晃晃的子弹壳。

我只看了一眼，就已认出，这是六四型制式手枪的子弹壳。

险情迭出。奇事亦是。

这种六四型制式手枪是中国警察专用的手枪，这个杀手难道是个警察？

杰克跑了。

他扔下据说是用重金买来的打手的尸体，一个人跑得无影无踪。

他的身体并不是非常灵活，更何况腿部还受了枪伤。在这样的情形下，他仍然像一只兔子一样地溜掉，不能不说是一种奇迹。

我忽然想起了他的另外一处伤，左手的伤。俗话说伤筋动骨一百天，可仅仅过了三五天，他的手竟然还能拿得稳枪，我不得不佩服杰克这家伙，真是一个非常之人，便有可做非常之事的手段。

但是，他是怎么知道我去了浙江？

曹建国还有什么秘密被他把握？

我的朋友是谁？谁到底出了什么事？

我下意识地找出了揣在后腰部的那只木盒，盒子还在。经过了那么剧烈、复杂的运动之后它还待在那儿，这使我稍微舒展和放松了一下心情，我忽然觉得，杰克他犯了个错误，很差劲的错误。他在第一时间里就应该从我身上取走这只盒子的。机不可失，时不再来。

我从山神庙外躺着的一具尸体上搜出一部手机，这具尸体现在是谁已不再重要，重要的是，我需要用他的这部手机来打一个电话，给当地的警察打一个电话。

我报警后就走了。

从杭州到 A 市没有直航的班机，只能先到郑州，再拟换乘火车或长途客车。

一路上我没有打开那只盒子。

看起来这只盒子的外表没什么特别之处，它的长度约有十厘米，宽不超过五厘米，高度可能只有三到四个厘米，表层涂有黑色的薄漆，但因年代较久有些地方的漆层被磨掉而露出原木的本色。在它整个表面找不到任何花纹或者经过雕琢的痕迹，它通体透素，保持着简单、质朴的风格。就是这样的一只盒子，我没有发现能够开启它的地方。

以前见过一些构造很特别的锁，被安装在箱子、墙壁、地板、抽屉上的暗锁，十分复杂、巧妙、匠心独具，但它们至少都会有一个开启点，也就是说在它们所安装的位置，会出现一条缝隙、一个伪装的机关或一个奇特的按钮，可这只盒子上什么都没有。

它像用一块整木削磨而成，有浑然天成的完整感，如同一方镇纸。

我之所以在漫长的路途中没有急着打开它看看里面究竟暗藏着怎样的秘密，就是上述的原因。杰克的下落我倒不急着知道，像他这种人，是不会甘心自己的觊觎之物白白落入他人之手的，他一定会回到 A 市。

在一会儿晴朗一会儿阴晦的天空中，在火车长久的轰鸣之下，我的大脑忽满忽空。

到达 A 市的时间是第二天下午三点钟左右，A 市古老的车站外人潮汹涌，操着各地各种方言的人和我的疲惫擦肩而过，我随便拦了一辆出租车，却没有回家或去找张三、夏陆、萧曼他们，而是去了一个地方，并见了一个人。

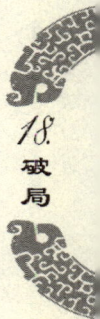

18. 破局

一个看上去十分潦倒的人。

我走进 A 市北郊跑马胡同五号的破门里就看到慕容垒正在吃饭。

他吃的是一海碗煮得绵烂的土豆。白木方桌上摆着一碟泡腌辣椒，一碟精盐，一碟蒜瓣，除此以外，我没找到任何主食。

但他吃得很香，香得一塌糊涂，颔下几缕散须上沾满了食物的碎屑。

当他瞅见我走进那扇似乎永远都不会挂锁的破门，一脸的兴致勃勃，嘴里含糊不清地说道："来，小修，过来一起吃啊。"

我们还是很快地切入了正题。

关于慕容垒这个人，在这里我要啰嗦几句：慕容垒，一九四三年生人，一九六五年毕业于清华大学数学系，"文革"期间曾参加过刺刀见红的派系武斗，一只左眼就是在一次大规模的"攻坚战"中失去的。后来他因出身问题被打成了黑五类，又因他的舅父曾为国民党中统局的高级干部而被冠以"特务"、"反革命分子"等罪名身陷囹圄长达八年之久，一九七八年才被平反出狱。他的一生基本上没有个正经工作，大学毕业后虽然被分配到广东省某市的研究所，但一直都没有去过。所以，改革开放后别人都被落实了政策，可他却因没单位接收而成了无业人员，于是，他便当了一名锁匠。

慕容垒的老家是山西平遥，两百多年前，大概是前清雍正年间，在平遥曾出过一位制锁的名匠，在传闻当中，此人的手段极其高明，甚至惊动过远在京畿的大内方面。据说，素来对民间的奇人异士敬重三分的雍正皇帝也请他做过内帑府的官锁。真是无巧不成书，这位制锁高手恰恰就是慕容垒的先人。

他算是干了老本行，全凭着家传的一本《锁钥五法》。

我没见过这本书，但从他的制锁技艺来讲，的确可以称得上精湛二字。

我的一个朋友，以开锁出名，功力极深，但对于慕容垒制的锁还是

258

推崇至极，他曾说过：国际上如果做一个制锁排行榜的话，慕容垒绝对可以名列前十。

我带着那只盒子去找慕容垒，就是想借他之手获得盒子里的秘密。慕容垒一直欠我的一个人情，我想让他知道欠债还钱毕竟是天经地义的事。

慕容垒只有一只眼睛。而且，这只眼睛的近视程度高达七百度以上，就是这样的一只眼睛，才能看得出盒子的奥秘来。

《辞源》曰："锁，古谓之键，今谓之锁。"《辞源》辞义为："必须使用钥匙方能开脱的封缄器。"另外，锁还有一层意思："一种用铁环勾连而成的刑具。"引申为拘系束缚。

锁，令人沉重无奈的感觉，但幸好，跟锁配在一起的，有样东西叫做"钥匙"。有了钥匙，再复杂的锁也会应声而开，使我们体会了"解救和释放"。

慕容垒说："这只盒子的整体就是一只锁。"是他家传《锁钥五法》中唯一没有破解之法的一种锁，它有个名字，叫"地阴"。

慕容垒又说："古锁初称闭、钥、链、铃。早期为竹木结构，起于门闩。春秋战国至鲁国公输班于木锁内设堂奥机关，至东汉制金属簧片结构锁。入唐时，锁之多为金、银、铜、铁、木。明代遂成为广锁、花旗锁、首饰锁、刑具锁四大类。其实，在上述四类锁之外还有密码锁数种，大多平常见到，有些早已失传罢了。锁的具体名称有一开锁、二开锁、三巴掌锁、三道箍虾尾锁、四开锁、五开锁、龙凤锁、炮仗锁、七堂锁、双元锁、迷宫锁、底开锁、转冲锁、倒拉锁、暗门锁、无钥锁、方锁、马缰绳锁、牛角锁、牛尾锁、举梁锁、文字密码锁、数字密码锁等。它们的外形虽说长短不一，大小不等，而其奥妙之处大抵相似，都在于钥匙孔的开槽上，可谓五花八门，稀奇古怪。钥匙孔的形状分别为'一''上''工''古''尚''吉''喜''寿'等字，这些都与古代森严的等级制度有关。而'地阴'之锁却和它们一点关系也扯不上。甚至'地阴'锁也不是单纯的一只锁，而是一道机关，暗藏玄机！"

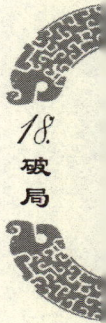

18.
破局

"你懂周易八卦吗？"他把盒子端详了半天，对我说。"'古者包牺氏之王天下也，仰则观象于天，俯则观法于地，观鸟兽之文与地之宜，近取诸身，远取诸物，于是始作八卦，以通神明之德，以类万物之情。'这是《周易·系辞》所述周易八卦的来历，上古伏羲氏画八卦，周文王演为六十四卦，作卦辞和爻辞，孔子作传以解经。从'无极'空无静寂的初始到太极混沌一片的生成，自'两仪'开阴阳之先河到四象表四季之轮回，后演绎成'乾、兑、离、震、巽、坎、艮、坤'八卦，八卦生万物万事，便是变化中的六十四卦。而这'地阴'锁的奥秘就在第六十四卦当中。六十四卦为《未济》，卦曰：未济（离上、坎下火水未济）亨。小狐汔济，濡其尾，无攸利。解曰：'未济，亨'柔得中也。'小狐汔济'，未出中也。'濡其尾，无攸利'，不续终也。虽不当位，刚柔应也。《象》曰：火在水上，未济，君子以慎辨物居方。它的直接的意思是：未济之卦，年幼狐狸就要过河、沾湿了自己的尾巴，没有什么利益。但对于'地阴'锁来说就不能这样去解释，顾名思义，地阴是万物待生未生的意思，是最初的状态，是无终和新的开始。也就是说，地阴之义和《未济》之卦的本意是相通的，都是暗合重复的含义，重复是开启'地阴'锁的关键词。

　　"你来看，这只盒子明显是浑然一体的整木，但整木也有它的纹理，树木的纹路便含有重复的意思，所以，盒子上这处看起来似年久剥落的损处，也许有可能是锁孔的开槽。

　　"我先人留下的《锁钥五法》中虽然没有它的开启之法，但凭着我自个儿多年历练的直觉，这地方一定是开槽之处！"

　　慕容垒一通锁论听得我五迷三道，又一番周易之说更让我摸不着头脑，但最后这几句话我还是听明白了。

　　他取来一支扁钻，又拿出一件形状古怪的金属器具：细长，有十字尖棱，尾部有环。两件工具交合使用，便在盒子上动了手。

　　果不其然，经过他的一番操作，那片掉漆的地方掀起了一块椭圆形的木塞，而木塞下有一处细窄的缝隙。这块椭圆的木塞便是根据盒子上的木纹起出的。慕容垒说道："这便是匙口，但匙口内肯定有着机关，稍不留神便会伤了盒中的物事，你说说看，这盒子里会放着什么？"

我当然知道里面放着什么，但不好明说，便含糊地说道："我想可能是一些古本珍籍之类的稀有藏书，要不然，也不会放在这种盒子里。"

"不，不会是什么书籍之类的东西，那些还不值得用这种盒子来珍藏，可能，很可能是一张图，也许是一张藏宝图！"

慕容垒你真是太有才了！我心中难免震惊未名，但仔细想想，又觉得他此番的猜测实属切实推断，毕竟在这样的盒子当中，盛放些古本秘籍，金银细软之类的物品，太糟贱了盒子本身。只有那些奇珍异宝的密藏图，抑或是关系到一个人，甚至许多人命运的书信、秘札之类的物事才值得用它来放上一放。慕容垒说道："要开了这个匙口，需借助一种外力，小修，正巧你在这儿，也是天意使然。"

"什么外力？"我问他。

慕容垒缓缓说道："我知道，你，修必罗，是个擅长中国武术的高手，因此，普通人力道拿不稳，捏不准的地方你一定能拿得稳，捏得准。再则，你们习武之人的爆发力来得迅猛，只要在我的指点下你出力得当，这把'地阴'锁应该会随力而开。"

我不禁问道："你怎么会知道这种方法的？"慕容垒的神情变得颓唐起来，他放下手中的工具，缓缓立起身来，在房中来回走了几步。

我忽然发现，他原本就有点佝偻的身子更加佝偻了。

"你知道我是个志大才疏之人，小时候想当将军，指挥千军万马，攻城拔寨，所向披靡。那个时候，我最喜欢的一句诗就是'男儿何不带吴钩'。后来才知道，光凭着一腔热血，一身豪情是当不了将军的；刚上大学时正赶上三年自然灾害，我天天空着肚子，饿得双眼发晕，全身浮肿，心里就没有太大的理想了，只要能吃饱饭就行。谁能吃饱饭？厨子呗。再困难的年月，我们学校里的厨子却每天都能吃上二两猪肉，哪来的？厨子的另一位当厨子的朋友送的。就这样，我天天想着二两猪肉，是醒也想，睡也想，想得都快要发疯了，从那时候起，我就发誓毕业后一定当一个厨子。

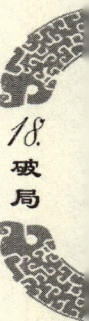

18.
破局

261

　　"'文化大革命'来了，什么理想都是镜花水月，还理想呢，眨眼的工夫就在大牢里蹲了八年。八年，抗日战争才用了八年！我呢？青春时代就这样在方寸之地度过。可我还得感激监狱，要不然，这制锁的手艺还能捏拿在自己手里？有一年老父亲来探监，我递出话让他从外面捎几本书来看看，他捎来了，都是革命家的选集，我知道，外面的世界要比监狱里还乱得多，都在破四旧，哪里还能找得到我喜欢看的那些书呢？就是有，监狱这地方也捎不进来。几本书我一直扔在墙角翻都没翻，有一天，我生了病，躺在麦秸堆里打摆子，浑身无力，什么都干不了，我勉强从墙角取来一本毛选，想想，总能打发这生病的时光。却万万没想到这本毛选是假的。它套了个毛选的塑料封皮，而里面的内容，却是《锁钥五法》。我父亲也真是大胆，但想得的确周到：一来没有谁会检查这类书的内容，好往监狱里头送；二来就想得长远。我这牢又不是坐一辈子，八年后出去了，总要吃饭吧。他让我学祖传的手艺，这门手艺无论盛世乱世都能用得着！他给我指了一条路，一条我未来要走许多年的路。因为走上了这条路，我的心就用在了这路上，这便是我能想出开启'地阴'锁方法的来由，书上没写心里却豁然开朗的来由。不说这些陈谷子烂芝麻的话了，咱们这便动手。"

　　慕容垒又从一只破旧的皮箱里取出一件器具，像一只气筒，头部有一个扁平的环状薄铲，铲头的直径大概只有两厘米。他将这件器具后部的盖子拧开，拉出一条细长的塑料管来。

　　"这是我的发明，本想用在制造一种以气压推动簧柱进行锁合的锁具，不料，却要用来开启这只'地阴'锁了。"他微微一笑说道。

　　他把环状薄铲的铲头贴近盒子上那处细窄的匙口，对我说道："你用足你们习武人惯说的那种真力，将一口来自丹田处的气流缓缓送进这条细管，记住，开始时吹得要稳，但到了气流似尽未尽之时，再猛一用力，将最后残余的气体统统送进去。"

　　"这就是打开这把'地阴'锁的诀窍。"

　　原来慕容垒想借用的外力并不是我想象中的那样将内家真力贯通于手足之上，猝使其爆发而出，而是将一股力道通过嘴里气流的运动冲击这气筒状的器具头部的环铲，达到开启这只盒子的目的。

绝妙的想法。

除了这只盒子，也就是"地阴"锁的原配钥匙，想打开它，有谁还要比慕容垒来得高明？

我按照慕容垒的指点，把一番动作依次做完。

当最后由嘴而泻的力道一股脑儿地冲到环状薄铲的锋缘时，便看到了一个现象：薄铲的锋缘向前顶了一下，"扑"的一声卡进了盒子上的匙口，继而木盒的右侧弹出一个偏长形的抽屉，一缕淡淡的檀香味浮动在空气里。我看到一卷不知用什么皮革制的卷轴在房内昏黄的白炽灯下显出凝重的古意，内心深处不由生出一丝敬畏来。

卷轴上扎着一圈朱色的丝绳，结呈梅花状，透出扎结人指端经年的灵巧。慕容垒却只是望了一眼卷轴，表情不带一丝喜怒地转过脸去了，从桌上皱扁的烟盒里取出一支烟卷，用火柴点上，猛吸了一口，随际吐出。

淡青色的烟气迷离在灯光下，使他的身影显得有些朦胧。

"小修呀，这无论是什么物事，总归有它原来的主人，你想想吧，不是自己的东西，到什么时候都会扎手。"

一番听似毫无来由的话说完，他竟自睡到破床上去了。

我有些发怔，不知该回答他什么才好，站了大半天，终于只说了声"谢"字，转身走了。

慕容垒有他自己的操守，他并没有唆使我打开那只卷轴，是为了尊重他自己。像这样的人在这个世界里已经不多了。

我离开A市的北郊，穿过一片荒芜的田埂，在过境公路上随手拦了一辆出租车，便吩咐司机开往我住的小区。在车上，我一直在想，是当着夏陆和萧曼他们的面打开这只卷轴呢？还是先和张三联系一下，脑子里忽然又闪出杰克先生的那张肥脸，还有王国庆阴郁的眼神，一时间纷纷扰扰，索性闭上了眼睛。

当我感觉到有些不对头的时候，变故就真的发生了。

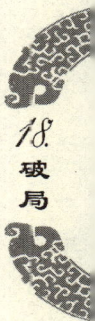

18.
破
局

我乘坐的这辆出租车所驶的方向竟然和我要去的地方背道而驰。我急忙去喊司机，可司机似乎全然不顾我的叱责，反而将车子愈开愈快，因为隔着一层防止意外的有机玻璃护罩，使我无法以非常的手段迫使司机停车，一刹那间，我认为自己已经落入了圈套，一个早已设好的圈套。

　　我决定跳车，但就是这种极其危险的应急措施也无法采用，因为后座两边的车门均被反锁了。

　　忽然听到司机不愠不火的说话声："修先生，少安毋躁，我们就快到了。"

　　一听到这个声音，我焦躁的情绪反而镇定下来，心中陡然有了主意。

　　这个声音是谭力的。

　　车子所驶的方向是 A 市的西郊，也就是说是驶向山城殡仪馆的方位，但经过这座充满未知秘密的殡仪馆时，车子并没有减速，一晃而过，一直到红星公墓附近一栋废弃的旧楼前才停了下来。

　　旧楼是二十世纪五六十年代的建筑，破败不堪，看上去甚是荒凉。

　　而楼前空地上站着两个人，我非常奇怪的是，这两个人怎么能走到一起。

　　一个是姓何的多病老人，另一个是杰克。

　　当这辆出租车停在他们面前，杰克笑着走上前来，以他惯用的那种腔调对我说道："修先生，再次恭喜你大难不死。"

　　从杰克的嘴里知道，他之所以能够和谭力他们一起找到我，是因为在上次山神庙里遇袭逃走之后他并没有放弃从我身上找到突破口的希望，因此，他是从杭州一路跟踪回来的。我曾问过他飞机你怎么跟踪，他神神秘秘地说道："杭州飞往郑州的飞机一天又不只是一班，而且，两班的航次非常接近，所以，当你还在郑州火车站售票处为买到去 A 市车票而着急的时候，我已经在你的身后了。"

　　这一点我真的没想到。

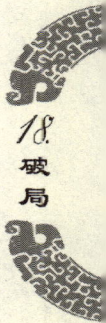

至于他和谭力他们走到一起的原因我后来也想明白了，像杰克这种人是非常懂得"若全不得，退而求次"这句老话的，他们都需要合作者。

怀中的卷轴落到了何姓老人手里，他打开端详了半天，才慢吞吞地对我说："你看过这张图没有？"我摇了摇头。他把图递给了谭力："让他看看。"谭力的目光永远带着那种和杰克一样的狡黠，对于他我已经有了一定的了解，所以我不再将他当做是一名公安人员而是一个十足的图谋不轨的人。他走到我跟前，手中六四式军用手枪在黄昏的光影里显得异常狰狞，他摊开了那幅卷轴，冷冷说道："你看看可以，但别想什么花招。"

图的内容我看得并不十分明白，唯一能够看得出这是一张某座建筑物内部的结构分析图，但其上的点、线、面交错得杂乱无章，使这座建筑物看起来不可能在现实生活中能够修造起来，它更像一幅空中楼阁的设计图。

何姓老人猛烈地咳了几声，吐出一口浓痰，才缓缓说道："这是半张图，不，应该说这是一张整图被揭成两面之后的其中一面，只有将两面合二为一，我们才能知道地宫的具体构造，才有可能找到我们想要的东西。"

"我早就想到这一点了，这一点是我不让他们杀掉你的原因。"

何姓老人忽然长叹了一口气，说道："六百多年来，我们何家屡遭变故，家门不兴，到今天能派上用场的，也只剩我和老幺两个人而已，我叫何书子，他叫何群，考警校那年，是我让他改了名字的。"

谭力接口道："修必罗，这件事原本和你无关，都是我们何家和上虞曹家的事，自从我知道曹家掌控了建文帝所留的不传之秘后，就对他们动了心思，可惜，曹家的人心机太重，我不是他们的对手。但我可以告诉你，你在杭州所遭遇的一切却不是我在从中作梗，我还没有那么冷血。"

"可你杀了我们Ａ市状元街的江湖人物'万事通'，这却是个不争的事实！"我冷冷地道。

"'万事通'他死了？"谭力的脸上涌出不似伪装的诧异，这使我的心陡然一沉。

杀'万事通'的幕后难道另有其人？我心中暗道。

"'万事通'不是老幺做的，我们是和他在红星公墓的后山上见过面，当时，他是想从中分一杯羹的，可被老幺手中的枪给吓回去了，为了堵住他的口，我给了他一万块，当然，我的手里也有他做过一些不干净事情的把柄，相信能够使他守口如瓶。"

"没想到他竟然死了？"

"我知道是谁干的，"杰克突然说道，"修先生，如果我没猜错的话，应该是你的朋友。"

杰克的话音刚落，他的身子突地一阵剧烈抽搐，仰天便倒。

就在这一瞬间，我听到一阵风声，尖锐的风声。

杰克的额头上出现一支圆形的镖尾，而有将近三厘米的镖尖已然没入了他的颅腔。

金钱镖！

谭力一惊之下，手中的枪快速摆出，但他还是慢了一步。因为，另一支镖已将他的整只握枪的右手横切了下来！

谭力痛极狂叫，叫声凄厉至极。

"是我，是我干掉了'万事通'。"

声音听来是这般熟悉，还是那股当警察当久了的腔调，但现在又加上了一丝做官后的威严。

旧砖楼残破缺损的楼梯口走出来一个人，穿着他平素喜欢穿的咖啡色皮草夹克，一只手揣在休闲长裤的兜里，另一只手握着一把手枪。

"是你！你怎么会用金钱镖？！"

我脱口而出的声音带着颤抖，还夹杂着莫名的愤怒和伤心。

来的人正是刘强。

刘强，我的同学和朋友；A市刑侦队前任队长，现任A市公安局副局长；公安部曾授予他国家二级英模勋章；国家"五·一劳动奖章"的获得者。现在，他是个凶手。

266

"我曾怀疑过你，就是在对王国庆的尸体处理上，我对你和你的法医没有进行尸体解剖而怀疑过，但仅仅只是怀疑而已，也可能是场误会。但我现在终于明白，这不是误会，而是阴谋。"

我说话的声音极大，甚至盖过了谭力痛苦的呻吟。

"别那么冲动，这么多年过去了，我以为你已经不再冲动。"

刘强的话透着几分怜悯的意味。

"每个人都有理想，说好听了是理想，说难听些就是野心。

"我也有，我可以给你讲讲我的理想抑或野心，但不是现在。现在，我希望你和这位老同志把地上的尸体和那个受伤的前警察送到楼里去。但绝不要轻举妄动，我的镖和我的枪都非常敏感。"

刘强缓缓地说道。

这座被废弃的旧砖楼有三层，名噪一时的国际"知名"人物杰克先生现在就躺在了冰冷的楼板上，他的眼睛仍在无神地微张，看来有点死不瞑目。

当然他是带着他的秘密离开的。关于遥远的太平洋深处新西兰岛上的秘密。

从今以后，我不知道还会有谁说出这个秘密。

谭力的断手经过简单的处理后他的人显得很憔悴，这是大量的失血和彻骨的疼痛造成的。而何姓老人一下子似乎老了许多，他坐在一块方砖上，从怀里取出一只烟斗，由于手抖动得厉害，点了好几回才点着，只吸了一口就咳声连连。

"我让你们到这里的意思是我们都需要等待。"刘强说道。

"你为什么不杀了我们？像杀死杰克那样？"我恶狠狠地质问他。

"修必罗你这样想就错了。杰克是国际刑警通缉的要犯，他迟早要死于非命。所以，死在谁的手上都一样。可你们却不同，尤其是你不仅仅是我的朋友，而且是我国国家安全机关一个要人的儿子，杀了你，我不是自找麻烦吗？至于他们俩，我都有我的用处，比干掉他们更妥当的

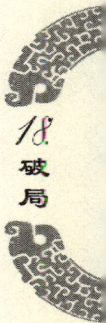

用处。"

"你和王国庆有协议?"

"哈哈,王国庆算什么东西,我救他一命只是为了一个承诺,为了当年和他兄弟的一个承诺。"

"他兄弟?你说的是曹剑中?"

"修必罗果然是修必罗,一猜即中。不错,就是他兄弟曹剑中。"

"那是十年前,我刚参加工作,在一次执行任务中遇到了曹剑中,他当时便是我们要追捕的一名杀人犯。我不小心落入他手里时他不仅没有杀我,反而将四支'金钱镖'和一本'金钱镖'秘籍交给了我,他说我的双手最适合练习'金钱镖',这些年来他一直物色一个传人,没想竟然会在来追杀他的人当中找到,也是天意使然。而且人生有因为所以,因为他的慷慨,所以我也帮了他,使他逃脱法网。这本来只是我人生旅途中的一个插曲,我从未曾想过能够再次遇到曹剑中。可是,命运仍将他推到了我的面前,这一次,他给我带来的,便是'聚宝盆'的消息。"

"聚宝盆?""哦,这样秘密的事情你也能晓得?却不枉了你修必罗的大名。对,我不仅知道他加入了山口组,而且还知道他受你的冤家叶玄之托,回中国来取一件和'聚宝盆'并蒂相连的物事。

"萧曼那夜在山城殡仪馆里遇到的人就是他。

"萧曼还是太年轻,年轻人有冲劲是好,但太过于冲动就有些招人讨厌了。你也一样,修必罗,这件事本来你是可以不插手的,即便插了手,也可以中途退出来,老祖宗有一句'见好就收'的话,我想你早就忘了吧。

"我曾经警告过你们,在杭州,我警告过你们两次,可惜,你还是没有认清楚形势。"

"车祸和招待所的大火是你干的?那袭击我的蒙面人是不是你?"

"当然是我,可我并不想杀你,所以我选择这样去做无非是想达到两个目的,一是让你知难而退,回到 A 市老老实实地去当你的文案企划，可我还是低估了你的好奇心，我似乎一直都在低估着你。二是给曹家的人一个警告，让他们知道某些东西永远来之不易。哦，对了，在杭州青松岗曹建华墓前的惊魂一幕可让你输了胆吧，那便是我做的。无论是橡皮人也好还是曹建华假墓后那个看似设计精巧的暗洞中的盒子也好，其实都是诱敌之计，不过诱的并不是你，你只是来得过于凑巧了而已。橡皮人曾留下了我的指纹，我取走它是用来销毁的。山城殡仪馆，也就是昊天寺地宫布局图纸的另一半并不在曹建华墓后的暗洞里，而在曹剑中的手里。当年曹家祠堂的观音像其实便是他偷走的。在他们曹店村的传说中这观音像里藏着金子，所以，当年才十二岁的曹剑中便趁他父亲和几个叔叔下墓道的时候出了手，那么小的一个孩子，也懂得金子值钱，真是人为财死呀！"

"怎么？曹家祠堂的观音像是曹剑中取走的？不是曹建华么？"我追问道。

"你又是哪里听来的这个消息，怕是从王国庆的嘴里得到的吧，他的话你能信吗？我听说他要用十万美金来换你手中那张藏在玩偶腹内的地图，他，一个穷光蛋而已，别说十万美金，就是一万块人民币，也很难搞到！上次我之所以救他，当然是看在曹剑中的面子上。更何况我这个记名的师傅给了不少的好处，而王国庆，只不过是一个苟且偷生，靠祖宗传下的那点伎俩过活的人，他和曹建华一样，都在被人当枪使。"

"那你呢？"我意味深长地问了一句。

刘强的脸上始终保持着他惯有的平静，他淡淡地说道："没有人能够利用得了我，即便是自认为天下不世出的奇才曹剑中也不能够，他的名字里原来有个建字，和曹建华，曹建国的建字一样，可他改作了'剑'，其义不说自明，以为自己如同倚天之剑一样，可以问鼎中原，他错了，在我眼里他也只不过是一支枪，一支快枪而已。

"贪财和好色一样都是许多人致命的弱点，曹剑中的败迹就在他盗取观音像的那一刻已昭示天日。"

"那你呢？你不也是一个贪字？"

"我贪？哈哈，我是贪，我贪的是我自己半世的安稳，有了'聚宝

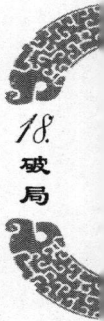

18
破局

盆'，我不会将它卖给谁或交给谁，而是自己留着换几代子孙的平安。"

"还不是贪，只不过你会自圆其说罢了，可曹剑中的意思是想把这个物事交给日本山口组？"

"不光是'聚宝盆'，应该还有一件东西，叶玄这个人视金钱富贵如粪土，唯独对一样东西感兴趣。"

"你是说建文帝最后的行藏处有一本武术秘籍？"

"我不知道，但也能猜得差不离。"

在听刘强滔滔不绝说话的时候，我用眼睛的余光扫了一眼何姓老人和谭力，但见两个人都神情萎靡，不知道把这位副局长的一番长篇大论听进去一二没有。

此时已到初暮，冬天的夜晚来得早，我们所处的地方又偏僻，放眼之处，已几无人踪。

刘强忽然低声道："到时候了。"

19. 解密

局未破，何来密解？

有人一定会这样去问修必罗。

他就这样的问了。

他听到他的提问，轻轻地舒了口气，又接手点上一支"国宾"牌烟卷，在青袅袅的烟岚迷漫和一星半点的火光明灭中，他说："你问得好。你能这样来问，就说明你不在我讲的这个局里。但你仍处在属于你自己的局中。局有很多种，可化身千百亿。也可以这样去说，每个人都有属于自己的局。而对于我设身处地的局，我所谓的同学兼朋友刘强大现真身的时候，就是破局的开始。他的出现使一个完整的局有了缺处，漏洞、破绽、疏忽，有了转机，破局的转机。"

"那破这场局的关键在何处？"

"是解密。"

"解什么密？"

"你听我讲了好多天，那么久，连我所说的秘密都忘了吗？"

"当然是'聚宝盆'的秘密。"

刘强的话音还未落尽，他的身影忽地如同鬼魅般欺近谭力和何姓老

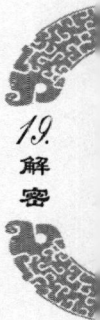

271

人，出指如风，使的竟似失传已久的武术绝技"点穴手"。

两人猝不及防，顿时萎靡摔倒。

"你过来搭把手，把他们都藏在不易被人发现的地方。"刘强冷冷地说道。

"你怎么不直接做了他们，省得将来有麻烦。"

我一边干着这种十分不情愿去干的活计，一边揶揄地说道。

"我不到万不得已，是不会轻易杀人的，你别忘了，我现在的身份还是一个警察。"他淡淡地说道。

"好一个不会轻易杀人，刚才还对杰克先生痛使辣手，怎么，如今又变得慈悲为怀啦？"

"杰克和他们不同，他早已犯了死罪，死在国际公审法庭的判决上和死在我的手里并没有什么质的不同，他们却不一样，他们罪不至死，这位何姓老人甚至可以说是无罪，我又何必赶尽杀绝呢？修必罗，你这算什么？讽刺我，还是想激怒我？

"我现在没有时间和你玩这种无聊的口舌之争，跟我走，让我来满足你可怕的好奇心。"

"你怎么会使用'点穴手'这种传说中的功夫？"我依然不依不饶地追问道。

"你走眼了，这不是什么'点穴手'，只是一种中医学里的拿捏功夫，可以暂时闭塞人体的血脉畅通，使人晕厥而已。不过你还必须去做一件事情。"

"什么事？又要我做什么事？"

"用这两根绳子将他们绑起来，再堵好他们的嘴，这样可以让我们的行动在一段时间内不会有太多外来的威胁。"

山城殡仪馆处在无尽黑暗的笼罩当中。

我走在刘强的前面，一步一步地靠近这个充满神秘意味的所在。

殡仪馆的大门仍旧和以往那样在它里面的工作人员散尽之后无声地

掩着，门上有锁，普通的弹子锁，在一盏昏黄的檐灯的照耀下显得不堪一"撬"。

但我们没有破门而入。

和萧曼上次采取的方式同出一辙，在刘强的指使下，我们翻过殡仪馆并不算高的砖墙，轻而易举地进入了前院。

院子里一片寂静。我们没有任何可以凭借光源的工具，只能在黑暗中靠眼睛来分辨方向和路径。我忽然想起了刘强说过的等待，等待什么？是一个契机，一个切入点，还是一个人？

我想，应该是一个人，一个值得等的人，一个和整个事件密切相关的人。

曹剑中。

但我并没有发现他的踪迹，他可能还没有到来，但刘强为什么说，是时候了？

我们的脚步仅止于前院。

没有进入殡仪馆的任何一个房间，甚至没有转过前排房间的阴影而看到后院可能还亮着的一盏廊灯。

难道，秘密就在前院？

在黑暗中，我可以感觉到刘强的高度戒备。这不仅仅出自他作为一名警察多年养成的习惯，更是因为他了解我存在于他身边的某种危险性。

其实，现在就算我可以逃得脱他的掌握也不会轻易逃脱，我倒要看看，他能满足我多大的好奇心。

殡仪馆的前院显得较为细窄，除了一个小小的花坛，半间低矮的水房之外，没有更多的地方可以让目光有稍作停留的余地。在如此暗夜里，这些白日里可以一览无余的景致，却显得朦胧隐约，似有大的玄机暗藏其内。

这时，我听到了衣袂之声。只有武术高手才能发出这种独特的衣袂之声，如若不是我的武术功底较为深厚的缘故，打死也不会听出来这种声音和普通的风声有何区别。

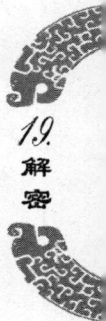

19. 解密

殡仪馆的砖墙下纵下一条人影，移动的速度极快，只在一眨眼间，就已来到我们身边。

"这个人是谁？"来人沉声道。来人的语气里透着生硬感，有一种说不出的肃杀。

他是在问刘强。

"这个人你已经早闻其名了，他姓修，修心养性的修，叫修必罗。"刘强的这番话说得轻飘飘的，我从其中听出一股嘲讽的意味。

"修必罗？我听说过，可你带他来干什么？"

来人的声音里显出几分不满。

"我之所以带他来，是因为那半张地图在他身上。"

是的，当杰克猝然倒地，刘强在旧砖楼上现身的一刻，我已从何姓老人的手中抢过图纸并藏入了怀中，但我知道，这只是一时的权宜之计，这张图迟早会被刘强搜去的。可奇怪的是，他一直没有动手。原来，他以此作为向来人解释带我到这里的目的。

难道他不好意思自己动手干掉我，而要借刀杀人？

"我的刀呢？你带来了没有？"来人沉声说道。

"刀的目标太大，所以，我暂时把它放在了一个妥当的地方，等这里的事完了以后，就带你去取。"刘强回答。

"上次伤了我的那个女人，我说过我会亲自来料理她，人呢？"

我听到来人提到了一个女人，蓦然中萧曼的身影在脑海里乍现出来，他说的一定是她！

毋庸置疑，来人便是曹剑中。

"伤了你的那个女人是我的手下，我随时都可以把她交给你任你处置，但绝不是现在！请曹叔想想，是你的旧怨重要还是眼下的事情重要？"刘强的话有些绵里藏针。

我隐约看到曹剑中缓缓点了点头，向我所处的方向跨了一步，伸出手来，沉声说道："把图拿来。"

此时已容不得我细细思考，只得从怀中取出那幅卷轴，迟疑了一下，还是给了他。

他接过卷轴，我虽说看不清他脸上的表情，但隐隐约约感到一股使人灼痛的目光扫向我的眼睛，只听他缓缓说道："既然刘队长能将你带到这里来，我想是对我们所做的事情会有点好处的，所以我也不会轻易地对你出手，但请你记住，千万不要心存妄想、轻举妄动，那样，你会消失得比你想象的还要快得多。"

　　我没有点头也没有摇头，竟然对他的这番话感到了莫名其妙的可笑，就在这时，曹剑中的手里忽然射出一束强光，我大吃了一惊，定睛看去，原来他的手中不知什么时候已多了一支电筒，此刻，正将电筒的光芒向卷轴上照去。

　　"是这半幅，一定是这半幅。"他喃喃说道。

　　刘强趋步上前，接了曹剑中递过的电筒，这样，曹剑中就腾出手来打开了地图。

　　"是昊天寺地宫的构造图，老祖宗的在天之灵保佑我，使我终不负几十年来的一番苦心。"

　　他边说边自怀里取出另外一只卷轴，并把两幅卷轴相互重叠，猝然狂笑起来。

　　那仅仅只是一刹那的狂笑，却使我听得陡然心惊。

　　"段栖文不愧是刘伯温的弟子，仅是这张图便绘得巧夺天工，若不是两张半图合复一处，真不知该从何处下手。小刘，我兄弟有没有消息？"曹剑中这后半句话说得突兀，我下意识地将目光移向刘强，只见刘强回答道："王国庆，不，曹建国自上次走了之后，我经过多方打探，只听说他来到了A市，但我找遍了A市可容他藏身之地，均没有什么结果，我想，他是不是想罢手啦？"

　　"罢手？笑话！我虽说和我这个兄弟近几十年来相见的机会很少，但一个人的脾气是打小生就的，要改可是十分不易，所以，我猜想他既然来到了A市，就很有可能随时会在这里出现。"曹剑中长叹了一声，继续说道："这地方他又不是第一次来，婶娘的骨灰还摆在这里，他是不会轻易忘记的，再者，数十年前的一次通信中，他就告诉过我，在先祖的遗札上曾多次提到宝应府昊天寺这个名字，他天赋极高，对所要做

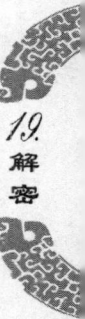

19.
解
密

275

的事中任何细微的怀疑之处都不会放过，因此，他研究中原各地的方志、稗闻、野史，终于知道了宝应府便是现今的 A 市，而昊天寺大概的位置便在 A 市的西郊，可那时，上虞曹店村的建文帝疑冢还是他心中最大的目标，所以，他对这 A 市西郊的几处最有可能是昊天寺遗址的地方只做了简单的考察，随后便因为种种原因暂时放弃了，如果他已得知昊天寺就是山城殡仪馆，而建文帝的最后归宿正在这殡仪馆的地下，只要没有人力不可抗拒的因素，他一定会来的。"

"你还要等他？"刘强问道。

"不，不等了，如果老天还能让我们相逢，那就当真会的，无论何时，无论何地。如果老天不许，我又奈何，就像上一次在这里一样，眼看我们兄弟就要见面，却被你的手下给搅和了，还让我中了枪。"

曹剑中卷好两张地图，一并收入自己的怀中，将背上背负的一只包裹卸了下来。

"让这位修必罗先生帮帮忙，我们这就去取那几件物事！"

在曹剑中的指使下，我不得不顺从地将他自包裹里取出的一捆绳索背好，再提上一只颇为沉重的微型鼓风机，夹在他们两个之间，随曹剑中的身影向院中央的那座花坛走去。

接近花坛的那一刻，我心下已是了然，除了花坛和水房，这前院再无处可做地宫的入口，而这座花坛却是最适当的所在了。

天穹上不知什么时候阴霾消散，而出现了月亮。

月色如水，月如银盘。

今天已是农历的腊月十五，再有半个月就该是春节了，我不知道自己还能不能够再次平安度过这个万家团圆的日子。此时此地，我自己根本不能掌握自己的命运。

就着月光，曹剑中和刘强各握一把手柄可以折叠的战备镐，便在花坛的中心部位下了手。

刘强只动了几镐，立起身径直走到我跟前，轻声说道："你也该松松筋骨锻炼锻炼了，要不然这么养尊处优下去，当心胖得喘不过气来。"

这家伙，自己不想动手，却教我去顶缸，还美其名曰让我减肥，我身高一米七三，体重却只有六十四公斤，再减下去，怕净是骨头没肉了。忽又转念一想，心下顿觉得释然，他还是在担心我的小动作。

我苦笑着把绳索和鼓风机递给了他，在手心上啐了两口唾沫，用力搓了搓，埋头干了起来。

时值隆冬，花坛里一派荒芜，土壤也冻得硬实，我和曹剑中甩开膀子干了一个多时辰，也只不过挖了一个不到两米深的坑。

我的双手开始发麻，腰酸腿痛，挖土的速度变得愈来愈慢，忽然听到曹剑中的镐下发出"叮"的一声，就听他欣喜地说道："是块石板，一定是地宫入口的石盖板。"

这座花坛的高度大约有一米左右，也就是说，我们挖到的地方已低于花坛底部的水平线，而到达了地面以下一米之深。但我却怀疑这地宫的入口不应该只有这么浅，从昊天寺到山城殡仪馆其间经六百多年岁月，A市又地处中原腹地，几次全城毁于兵戈战火，这地方怕也不能幸免。在昊天寺之后，这里一定又矗立过多种不同名称不同风格的建筑，那么，如果说建文帝设在此处的地宫入口确是如此之浅，恐怕其中的秘密早已大白于天下，留不到让我们来寻找的这个时候，因此，这块被曹剑中挖到的石板，只不过是一块普通的石料而已。

果然如我所想，曹剑中挖出的仅仅是一块粗砾的条石，上面虽说刻有文字，但看过之后就已知道这是当初修建山城殡仪馆时的奠基石。

曹剑中有些急躁，将奠基石扔在一边以后，嘴里开始不干不净地吐出脏话，而这些脏话分明带着莫邪山一带的口音。

刘强把一盒"三五"香烟打开后取出两支，一支给了曹剑中，另一支自己点上，他对我说道："我晓得你不会吸这种香烟，还是抽你自己的吧。"

我只能再次苦笑，因为我的"国宾"牌香烟早已告罄。

等曹剑中抽完了烟，他闷声对我说道："继续吧。"

又过了将近两个小时，当地下深度已达三米开外，我终于又听到一声"叮"响。

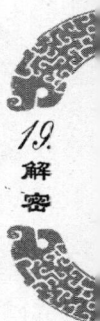

曹剑中俯身就着手电筒的光芒察看声音的缘处，抬头时一脸的悻悻。

"又是一块普通的石头，他妈的，难道这幅地图是假的不成？"

我心中一动，对曹剑中说道："如果可以的话，让我来看看地图。"

曹剑中并没有迟疑，很爽快地就把图取了出来。

这是我第一次看到两张古旧的图纸复合到一起的情形。

两张图重叠在一起，建文帝在山城殡仪馆地宫的内外部构造一目了然。

的确，图上明明地标注出地宫的入口位置就在这座花坛中。

可我突然想到，这是六百多年前绘制的昊天寺的地图而不是如今山城殡仪馆的地图，虽说两座建筑的地势走向、地理方位有着惊人的巧合，甚至也有一座看起来很像是在同一个位置的花坛，但它们终归不能合二为一；也就是说，这张图上地宫的入口很可能不是这座花坛，而是在别的什么地方！

我下意识地抬眼看去，目光骤然锁定了离花坛不远的那半间水房。

在手中的这份地图上，原昊天寺花坛所在位置的旁边并无其他的建筑物，可这花坛的面积大小并没有在地图上明确标出，所以，我萌生了这样一个猜测：图上所标的花坛实际占有的面积很有可能要比现在山城殡仪馆前院的这座花坛的现有面积要大出很多，如果这个可能成立，那么，眼前这半间水房的位置应该还是属于昊天寺原有花坛的一部分，而在图上没有显示出地宫入口具体在花坛中的方位，因此，这半间水房到现在花坛周围所有的地域都存在有地宫入口的可能性，但最大的切入点还是这半间水房。

我虽说对深邃的堪舆学所知甚少，但对历代帝王陵寝的大致走向还能略知一二。建文帝在当年的情形已然削发为僧，六根清净，可他的臣子们为他建造最后的归宿之处时一定在潜意识中仍将他作为一位帝王看待，所以，段栖文要安排地宫入口的所在，便不会选择其他的方向，而会定位在正南的一边，这半间水房正巧处于不偏不倚的南端，面南背北的不仅仅是龙椅和庙堂。

278

正想到此处，忽听刘强对曹剑中说道："曹叔，今天的时间已不早了，恐怕是徒劳无功，我们还是重作打算的好。"

远处已闻鸡鸣之声。

曹剑中拍了拍手上的尘土，黯然道："也罢，今天就到这里，晚上再来。"

我和刘强两个人用了不到一个小时的时间把从花坛里挖出的土方重新填进坑里，刘强又在其上做了些伪装，让人乍一看轻易看不出有人动过的痕迹。如此这般了一番，我腕上手表的指针已指向五点，是凌晨五点。

离开山城殡仪馆之后，刘强把我和曹剑中带到同处西郊但地域更为偏僻的一个城乡结合部，不知是什么时候，他已在此租下了一间民房。

等我们进到房里，找地方或坐或躺地休息下来，刘强说他要出去一趟，一是搞点食物回来，二是要回公安局去敷衍一下。

躺在屋角草垛上闭目养神的曹剑中只是轻轻地颔了颔首。临走之前，刘强的目光迎上了我注视他的目光，刹那间，他的眼睛里出现了某种犹豫，似乎想对我说些什么，终于一言不发地调头而去。

我枯坐在房屋的另一角，感到了莫名的孤单。有那么短短的一瞬间，我想立即逃离开去，但山城殡仪馆地下秘密的诱惑是那么地令人神往，我便放弃了那昙花一现的想法。

"对于我们这次的失手，你有什么话要说？"曹剑中闷声闷气地开了口，"我知道你是一个聪明人，也知道你曾进入过莫邪山里的那座陵寝，本来我也有机会进去，可事情太多，不得不放弃了。

"你和我兄弟曾经做过邻居，对吧，他在电话里向我详细地说过关于你的很多事情，让我从侧面对你有所了解。我们之间以往并无恩怨仇恨，至于你和叶玄君曾经的过节，也只是你们俩的争执，和我无关。但你既然自愿扯进这件事关我们曹家的事情里，那么，有些方面你就可能要身不由己。如果我是你，我会选择的路就是走一步看一步，这也许是你处于现在这种局势中最好的一条路。"

"我觉得，我们有些地方错了，这图上所标的没错，但我们的想法

279

19.
解密

错了，"我沉思片刻直言说道，"图上所标的地宫入口也许并不在我们曾经下过手的位置，而恰恰在它的附近，譬如：那半间水房。"

曹剑中自怀中把图取出来又仔细端详了片刻，他是何等聪捷之人，一点就透。

"对。你说得没错，应该是这个地方。"

刘强临近中午的时候才回到我们的暂栖地，他的脸上显出平时少见的疲惫。

"我们要抓紧时间，因为，我做的事出现了漏洞。"

他所说的这个漏洞，便是在处理杰克的尸体以及藏匿谭力和何姓老人方面出了问题，问题的关键在于，那座平时无人光顾的废楼今天却来了两个找地儿安身的乞丐，而且，他们在那里发现了三具尸体并报了案。这就是说，谭力和何姓老人已经死了。

他们究竟是怎么死的？这看来真是一个问题。

"你去现场了？"曹剑中问道。

"没有，但我在和平医院里见到过他们的尸体，是被人用一种特殊的方法杀死的。"

"什么方法？"

"尸体在表面看起来毫无伤痕，而在解剖之后却发现心脉俱断，显然是有武术高手用大力金刚掌一类的功夫所致。"

曹剑中的眉头锁了起来，他在逼仄的房间内踱了几步，才沉声说道："是我的兄弟来了，他会这一方面的秘传技击之术。"

"我们要尽快做完眼前的这件事情，暂且不说那两个人是死在谁手里，可那个假洋鬼子确是我亲手用镖干掉的，再者，那两个人也是我囚禁的，这些都是问题，迟早会惹祸上身。"

刘强已现着急之色。

"我知道该如何去做，暂且把心放宽，养精蓄锐，填饱肚子，如不出什么意外的话，今夜就可以进入地宫，"曹剑中道，"至于建国来去，我们先就不要考虑为好，他有他的办法，但是，我认为，我们必须要抢在他前面把活干完，这样，对谁都没有坏处。"

我听了曹剑中的这番话，在他的话音里听出来一丝对王国庆的戒备，这曹家的人，真是不可理喻。

"有办法了？曹叔？"刘强问道。

"多蒙这位修先生提醒，我才想到了昨夜的纰漏出在哪里，他果真是个人物。"

刘强有意无意地瞅了我一眼，我觉得他对曹剑中称赞我的话语有种极度的排斥，但他始终没有表现在自己的行为当中。

刘强带来了面包和罐头，还有纯净水。我胡乱吃了一些，浑身乏力至极，也顾不上身边还有两个不同寻常的危险人物，倒头便睡了。

我做了梦，梦里出现了许多熟悉和不熟悉的人，有死去的，也有依然活着的人。我梦到了我的父亲，在梦中，他似乎想告诉我一些什么，但话到嘴边却变得悄无声息，我觉得他要告诉我有关自己未来的命运。

我是被刘强的一声疾呼惊醒的。

天已黑了下来，但由于有月光的缘故，我可以较为清晰地看到刘强左侧的脸部，他本来是站在半掩的房屋门口的，现在一步一步地退着进来，我看见他脸部的肌肉扭曲变形，似乎是在承受着某种极度的痛苦，但终于承受不住，整个身体陡然崩溃，重重地摔在了地上。

一股血自他的嘴角涌出，血腥味顿时弥散在逼仄的房间之内。

曹剑中也在沉睡中惊醒，他的反应快如闪电，我只觉眼前人影一晃，他已闪身出了房门。

门外月光如水，映照得整座村落清晰如昼，在门外的土地上，除了曹剑中的身影之外，又多了一个人，一个我认识甚至可以说很熟悉的人：张三。

我刚想喊出他的名字，却听他不紧不慢地说出一番话来，而这番话使我的心在骤然间开始下沉，沉得很深，亦冷。

"我杀了他，不得不杀了他，因为，他会坏我们的事。叶玄君有消息传来，他说，除了修必罗的命可以留下，其余的知情者都得死！"

张三竟然和曹剑中认识！他不仅认识曹剑中，甚至和叶玄也认识！

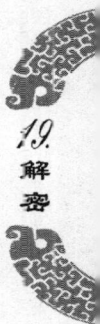

19.
解密

他究竟是谁？

"地宫里的东西，织造组长和叶玄君都说必须要尽快得手，你的速度是不是慢了一些？你还是放不下你兄弟的安危，可惜，他也是一个知情者。"

听到这里，我忍不住冲出房门，大声质问张三道："你他妈的到底是什么人？"

张三瘦削的脸上浮起一个微笑："对不起，修先生，因为我的身份特殊，不得已要对你进行隐瞒和欺骗，请原谅。"

他竟然深深地朝着我鞠了个躬！

"我是日本人，名叫宫本拙一，是日本山口株式会社的远东区首席代表，张三只不过是我随便起的一个中国名字而已。"

什么山口株式会社，分明就是现代日本最大的黑社会组织山口组。我心下愤愤不平。

"那你怎么会知道猫眼这个人，还知道我和这个人曾经有一些瓜葛？"我努力地使自己冷静下来，沉声问道。

"你和猫眼的故事我是通过一个特殊的渠道得知的，再者，我曾经和他见过一面，也调查过他的身份以及背景，我们现在拥有的手段可以称得上是当今世界上最先进的，别说调查一个人，就算想知道美利坚合众国下一步准备向中东哪个国家动手，也不会费更多的力气。

"我本不想在你面前过早地暴露身份，但事已至此，就不得不坦言相告啦。再者，修先生，如果还在乎你的朋友夏陆和那个漂亮女警察的性命的话，就应该一心一意地帮我们把山城殡仪馆地宫当中的物事搞到手，这样，才有可能救下他们的命，你认为如何？"

我看着张三的面孔，这张面孔此刻在我的眼中，就像一个噩梦里的凶魔。

"我不希望看到我的兄弟出什么事情，所以，请宫本君转告织造和叶玄君，请他们手下留情，我会给他们一个满意的交代。"曹剑中黯然说道。

"那就要看今天晚上他会不会放弃那个固执的想法。"

我知道张三话中的含义，那就是说王国庆必须放弃他自己苦苦寻找了多年的秘密，才能苟且一活。

　　夜，总是来得悄无声息。

　　暮霭沉沉中，我、曹剑中以及这位来自日本岛所谓的张三先生，再次踏上了寻宝的破冰之旅。

　　这一次由于我的提醒，曹剑中一进到山城殡仪馆的前院后，就直奔那座花坛旁边的半间水房。

　　说是半间，也就是面积只有三四个平方米的样子，如果两个人一起站在里面的话，会显得过于拥挤。所以，当我和曹剑中同时站在水房之中，我们身体的一些部位就难免发生碰撞和摩擦，这使我在刹那之间产生了一个想法：如果我现在出手偷袭曹剑中，那么胜算大概有六成以上。我之所以如此去想，是因为我看到他此刻并不是处于高度的防备之下，他现在的精力已完全投入到寻找地宫入口中去了，我可以以肘为攻，挟腿部的侧击，迫使他在短时间内无法还手而受制于我。但这个想法只是匆匆一闪，我知道即便自己能在这水房内侥幸得手，也绝对逃不出水房外张三的雷霆一击，他现在在水房外所处的位置，正巧可以看到我和曹剑中的一举一动，我若出手，他一定也会出手。

　　曹剑中这次用的是刘强新近带来的一种地质勘探使用的探测工具。刘强死在张三的手里，对于曹剑中来说，这个人的死亡和一只蚂蚁的死亡并没有多大的区别。日本山口组的人，冷血已经成为他们性格中的一部分；而我对这位曾经的同学兼好友，只能暗自扼腕叹息。

　　科学有时候是必须相信的。凭借着手中精密的现代探测器，曹剑中很快就发现了这水房的青砖地面之下有着不同寻常的所在。

　　在曹剑中的示意下，我退出了水房。

　　张三递过来一只手电筒，他的意思很明显，是让我在侧面给曹剑中的下一步动作做好充足的照明，我按照他的意思，把手电筒举到了一个恰当的高度，这样，可以使曹剑中看得清他的第一镐关键的落点。

　　探测器探测出的位置靠近水房的右边墙壁，曹剑中三下五除二撬起那里的铺地青砖，镐镐不空，不一会儿就挖出一个四尺见方、一米深的

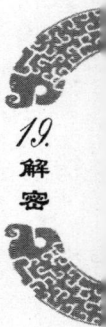

土坑。

这次可能是打对了地方，大约一小时之后，他挖到了一块青石盖板。

我看到曹剑中的肩膀耸耸而动，也听到他压不住的一声惊喜。

张三凑过了头，对曹剑中说道："这里是不是地宫入口？"

"无论是不是，先打开了再说！"

曹剑中回头让我进来帮忙，在我们两个人分力之下，青砖盖板被掀在了一旁，而一个椭圆形的地洞就明晃晃地映入我们的眼帘。

一股陈年的腐霉气息使我的脑袋一阵眩晕。

鼓风机派上了用场，大约过了十来分钟，那股令人作呕的怪味便消失殆尽。

接下来是曹剑中第一个摸索而入，我紧跟其后，张三殿后。在张三进来之前，他曾把洞外挖出的青砖和湿土都简单地做了处理。这样做是为了以防万一，如果有人路过这间水房，不仔细察看，是看不出这里曾有过什么动静的。

当我们都站在逼仄的地下空间里时，各自心中的感触殊途同归，这里并不是什么昊天寺的地宫，而是一个废弃了多年的地窖，地窖里空无一物。

"妈的，竟然是这样的一个地方，这两张费尽心机搞到手的地图却是假的！"曹剑中忍不住嚷嚷起来。

"少安毋躁，曹君，你应该多动动脑子，当年修建昊天寺地宫时，这个地窖一定还不存在，也就是说，地宫的入口该在这地窖下面的土层里。"

曹剑中听了张三的这番话，一颗急躁的心方才定了下来，又操起探测仪，在地窖并不宽绰的地面上开始了再次的探寻。

这次所用的时间比上一次更短了一些，大概是吸一支烟的工夫，探测仪上的红灯就开始闪烁不停。锁定了具体的位置，我和曹剑中两个人一起动手，不出半个时辰就挖到了夯土。

果真在这地窖的下面。

当夯土层见底，眼前俨然显现出一道平铺的石门，门上有铜质拉环，却因年代过于久远而绿锈斑斑。

张三在一旁说道："幸好当年修这座地窖的人也只是点到为止，要不然这地宫就轮不到我们来开启了。"

石门是素制的，无半分刻意装饰，但开启它还是费尽了工夫。

当石门终于"轧轧"而开，张三就把鼓风机的管头伸入了其中，顿时机器"嗡嗡"之声大响。趁着等待的光景，我不得已接过了张三递来的一支"三五"牌香烟，使劲抽了起来。对于一个像我这样的烟民来说，到现在这种情形，已无法讲究香烟的品牌和质量了。

地宫之门的开启，喻示着建文帝最终的下落以及稀世奇宝"聚宝盆"和叶玄不知通过什么渠道得知的一个稀世武术秘籍都将重见天日，每个人心中的滋味，却都只可意会，不可言传。

当那些来自阴暗地下的浊气被涤荡干净了之后，我们就鱼贯而入，钻进了石门。

没有想象中的机括暗设，没有飞网、翻板、弩箭、夹墙之类的致命杀机，只是一条斜斜的甬道，在地上崎岖蜿蜒。

不知道走了多久，心里也没有去估摸时间，便看到甬道的尽头出现了一片非常开阔的地域，大约有四五十平方米的样子，呈正方形，是一间石制的厅堂。

厅堂内几无摆设，只有一面铜镜孤零零地放置在中心的位置。虽说六百年无人在铜镜之上搔首弄姿，但铜镜依然光可鉴人，观颜照物，不失本真。

除了铜镜，厅堂里空荡荡的，四壁徒穷，连一道门都不可发现。

"就是这里？就是这么一个鬼地方？棺椁呢？'聚宝盆'呢？"曹剑中又忍不住恶语连连。

这一次连张三都似乎显得心神不定。

他绕着铜镜转了几圈，又对铜镜及其底座上可能暗藏机关的地方仔细查看了半天，显然一无所获，便不得不把询问的目光投向了我。

其实我现在是同样感到了困惑。

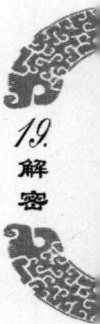

19.
解
密

据上两次进入建文帝疑冢的经验，我们所处的这间石室很可能就是净宝阁、享殿之类的配殿。一定还有一处主殿就在这间石室的附近，但让我纳闷的是，这间石室里除了这面铜镜之外，再没有任何地方值得我们怀疑是开启主殿通道的机关，而这面铜镜也只不过是一面普通的镜子，若说它的奇特之处只是比寻常见到过的要大一些而已，那么，通往主殿的暗门究竟会设在哪里呢？

曹剑中也陷入了沉思。整间石屋内静得可以听到一根针掉在地上的声响。

我常常以为自己是具有第六感觉的那一类人，也就是说，自己的潜意识里一直潜伏着某种神秘的触觉，愈是表面上极为平静的危险，愈能无比真切地感应到。

在一片寂静当中，我的头发突然倒竖起来，心中猛一紧缩，意识到危险已经逼近！

张三是一个信手拈来的名字，他其实是一个日本人，是日本岛最大的黑社会势力山口组当中负责远东事务的骨干分子。我虽然对他的底细所知甚少，但还是明白这个人无论在智慧还是体能方面都非同寻常，我想他应该是一名绝顶的武术高手，要不然刘强也不会在顷刻间死于非命。但这一次他却没有能够逃得过死神的手掌，他的死像是宿命使然。

攻击他的是一双比闪电还要快的手。

当这双手突然对他进攻时，他还能来得及回过头来，可仅仅只是回头。

我听到骨头碎裂的声音。

在我所知道的中国武术门派中，只有南少林的韦陀掌和北太极河南董家的大力摔碑手有这种迅猛异常的外家功力。我见过董家董海川的第九代传人董智英，他的大力摔碑手可以将厚一尺左右的水磨石板一击而碎。但董家的功夫自古以来就是不传之秘，外人很难见到，更别说是偷偷学了去。

而置张三于死地的这双手使出的劲道却和大力摔碑手有三分的相似之处。

我没有动。当危险逼近时，我忽然察觉到这股危险的力量并不是冲我而来的。曹剑中原本要动手援救张三，可当他看清来者的一张脸，手和脚就硬生生地收了回去。

王国庆唾了一口痰。

唾到了张三的尸体上。他抬眼看了看我，在石室的阴影部分，他面部的表情模糊不清。

正低头记录着他的故事的他听到这里时仰起了头。

他问道："你故事里的反面角色怎么一露出狐狸尾巴就迫不及待地赴死了，这是不是有点不合乎情理？"

他笑着回答："这故事本身不仅仅是一个故事，它是我的经历，是我生命进程中的一段插曲，所以，并没有什么不合乎情理的东西掺杂其中，他们这些人，刘强也罢，张三也罢，死于其时是很正常的事情，因为这是他们的命运。

"每个人的命运各不相同，如果林则徐在鸦片战争之前没有被撤职谪降的话，在鸦片战争中他很可能就是大清国军队的前敌总指挥官，但面对英国舰队的坚船利炮，他面对的也只能是一个无法挽回的败局。那么，他的命运就会像那位两广总督叶铭琛一样，落得个千人唾骂，最后被英国人关在木质的笼子里到印度支那去丢人现眼，而不是今天的民族英雄了。可是，历史不能假设，命运不能如果，刘强、张三的结局亦是。"

他又问他："你讲到这里我能听出来故事已快接近尾声，是不是'聚宝盆'的秘密即将真相大白？在这里我要好奇地先问一句，你所说的这个'聚宝盆'究竟是个什么东西？是倪匡先生在他的小说里说过的那种由外星生物发明的'复制机'之类的神奇机械吗？还是……"

他缓缓地说道："倪匡先生构思巧妙、独特，我很佩服他对这件传说中的宝物那种信马由缰的想象力，但是，我所见过的'聚宝盆'一定会出乎所有人的意料。"

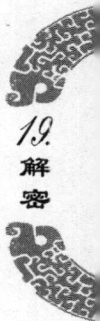

19.
解
密

"二哥，我出手干掉了他你不会怪罪我吧？"

王国庆淡淡地说道。

"修先生，你的这份定力我着实佩服，的确不是一般人所能做到的。"他紧接着又对我说。

"你杀了他很让我吃惊，但我并没有责怪你的任何意思，只是，杀了他不太好向组织内部交代。"

曹剑中的声音里听不出一丝感情。

"他杀了刘强，你没有说过一句埋怨的话，你也没有问过他刘强死了之后，'夜奔'刀的下落如何得知，山口组叶玄那里又该怎么交代，但现在，你嘴上说没有怪罪我，可心里已经在怪罪了。"

"你早就来啦？"

"不算太早，大概是和他前脚后脚吧，我是跟着他来的。"

他转头对我说："修先生，你好像不能交太多的朋友，这不，交了两个，两个都不是什么好东西。"

我苦笑着摇了摇头。

"该死的全都下了地狱，除了修先生，这里已经没有了外人。"王国庆的话说得不痛不痒。

但就在这句话刚刚结束的刹那，我突然感觉到曹剑中射向我的目光充满了杀机！

"修先生是我的邻居，俗话说远亲不如近邻，所以我不希望他在这里出什么事情，二哥，老天给我们留下的时间已经不多了，东西还没到手，别再无端地白费一些力气。"

王国庆也感觉到来自曹剑中身体里的杀气，他及时又巧妙地化解了我们之间一触即发的争端。曹剑中沉声说道："老三，这里就是这个样子，你说我们该怎么办？"

他心中暗涌着一股怒意，终是按捺不住，飞起一脚正踢在铜镜正中。

铜镜承受如此之大的力道，竟然未曾倒地，而是发出一阵"当当当当"的颤响，就在这颤响声里，石室中心的地面忽然传来机械运动的声音，一个四四方方的洞口裸露在我们三人吃惊的眼光底下。

"原来此间竟有如此奇巧的设计，段栖文真不愧是刘伯温的高足！"王国庆惊异中忍不住脱口赞道。

这种利用声音共振控制的机关，我原本以为是在二十世纪后期才出现的，没有想到早在我国元末明初之际就已开始应用了。

曹剑中首当其冲，就要第一个下去，王国庆一把拽住他说道："小心里面的墓瘴。"

鼓风机又一次派上了用场。

趁这间隙，我问王国庆："你似乎还有很多的秘密没有来得及说给我听，怎么，不想说了么？"

王国庆微笑道："我虽说一直都没有要你性命的意思，但由于你的介入，使我们在这件事情上出了很多无端的纰漏，因此，我决定用一种特殊的方法来处罚你，你知道是什么方法吗？你这么聪明，应该想得到的。

"这种方法对于你来说，很可能要比取了你的性命还要让你难以忍受。那就是，我永远都不会满足你想从我身上获知关于这件事情所有的秘密这个好奇心。我想，你一定会在后半辈子郁郁寡欢的。"

我瞠目结舌。

这地方呈半拱形构造，和那张图上所绘的一模一样。

建文帝朱允炆的棺椁就摆在中部的一个石砌方坑里，周围是一些石刻的佛像和微雕的石塔。

这里便是昊天寺地宫的主殿。

来到这里却没有遭遇到那张图上所绘的那些奇技淫巧之类的机关暗器，想必当年绘图的人也在故弄玄虚。图一定是段栖文所绘，但如何到了上虞曹家的手中，就像王国庆所说的那样，已经成了一个永远都不可能知晓的秘密。

我现在已经强迫自己不必去想王国庆所拥有的那些秘密了，现在，我只想看到"聚宝盆"。

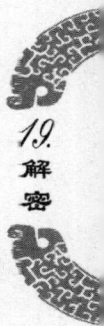

19.
解密

曹氏兄弟在建文帝的棺椁前恭恭敬敬地鞠了三躬，可能是代祖宗所行的大礼吧，我却双手合十，暗诵"阿弥陀佛"。我想，建文帝最终埋骨于此时，恐怕早已悟到了万事皆空这一佛家的无上法门，所以对任何形式上的礼节都已看得可有可无了吧，一个被迫逊国的皇帝最后以佛家弟子的身份终了，也算命中注定。他之所以在临往生之际要留下一副棺椁而不是焚身涅槃，唯一的解释是，他知道，后世一定会有人来解开他的生死之谜。也许这可能只是我的一厢情愿而已。反正，再也不会有人知道他当初的用意到底如何了。

20.不是尾声

他再见他时，已经是后来的事了。

后来，他再次见到了他。

他问他："你在上次为什么没有把故事讲完，你不是说要解密吗？可你却并没有把秘密解开便杳然而去，你这是什么意思？"

"没什么意思，其实故事在棺椁打开的一刹那就已经完结，所以我觉得没有再讲下去的必要。"

"你一定要讲下去，因为，我还没有听到'聚宝盆'的消息。"

这是一具看似寻常的棺椁。

说它寻常是因为一眼看上去也就是用普通的楠木所制。

像这种楠木质地的棺椁，在我国明、清时期较为盛行，殷富的人家几乎都备有现货，以防不测。

而这具楠木棺椁唯一与众不同之处却是在它的椁盖之上。在椁盖的中央，有一个阴刻涂朱漆的"卍"字显得异常醒目。

这是佛家的标志。

建文帝逊国礼佛，终于往生极乐。

在我们打开椁盖之前，我意外地看到棺椁后面的石壁上有一个浅浅

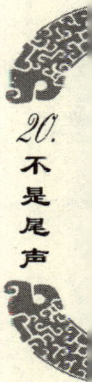

的凹洞，凹洞里摆着木质的佛龛，龛里有大自在观世音菩萨的坐像，慈眉善目，神态安详。

我的心中禁不住默默祈祷了片刻，才在王国庆的催促下为打开椁盖出了一把实力。

椁盖被打开后，我定神看去，里面还有一个木制的棺盖，只不过要比外椁盖小了一号而已。

这是内棺的盖子。曹剑中起钉、拔楔、融封，动作娴熟。然后，我们终于将目光聚集在内棺之中。

三颗狂跳不已的心却在一瞬间骤然冰冷！

我们并没看到什么稀世奇珍、天下独一无二的"聚宝盆"，更别说什么武术秘籍，甚至连建文帝的宝体都未曾见着。

这具棺椁之内，可以说是空空如也。

如果说算是有东西的话，有的仅仅是一块陈年的绢帛，色已泛黄，但上面密密麻麻地写满了蝇头小楷，像是一份诏书。我的心中突地动了一动："这绢帛上誊抄的，莫非就是叶玄所要的那本武术秘籍？"

王国庆和曹剑中两个人面如死灰，几乎是同时伸出手去，把这块绢帛抓在了手里。

幸好这绢帛的质量可算上乘，还没有被岁月风化，要不然，关于"聚宝盆"的秘密就会戛然而止。王国庆的声音里透着一股说不出的苍凉，他竟然一字一句地把绢帛上的文字清晰地读了一遍。

我没有想到王国庆的古文造诣已精湛如斯，更没有想到建文帝最终留下的遗言竟是这样一通文字，其中讲述了"聚宝盆"的秘密，而这个秘密又是如此的令人失色。

原来世间并没有"聚宝盆"，"聚宝盆"的传说是明太祖朱元璋一手编造的。

大明洪武三年（一三七零年），明帝国扫北大将军徐达和前锋右将军常遇春攻占了元朝的京城大都，也就是现在的北京。在大都内帑府的地下宝库里，徐达意外地发现了元惠宗、史称顺帝的孛儿只斤铁木真妥懽帖睦尔在城陷出逃时没有来得及运走的大批黄金。

这些黄金是自元世祖忽必烈定都北京以来，元朝各代皇帝征讨掳掠东西方各处所得，其价值远远超过了在南京的朱元璋的想象，这位乞丐出身的皇帝，从来都没有拥有过如此巨大的宝藏，因此，他似乎是让鬼迷了心窍，竟然亲口编造出一个"聚宝盆"的故事出来，说这些黄金都是自一个名叫"聚宝盆"的宝物中得来的。但若想这个故事编得圆满，就必须做好两件事情：一、是把知道这批黄金真实来历的人统统干掉！在这方面，朱元璋从来都会做得得心应手。于是，在李善长、胡惟庸、蓝玉等惨无人寰的灭门大案之前，他就先搞了一个理通北元案，将发现和知道这批黄金的人或株连九族，或斩首弃市，一次性杀戮了一千三百六十一口！其中常遇春因在攻占大都后不久就暴病猝死而有幸未被涉及。当然，因为当时北元未灭，朱元璋觉得号称开国第一功勋的徐达徐大将军还能派上大的用场，所以，他就暂时以缓兵之计稳住了徐达，但也是经过一番威逼利诱、软硬皆施，使徐达缄口不言此事，直到他死于非命。徐达死后，能知道这"聚宝盆"真实面目的，便只有朱元璋和他的长子一脉了。二、既然有了这么一个"聚宝盆"，便要讲清楚它的来历。正巧这一年，江南吴兴的大户沈万三为新朝修缮南京旧城募捐了大量官银并异想天开地想替朱皇帝犒赏三军，这一下使朱元璋计上心来，便把私藏"聚宝盆"这一顶大不敬之罪帽子扣到了沈万三头上。沈万三徒遭如此大祸，有口难辩，就只有乖乖等死，但朱元璋却不打算让他痛快地一死了之，将他一家老小都发配到当时还未被开化的云南边陲，沈家满门这辈子算是和深山老林里的野生动物一起交待啦。而在建文帝逊国之后逃到四川时，他曾告诉过管羡仲的那番话，极有可能是将这绢帛上所讲的事情暗喻般说了一遍。管羡仲当时有没有想到其中的玄机怕已无人得知，但他的后人的确没有想到，所以才有了这个使人哭笑不得的结局。[1]

这便是所谓"聚宝盆"的秘密。

---

[1] 这是一段隐在历史深处的旧事，能摆在历史学家台面上的明史及有关明代的史书轶闻都未曾提及，仅见于散帙在民间的部分传说之中。笔者借此书的一角将这段传说略表一二，也只不过是一家妄言，一段闲话而已。

20.
不是尾声

绢帛留字的最后附有一首诗，此诗和民间相传至今的建文帝出家为僧后流落到江淮一题在一座破庙里的诗句大同小异，诗曰：

零落江湖四十秋，萧萧白发已盈头。
乾坤有恨家何在，江汉无声水自流。
长乐宫中云气散，朝元阁上雨声收。
新蒲细柳年年绿，野老吞声哭未休。

整首诗的风格萧瑟、苍凉、迥劲，字里行间暗蕴世事无常之感，文笔虽不属上上之作，但也写出了作者对自己颠沛一生的慨叹。

而王国庆读到最后一句时，竟将牙齿咬得"咯咯"作响，我又看到曹剑中面带悲戚，眼看就要将那纸绢帛扯得粉碎！

我急忙说道："两位少安毋躁，既然这'聚宝盆'是一个子虚乌有的物事，两位就权当到此代先人祭拜一下建文帝也是好的。"

却听到王国庆说道："你说得倒轻巧，就算我们来拜祭建文皇帝，可他的遗骨又在哪儿？"

我再一次把目光投向石壁凹洞佛龛里的观音像，观世音菩萨宝相庄重异常。继而想到了遥远的浙江上虞县曹店村外的曹家祠堂，那里不是也有一尊观音像吗？据说那尊观音像是被这位曹剑中在少年时盗走的，现在又会被他藏在何处？也许，观音像对他来说，也只不过是一个盛物的器皿，说不定他取出里面藏的地图之后，就随手毁掉了。现在建文帝的尸骨已无迹可觅，到底他魂归何处又将成为我心中一个不能按捺的疑问，而这个问题和这里的这尊观音像会不会有所关联？

我正想着，一阵急促的脚步声和拉动枪栓的声音从我们的头顶的地面上传来，好像有很多人的样子，大概是警察。

"二哥，警察来了现在我们应该怎么办？"王国庆听到这凌乱的声音忙向曹剑中问道。

曹剑中看了我一眼，平静地说道："我们先跟着他们走，只要不是就地枪毙，总有办法活着出去的，你说呢修先生？"

我对曹剑中的这份镇定表示出由衷的赞赏。

警察是萧曼带来的。

有夏陆这样一位追踪高手在她身边，我就算真的到了十八层地狱他们也一样能够找得到。

可是我并没有看见夏陆的身影，当我回到地面上瞅了一个机会向萧曼询问时，萧曼却淡淡地说道："他带着我们找到了这里，便独自一个人去追踪'一条龙'的踪迹去了。"

我好像在哪里听到过这样的一种称谓："一条龙"。那会是一条怎样的龙？是史前白垩纪生活过的恐龙？是传说中能翻江倒海的潜龙？还是仅仅是一个人的绰号？

飞龙在天，潜龙勿用。

已是另外一个故事了。

（全书完）

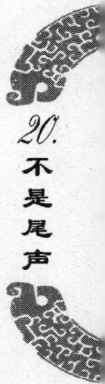

20.
不是尾声

后　记

　　《墓攻》故事的来由是一部美国的电影《绿宝石》，当然，除了都是以探险、寻宝为主要线索以外，它们之间并无其他的雷同。

　　《墓攻》的写作时间跨度较大，最初起笔是在 2007 年春节期间，而收尾却已到了又一个新年伊始了。

　　进程不仅仅是缓慢，更由于诸般原因，在故事的发展当中出现了许多的纰漏、断层、矛盾之处，虽以全力修补，但仍不能尽如人意，也是作者的水平着实有限所致吧。

　　《墓攻》的结局本不该如此仓促，但考虑到如果新添内容，会使全书失去它应有的特色，就忍痛将后来增补的一万余字删去了。

　　我在书中屡次提到命运二字，大凡在人世间不能以人力所及之事都推说于命运使然，这其实也是命运的一种表现形式。

　　《墓攻》是系列小说《修必罗传奇》中的一篇，主人公修必罗的形象还需要作者在以后的创作过程中，进一步为其修眉描红，使之日臻丰满，这才无愧于作者为此操笔经年之初衷。

　　最后需要说明一点的是，本书的个别章节中牵扯到有关历史资料的内容，得益于湖南人民出版社 2006 年 6 月出版的《建文帝之谜》一书，在此向作者何歌劲先生致以由衷的谢意。

怒涛雪

图书在版编目（CIP）数据

墓攻/怒涛雪著. —北京：新星出版社，2008.4
（修必罗传奇系列）
ISBN 978－7－80225－450－3

I. 墓… Ⅱ. 怒… Ⅲ. 长篇小说－中国－当代 Ⅳ. I247.5

中国版本图书馆 CIP 数据核字（2008）第 028431 号

墓 攻

怒涛雪 著

责 任 编 辑：丁纪红
责 任 印 制：韦 舰
装 帧 设 计：门乃婷装帧设计

出 版 发 行：新星出版社
出 版 人：谢 刚
社 址：北京市东城区金宝街 67 号隆基大厦 100005
网 址：www. newstarpress. com
电 话：010-65270477
传 真：010-65270449
法 律 顾 问：北京建元律师事务所

读 者 服 务：010-65267400 service@ newstarpress. com
邮 购 地 址：北京市东城区金宝街 67 号隆基大厦 100005

印 刷：北京中科印刷有限公司
开 本：700×1000 1/16
印 张：19
字 数：208 千字
版 次：2008 年 4 月第一版 2008 年 4 月第一次印刷
书 号：ISBN 978－7－80225－450－3
定 价：25.00 元